行走黄河太华间

柏峰 / 著

陕西新华出版
陕西人民出版社

图书在版编目（CIP）数据

行走黄河太华间 / 柏峰著 . —西安：陕西人民出版社，2024.5

ISBN 978-7-224-15305-7

Ⅰ.①行… Ⅱ.①柏… Ⅲ.散文集—中国—当代 Ⅳ.① I267

中国国家版本馆 CIP 数据核字（2024）第 031915 号

出 品 人：赵小峰
策划编辑：张孔明　彭 莘
特约编辑：杨乾坤
责任编辑：姜一慧　王彦龙
整体设计：杨亚强

行走黄河太华间
XINGZOU HUANGHE TAIHUA JIAN

作　　者	柏　峰
出版发行	陕西人民出版社
	（西安市北大街 147 号　邮编：710003）
印　　刷	西安市建明工贸有限责任公司
开　　本	787 毫米 × 1092 毫米　1/32
印　　张	14
字　　数	300 千字
版　　次	2024 年 5 月第 1 版
印　　次	2024 年 5 月第 1 次印刷
书　　号	ISBN 978-7-224-15305-7
定　　价	62.00 元

如有印装质量问题，请与本社联系调换。电话：029-87205094

关中东部土地辽阔，山川壮丽，人物繁多。本书通过田野人文调查与考证历史文献，对其中主要的杰出人物，列章予以分述，真实地还原出这些杰出人物不平凡的人生经历与历史贡献，致力于讲好华山、黄河一带的历史文化故事，文笔简洁，刻画有力，是一部探索历史文化与哲学思想的纪实文学作品。

目 录

题叙   001

第一章
禹门有史圣：
司马迁与《史记》

司马迁故里   006
出游全国   010
担任郎中与继任太史令   016
李陵之祸   018
《史记》的撰述   023
《史记》成因与体例   026
《史记》的史学价值   030
《史记》的文学意义   034

第二章
潼亭杨震：
挺立东风不著尘

关西孔子杨伯起   044
讲学湖县与出仕   046
"四知"却金   048
任人唯贤   050
刚正不阿   052
遭谗蒙冤而死   054

第三章
河岳有此人：
雄才大略的隋炀帝

脱颖而出 057
虚妄的"非礼" 059
隋朝"极于此矣" 061
征战琉球与高丽 064
江都遇害 065
文学"东道主" 067
"文辞奥博"的散文 071
才华横溢的诗人 076

第四章
太华钟灵秀：
"初唐四杰"之杨炯

杨炯的生平 086
革新"龙朔变体"的文学主张 091
杨炯的赋与文 097
杨炯的诗歌 106

第五章
乡居渭南的
大诗人白居易

家世与家庭 118
卜居渭上 120
任官周至与《长恨歌》的诞生 125
官拜授左拾遗 128
"丁忧"渭村 133
诗风由此而转折 147

第六章
隐居太华山的图易哲学家陈抟

陈抟的出生	153
归隐修道	153
隐居太华山及静养睡功	155
陈抟与现实社会	159
陈抟的图易学	161
陈抟学说的流传	172

第七章
少华云起墨澜翻："苏门六君子"之李廌

苏轼与李廌	176
李廌青年时代的诗	181
李廌关于家乡风物的诗	183
李廌的纪游咏史及唱酬诗	186
李廌的散文	195

第八章
长川胜气苍：继承河东学派的薛敬之

薛敬之的生平与求学	203
师承河东学派	209
"心气"论	216
学生吕柟	219

第九章
华岳压地尊：心学北传的南大吉

寻踪南大吉故居	231
南大吉的家世与青少年时代	233
师从王阳明	234
南大吉的心学特征	238
推动心学北传与再兴关学	242
南大吉的诗与文	243

第十章
顾炎武在太华山的朋友圈

顾炎武的身世与读书	250
顾炎武与李因笃	261
顾炎武与王弘撰	322
顾炎武与李颙	364

第十一章
河山壮丽："中国恐龙之父"的文与诗

故乡与求学	398
地质考古与游记散文	399
成果丰硕的诗人	406

第十二章
黄河太华间的秦音

黄河边上的"线扣戏"	418
古洛河渡口的石羊道情	422
岳色涛声里的华阴老腔	425

跋　　　　　　　　　　　　　　　435

题　叙

"黄河西来决昆仑，咆哮万里触龙门。"

李白不愧是诗仙，只此一句便写尽了九曲黄河豪迈的气势。龙门，又称禹门。

又一次来到黄河禹门口，站立在西岸之万仞断崖上，但见黄河激浪劈山而下，我心里想，这莫非就是古人所谓"陟其高山，嶞山乔岳，允犹翕河"（《诗经·周颂·般》）。登上那巍峨的山顶，眼前是丘陵峰峦；登上那巍峨的山顶，小溪细流汇入黄河而共流。是的，你看：

吾观黄河之浑浑兮，乃元气之萃烝。

浚洪源于西极兮，注天派于沧瀛。

贯后土之庞博兮，沓玄沟之晶明。

过积石而左转兮，龙门呀而峻倾。

薄太华而东鹜兮，撼砥柱之峥嵘。

——《文清公薛先生文集》卷之一

明代河东学派开创者著名诗人薛瑄的这篇《黄河赋》，将诗经里《般》的这句诗，诠释得淋漓尽致，逼真地描写了九曲黄河从青海巴颜喀拉山发源，一路流经青海、四川、甘肃、宁夏、内蒙古，越过高山，经过平原，穿过黄土高原，进入秦晋大峡谷的恢宏全景……

黄河到达黄土高原边缘秦晋大峡谷，波澜壮阔浩浩荡荡，犹如奔腾的骏马群一样，势不可当，飞流直下，至壶口尤为壮观，明代诗人黄光炜在《壶口赋》中形容道：

> 维兹壶口，载在《禹谟》，长河自北而南，中分秦晋之区。因其形似而名之。恍若罍瓮之乍收，上宽中狭，自高而下，峻若建瓴。驶若奔马，洪波急溅，惊涛怒泻。听之若雷霆之鸣，望之若虹霓之射……
> ——《宜川县志》卷十八《黄河壶口瀑布》

黄光炜这段话，从大处落笔，进而详细地状写了黄河壶口的地形以及水流的特点。你看，站立在岸边，但见流水"驶若奔马，洪波急溅"，黄河卷起万丈的烟雾，像要吞没了天地。天地不能吞没，野马需要收束，黄河的湍流在秦晋的大山间，重重地撞上了一扇门，这就是禹门。

禹门，传说是大禹开凿而成，《山海经》之《海内经》说："禹、鲧是始布土，均定九州……洪水滔天，鲧窃帝之息壤以湮洪水，不待帝命。帝令祝融杀鲧于羽郊。鲧复（腹）生禹，帝乃命禹卒布土以定九州。"大禹是治水的英雄，《诗经》里《商颂》之《长发》说："洪水芒芒，禹敷下土方。"更直接的证明是，保利艺术博物馆的专家在香港古董市场购得一件西周中期的铜器——燹公盨，其内有九十八字的铭文，开首就说："天命禹敷土，随山浚川，乃差地设征。"——第一句就提到了我国古代大禹治水的事迹，而大禹开凿而成的黄河出山口，即以大禹名命为禹门。

司马迁说：

> 《夏书》曰：禹抑洪水十三年，过家不入门……

题 叙

随山浚川，任土作贡。通九道，陂九泽，度九山，然河灾衍溢，害中国也尤甚。唯是为务。故道河自积石历龙门，南到华阴，东下砥柱，及孟津、雒汭，至于大邳。

——《史记·河渠书第七》

这段话的意思是，《尚书》之《夏书》说：大禹障遏洪水历时凡十三年，经过自己的家门口却不进去……他顺着山势疏浚河川，依据土地的肥瘠制定贡赋等级。开通九州的道路，障堵九州的湖泽，估量九州山地的物产。但黄河泛滥成灾，损害中原最厉害。于是，大禹专力从事治河。疏导黄河自积石山经过龙门山口，南到华阴，由此折而东下，后经砥柱山以及孟津、洛汭，到大邳山。大禹不但是我国古代的治水英雄，也是夏朝的开国君主，司马迁在《夏本纪》里有比较详细的记载，说到大禹的德行和品性，他评价道："禹为人敏给克勤；其德不违，其仁可亲，其言可信；声为律，身为度，称以出：亹亹穆穆，为纲为纪。"（《史记·夏本纪》）大禹的为人，办事敏捷而又勤奋，他的品德不违正道，他仁爱之怀人人可亲，他讲的话诚实可信，发出来的声音自然如同音律，动作举止自然可为法度，他勤勉肃敬，可作为人所共遵的纲纪。

禹门是大禹治水永久的纪念。

我不是考古学家和地质学家，不知道禹门在地质意义上是怎样形成的。凭我有限的知识推断，禹门的形成，是黄河亿万年来的冲刷，终于穿透了崇山峻岭，给自己找到了一条奔向大海的路途——当然，并不排除有大禹疏浚的功劳在内。波涛汹涌势不可当地撞进禹门段黄河，还是薛瑄在《禹门》诗里形容得好：

连山忽断禹门开，中有黄流万里来。
更欲登临穷胜观，却愁咫尺会风雷。

——《文清薛先生文集》卷之四

禹门，是千古秦晋的主要通道之一，其出口，宽百余步，水流湍急，声如巨雷，呼啸而去……至潼关"薄太华而东骛兮，撼砥柱之峥嵘"，忽而东折，流向中原大地。尚未东折之前，黄河在辽阔的关中东部平原，惬意而不受任何约束地流淌着——忽然周身一阵震颤，眼前有耸入云霄的大山挡住了去路，此山名曰太华山。太华山秀美雄壮如何？有诗状之：

太华三峰列峻屏，晴霄飞翠下空溟。
晓云东抱关河紫，秋色西来天地青。

这是清初关中大诗人李因笃《望岳》(《绥祺堂诗集》卷十三）诗中的句子。无论是从潼关入秦，还是从关中平原西游出关，映入眼帘的，首先是位于华阴地面上巍峨的华山，雅称太华山。此山峭壁雄奇，属于秦岭主要山脉，与中条山隔河相望。东晋大学问家郭璞有诗云："华岳灵峻，削成四方"(《诗咏渭南三百首》之《太华赞》），诗句形容端的确切。古人云其"山顶有池，生千叶莲华，服之羽化，因曰华山"，其注又引《白虎通》云："西方华山，少阴用事，万物生华，故曰华山。"(《初学记》卷五《华山》）太华山主要有五峰：其北峰，因位置居北得名，四面悬绝，上冠景云，下通地脉，形如楼台，因此又名云台山；西峰，为一块完整巨石，浑然天成，西北绝崖千丈，陡峭巍峨；山之东有四峰，其最高曰朝阳峰，峰顶朝阳台，可观东海之日出，而玉女峰在西，石楼峰居东，博台偏南，统称为东峰；中峰，居东、西、南三峰中央；南峰，超越天外，乃华山最高主峰，也是五岳最高峰。光绪三十二年（1906），关学最后一位大儒牛兆濂先生登上太华山。太华山绝美的风景令他心旷神怡，精神倍爽。他在中峰浓荫蔽天的古松下稍事休歇，鼓足气力，终于登顶南峰，回首四顾，但见白云蓝天下如带的渭河萦绕着如砥的平野……仰望蓝天，缕缕白云随风在身边流逝，遗世而独立，他不觉吟诵道：

踏破白云千万层，仰天池上水溶溶。

横空大气排山去，砥柱人间是此峰。

——《牛兆濂集》之《登华岳南峰绝顶》

"横空大气排山去，砥柱人间是此峰。"这句诗既是牛兆濂之自喻，也是写实，太华山犹如孤峰挺立的砥柱，使滔滔黄河一改冲风破浪一往无前的模样，浩浩汤汤折身东流向海而去。天宝五载（746），李白在江南送道友丹丘生游太华山，临别赠诗："西岳峥嵘何壮哉，黄河如丝天际来。"（《李太白全集》卷一《西岳云台歌送丹丘子》）还是李白伟大，视野千里，写出了关中东部辽阔大地的两大地理标识，黄河与太华山，而在这两个地理标识范围之内，自古到今，"山川壮丽于区宇，人物繁多于海内"（《杨炯集》卷五《遂州长江县先圣孔子庙堂碑》），孕育出不知多少位曾经影响我国古代文化史和哲学思想发展史的哲人，演绎出不知多少丰富多彩的历史故事……

第一章　禹门有史圣：司马迁与《史记》

司马迁故里

很久以来，一直想去寻访司马迁的故里。今年的初秋，终于成行，从渭南上高速公路，行驶三四个小时，到达韩城芝川镇出口，下高速公路，再沿着平坦的县级公路，直驱高门原。

高门原地处芝川镇的北面，说是原，却并不特别隆起，原坡显得平缓，公路的两边是秋庄稼，沟里沟外，是一片一片的花椒林，花椒快要成熟了，绿叶掩藏下，时时显露出绯红的珍珠似的一串串的花椒果。韩城的"大红袍"花椒名扬天下，如此大片大片的花椒林，对来自关中平原的我来说，还是首次看见。见惯了院落里边一棵两棵的花椒树，或者田间地头被当作篱笆的花椒树，而未曾见过这样茂密的林子，觉得非常新奇。

原上地势开阔，碧翠的远山，深深而纵横的沟壑，错落有致的村庄，构成了一幅悠远的田野图画，隐约流露出神秘的气韵……

司马迁说："迁生龙门"（《史记》卷一百三十《太史公自序》），具体而言，他出生于西汉左冯翊夏阳县高门里，在今韩城西南十八里地的芝川镇高门村——高门村就在高门原上，依

第一章 禹门有史圣：司马迁与《史记》

梁山，眺黄河，分为东高门、西高门、北高门三个自然村。三个自然村皆因地处司马先茔东、西、北方向而得名。

高门，莫非是因为司马迁家族世代为官门第高上而得名？

绿树村边合，青山郭外斜。

村子外边的沟壑边上，有古塔耸立，估摸这应该是司马迁故里吧。于是，停车，上前打问，不错，这里就是高门村。村子的东头，还有一座非常秀气的古塔，两塔遥遥相望，心头蓦然升起文脉深厚的强烈感觉，走进村庄，果然如此。

迎面有一座古色古香的门洞楼，据说建于清宣统元年（1909），洞额砖刻着笔力苍劲的"太史故里"。村子里，还保留着不少传统的四合院，由于年久的缘故，虽然有点颓败，然而走马楼、石雕、砖雕、木雕，仍然氤氲着旧时风韵，门楣上题字或者"耕读第"、或者"吉且安"，还有"福寿康宁"等，村巷石铺，绿树成荫，幽深且长，真有"茂林风送幽禽语，坏壁苔侵醉墨痕"的况味。村西有人家高墙外，一架藤蔓茂盛的葫芦，开满了白色的小花，垂吊着鲜嫩光滑的小葫芦，给整个村子染上不少诗情画意……

这里就是司马迁诞生的地方。

古人甚是讲究叶落归根。司马迁在《太史公自序》中说，他的祖父司马喜、曾祖父司马无泽、高祖司马昌，"皆葬高门"。村子的南头东西路边，青砖短墙荒园里，有两座坟茔，墓前各有精致的砖砌碑楼，里面镶嵌着墨色的碑石——其南碑为清朝嘉庆年间所立，书曰："汉太史司马公高门先茔"，从碑阴《汉太史司马公高门先茔记》得知，此处有司马昌、司马无泽、司马喜三个坟茔。后来，三个墓冢合而为一。北碑为咸丰年间所立，碑上石刻曰："汉先太史司马公茔"，这就是司马迁的父亲司马谈的墓。

坟茔上迎春枝叶披离，古朴之气葱郁。

虽然寻觅不见司马迁家居旧址，然而，高门原上的村落，到处都有与司马迁相关的遗迹旧痕。嵬山脚下，还有一个徐村。村子三面环沟，位置偏僻。司马迁因李陵案牵连被汉武帝下狱判处"腐刑"之后，据说，他的后人为了避祸，司马族人议决改姓迁居避之，将"司马"二字拆分："司"字旁加一竖，改姓为"同"，"马"字旁加两点，改姓为"冯"，并迁至嵬山脚下，村名定为"续村"，表示"高门之续"，后又担心被官家识破，取同音字为"徐村"。

为了纪念先祖司马迁，村子里自明代就建有汉太史遗祠，古朴庄严，香火不断，一直延续至今。祠院坐西面东，由山门、南北厢房和正堂组成，门额木刻"汉太史遗祠"。每年清明节，徐村的司马后裔们，抬着食品、手持花圈，焚香献供，来这儿祭拜先祖。2007年，徐村司马迁祭祀被陕西省列入首批省级非遗保护名录，2014年，被列入第四批国家级非遗保护名录。

村子的西北方向，有一座法王行宫，又称法王庙。原有的建筑仅存坡下的石牌坊。该牌坊建于清朝嘉庆十三年（1808），砂石质，造型古朴威严，花纹图案精美。法王是佛的尊称，也引申为对菩萨的称呼。过去的年月，在老百姓的心目中，菩萨不但能给人带来祥瑞，也能保佑一方平安。所以他们热衷于为菩萨建庙修祠，以祈求平安祥和。然而，此处的法王行宫，牌坊上的题额"法王行宫"，据村中的人说，含有深深的用意，其反读为"宫行王法"（行，通刑；王，通枉），即"宫刑枉法"。

第一章　禹门有史圣：司马迁与《史记》

也就是说，汉武帝对司马迁判"腐刑"是极不公正的，是"枉法"。这实质上是一种无声的抗议，也是对先祖司马迁最有力的支持。

法王行宫的后边的黄土断崖上，有一冢，据说是司马迁的"真骨坟"。按照徐村人的说法，他们供奉法王，只是一种掩饰，实际是供奉祭祀其先祖司马迁的"真骨坟"，是真是假，且不去考究，然而，司马迁的后裔们对先祖炽热的怀念之情，千百年来却未曾衰减，司马迁永远活在故乡老百姓的心中。

站在黄土断崖上，极目四望，阳光明媚，嵬山逶迤如画，沟壑纵横，而怀抱里的千家万户鳞次栉比，阵阵秋风吹来花果的清香……

司马迁自述"年十岁则诵古文"（《史记·太史公自序》）。所谓"古文"是指上古的文字。泛指秦以前留传下来的篆文体系的汉字，如甲骨文、金文、籀文。亦指古代的经籍。而要诵读古文，必先接受启蒙，可以推断，他的儿童时代，是在故乡度过的。与高门村相邻的华池村，因传说司马迁曾在此读书，在乾隆年间，建立起司马书院，如今遗址犹在。书院是古代我国的教育机构，最早出现在唐朝，兴盛于宋、明、清，由官府设立或者私人设立，是供读书和治学的地方。著名的有江西庐山的白鹿洞书院、湖南长沙的岳麓书院等。韩城自古以来重视教育，尊师重道蔚然成风，能在偏僻的高门原上创办司马书院便略见一斑。

司马迁说过他的出生地之后，紧接着说他"耕牧河山之阳"（同上）。耕牧，即耕种畜牧，水北山南谓之阳，高门原东临黄河，北依龙门山，用河山之阳来描述，确实十分贴切。古代社会是以农耕为主的自然经济社会，主要生产方式就是耕种畜牧。由他"年十岁则诵古文"，可以断定，司马迁在故乡是一边读书，一边参加农业生产，他的这种生活方式，也许影响到后世，高门村有的人家，门额上标榜"耕读第"，估计应该与司马迁的此种生活方式有某种内在的联系吧。至于司马迁何时离开故土，史书没有明确的记载，但至少司马迁在二十岁之前的大部分时间，是在高门村度过却是应该无疑的。

故里的山水哺育了司马迁，淳厚向上的学风塑造了司马迁坚韧不屈的精神品格，这是高门原对他最大的人生馈赠，支撑他忍辱负重终于为这个世界奉献出皇皇巨著《史记》，他营造了一个由文字筑建的竹简世界。这个竹简的世界，按照美国著名历史学者侯格睿先生的话，比秦始皇用青铜筑建的世界更为伟大而久远，它征服了历史，并因此而名垂千秋。

暮霭逐渐笼罩着这远山近壑和恬静安谧的村庄，望着慢慢地消失在夜色中的司马故土，忽然有人杰地灵之感，是啊，山水形胜，必有杰出的人物诞生，不是吗？

出游全国

西汉建立后，高祖、惠帝和吕后都致力于恢复农业生产，稳定社会秩序，收到了显著成效。文帝、景帝在此基础上进一步采取轻徭薄赋、与民休息的措施，在他们统治的四十年左右的时间里，社会安定，政治开明，经济繁荣，形成历史上所称誉的"文景之治"。司马迁在《史记》之《平准书》里说：

> 汉兴七十余年之间，国家无事，非遇水旱之灾，

第一章　禹门有史圣：司马迁与《史记》

民则人给家足，都鄙廪庾皆满，而府库余货财。京师之钱累巨万，贯朽而不可校，太仓之粟陈陈相因，充溢露积于外，至腐败不可食。

——《史记》卷三十

这反映出当时农业生产高度发展、经济富足的境况。后元三年（前141），汉景帝崩于未央宫，年仅十六岁的刘彻即位，是为汉武帝。从此，西汉进入了一个新的发展阶段。汉武帝是雄才大略的有为皇帝。汉武帝时代是我国历史上一个非常灿烂的时代。东汉史学家班固说：

汉兴六十余载，海内艾安，府库充实，而四夷未宾，制度多阙，上方欲用文武，求之如弗及。适以蒲轮迎枚生，见主父而叹息。群士慕向，异人并出。卜式拔于刍牧，弘羊擢于贾竖，卫青奋于奴仆，日䃅出于降虏，斯亦曩时版筑饭牛之朋已。汉之得人，于兹为盛……是以兴造功业，制度遗文，后世莫及。

——《汉书·公孙弘卜式儿宽传》

汉武帝时期，面临的主要问题是解决"四夷未宾，制度多阙"的主要矛盾，为了解决这个主要矛盾，他不拘一格录用人才，无论出身，只视才华，所以出现"群士慕响，异人并出"的兴盛局面。汉武帝针对这个主要矛盾，健全和加强了中央集权制度，并勘定外患，开拓疆域，建立了空前统一的高度文明和富强的多民族国家。

在这个时代背景下，司马迁奋发而为，在昂扬向上争先"兴造功业"的社会氛围中，才华出众的他，自然要选择和确定并坚持能够施展怀抱的人生志向和道路。

汉武帝元朔三年（前126），司马迁二十岁的时候，进行了一次足迹遍及全国的出游。之所以能有这次出游，是在他父亲司马谈的支持下进行的——当然，这也与西汉社会的强大、安定与交通便利有重大的关系，故而他才能有出游的有利条件。

建元二年（前139），汉武帝在槐里茂乡建造寿陵称茂陵，司马谈以太史丞身份参与建陵，因为有功，在建元五年（前136）至元光六年（前129）间，由太史丞升任太史令。司马迁说："太史公学天官于唐都，受《易》于杨柯，习道论于黄子。"（《史记·太史公自序》）居官而勤学不倦，且非常勤勉地收集着历史资料，准备写一部记载"明主贤君忠臣义士"的历史著作。司马谈希望儿子也能继承父祖的事业，成为一位优秀的历史学家。因而，他鼓励司马迁出游，以"罔罗天下放失旧闻"，并借此增长见识。基于此目的，司马迁开始了出游：

> 二十而南游江、淮，上会稽，探禹穴，窥九嶷，浮于沅、湘；北涉汶、泗，讲业齐鲁之都，观孔子之遗风，乡射邹、峄；厄困鄱、薛、彭城，过梁、楚以归。
>
> ——《史记·太史公自序》

这段话里，牵涉到一些古地名，故作简略解释："会稽"，山名，在今浙江绍兴、嵊县、诸暨、东阳间，是钱塘江支流浦阳江与曹娥江的分水岭。相传夏禹至此大会诸侯，计功封爵，始名会稽。"禹穴"，相传会稽山上有孔，名曰禹穴。"九嶷"，山名，在今湖南宁远县南，相传虞舜葬于此处。"沅、湘"，沅水、湘江，都在今湖南境内，流入洞庭湖。"汶、泗"，二水名。古汶水在今山东境内，流入济水。古泗水源出山东泗水县东蒙山南麓，东南流入今江苏清江市西南，注入淮河。"齐、鲁之都"，齐都临淄，故地在今山东临淄北。鲁都曲阜，故地在今山东曲阜。"乡射"，古代的射礼。"邹"，汉代县名。治所在今山东邹县东南。"峄"，峄山，在今山东邹县东南。"鄱"，同"蕃"，汉代县名，治所在山东滕州市。"薛"，汉代县名，治所在今山东滕州市南。"彭城"，西汉楚王国的都城，故地在今江苏徐州市。"梁"，汉诸侯王国之一，都于睢阳（今河南商丘南）。"楚"，汉诸侯国之一，都于彭城（今江苏徐州）。

司马迁这次游历，从东到南，从南而北，曲曲折折，穿插迂回，足迹几遍全国。他先到长江、淮河流域。渡过淮河、泗水，"如淮阴"（《史记·淮阴侯列传》），到淮阴访问了韩信早年的遗事和遗迹，他在《史记》之《淮阴侯列传》里描叙有关韩信早年的故事，应该是这次访问的收获：

淮阴侯韩信者，淮阴人也。始为布衣时，贫无行，不得推择为吏，又不能治生商贾，常从人寄食饮，人多厌之者。常数从其下乡南昌亭长寄食，数月，亭长妻患之，乃晨炊蓐食。食时信往，不为具食。信亦知其意，怒，竟绝去。

信钓于城下，诸母漂，有一母见信饥，饭信，竟漂数十日。信喜，谓漂母曰："吾必有以重报母。"母怒曰："大丈夫不能自食，吾哀王孙而进食，岂望报乎！"

淮阴屠中少年有侮信者，曰："若虽长大，好带刀剑，中情怯耳。"众辱之曰："信能死，刺我；不能死，出我袴下。"于是信孰视之，俯出袴下，蒲伏。一市人皆笑信，以为怯。

司马迁至会稽，闻说夏禹曾在这里会集诸侯，计算贡赋，后死在此处。后人便以会稽为地名。会稽就是会计的意思。会稽山上有一个洞穴，深不见底，民间传说，只有夏禹曾经进入其中，因此叫作"禹穴"，司马迁亲自深入禹穴，探索夏禹的遗迹。游历了姑苏太湖，接着他溯江而上，他说，"余……适长沙"（《史记·屈原贾生列传》），到汨罗江畔凭吊屈原，他徘徊在屈原沉江的地方，想象诗人一生的悲痛遭遇，不禁凄然泪落。屈原的事迹，过去没有记载，司马迁经过亲身采访，写出了《屈原列传》，永存史册。司马迁游历沅水、湘江，专程去九嶷山拜谒了虞舜的葬地，怀念先贤。

周游过南方，司马迁回头走向我国的北方。渡过汶水和泗水，来到儒家的发源地齐、鲁之都，瞻仰孔子的遗迹，研究孔子的行为和学说，观察其礼乐教育在这里所起的教化作用，并跟随邹县、峄山的儒生，练习乡射的礼节。旅途中，司马迁"厄困"于"鄱、薛、彭城"，也就是说一度遭受到饥困，但是，这并没有影响他游历的热情，他仍然进行着考察和访问。彭城的沛县丰邑，是汉高祖的故乡，汉初的樊哙、郦商、夏侯婴、灌婴、周勃、萧何、曹参等人，都是在这里生长或是在这里参加起义的，民间流传着不少他们早年的故事，这些故事对于了解他们的出身和人生经历，可以说是很珍贵的资料。对汉高祖刘邦的故事，司马迁有极大的兴趣，他仔细听取当地老百姓的谈论：

> 高祖，沛丰邑中阳里人，姓刘氏，字季。父曰太公，母曰刘媪。其先，刘媪尝息大泽之陂，梦与神遇。是时雷电晦冥，太公往视，则见蛟龙于其上。已而有

身,遂产高祖。

高祖为人,隆准而龙颜,美须髯,左股有七十二黑子。仁而爱人,喜施,意豁如也。常有大度,不事家人生产作业。及壮,试为吏,为泗水亭长,廷中吏无所不狎侮。好酒及色。常从王媪、武负贳酒,醉卧。武负、王媪见其上常有龙,怪之。高祖每酤留饮,酒雠数倍。及见怪,岁竟,此两家常折券弃债。

高祖常繇咸阳,纵观,观秦皇帝,喟然太息曰:"嗟乎!大丈夫当如此也!"

——《史记》卷八

沛县丰邑乡间这些关于刘邦的故事和传闻,对司马迁了解刘邦的身世、婚姻及种种不平凡的事迹很有帮助,因而被其写入《高祖本纪》之中。

离开彭城,司马迁经过战国末年的楚地,游览了战国四公子之一的春申君的故城宫室。故城宫室仍然存在,未遭破坏,他不由得赞美道:"盛矣哉!"(《史记·春申君列传》)"吾过大梁之墟"(《史记·魏公子列传》),他站在大梁城的废墟上,大梁是战国时期魏国的国都,本是繁华之所,而今却只剩下一片瓦砾。秦国决河水淹大梁城,魏王投降,都城被毁,魏国也就灭亡了。"秦王扫六合"顺应了历史的大趋向,然而,司马迁还是非常倾慕魏国的贤相信陵君,故而写了《信陵君列传》。司马迁在大梁考察得非常认真,特地请求当地人指引他去寻找侯嬴做监者的夷门,而夷门,就是大梁城的东门。

这次游历考察大约有两三年的时间,他应该在元朔五年(前124)或者六年(前123)回到长安。在交通不发达的两千多年前，能游历全国各地实在很难得，对于司马迁这次出游和考察的意义与价值，著名学者张大可先生说：

> 二十壮游是司马迁一生中的一件大事，他不满足于"天下遗文古事，靡不毕集太史公"的书本知识，有目的有计划地到全国各地去作实地考察，接触伟大祖国壮丽的河山和勤劳的人民。司马迁的游历考察，兼有历史家和文学家的兴趣。对于历史事件，大至秦始皇的破魏战争，小至战国时的一个城门名字，他都要力求掌握第一手的资料。除历史事件外，有关人物遗事，生动的民间歌谣俚语，无不广泛地作了记载。至于山川地理，古今战场更是了如胸中。总之，司马迁二十壮游，不仅使他获得了广博的社会知识，搜求了遗文古事；而且开阔了视野，扩展了胸怀，增长了他的识见和才干。这是《史记》成功的条件之一，在今天也是值得我们借鉴的。
>
> ——张大可辑评《百家汇评本〈史记〉》

担任郎中与继任太史令

游历归来的司马迁正式踏入仕途，他在《太史公自序》中说"于是迁仕为郎中"。历史学家黄永年先生说：

> 公元前一二四年的时候，丞相公孙弘奏请皇帝设置博士弟子五十人。资格是，凡是十八岁以上，在统治阶级看来是才识优长的青年，都可由郡县政府保荐，再由中央政府选拔，参加国立学校的学习。选中的博

第一章　禹门有史圣：司马迁与《史记》

士弟子，学习满了一年，经过考试，考取高等的可以升做郎中。

——《司马迁的故事》

腹有才华的司马迁经过这种考试的途径，担任了郎中的官职。郎中又名侍中，是皇帝的近卫官员。皇帝出外巡行，郎中陪侍在身边。国家有大事，郎中常常被派出使，代替皇帝宣达诏令——汉武帝元鼎六年（前111），司马迁"奉使西征巴、蜀以南，南略邛、笮、昆明"（《史记·太史公自序》）。所谓"巴"，是汉郡名，治所在江州（今四川重庆市北）。"蜀"，汉郡名，治所在成都。"邛"，邛都，汉越嶲郡治所所在地，在今四川西昌东。"笮"，笮都，汉沈黎郡治所在地，在今四川汉源东北。"昆明"，古地名，故地在今云南下关地区。司马迁此行，完成了开发我国西南的工作。

司马迁在郎中任上，尽心尽职，得到汉武帝的信任。元封元年（前110），"是岁天子始建汉家之封"（《史记·太史公自序》）。封，即封禅，帝王祭天地的典礼。在泰山上祭天称为封；在泰山下梁父山上祭地称为禅。在做好各种准备之后，汉武帝第一次出发去泰山举行规模盛大的封禅。之前，司马迁的父亲司马谈积极为这次封禅筹划各种仪节，并且希望能够参加这次旷世难逢的盛典，可是，在路上，他生病了，只好留在洛阳。身为太史，有责任纪录国家大事，现在却不能亲自参加盛世国家封禅大典，他为此感到失望和悲哀：

太史公执迁手而泣曰："余先周室之太史也。自上世尝显功名于虞夏，典天官事。后世中衰，绝于予乎？……今天子接千岁之统，封泰山，而余不得从行，是命也夫，命也夫！"

——《史记·太史公自序》

司马谈说完，含恨气绝而亡。死前，他叮咛司马迁说："余死，汝必为太史；为太史，无忘吾所欲论著矣。"司马迁低着头流着眼泪，回答说："小子不敏，请悉论先人所次旧闻，弗敢阙。"(《史记·太史公自序》) 但是，对于封禅，司马迁则有比较清醒的认识，他说："余从巡祭天地诸神名山川而封禅焉。"(《史记·封禅书》) 一次又一次跟随汉武帝出外巡游，到各地的名山顶上去封禅，他却丝毫没有敬畏的感觉。他把他的见闻、感想，用略带批判的笔触写下来，这就是其名篇《封禅书》。

"卒三岁而迁为太史令"，司马谈去世后三年，即汉武帝元封三年（前108），司马迁继承父亲的职位仍为太史令。于是，他"紬史记石室金匮之书"(《史记·太史公自序》)，开始阅读国家图书馆里所收藏的那些图书档案，为以后的著述积累历史材料。

李陵之祸

太史令司马迁的日常工作，除过阅读国家图书馆的图书档案之外，主要是"论次其文"——也就是按照修史的要求，编排史料、进行研究并写成文章。然而，紧张有序而平静的书斋生活，在汉武帝天汉二年（前99），突然被打断了，他叙述道：

七年而太史公遭李陵之祸，幽于缧绁，乃喟然而叹："是余之罪也夫！是余之罪也夫！身毁不用矣。"

——《史记·太史公自序》

所谓"李陵之祸"，事情是这样的：天汉二年，汉武帝派

第一章 禹门有史圣：司马迁与《史记》

遣贰师将军李广利（其妹是李夫人，有宠于上）带领三万骑兵，自酒泉郡出发，进攻匈奴。同时，又派李陵统领贰师将军的辎重部队。这时，李陵已经担任骑都尉，"将勇敢五千人，教射酒泉、张掖以北胡"（《汉书·李广苏建传》），在边境练兵，这时，他自告奋勇，请求汉武帝：

> 陵召见武台，叩头自请曰："臣所将屯边者，皆荆楚勇士奇材剑客也，力扼虎，射命中，愿得自当一队，到兰干山南以分单于兵，毋令专乡贰师军。"上曰："将恶相属邪！吾发军多，毋骑予女。"陵对："无所事骑，臣愿以少击众，步兵五千人涉单于庭。"上壮而许之……
>
> ——《汉书·李广苏建传》

得到汉武帝允许，李陵深入敌境，"将其步卒五千人出居延，北行三十日，至浚稽山止营，举图所过山川地形，使麾下骑陈步乐还以闻。步乐召见，道陵将率得士死力，上甚说（悦）"（同上），大臣们也都纷纷上前祝贺皇帝派遣得人。

李陵与匈奴激烈战斗和英勇杀敌的事迹，班固在《汉书》中，有比较详细的描写，但是这场战役的结果却是李陵战败并投降了匈奴。司马迁简明地叙述了李陵战败与降敌的过程：

> 陵既至期还，而单于以兵八万围击陵军。陵军五千人，兵矢既尽，士死者过半，而所杀伤匈奴亦万余人。且引且战，连斗八日，还未到居延百余里，匈奴遮狭绝道，陵食乏而救兵不到，虏急击招降陵。陵曰："无面目报陛下。"遂降匈奴。
>
> ——《史记·李将军列传》

"居延"是汉代西北地区的军事重镇，故址在今内蒙古额齐纳旗东南。"遮狭绝道"，意思是匈奴在鞮汗山狭窄的道路和谷口间积木垒石，以断绝李陵的归路。

汉武帝听闻李陵降敌的消息，大为震怒，原先祝贺的大臣们看见皇帝发怒，也都反过来责骂李陵，"群臣皆罪陵"，"上以问太史令司马迁"，司马迁"盛言"为李陵鸣不平：

> 陵事亲孝，与士信，常奋不顾身以殉国家之急。其素所蓄积也，有国士之风。今举事一不幸，全躯保妻子之臣随而媒蘖其短，诚可痛也！且陵提步卒不满五千，深輮戎马之地，抑数万之师，虏救死扶伤不暇，悉举引弓之民共攻围之。转斗千里，矢尽道穷，士张空拳，冒白刃，背手争死敌，得人之死力，虽古名将不过也。身虽陷败，然其所摧败亦足暴于天下。彼之不死，宜欲得当以报汉也。
>
> ——《汉书·李广苏建传》

当朝大臣纷纷指责李陵，汉武帝更加心烦，询问司马迁的意见的时候，他如此回答。司马迁以为这番话多少能减轻一些李陵的罪名，然而，没有想到汉武帝听了他的话，却以为他是用李陵的力战功劳来讥刺贰师将军李广利的庸懦无功，而李广利是汉武帝爱姬李夫人的兄长，是宫廷的贵戚，讥刺李广利不就是在嘲笑皇帝吗？"上以迁诬罔，欲沮贰师，为陵游说"（同上），于是大怒，把司马迁投入监狱。

第二年，从匈奴那边又传来消息，说投降后的李陵，在替匈奴训练军队，准备与汉军作战了。后来才知道，那其实是一个名叫李绪的人做的事。传递消息的人传错了。可是，汉武帝听到这个消息,就把李陵的老母、妻子全杀死了。替李陵"游说"的司马迁也连坐有罪。汉朝政府规定有赎罪的条例,譬如死罪,用五十万钱就可以减罪一等,免除死刑。而司马迁是一个史官,"家贫,货赂不足以自赎,交游莫救,左右亲近不为一言"(《报任少卿书》),便只能以受刑来抵罪,"下迁腐刑"(《汉书·李广苏建传》)。

事实上,司马迁与李陵平日并无厚交,他在《报任少卿书》中说:"夫仆与李陵俱居门下,素非能相善也,趣舍异路,未尝衔杯酒,接殷勤之余欢",之所以站出来向汉武帝替李陵说话,只是因为平时看到李陵的为人处世:"观其为人自奇士,事亲孝、与士信,临财廉,取予义,分别有让,恭俭下人,常思奋不顾身以徇国家之急。"有"国士之风"。所谓"国士之风",是指国家杰出人才的作风与风度。他认为:"夫人臣出万死不顾一生之计,赴公家之难,斯已奇矣。今举事壹不当,而全躯保妻子之臣,随而媒孽其短,仆诚私心痛之。"

现在来看,不管李陵最初的表现是怎样好,但最后却是投降了敌人,丧失了民族气节。司马迁所说的"彼之不死,宜欲得当以报汉"的愿望,也没有实现。后来,汉武帝死后,"昭帝立,大将军霍光、左将军上官桀辅政,素与陵善,遣陵故人陇西任立政等三人俱至匈奴招陵"(《汉书·李广苏建传》),劝说李陵返国,李陵先是不敢答应,最后竟然拒绝了。李陵真是辜负了司马迁对他的期望和为他做出的巨大牺牲!

与李陵同时陷在匈奴的,还有苏武。苏武(前140—前60),杜陵(今西安)人。天汉元年(前100),苏武奉命以中郎将身份持节出使匈奴,被扣留。匈奴多次威胁利诱,欲使其投降，苏武不屈，"律知武终不可胁，白单于。单于愈益欲降之，乃幽武置大窖中，绝不饮食。天雨雪，武卧啮雪，与旃毛并咽之。数日不死，匈奴以为神。乃徙武北海无人处，使牧羝，羝乳乃得归"（《汉书·李广苏建传》）。苏武历尽艰辛，留居匈奴十九年，持节不屈，至汉昭帝始元六年（前81）方获释归汉。苏武的坚贞不屈，发扬了民族正气，与李陵兵败降敌恰好形成了鲜明的对比。

其实，司马迁上言的初衷还有宽慰汉武帝的意图，按他的话说是"仆窃不自料其卑贱，见主上惨怆怛悼，诚欲效其款款之愚"（《报任少卿书》），这番好意，并没有错与罪，却遭遇这样残酷的命运，这究竟是为什么？他悲愤不已："重为天下观笑，悲夫！悲夫！"真乃"荃不察余之中情"（屈原《离骚》）。他后来在《报任少卿书》里，一腔忧愤地诉说道：

> 太上不辱先，其次不辱身，其次不辱理色，其次不辱辞令，其次诎体受辱，其次易服受辱，其次关木索、被箠楚受辱，其次剔毛发、婴金铁受辱，其次毁肌肤、断肢体受辱，最下腐刑极矣。

司马迁在文中历数历史上那些做成大事的有名望的人物也都有过人生的坎坷和不幸，"且西伯，伯也，拘于羑里；李斯，相也，具于五刑；淮阴，王也，受械于陈……"司马迁认为"在尘埃之中，古今一体，安在其不辱也！""且勇者不必死节……所以隐忍苟活，幽于粪土之中而不辞者，恨私心有所不尽，鄙陋没世，而文彩不表于后世也。"受辱而不死，是因为司马迁的人生大业尚未完成，"而文彩不表于后世也"，更表现出他庄严的历史使命感，"虽万被戮，岂有悔哉！"（《报任少

第一章　禹门有史圣：司马迁与《史记》

卿书》）

《史记》的撰述

司马迁从囚室被放出后，汉武帝也许是弄清楚了"诬罔"的真正原因，心中有点愧疚吧，便让他担任较太史令高的官职——中书令。中书令，俸禄二千石，掌管政府的诏书、表章等机要事务。世俗目为"尊宠任职"，非常轻蔑，而司马迁则视为奇耻大辱。这种情绪在《报任少卿书》强烈地反映出来，他说："祸莫憯于欲利，悲莫痛于伤心，行莫丑于辱先，诟莫大于宫刑。刑余之人，无所比数，非一世也！""乡者仆尝厕下大夫之列，陪外廷末议。不以此时引维纲，尽思虑；今以亏形为扫除之隶，在阘茸之中，乃欲印首伸眉，论列是非，不亦轻朝廷、羞当世之士邪！嗟乎！嗟乎！如仆尚何言哉！尚何言哉！"从这些沉痛的话里面，可以看出腐刑所加给一个活生生男人的痛苦，真是刻骨铭心。

"人固有一死，或重于泰山，或轻于鸿毛。"司马迁选择了他的"重于泰山"之大业，发愤撰述《史记》。他撰述《史记》的心理动机，一是为了完成父亲司马谈"无忘吾所欲论著"的遗愿；二是在下狱遭受"腐刑"以及出狱后受到世俗的轻蔑等，他胸腔里郁积着难以纾解的忧愤之情，所以，司马迁以古代的圣贤为榜样，身处逆境而奋发有为，他说："盖西伯（文王）拘而演《周易》；仲尼厄而作《春秋》；屈原放逐，乃赋《离骚》；左丘失明，厥有《国语》；孙子膑脚，《兵法》修列；不韦迁蜀，世传《吕览》；韩非囚秦，《说难》《孤愤》；《诗》三百篇，大抵贤圣发愤之所为作也。此人皆意有所郁结，不得通其道，故述往事，思来者。"这些贤圣给了司马迁绝大的精神鼓舞；三是自己下狱之后，"家贫，货赂不足以自赎"，这也是司马迁的"自赎之道"——无罪而自赎，要向整个世界宣告，最大的富有是精神的富有！因此，他决心用笔来展现从远古传说时代到自己生活的时代整个全貌的历史。

司马迁写作《史记》抱负是什么呢？按他的话说，就是"究天人之际，通古今之变，成一家之言"（《报任少卿书》），也就是要总结以往历史的经验教训，为当今和未来的治国平天下指明道路。梁启超先生说："迁著书最大目的乃在发表司马氏一家之言，与荀况著《荀子》，董生著《春秋繁露》性质正同，不过其一家之言乃借史的形式发表耳。"（《要籍解题及其读法》）这就是司马迁写此书的抱负。为了完成这个伟大的抱负，"是以就极刑而无愠色。"（《报任少卿书》）这也充分显示出我国古代文人的崇高品格。

《史记》究竟是何时完成的，具体时间没有准确的记载，根据《史记》中最后所记载的史实发生的年月来推断，应该是在汉武帝后元二年（前87）左右最后完成修订。这部伟大的著作，原名《太史公书》，后人简称为《史记》。司马迁在《太史公自序》里说，他的这部著作：

> 周罗天下放失旧闻，王迹所兴，原始察终，见盛观衰，论考之行事，略推三代，录秦汉，上记轩辕，下至于兹，著十二本纪，既科条之矣。并时异世，年差不明，作十表。礼乐损益，律历改易，兵权山川鬼神，天人之际，承敝通变，作八书。二十八宿环北

辰，三十辐共一毂，运行无穷，辅拂股肱之臣配焉，忠信行道，以奉主上，作三十世家。扶义俶傥，不令己失时，立功名于天下，作七十列传。凡百三十篇，五十二万六千五百字，为《太史公书》。

司马迁终于完成了他的"重于泰山"之业与成功的"自赎"。

对于自己的这部巨著，他非常自信，说："以拾遗补艺，成一家之言，厥协'六经'异传，整齐百家杂语，藏之名山，副在京师，俟后世圣人君子。"这部著作，从汉武帝元封三年（前108）司马迁任职太史令准备资料起，到正式写成，共二十一年的时间，如果把他二十岁后就在积极收集史料、全国各地考察采访，以及全书写成后的删订、改削等工作加在一起，实足花费了四十年的时间。他把自己的生命都贡献给了这部著作，这种坚毅卓绝的劳动，值得任何人钦佩和学习。

司马迁的传记资料不多，虽然班固在《汉书》中写有《司马迁传》，但大致是存录了《史记》之《太史公自序》原文并融合《史记》的篇目等而成，因而，司马迁的自序和《报任少卿书》以及《史记》中的一些有关记载成为考察其生平的资料。王国维先生撰写有《太史公行年考》，说："史公卒年，绝不可考，然视为与武帝相始终，当无大误也。"据著名学者张大可先生的《司马迁年谱》，司马迁大约在六十岁的时候，也就是汉昭帝始元元年（前86）去世。

《史记》成因与体例

司马迁之所以能写成历史巨著《史记》，除过社会历史背景的原因外，其成因大致有这几个方面：

其一，重视从书籍中采集史料。凡汉代以前的古书，司马迁无所不采。经书、各国史籍、诸子著作、骚赋等，都是他写史的重要材料。他在《史记》的许多篇章中都做了明确的说明。如《三代世表》中说："余读《谍记》，黄帝以来皆有年数……于是以《五帝系谍》《尚书》集世纪黄帝以来讫共和为世表"（《史记》卷十三）；《六国年表》中说："太史公读《秦记》犬戎败幽王"（《史记》卷十三）；《管晏列传》中说："吾读管氏《牧民》《山高》《乘马》《轻重》《九府》及《晏子春秋》"（《史记》卷六十二）；《司马穰苴列传》中说："余读《司马兵法》，闳廓深远，虽三代征伐，未能竟其义"（《史记》卷六十四）；《十二诸侯年表》中说："太史公读《春秋历谱谍》至周厉王"（《史记》卷十四）；《五帝本纪》中说："予观《春秋》""《国语》"（《史记》卷一）；《屈原贾生列传》中说："余读《离骚》《天问》《招魂》《哀郢》"（《史记》卷八十四）；等等。这些都表明司马迁充分利用了当时所能得到的书籍资料来从事著述。有学者对比统计，《史记》中征引六经及其训解书二十三种，诸子百家及方技书五十三种。（安平秋《〈史记〉教程》）这不一定十分准确，但足以说明其采集书籍资料之丰富。

其二，司马氏世为史官，司马迁的父亲司马谈曾任太史公，他又继任此职，因此，汉初的档案如诏令、记功册等都能见到，

第一章 禹门有史圣：司马迁与《史记》

即所谓"紬史记石室金匮之书"（《史记》卷一百三十），并且可以用作写史的资料。如《惠景间侯者年表》中说："太史公读列封至便侯"（《史记》卷十九）；《高祖功臣侯者年表》中说："余读高祖侯功臣，察其首封，所以失之者"（《史记》卷十八）；《儒林列传》中说："余读功令，至于广厉学官之路"（《史记》卷一百二十一）等等。

其三，重视见闻。秦汉史事，对于司马迁来说是近现代史。当时记载有缺失，因此，多依赖见闻。如《项羽本纪》"赞"中说："吾闻之周生曰：'舜目盖重瞳子'，又闻项羽亦重瞳子"（《史记》卷七）；《赵世家》"赞"中说："吾闻冯王孙曰：'赵王迁，其母倡也……'"（《史记》卷四十三）；《卫将军骠骑列传》中说："苏建语余曰：'……其为将如此'"（《史记》卷一百一十一）；《太史公自序》中说："余闻董生曰：'周道衰废，孔子为鲁司寇……'"（《史记》卷一百三十）；《游侠列传》中说："吾视郭解，状貌不及中人，延誉不足采者"（《史记》卷一百二十四）等等。

其四，全国各地实际考察和资料收集。司马迁曾经多次游历，除前文所述的出游外，他成为太史令后，还随汉武帝巡游了不少地方，在《史记》中常常可以看到他考察各地的话，如：

> 余尝西至空桐，北过涿鹿，东渐于海，南浮江淮矣。至长老皆各往往称黄帝、尧、舜之处，风教固殊焉。总之，不离古文者近是。予观《春秋》《国语》，其发明《五帝德》《帝系姓》章矣。顾弟弗深考，其所表见皆不虚，书缺有间矣，其轶乃时时见于他说。非好学深思，心知其意，固难为浅见寡闻道也。余并

论次，择其言尤雅者，故著为本纪书首。

——《史记·五帝本纪赞》

司马迁把自己的实地考察与文献记载联系起来深思体会，有所选择地进行著述——以上这些因素，是《史记》的主要成因。当然，更重要的是司马迁在遭受不幸与条件极为艰难的情况下，发愤努力撰述的结果。

治史先须明体例。司马迁的《史记》在撰述方法上的独特之处，首先是他创造性的体例。体例对史书的撰述有很大的意义。唐朝的学者刘知幾在《史通》之《序例》中说：

> 夫史之有例，犹国之有法，国无法则上下靡定，史无例则是非莫准。昔夫子修经，始发凡例；左氏立传，显其区域。科条一辨，彪炳可现。

司马迁的体例创造在于把全书一百三十篇分为本纪、表、书、世家和列传五类。这五类体例有所继承也有创造。本纪是全书的纲领，按年月记述帝王的言行政绩，兼录各方面重大事件。分为两类：一类记载先秦时代，以朝代为主；另一类记载秦汉，按帝王成篇。表是用谱牒的形式，厘清错综的史事，以清脉络。也分两类：一类是大事年表，另一类是人物年表，与列传互相补充。对当时不太著名而又事实不可没的事件和人物，以表记载之。表上有名，则列传可省，眉目也很清楚。书是综合论述的形式，也有一些纪事本末的形式，论述典章制度及其沿革。书也可以说是分类史，内容涉及礼乐制度、天文兵律、社会经济、河渠地理等，是研究历史制度所不可缺少的。世家兼用编年和传记的形式，记载诸侯、勋贵和有突出成就、能世其家的人物。列传是以人物为中心的传记，也可分两类：一类是人物传记；另一类是外国或国内少数民族的记载，叙述其种族来源、风俗制度、王族兴衰及与中原的关系。

司马迁创造性地以本纪、表、书、世家和列传五种不同的体例，来记载复杂而丰富的历史。而这五种体例，虽各有分工，但又有内在联系。详于此则略于彼，因此虽分五体，实际是一个整体。这五种体裁都是过去曾经有过的，但是，有意识地使它们相互配合并在一部书里形成一个完整的体系，则是《史记》的首创。清朝赵翼在《廿二史札记》中的《各史例目异同》中指出：

> 古者左史记言，右史记事。言为《尚书》，事为《春秋》，其后沿为编年、记事二种。记事者以一篇记一事，而不能统贯一代之全；编年者又不能即一人而各见其本末。司马迁参酌古今，发凡起例，创为全史：《本纪》以序帝王；《世家》以记侯国；十《表》以系时事；八《书》以详制度；《列传》以志人物。然后一代君臣政事，贤否得失，总汇于一编之中。自此例一定，历代作史者，遂不能出其范围，信史之极则也。

这个体例一定，就成为我国古代史学的"极则"。

《史记》开创了纪传体史书。而且与后世正史中的断代史不同，《史记》又是一部纪传体通史，因为它的写作内容从"五帝"到司马迁生活的当时为止，所谓"述陶唐以来，止于麟止"（《太史公自序》）。司马迁所开创的史书体例，开我国历史著作撰述体例的先河。

《史记》的史学价值

《史记》是我国古代第一部通史。这部开创性的史学著作，无论是撰述的体例、方法方面，还是其寄意、思想诸方面，都有极高的史学和学术价值，有崇高的地位和影响。从古到今都有研究者论及其价值。

《史记》的取材非常丰富，充分利用了当时所能见到的书籍资料，又利用了国家收藏的档案、民间收藏的古文书传，还特别利用了自己实地考察或亲身经历的、从见闻和交游中得来的材料。这些不仅增加了史料来源，而且增强了《史记》内容的真实性。东汉的史学家班固，他在《司马迁传》的"赞"里，如此说："其涉猎者广博，贯穿经传，驰骋古今，上下数千载间，斯以勤矣。"（《汉书》卷六十二）班固充分肯定了《史记》采集经籍，具有极为丰富的史料价值，不过，他是概而言之，而当代学者柴德赓先生致力于我国古籍研究，他列举《史记》中的有关记载来说明：

> 三千年史事，每一个时期的重要问题、重要人物、重要年代，都能正确集中反映。如《殷本纪》所载的商代世次，经过近几十年来甲骨文的发现和研究，证明《史记》完全可信；《十二诸侯年表》把周召共和以后的中国历史年代完全确定排列出来，这是古代史上极重要的材料。又如孔子为儒家创始人，又开私家讲学之风，有《孔子世家》《仲尼弟子列传》就可以说明问题；商鞅变法关于土地制度的一大转变，对封

第一章 禹门有史圣：司马迁与《史记》

建社会的形成有巨大影响，《商君列传》中对变法经过作了详细的叙述。再如战国兼并、养士之风极盛，士的阶层乘时参与政治，则四公子、吕不韦等列传提供了很多材料；对于苏秦张仪合纵连横，还系统地记述了他们游说诸侯的说词。陈涉、吴广起义是我国历史上第一次农民大起义，《史记》对起义过程记得很详。至于汉代社会工商业发展，商人在社会上形成新的力量，则有《货殖列传》。社会矛盾加深，中央集权加强，斗争激烈，在《游侠列传》和《酷吏列传》中可看出。汉初经济由恢复而发展，因用兵而竭蹶，剥削越重，人民生活越苦，这些情况在《平准书》中充分反映出来。总之，《史记》所包含的材料，绝大部分是研究中国古代史所必需的资料。

——《史籍举要》

司马迁对史料持严谨审慎的态度。如《五帝本纪》"赞"中说："学者多称五帝，尚矣。然《尚书》独载尧以来；而百家言黄帝，其文不雅驯，荐绅先生难言之。"又如《伯夷列传》中说："夫学者载籍极博，尤考信于六艺。"《三代世表》也说："自殷以前诸侯不可得而谱，周以来乃颇可著。孔子因史文次《春秋》，纪元年，正时日月，盖其详哉。至于序《尚书》则略，无年月；或颇有，然多阙，不可录。故疑则传疑，盖其慎也。"这些足以说明司马迁对史料的辨别具有严谨审慎的态度。

司马迁在《史记》中体现出进步的历史观。他在《太史公自序》里有"余闻董生"的话，据此，有学者认为司马迁曾经求学于大儒董仲舒，因为董仲舒"治《公羊春秋》"，司马迁显然受到董仲舒的影响，例如，他在《史记》中把孔子列入世家，给其特别的对待，显然是基于公羊学派把孔子当作素王即无冕之王的学说。司马迁还接受了董仲舒"大一统"的思想，在《史记》中明显地体现出来。如司马迁在《魏世家》"赞"中说：

> 吾适故大梁之墟，墟中人曰："秦之破梁，引河沟而灌大梁，三月城坏，王请降，遂灭魏。"说者皆曰魏以不用信陵君故，国削弱至于亡，余以为不然。天方令秦平海内，其业未成，魏虽得阿衡之佐，曷益乎？

对于魏国的灭亡，司马迁认为这是符合历史发展要求全国统一的大势所趋，并不是所谓的贤人就能阻挡得住"秦平海内"的历史变革要求。还有董仲舒所推崇的"三纲说"（即君为臣纲、父为子纲、夫为妇纲），也渗透在《史记》以帝王的"本纪"为纲的撰述方法中。

《史记》的史学价值，还在于司马迁能客观真实地叙述历史过程。班固在《汉书》之《司马迁传》"赞"中说："自刘向、扬雄博极群书，皆称迁有良史之材，服其善序事理，辨而不华，质而不俚，其文直，其事核，不虚美，不隐恶，故谓之实录。"例如《封禅书》所载李少君、文成将军、栾大等，皆以欺诳为事，反映出统治者的贪得无厌、欲求长生不老，可以一欺再欺，而终不悔悟，他说："方士之候祠神人，入海求蓬莱，终无有验。"（《史记》卷二十八）就是明证。

《史记》表现出进步的民族观。他在《史记》中开辟了专章，写了《匈奴列传》《南越列传》《东越列传》《朝鲜列传》和《西南夷列传》，著名学者韩兆琦先生说："司马迁吸收了战国以来有关中国境内各民族以及周边国家发展来源的说法，在《史记》把春秋、战国时代的中原、荆楚、吴越、秦陇、两广、云贵、塞北、东北各地区的国家与民族都写成是黄帝的子孙，这对于两千年来我国这个多民族的友好大家庭的形成与稳定，起了难以估量的作用。"(《〈史记〉精讲》之《概说》)

《史记》又是当时系统研究史学的唯一学术著作，让后世能借此以研究古代历史的发展变化，即他说的"原始要终，见盛观衰"(《史记·太史公自序》)，来探讨社会前进的基本规律。

《史记》还表现出进步的经济思想。包括强调发展经济，认为经济是国家强大的基础，提倡"工""农""商"并重。根据当代历史地理学者的研究，司马迁在《货殖列传》中还提出我国有四大经济区：

> 山西区、山东区、江南区和龙门—碣石以北地区。这四个区中，前三个区都是公认的讲法，但以龙门、碣石两个"点"来表界，则是司马迁的考虑。"两点"，我们自然而然会想到"一线"，应该说司马迁的意思中也包含着这"一线"。这条自山陕之间的龙门起，至渤海边的碣石，是当时的一条农牧分界线。
>
> 史念海先生很赞赏司马迁提出的这条人文地理大界线，它是我们认识战国秦汉时期北方经济区划、民族分布的重要线索。
>
> ——唐晓峰《新订人文地理随笔》

唐晓峰从《货殖列传》中，挖掘出司马迁早就划定了"龙门—碣石"这条人文地理大界线，令人耳目一新。由此来说，《史记》所蕴含的史学价值非常丰富，有待于更深层次的研究发现。

《史记》的文学意义

鲁迅先生论及《史记》时，说它是"史家之绝唱，无韵之离骚"(《鲁迅全集》卷九《汉文学史纲要》)。先生将《史记》与《离骚》并论，应该是因为屈原与司马迁的遭遇或作品的写作背景十分相似，也因为《史记》同样是我国文学史上的一座伟大的高峰。

司马迁是伟大的史学家，也是伟大的文学家。他所著的《史记》以人物为核心展开广阔的历史叙述。在他之前，以叙事为中心的《左传》和以写辞令为中心的《战国策》等，也都写了一些人物，取得了不少写人的经验，这无疑对司马迁写《史记》有一定的影响。但是，《左传》《战国策》等书的目的在于写事，而非写人，而《史记》通过本纪、世家和列传，广泛地描述了帝王、贵族、公子、官僚、政治家、军事家、思想家、经学家、策士、隐士、说客、刺客、游侠、士绅、医卜、商人、俳优、幸臣以及少数民族首领等，有人统计《史记》一共记录了四千多个人物，这些人物，活动在从黄帝到汉武帝这三千多年的历史大舞台上。略而言之，其写人艺术特点是：

其一，司马迁写人物善于把人物置身于尖锐的矛盾场面中来写。比较典型的是《项羽本纪》中的"鸿门宴"，先叙初入关时项羽、刘邦两方的实力和冲突的缘由；次叙项伯一面把项王发怒的事私告张良，并说沛公往谢项王，一面又先向项王为沛公疏通，沛公至鸿门谢罪，项王态度缓和；接叙饮宴，具体说

第一章 禹门有史圣：司马迁与《史记》

明座次，为下文项庄舞剑、樊哙入卫的叙述做准备；范增令项庄以舞剑行刺，项伯翼蔽沛公，情形危急，樊哙入卫，气摄项王，情形转缓，项王对范增的举玦"默然不应"，尚有主见，对于樊哙的诘责，"未有以应"，已居下风，沛公乘间脱身，匆遽中见其机警，项王不知沛公已去，完全出于被动地位，范增怒碎玉斗，表现出他的无可奈何；沛公至军，杀曹无伤是鸿门宴之余波。宋代刘辰翁说："叙楚汉会鸿门事，历历如目睹，无毫发渗漉，非十分笔力，模写不出。"（《班马异同评》）司马迁通过描写鸿门宴上楚汉双方的斗争场面，生动地写出了项羽和刘邦不同的人物性格特征。

又如，他在《刺客列传》中写荆轲，选取了荆轲离燕入秦，燕太子丹为之送行的场面：

> 太子及宾客知其事者，皆白衣冠以送之。至易水之上，既祖，取道，高渐离击筑，荆轲和而歌，为变徵之声。士皆垂泪涕泣。又前而为歌曰："风萧萧兮易水寒，壮士一去兮不复还！"复为羽声忼慨，士皆瞋目，发尽上指冠。于是荆轲就车而去，终已不顾。

及至秦，见秦王，刺杀秦王一节，更是矛盾斗争激烈：

> 秦王闻之，大喜。乃朝服，设九宾，见燕使者咸阳宫。荆轲奉樊於期头函，而秦舞阳奉地图匣，以次进。至陛，秦舞阳色变振恐。群臣怪之。荆轲顾笑舞阳，前谢曰："北蕃蛮夷之鄙人，未尝见天子，故振慑。愿大王少假借之，使得毕使于前。"秦王谓轲曰："取舞阳所持地图。"轲既取图奏之，秦王发图，图穷而匕首见。因左手把秦王之袖，而右手持匕首揕之。

未至身，秦王惊，自引而起，绝袖。拔剑，剑长，操其室。时惶急，剑坚，故不可立拔。荆轲逐秦王，秦王环柱而走。群臣皆愕，卒起不意，尽失其度。而秦法，群臣侍殿上者不得持尺寸之兵，诸郎中执兵皆陈殿下，非有诏召不得上。方急时，不及召下兵，以故荆轲乃逐秦王。而卒惶急，无以击轲，而以手共搏之。是时，侍医夏无且以其所奉药囊提荆轲也。秦王方环柱走，卒惶急不知所为，左右乃曰："王负剑！王负剑！"遂拔以击荆轲，断其左股。荆轲废，乃引其匕首以提秦王；不中，中柱。秦王复击轲，轲被八创。轲自知事不就，倚柱而笑，箕踞以骂曰："事所以不成者，以欲生劫之，必得约契以报太子也。"于是左右既前杀轲……

这是多么紧张、令人眼花缭乱的描写！语言短促，语气急迫，只见秦王绕柱奔跑躲避，荆轲在后紧追不舍，殿上殿下的群臣百官一片慌乱，"以手共搏之"，危急之中，侍医夏无且拿起药囊击打荆轲，千态万状，尽在目前……易水送别，荆轲自知一去不返，而殿上刺杀秦王，勇敢无畏，一腔豪气，轻蔑秦王，"箕踞以骂之"，终被杀死。荆轲虽知不可为而为之的精神，令人感动。

其二，司马迁善于抓住人物一生中最具典型意义的事件和行为来突出其主要成就和人物形象。如写赵国名相蔺相如，就紧紧地抓住蔺相如的三件事来写：一是完璧归赵，表现他之勇敢机智，敢担重任；二是渑池会，表现其凛然正气，不辱国体；三是将相和，表现蔺相如以国家利益为重，不计较个人的荣辱恩怨。蔺相如对赵国的历史贡献和高尚品德从这三次活动中显示出来。

再如写周亚夫驻军细柳，治军严格：

> 上自劳军。至霸上及棘门军，直驰入，将以下骑送迎。已而之细柳军，军士吏披甲，锐兵刃，彀弓弩，持满。天子先驱至，不得入。先驱曰："天子且至！"军门都尉曰："将军令曰：'军中闻将军令，不闻天子之诏。'"居无何，上至，又不得入。于是上乃使使持节诏将军："吾欲入劳军。"亚夫乃传言开壁门。壁门士吏谓从属车骑曰："将军约，军中不得驱驰。"于是天子乃按辔徐行。至营，将军亚夫持兵揖曰："介胄之士不拜，请以军礼见。"天子为动，改容式车。使人称谢："皇帝敬劳将军。"成礼而去。既出军门，群臣皆惊。文帝曰："嗟乎，此真将军矣！曩者霸上、棘门军，若儿戏耳，其将固可袭而虏也。至于亚夫，可得而犯邪！"称善者久之。月余，三军皆罢。乃拜亚夫为中尉。
>
> ——《史记·绛侯周勃世家》

司马迁文中叙写汉文帝至霸上、棘门和细柳这三个驻军地方慰劳军队，前两个军营都是"直驰入，将以下骑送迎"，可是，到细柳却不得入军营，通过这个典型事件，利用侧面和间接描写，表现出周亚夫治军谨严的大将风度，十分生动有力。

其三，司马迁善于把人物传记写得传奇化、戏剧化，甚至采用小说的笔法。例如《田单列传》写田单破燕，故事情节完整而又曲折有致；《范雎蔡泽列传》写范雎报复仇人须贾，就有点类似小说故事；《越王勾践世家》附录范蠡救子的篇章，简直就是推理小说。

其四，他善于通过典型细节来刻画人物。记得过去读唐弢先生早年间的《创作漫谈》这部书，记忆最深刻的一句话，大意是"情节可以虚构，细节不能虚构"——刻画人物离不开细节。司马迁笔下的人物之所以形神兼备，关键是他抓住细节来表现人物。例如，在《陈涉世家》中，写陈涉的佣耕叹息：

> 陈涉少时，尝与人佣耕，辍耕之垄上，怅恨久之，曰："苟富贵，无相忘。"佣者笑而应曰："若为佣耕，何富贵也？"陈涉太息曰："嗟乎，燕雀安知鸿鹄之志哉！"

又如《留侯世家》写张良亡匿下邳时为圯上老人进履，《陈丞相世家》写陈平为乡党均分涉肉等细节。他在《李斯列传》中，写李斯的入仓见鼠而叹，文曰：

> （李斯）年少时，为郡小吏，见吏舍厕中鼠食不洁，近人犬，数惊恐之。斯入仓，观仓中鼠，食积粟，居大庑之下，不见人犬之忧。于是李斯乃叹曰："人之贤不肖譬如鼠矣，在所自处耳！"

再如《酷吏列传》写张汤幼年审盗肉之鼠的干练：

> 父为长安丞，出，汤为儿，守舍。还而鼠盗肉，其父怒，笞汤。汤掘窟得盗鼠及余肉，劾鼠掠治，传爰书，讯鞫论报，并取鼠与肉，具狱磔堂下。其父见之，视其文辞如老狱吏，大惊，遂使书狱。

这些人物细节的描写，对表现人物的志趣抱负、性格好尚都起到了很好的刻画作用。在《史记》中，刘邦与项羽是司马

第一章 禹门有史圣：司马迁与《史记》

迁着力描写的人物，皆是通过细节来丰满其性格，例如，写刘邦的机敏：

> 沛公方踞床，使两女子洗足。郦生不拜，长揖，曰："足下必欲诛无道秦，不宜踞见长者。"于是沛公起，摄衣谢之，延上座。食其说沛公袭陈留，得秦积粟。
>
> ——《史记·高祖本纪》

还有，刘邦与项羽相持于荥阳，项羽亲自挑战，刘邦骂项羽有十条罪状，而后，司马迁写道："项王大怒，伏弩射中汉王，汉王伤胸，乃扪足曰：'虏中吾指！'"这里把刘邦的神情简直写活了，刘邦果然机灵，这一细节着实太重要了。张守节说："恐士卒怀散，故言虏中吾指。"（《史记正义》）此对于蒙骗敌人，稳定自己的军心起到非同小可的作用。他写刘邦虽然已得天下，仍然有直率淳朴的天性：

> 未央宫成。高祖大朝诸侯群臣，置酒未央殿前。高祖奉玉卮，起为太上皇寿，曰："始大人常以臣无赖，不能治产业，不如仲力。今某之业所就孰与仲多？"殿上群臣皆呼万岁，大笑为乐。
>
> ——《史记·高祖本纪》

此处寥寥数语，刘邦草野之气跃然纸上。司马迁非常同情失败的英雄项王，也是通过细节来反映项王英勇善战的个性特征。例如，写项王与汉王手下将领娄烦交战：

> 项王大怒，乃自披甲持戟挑战，娄烦欲射之，项王瞋目叱之，娄烦不敢视，手不敢发，遂走还，入壁，不敢复出。
>
> ——《史记·项羽本纪》

文中"项王瞋目叱之，娄烦不敢视"，项王英雄气概顿然而出。再如，写项王兵困垓下，四面楚歌时之神情与人物行为：

项王乃大惊曰："汉皆已得楚乎？是何楚人之多也？"项王则夜起，饮帐中。有美人名虞，常幸从；骏马名骓，常骑之。于是，项王乃悲歌慷慨，自为诗曰："力拔山兮气盖世，时不利兮骓不逝。骓不逝兮可奈何，虞兮虞兮奈若何！"歌数阕，美人和之。项王泣数行下，左右皆泣，莫能仰视。

及至最后战败，他从容安排了后事，把自己珍爱的战马骓赐予亭长，令骑皆下马，持短兵接战：

独籍所杀汉军数百人。项王身亦被十余创。顾见汉骑司马吕马童曰："若非故人乎？"马童面之，指王翳曰："此项王也。"项王乃曰："吾闻汉购我头千金，邑万户，吾为若德。"乃自刎而死。

以上列举的片段，都说明了司马迁善于从肖像、语言和动作、神态诸方面的细节描写来烘托环境气氛，刻画人物，表现出灿然的人物形象，使人物活灵活现于目前，独见其风采。

其四，司马迁对自己描绘的人物，倾注了自己的感情，尤其令人称赞的是通过鲜明的个性化语言，表现人物的内心活动和精神世界，从而使人物形象鲜明生动，如状目前。在《项羽本纪》中，他对于项羽这位失败的英雄充满了同情和惋惜，赞扬项羽的无比英勇和叱咤风云，肯定其历史功绩，也指责他的沽名钓誉和残暴自恃，在司马迁笔下，一个活生生的项羽跃然纸上，呼之欲出，使人不忍释卷。《史记》所写的刘邦与韩信、萧何与吕后以及张良、樊哙、周勃、陈平、周亚夫等，都成为

第一章 禹门有史圣：司马迁与《史记》

不朽的艺术形象。

其五，《史记》高超的语言艺术。伟大的文学作品是非常讲究语言艺术的，其记录人物的个性化的表情与谈吐话语，必须符合人物的身份和处境，使人闻其声而知其人，还广泛吸收口语、俗语和采用民间谚语和歌谣。例如，在《淮南衡山列传》中，引用民谣："一尺布，尚可缝；一斗粟，尚可舂；兄弟二人不相容。"他还把古书如《尚书》等经籍"佶屈聱牙"的语言变成通晓明白的当代语言。司马迁运用语言出神入化，并创造了许多成语，诸如"冰清玉洁""藏之名山，传之其人"等等，这些都为后世的文学家所称道和崇尚。

还要说的是，司马迁一腔抑郁不平之气，充溢于《史记》全书，尤其是见于悲剧色彩明显的一些篇章，如《项羽本纪》《孙子吴起列传》《伍子胥列传》《屈原贾生列传》《商君列传》等——所谓悲剧，鲁迅先生在《再论雷峰塔的倒掉》中指出："将人生有价值的东西毁灭给人看。"司马迁在《报任少卿书》中有意识地把自己遭遇的极大不幸，以及他非常同情的诸如孙子、吴起、伍子胥、屈原、贾谊、商鞅、项羽，还有《刺客列传》中的刺客荆轲、《游侠列传》中的游侠郭解等历史人物的"人生有价值的东西毁灭"写出来，给人看，因此，《史记》呈现出牢骚孤愤抑郁不平与悲剧意识，构成了《史记》的整体艺术风格。

关于《史记》的文学意义，亦同其史学价值一样，从古到今，论者尤多。著名学者韩兆琦先生经年研究《史记》。他在论述《史记》的文学意义时说：

> 从文学的角度讲，它第一次运用丰富多彩的艺

术手段，给人们展现了一道栩栩如生的画廊。《史记》人物与先秦文学的人物显著差异在于它们的鲜明个性化。由于作者十分注意设身处地揣摩每个情节，每个场面的具体情景，并力求逼真地表达出每个人物的心理特征，因此《史记》的描写语言和他为作品人物所设计的对话都是异常精彩的。试回想其中的刘邦、项羽、张良、韩信，以及毛遂、蔺相如等，哪一个不生动得令人为之赞叹呢？《史记》这种超前成熟的写人艺术，对我国后世传记文学以及小说、戏剧的创作产生了巨大的影响。《史记》中的诸多主题，《史记》人物的诸多范型，以及《史记》故事的许多情节场面，都为后世的小说、戏剧开出了无数法门。当代的美国汉学家浦安迪（Andrew H. Plaks）把《史记》称作中国古代的"诗史"，说它对中国后代文学的影响就如古代希腊的《奥德赛》之影响欧洲文化一样。

——《〈史记〉精讲》之《概说》

第二章　潼亭杨震：挺立东风不著尘

过了风陵渡，便进入关中东部久负盛名的关隘潼关，桥头一片繁华，这里是秦东镇所在地。秦东镇即汉代的潼亭，是东汉著名的廉吏杨太尉魂归之处。沿着秦东镇民国年间所修建西安至潼关的老公路向西，行走不过几公里，即到达吊桥村，即如今的四知村。

此村北依黄河，南临层峦叠翠的长塬，靠近塬坡的村头摇曳着丛丛秀丽的青竹，村道整洁，屋舍俨然。村子北边宽阔平整的地面上，修建有精巧而秀气的石牌坊，广场正中，矗立着高大的杨震雕像，手执书卷，南向迎风而立，塑像的底座上，篆刻着简介文字："杨震（？—124)，字伯起，东汉弘农（今潼关水峪口村）人。长期从教，人称'关西夫子'，五十岁入仕，官至太尉。以'四知'拒金名扬古今，因称'四知先生'。杨震死后葬于潼关四知村。"杨震雕像身后，就是庄严的杨震廉政博物馆以及杨震及其家族墓地。

早就听说过杨震的不少传闻，此次专程拜谒，由于疫情的原因，博物馆闭馆。徘徊在矗立着杨震雕像的广场上，极目四望，但见蓝天白云，黄河悠然东流，太华山巍然耸立天外……

关西孔子杨伯起

拜谒杨震廉政博物馆未能入馆，而杨震的廉洁清白形象总是在眼前浮现不已，自然还是再向《后汉书》里寻觅他的身影，这是最原始也是比较真实的记述。《后汉书》之《杨震列传》记载：

> 杨震字伯起，弘农华阴人也。八世祖喜，高祖时有功，封赤泉侯。高祖敞，昭帝时为丞相，封安平侯。父宝，习《欧阳尚书》。哀、平之世，隐居教授。居摄二年，与两龚、蒋诩俱征，遂遁逃，不知所处。光武高其节。建武中，公车特征，老病不到，卒于家。

杨震，字伯起，弘农郡华阴县人——潼关清朝雍正五年（1727）始置县，其出生地当属今潼关县水峪口村。杨震的八世祖杨喜，是汉高祖刘邦的猛将，官居郎中骑都尉，又执掌宫中更值宿卫。项羽兵败垓下自刎，杨喜等五人分其尸，以功封赤泉侯，事见《史记》之《项羽本纪》。高祖杨敞，是西汉著名政治家，在汉昭帝时，曾担任丞相，封安平侯。父亲杨宝，修习欧阳《尚书》，在西汉哀帝、平帝年间隐居民间，教授学生。王莽摄政期间，杨宝与楚地龚胜、龚舍、蒋诩一起受到王莽征召，杨宝不肯应召，于是躲藏起来，不知所终。后来东汉光武帝刘秀称赞他有气节。建武年间，光武帝派公车特招杨宝，因为年迈体衰，杨宝没有应召，在家中去世。赤泉侯杨喜的曾孙杨敞，是汉太史令司马迁的女婿。杨震的父亲杨宝，少小时，就有仁慈之心，据南朝吴均在《续齐谐记》中说：

宝年九岁时，至华阴山北，见一黄雀为鸱鸮所搏，坠于树下，为蝼蚁所困。宝取之以归，置巾箱中，唯食黄花，百余日毛羽成，乃飞去。其黄衣童子向宝拜曰："我西王母使者，君仁爱救拯，实感成济。"以白环四枚与宝："令君子孙洁白，位登三事，当如此环。"

杨震有杨宝这样精通儒家欧阳《尚书》和具有仁慈之心以及气节的父亲的影响，他从小就热爱学习，《后汉书》之《杨震列传》说得简洁准确："震少好学，受《欧阳尚书》于太常桓郁，明经博览，无不穷究。"桓郁，字仲恩，"敦厚笃学，传父业，以《尚书》教授，门徒常数百人"，"帝以郁先师子，有礼让，甚见亲厚，常居中论经书"（《后汉书》卷三十七《恒荣列传》之《子郁》）。他不但教授《尚书》给杨震等从学者，而且还是皇太子刘炟的老师，深受爱戴。《尚书》，是中国第一部上古历史文献和部分追述古代事迹著作的汇编，是儒家五经之一。《史记》之《儒林传》说："孝文帝时，欲求能治《尚书》者，天下无有，乃闻伏生能治，欲召之，是时伏生年九十余，老不能行，于是乃诏太常使掌故晁错往受之。秦时焚书，伏生壁藏之，其后兵大起，流亡；汉定，伏生求其书，亡数十篇，独得二十九篇，即以教于齐鲁之间。"此为今文《尚书》。《汉书》之《儒林传》说："武帝末，鲁共王坏孔子宅，而得古文《尚书》，皆古字也。孔安国者，孔子之后也。悉得其书，以考二十九篇，得多十六篇。"这是古文《尚书》。欧阳所传乃今文《尚书》。有名师教导，又非常勤奋，他很快博览群书，对诸家学问无不探究，"诸儒为之语曰'关西孔子杨伯起'"。

讲学湖县与出仕

杨震在距离家乡华阴不是十分遥远的湖县（治所在今河南灵宝市西北原阌乡县西）客居讲学数十年，专心教育，不应州郡"礼命"征召。大家说，杨震到了"晚暮"的年龄，便会出仕为官，可是，杨震还是坚持教授学生，而此志弥坚。

《后汉书》之《杨震列传》记录了这样一个故事："有冠雀衔三鳣鱼，飞集讲堂前，都讲取鱼进曰：'蛇鳣者，卿大夫服之象也。数三者，法三台也。先生自此升矣。'"所谓"冠雀"即鹳雀；"都讲"，是门弟子中成绩优良的儒生；"鳣"通"鳝"，鳝鱼长者不过三尺，黄地黑文，故"都讲"云"蛇鳝者，卿大夫之服象也"；服，指衣服；"三台"，汉因秦制，以尚书为中台，御史为宪台，谒者为外台，合称三台。《后汉书》之《杨震列传》记述这个故事，反映了古代"天人合一"的思想，天既然有迹象垂示要杨震出仕，而人是不能违背天意的，这实际上是应和上述的黄雀报恩而生发出来的一个美好的故事而已。

不过，也说明了杨震的学识与品格卓然出众，他应该出来替国家和老百姓做事。大约在汉殇帝元年（106），杨震"年五十，乃始仕州郡"（同上）。在仕州郡期间的具体情形，《杨震列传》并未详细写出来，然而，可以推测出来，肯定是治理有方，深受老百姓的爱戴。"大将军邓骘闻其贤而辟之"，所谓"辟"，是征召和荐举的意思。杨震在邓骘的举荐下，"举茂才，四迁荆州刺史、东莱太守"，所谓"茂才"，就是秀才。因为东汉时，为了避讳光武帝刘秀的名字，将秀才改为茂才。连续四次升迁，杨震担任荆州刺史、东莱郡太守。

邓骘，史书说："骘字昭伯，少辟大将军窦宪府。及女弟为贵人，骘兄弟皆除郎中。"(《后汉书·邓骘传》)他出身世家豪族，祖父邓禹，位列东汉初年"云台二十八将"之首的太傅，少年时即被大将军窦宪征辟为府僚。永元八年（96），因妹妹邓绥入宫为贵人，邓骘兄弟都被任命为郎中。永元十四年（102），邓绥被汉和帝立为皇后，邓骘经三次迁升后任虎贲中郎将。延平元年（106）四月，汉殇帝刘隆拜邓骘为车骑将军、仪同三司。同年八月，"殇帝崩，太后与骘等策立安帝"，"自和帝崩后，骘兄弟常居禁中"，协助太后处理朝廷政事，然而，"骘谦逊不欲久在内，连求还第"，"永初元年，封骘上蔡侯"，邓骘频频上疏，坚决"辞让"。要说明的是，章和二年（88）汉章帝刘炟去世，年仅十岁的太子刘肇即位，是为汉和帝。此后，东汉的皇帝都是年幼即位，故多太后临朝。而太后临朝，多依靠娘家人——外戚，但是，小皇帝长大后，却看不惯外戚的专横跋扈，就依靠自己最信任的宦官夺回皇权，因此，外戚与宦官为争夺权利而展开激烈的斗争，这也是东汉历史的显著特点。和帝时期，窦太后临朝称制，母舅窦宪位居机要，窦氏集团掌握了实权。永和四年（139），和帝在宦官郑众的帮助下，诛灭了窦氏势力。所以，邓太后临朝后，邓骘从窦氏的失败中吸取教训，故有"谦逊"之谓和"辞让"封侯之举。应该说，邓骘是协助邓太后治理天下的得力助手，他举荐儒学名士杨震为官，就是出于力图东汉社会复兴的目的。

"四知"却金

东汉中后期，豪强大族把持朝政和地方政权，他们骄横淫逸，竞相奢华，这种风气与日炽烈，畸形的商业经济猝然发达起来。当时的情形，正如历史学家范晔指出的："今举俗舍本农，趋商贾，牛马车舆，填塞道路，游手为巧，充盈都邑。"（《后汉书·王符列传》）都城洛阳"资末业者什于农夫，虚伪游手什于末业"，"今人奢衣服，侈饮食"，而"豪人之室，连栋数百，膏田满野，奴婢千群，徒附万计"（《后汉书·仲长统列传》）。这种社会风气也影响到官场，贪腐受贿成为一种暗规则。

在大将军邓骘的举荐下，杨震前往东莱郡（今山东烟台、威海一带）赴任，途经昌邑县（治所在今山东巨野县南昌邑乡），"故所举荆州茂才王密为昌邑令"，趁着夜色，前来看望他：

> 至夜怀金十斤以遗震。震曰："故人知君，君不知故人，何也？"密曰："暮夜无知者。"震曰："天知，神知，我知，子知。何谓无知？"密愧而出。
>
> ——《后汉书·杨震列传》

王密得杨震举荐而为昌邑令，杨震对他来说，有知遇之恩，为了报答恩师，故有此举。东汉是在南阳、颍川、河北等地的豪强大族支持下建立起来的，"这些豪强大族，在经济上，拥有规模很大的田庄；在政治上，通过'察举'和'征辟'的选举制度，牢牢地控制着中央和地方各级政权；在军事上，拥有私家武装。从朝廷到地方，这些豪强大族都拥有雄厚的势力"（《文物秦汉史》第三章《豪强统治的东汉》）。由于豪强大族世

第二章　潼亭杨震：挺立东风不著尘

代为官，在政治上享有极大的特权，因此，他们往往垄断着选官的权柄，所谓"察举"和"征辟"是东汉选拔官吏的制度，前者是地方州郡以"贤良""孝廉""茂才"等名目，把有名望、有德行的人推荐上去，经过考核，任以官职；后者是由朝廷、官府直接征召当官。无论是被"察举"，还是"征辟"者，都必须有高才重名，为乡党舆论所推崇。因为豪强大族垄断了仕途，士人为了做官，不得不效力于他们的门下，成为"门生"；大官僚可以自己挑选亲信作属吏，以效忠自己，成为"故吏"。

当时的宗师与门生，举主与故吏利害相连，兴衰与共，"完全成为一种私恩的结合，形成君臣和父子的关系。门生对宗师，故吏对举主有许多道义上的责任"（同上）。受这种社会风气的影响，王密趁着夜色"怀金十斤以遗震"，来表达对恩师的感激之情，然而，杨震却并非流俗之辈，他觉得王密有真才实学，"故所举荆州茂才王密为昌邑令"。在杨震看来，举荐王密是任人唯贤，自己对他并无什么私恩，所以严拒王密。在东汉"众皆竞进以贪婪兮，凭不厌乎求索"（屈原《离骚》）的社会境况下，杨震有这样的夜拒贿金的品节，无疑是其时一股浩荡的清流。习近平总书记在第十八届中央纪律检查委员会第七次全体会议上，讲述杨震"四知拒金"的故事说，"这是一种觉悟"（《习近平讲故事》），而觉悟对一个人立身立业立言立德有着极为重要的意义。有觉悟方能辨是非、明公私，有觉悟方能养正气、祛邪气。

杨震就是这样的有觉悟者，"性公廉，不受私谒"，对自己子孙，他也同样严格要求，教他们清白做人。《后汉书·杨震列传》说，杨震的子孙"常蔬食步行，故旧长者或欲令为开产业，震不肯，曰：'使后世称为清白吏子孙，以此遗之，不亦厚乎！'"译成白话文，就是其子孙常常只吃蔬菜，徒步而行，以前的故旧朋友、长者，劝杨震为子孙置办一些产业，杨震不肯，说："后世人称他们为清白官吏的子孙，以此作为遗产，还不够丰厚吗？"

杨震的觉悟，不但熏陶了他的子孙后代，"能守家风，为世所贵"，而且成就了子孙的功业，也影响到后世的贤良官吏。例如，在隋朝初年担任过监察御史的房彦谦，教导他的儿子——后来成为唐朝名相的房玄龄说："人皆因禄富，我独以官贫。所遗子孙，在于清白耳。"（《隋书·房彦谦传》）此话与杨震的话何其相似，其看重清白二字，重似千钧。唐朝大诗人李白在天宝七载（748），送杨燕将去东鲁所作送别诗，其中对其先祖杨震及后代由衷地感叹道："关西杨伯起，汉日旧称贤。四代三公族，清风播人天。"（《送杨燕之东鲁》）为官为人，廉洁清白最为重要。

任人唯贤

在东汉社会豪强大族把持"察举"和"征辟"选人制度的局面下，杨震却以国家为重，大胆举荐贤才，王密就是他担任荆州刺史时所擢拔。由于"至夜怀金十斤以遗震"的举动，他被杨震批评教育后，甚觉惭愧，虽然史书再无记载他后来的作为，但想必从此他会更加注意规范自己为官与做人的行为。元初四年（117），杨震"征入为太仆，迁太常"，太仆，按照《后汉书·百官志》记载："太仆，卿一人，中二千石。本注曰：掌车马",兼管畜牧业等;太常,"卿一人,中二千石。本注曰:掌礼仪祭祀"(同上),"国家盛大,社稷长存,故称太常"(《后汉书·光武帝纪》更始元年注),还负责文化教育。古代文化,最重礼乐。所谓"移风易俗,莫善于乐;安上治民,莫善于礼"(《孝经》卷六)。杨震担任太常之后,深知"先是博士选举多不以实"之弊(《后汉书·杨震列传》),因此,他"举荐明经名士陈留杨伦等"为博士。汉代教育,中央有太学,是太常下属机构。太学有博士,是太常的属官,任务有二:一是"教子弟"(学生),传授知识;二是"国有疑事,掌承问对"(《后汉书·百官志》)。杨震所选和举荐的人,后来都"显传学业,诸儒称之"。其中杨伦专心向学,成就最高,《后汉书·儒林列传》记载有他事迹。

延光二年(123),"司徒杨震为太尉"。太尉,在东汉时主兵政,负责考核武官的政绩,报告皇帝,根据优劣决定赏罚。同时还往往录(总领)尚书事,不仅掌兵政,也掌民政,权力超过司徒、司空。杨震担任太尉之后,秉公为政,尤其在举荐选人上,仍然坚持"不受私谒"的原则。对那些无德无能的平庸之辈,不论是由谁举荐,杨震都坚决抵制,概不任用。延光二年(123),杨震任太尉时:

> 帝舅大鸿胪耿宝荐中常侍李闰兄于震,震不从。宝乃自往候震曰:"李常侍国家所重,欲令公辟其兄,宝唯传上意耳。"震曰:"如朝廷欲令三府辟召,故宜有尚书敕。"遂拒不许,宝大恨而去。皇后兄执金吾阎显亦荐所亲厚于震,震又不从。
>
> ——《后汉书·杨震列传》

这段记述，大意是：汉安帝的舅父、官至九卿之一的大鸿胪耿宝，向杨震举荐宦官中常侍李闰的哥哥，想让那人入朝做官。杨震知道那人的德才不值得征辟，就予以拒绝。后来耿宝又亲自前往杨震住所，对杨震说："李常侍受朝廷器重和宠幸，想让你提携和重用他的兄长，我不过是在转达皇帝的意思罢了。"杨震立即针锋相对地说："如果朝廷想让三公征辟中常侍的哥哥，按理就应该有尚书的文书。"耿宝无言以对，只得怀恨而去。汉安帝阎皇后的哥哥执金吾阎显，也向杨震说情，举荐他所亲幸的人为官。杨震知道那人不可任用，同样予以拒绝。杨震坚持任人唯贤的原则，根本不怕得罪这些怙势弄权的皇亲贵戚之流。

刚正不阿

汉安帝刘祜，"少号聪敏，及长多不德，而乳母王圣见太后久不归政，虑有废置，常与中黄门李闰侯伺左右"（《后汉书·邓骘传》），建光元年（121）邓太后去世后，王圣便开始残酷地清除外戚势力，"宫人先有受罚者，怀怨恚"，诬告邓骘的弟弟邓悝、邓弘、邓闾先前要废黜安帝，谋立平原王刘翼为帝。邓骘也被牵连，"遣就国。宗族皆免官归故郡，没入骘等赀财田宅"，"又徙封骘为罗侯"，"骘与子凤并不食而死"，其从弟河南尹豹等人皆自杀……一时间，腥风血雨，而"内宠始横。安帝乳母王圣，因保养之勤，缘恩放恣；圣子女伯荣出入宫掖，传通奸赂"（《后汉书·杨震列传》）面临这种非正常局面，杨震挺身而出，向汉安帝上疏，揭露奸佞，指陈时弊：

第二章 潼亭杨震：挺立东风不著尘

> 臣闻政以得贤为本，理以去秽为务……方今九德未事，嬖幸充庭。阿母王圣出自贱微，得遭千载，奉养圣躬，虽有推燥居湿之勤，前后赏惠，过报劳苦，而无厌之心，不知纪极，外交属托，扰乱天下，损辱清朝，尘点日月……宜速出阿母，令居外舍，断绝伯荣，莫使往来，令恩德两隆，上下俱美。

然而，汉安帝接到杨震的奏疏后，不但没有纳谏改错，反而将它交给王圣等人传阅，"内幸皆怀忿恚。而伯荣骄淫尤甚，与故朝阳侯刘护从兄瑰交通，瑰遂以为妻，得袭护爵，位至侍中"。杨震对此"深疾之"，再次上疏，锋芒直指刘瑰，文末说："臣闻天子专封封有功，诸侯专爵爵有德。今瑰无佗功行，但以配阿母女，一时之间，既位侍中，又至封侯，不稽旧制，不合经义，行人喧哗，百姓不安。陛下宜揽镜既往，顺帝之则。"——此疏言辞激烈，语气恳切，可惜汉安帝根本不听，"书奏不省"。

延光二年（123），汉安帝下诏"遣使者大为阿母修第，中常侍樊丰及侍中周广、谢恽等更相扇动，倾摇朝廷"。杨震复上疏，说："臣伏念方今灾害发起，弥弥滋甚，百姓空虚，不能自赡。重以螟蝗，羌虏抄掠，三边震忧，战斗之役至今未息，兵甲军粮不能复给。"延光三年（124），"是岁，京师及郡国四十一雨水雹。并凉州二州大饥，人相食"；四年（125），"南匈奴寇常山"（《后汉书·孝安帝纪》），国库空虚，老百姓困苦不堪，边境不宁，面对这样的国内困局，杨震此疏仍然没有引起汉安帝的注意，而"丰、恽等见震连切谏不从，无所顾忌，遂诈作诏书，调发司农钱谷、大匠见徒材木，各起家舍、园池、庐观，役费无数"。这段话的意思是，于是樊丰、谢恽等更加无所顾忌，竟伪作诏书，调发国库钱粮物资，竞相为自己建造家舍、园池和楼观，挥霍的钱财难以计数。

杨震并没有为屡次上疏无效而气馁，继续同这些内幸与宦官奸佞做坚决的斗争。延光二年（123）十二月，洛阳地震，杨震借此上疏谏诤说："而亲近幸臣……盛修第舍，卖弄威福……地动之变，近在城郭，殆为此发。"杨震将地震等自然灾害同朝廷奸人盛修舍第联系起来，说自然灾害频频发生，是奸佞破坏阴阳和谐所致。这在谶纬迷信盛行的当时，战斗力是非常强的，然而，汉安帝昏庸，终未采纳。

遭谗蒙冤而死

杨震不断向汉安帝进谏，揭露奸佞内宠的罪恶，引起他们的无比嫉恨，但由于杨震名高位显，他们未敢加害。延光三年（124）春，汉安帝"东巡岱宗，樊丰等因乘舆在外，竞修第宅"，针对此情况，"震部掾高舒召大匠令史考校之，得丰等所诈下诏书，具奏，须行还上之"。这是说，杨震的部属高舒召来将作大匠属下令史，调查此事，了解到樊丰等人伪造诏书，于是准备奏章，等待安帝东巡返回，弹劾樊丰等。樊丰等人得知消息，便先下手，"会太史言星变逆行，遂共谮震云：'自赵腾死后，深用怨怼，且邓氏故吏，有恚恨之心'"。赵腾，河间平民，向安帝上书指陈朝政之失，杨震曾上书安帝"乞为亏除，全腾之命"，"帝不省，腾竟伏尸都市。"因此，他们说自从赵腾死后，杨震满腔怨怒，且杨震是邓骘的故吏，所以一直对陛下深怀怨恨。汉安帝轻信了谗言,"及车驾行还,便时太学,夜遣使者策收震太尉印绶",罢免了杨震还不解恨,"丰等复恶之,乃请大将军耿宝奏震大臣不伏罪,怀恚望,有诏遣归本郡"(同上),汉安帝下诏,将杨震遣归弘农郡老家。

杨震率家人及门客,离开洛阳,踏上返乡行程,"行至城西几阳亭",他悲愤至极,"乃慷慨谓其诸子门人"曰:

> 死者士之常分。吾蒙恩居上司,疾奸臣狡猾而不能诛,恶嬖女倾乱而不能禁,何面目复见日月!身死之日,以杂木为棺,布单被裁足盖形,勿归冢次,勿设祭祠。

说完,"因饮鸩而卒,时年七十余"。杨震的儿子和门人将他的灵柩向故乡华阴运送,而樊丰等人并不就此罢休,"弘农太守移良承樊丰等旨,遣吏于陕县留停震丧,露棺道侧。"(同上)指使弘农郡守移良拦丧。移良即派人在陕县(今河南陕县)拦住杨震灵车,不准西行,并将灵柩露放在大道旁边。

"多行不义必自毙。"永建元年(126),汉顺帝刘保即位,"樊丰、周广等诛死""震门生虞放、陈翼诣阙追讼震事""朝廷咸称其忠",乃下诏"除二子为郎,赠钱百万,以礼改葬于华阴潼亭(今潼关县秦东镇四知村)"。奇特的是,"先葬十余日,有大鸟高丈余,集震丧前,俯仰悲鸣,泪下沾地,葬毕,乃飞去"。杨震出生前,有其父杨宝救拯黄雀,而受其报恩的故事,杨震出仕前有鹳雀衔鳝预示,葬前又有大鸟为之悲鸣落泪——虽然有点宿命的色彩,却说明善良会有好报,也许,这就是天意吧。

杨震一生自觉践行儒家的道德理想,他刚正不阿,清白做人的风范和品行在无形中汇聚成感染杨氏子孙的精神力量,成为杨氏后裔效仿和遵从的典范。在他的言传身教下，他的子孙生活简朴、博学而清白，其三子杨秉自律极严，"尝从容言曰：'我有三不惑：酒、色、财也。'"（《后汉书》卷五十四《杨震列传》）人们赞其为"淳白"。"自震至彪，四世太尉，德业相继"，还是范晔在《后汉书·杨震列传》结尾的"赞"说得好，曰：

  杨氏载德，仍世柱国。

  震畏四知，秉去三惑。

  赐亦无讳，彪诚匪忒。

  脩虽才子，渝我淳则。

  虽然时间过去了将近一千九百年，历史和社会发生了巨大的变化，但杨震为后人留下的刚正不阿、清白家风，依然散发着无穷的魅力……"挺立东风不著尘"，这是清代诗人赞美杨震的诗句，写得真好，权且用作此章题目。

第三章　河岳有此人：雄才大略的隋炀帝

在我国历史上，隋朝（581—618）是一个非常重要的时期，但因为国祚短促，被后继的唐朝的光芒所覆盖。其实，如同"秦汉"一样，"隋唐"往往并称。从隋到唐，这是一个持续上升的历史时期，逐渐走向古代我国社会发展的巅峰。581年，隋文帝建国，589年，灭掉南方的陈国，结束了魏晋南北朝以来数百年的分裂局面，统一全国。这是一个开创历史新纪元的王朝，而参与完成一统大业和将王朝继续推向鼎盛的有力人物，就是历史上毁誉参半的隋朝第二代皇帝杨广。

脱颖而出

杨广，北周天和四年（569）生于长安，是隋文帝杨坚的第二个儿子，母亲是独孤皇后。"上美姿仪，少聪慧"，深得杨坚的喜爱。十三岁时，就被立"为晋王，拜柱国，并州总管"。他"好学，善属文，深沉严重，朝野属望"（《隋书·炀帝纪》上），杨广喜欢读书，文章也写得十分漂亮，人稳重而有涵养，大家都看好他。开皇六年（586），"转淮南道行台尚书令"，又"征拜雍州牧、内史令"。

开皇八年（588），隋大举伐陈，杨广为行军元帅，他在

《遗陈尚书江总檄》里，阐明了伐陈是治乱纷争、终归一统的历史大势："郭璞有云：年经三百，天下大同，兹实玄运，已定于前，圣主膺期而出，欲以区区之陈国，违上天之冥数，其不可存者一也"；二，"大必苞小，天地之常规；明能通暗，日月之常理，论道德，以唐陶而征有苗，语众寡，举海内而当群小……彼之兵士不过十万，首尾分布，所在危急"。檄文共列举了四条，最后，劝陈国认清形势，否则，"若胶柱不移，守迷莫变，率其蚁众，敢拒王师，军有常刑，悔无极矣"。这篇檄文，应该出自杨广之手，既讲明白了出兵的理由，也交代清楚了政策，文采斐然，后被收入北宋所辑的诗文总集《文苑英华》之中。"及陈平"，杨广斩杀"五佞"，"封府库，资财无所取，天下称贤"，"进位太尉"，"复拜并州总管"。

开皇十年（590），江南豪强高智慧等相聚作乱，徙杨广扬州总管，镇江都，与杨素平叛。此后，坐镇扬州十年之久。他在扬州努力发展经济，注意辑佚图书，沟通南北文化，稳定了隋王朝的江山。

"后数载，突厥寇边"，杨广在开皇十六年（596）入朝，次年，为行军元帅，《隋书·炀帝纪》中记叙此役甚为简略，仅言其"出灵武，无虏而还"，而在《长孙晟传》里，有比较详细的叙述：

> 达头与王相抗，晟进策曰："突厥饮泉，易可行毒。"因取诸药毒水上流，达头人畜饮之多死，于是大惊曰："天雨恶水，其亡我乎？"因夜遁。晟追之，斩首千余级，俘百余口，六畜数千头。王大喜，引晟入内，同宴极欢。有突厥达官来降，时亦预坐，说言

> 突厥之内，大畏长孙总管，闻其弓声，谓为霹雳，见其走马，称为闪电。王笑曰："将军震怒，威行域外，遂与雷霆为比，一何壮哉！"
>
> ——《隋书·长孙晟传》

这段话虽然是描写长孙晟，可也从侧面写出了此役并非轻描淡写的"无虏而还"，而是有声有色，俘获不少的战役，还间接刻画出杨广运筹帷幄"北却匈奴"的大将风度。凯旋，"立为皇太子"。

虚妄的"非礼"

仁寿四年（604）七月，隋文帝死于仁寿宫（今陕西省麟游西），杨广即皇位——在一些史书中，给杨广编造了"非礼"的故事。唐代的赵毅所撰的《大业略记》说：

> 高祖在仁寿宫，病甚，炀帝侍疾，而高祖美人尤嬖幸者，唯陈、蔡而已。帝乃召蔡于别室，既还，面伤而发乱，高祖问之，蔡泣曰："皇太子为非礼。"高祖大怒，啮指出血，召兵部尚书柳述、黄门侍郎元岩等令发诏追废人勇（按：指废太子杨勇），即令废立。帝事迫，召左仆射杨素、左庶子张衡进毒药。帝简骁健官奴三十人，皆服妇人之服，衣下置仗，立于门巷之间，以为之卫。素等既入，而高祖暴崩。

赵毅此节记叙，说杨广"非礼"高祖"尤嬖幸"的容华夫人蔡氏，而且杨素直接制造了隋文帝之死——然而，《隋书·杨素传》则云：

及上不豫，素与兵部尚书柳述、黄门侍郎元岩等入阁侍疾。时皇太子入居大宝殿，虑上有不讳，须预防拟，乃手自为书，封出问素。素录出事状以报太子。宫人误送上所，上览而大恚。所宠陈贵人，又言太子无礼。上遂发怒，欲召庶人勇。太子谋之于素，素矫诏追东宫兵士帖上台宿卫，门禁出入，并取宇文述、郭衍节度，又令张衡侍疾。上以此日崩，由是颇有异论。

两书此节记述，一说杨广"非礼"的是容华夫人蔡氏，一说是宣华夫人陈氏，事实真相到底如何，显然，史家这样"断案"，恐怕是捕风捉影的臆断而已。杨广之前无论是担任伐陈的元帅也好，或者是镇守扬州也好，还是征战突厥也好，均未见有笔墨涉及他沉溺女色之事，在其父病危之际，却忽然出现这样的出轨行为，这根本不符合人物的性格和行为逻辑。再说，杨广的母亲独孤皇后，据英国史学家崔瑞德所著《剑桥中国隋唐史》的说法，"她病态的妒忌心理歪曲了她的判断力"，"她对任何人的用意都产生怀疑"，而且"她刺探诸子的私事——特别是性方面的习惯；她和杨坚一起一步步寻找理由把他们或贬，或杀，或做出其他安排，最后只剩下她宠爱的杨广，即未来的炀帝"。虽然，独孤皇后于仁寿二年（602）先于杨坚去世，但有这样厉害的母后的指教，杨广岂敢在仁寿宫有苟且之举动？

在"万恶淫为首"的社会境遇下，若要彻底地否定一个人的德行，往往采取这种泼污水的办法，而这种办法一旦得逞，就会引起大众心理的厌恶和唾弃，所以，崔瑞德进一步指出："民间文学将隋炀帝描绘成荒淫无度的人——以各种异想天开的方式沉迷于女色。但人们会发现，即使怀有敌意的修史者也不能掩盖这一事实，即他的正妻，一个聪慧和有教养的妇女，从未遭到他的冷落而被宫内其他宠妃代替，她始终被尊重，而且显然受到宠爱。"《隋书·后妃传》之《炀帝萧皇后》说："后性婉顺，有智识，好学，解属文，帝甚宠敬焉。帝每游幸，后未尝不随从。"再说，萧皇后也写得一手漂亮的文章，《述志赋》便是绝好的例证，所以，无论是正史《隋书》还是其他书籍，说杨广此时"非礼"容华夫人蔡氏或宣华夫人陈氏都缺乏事实依据。崔瑞德说："儒家修史者对炀帝道义上的评价的确是苛刻的……在民间传说、戏剧和故事中，他的形象被作者和观众的随心所欲的狂想大大地歪曲了。"这话的确是对修史者诋毁杨广的批判。

隋朝"极于此矣"

杨广为帝执政只有短暂的十四年（604—618），却施展开来其雄才大略，择其要者而言，主要有：

营建都城洛阳。杨广在即位的第一年，即大业元年（605），命尚书令杨素、将作大匠宇文恺等负责在洛阳营建东都。山南水北谓之阳，洛阳因为地处洛水之阳而得名。新城建在洛阳西约二十公里处。为什么要营建洛阳新都呢？杨广在诏书中说："洛邑自古之都，王畿之内，天地之所合，阴阳之所和。控以三河，固以四塞，水陆通、贡赋等。故汉祖曰：'吾行天下多矣，唯见洛阳。'自古皇王，何尝不留意，所不都者盖有由焉。或以九州未一，或以困其府库，作洛之制所以未暇也。我有隋之始，便欲创兹怀、洛，日复一日，越暨于今。"(《隋书·炀帝纪》上）在诏书中，杨广从地理、交通和军事以及粮食物资供应等方面，论述了修建新都的重要性，也分析了之前的朝代未能修建成都的原因。隋朝由于厘革制度，突出特点是加强中央集权制，实行均田制与租调役制，除过授予贵族官僚大量土地外，种地的农民也有了土地，加之减轻徭役，促进了农业和社会经济的发展。

农业和社会经济发展的主要标志是仓廪充实，也就是说储粮丰盈。"夫积贮者，天下之大命也。"(《汉书·食货志》）所谓"积贮"，是指粮食的贮藏。古时行道曰粮，止居曰食。粮食是维持人类生存和健康所必需和最主要的热能来源，也是国家安全和社会经济发展的重要保证。"五谷者，万民之命，国之重宝。"(《范子计然》）范蠡与计然献计越王勾践，越王得其发展农业，积聚粮食，成就霸业。杨广深知粮食的积聚是关系国计民生之大事，据《资治通鉴》卷一百八之《隋纪四》记叙：他在大业二年（606），"置洛口仓于巩东南原上，筑仓城，周回二十余里，穿三千窖，窖容八千石以还，置监官并镇兵千人。十二月，置回落仓于洛阳北七里，仓城周回十里，穿三百窖"。当然，杨广修建粮仓，并非仅此。1971年，考古工作者对处于洛阳市区内的含嘉仓（始建于605年）遗址进行发掘，此仓在隋东都宫城之东、东城之北，平面呈长方形，四面筑有夯土城垣。仓城内按街道分为四区：西北为生活区，东南为漕运码头，东北和西南部为仓窖区。城内粮窖东西成排，南北成行，布列整齐。仓窖内出土大量记载粮仓情况的铭文砖，有粮窖所在的位置、储粮来源、入窖年月及管理人员的官职姓名等。(《隋唐东都含嘉仓》）国库规模之大、之充实，由此可见。

国家有了修建新都的社会条件和经济实力，所以杨广才决定修建洛阳东都。新都在大业二年（606）的春天建成，有宫城、皇城、外郭城以及嘉仓城等城市建筑，气度宏伟，成为隋朝又一个政治、经济、文化中心，这也说明隋朝的建筑水平已经达到了很高的地步，河北赵县名闻天下的赵州桥，也是很好的证明。

贯通南北大运河。大业元年（605），杨广在营建东都洛阳的同时，又命人开通永济渠，以沟通黄河与淮水；同年，又循隋文帝时所开山阳渎旧道，加以改造和疏通，自清江经山阳南到扬子江（今江苏扬州西南）入长江。这段河道的基础是春秋时期吴国所开，沟通长江与淮河的运河故道，因之仍然沿用旧名"邗沟"。大业四年（608），开永济渠，引沁水南达于河，北通涿郡，直达今北京；大业六年（610），又开江南河，北起京口（镇江），东南经曲阿（丹阳）、晋陵（常州），绕太湖之东，过无锡、吴县（苏州），达余杭（杭州）。至此，大运河南起余杭，北至涿郡，全程贯通，长两千千米，是世界上最长的人工运河。

杨广在文化教育方面颇有建树。他兴文教，开科举，为了加强学习和传授儒家经典，改先帝设立的国子寺为国子监，祭酒、司业既是官职，又兼为教授，地方州县也广设学校。他在诏书中说："朕纂承洪绪，思弘大训，将欲尊师重道，用阐厥繇，讲信修睦，敦奖名教。"（《资治通鉴》卷一百八十一《炀帝纪》上）隋为唐朝在中国教育史上的黄金时代奠定了基础。同时，改革选人制度，创设科举。杨广认为："君民建国，教学为先，移风易俗，必自兹始。"（同上），大业二年（606），增设进士科，其时，秀才试方略，进士试时务策，明经试经术，形成一套完整的国家分科选才制度。大业五年（609），杨广又下诏："诸郡学业该通，才艺优洽，膂力骁壮，超绝等伦，在官勤奋，堪理政事，立性正直，不避强御，四科举人。"（同上）这一制度为后世历朝沿用，影响深远。

杨广注重古籍的搜集整理，在隋文帝设置秘书省的基础上，扩充编制，建造观文殿，校勘古籍，编撰图书，诏命天下诸郡绘制各地风俗物产地图，编撰历史地理著作《诸郡物产土俗记》一百三十一卷、《区宇图志》一百二十九卷、《诸州图经集》一百卷。有隋一代，藏书总数达三十七万余卷。

为了巩固边防，消除外族的侵扰以及开拓疆域，杨广在大业元年（605）派军队征讨契丹，获胜而还；大业二年（606），为了修睦民族关系，他亲临榆林，与突厥和谈，边境得到安宁；大业四年（608），攻灭吐谷浑汗国（地处青海、河西一带），"以通西域之路"（《资治通鉴》卷一百八十一《隋纪五》），东西交通由此畅达。

此时，杨广把隋朝推向盛世——"是时，天下凡有郡一百九十，县一千二百五十五，户八百九十万有奇，东西九千三百里，南北万四千八百一十五里。"隋朝疆域和社会经济与人口"极于此矣"（同上）。

征战琉球与高丽

除过西北而外，杨广还向东南进发，在大业三年（607）和大业四年（608）两度派使前往琉球、赤土，"赤土者，南海中远国也"（同上），他意图"招抚"琉球，但琉球不从，于是大业六年（610），派兵"自义安泛海击之"，"屡破之，遂至都"，胜利而还。

大业七年（611），"帝自去岁谋讨高丽"，杨广征战高丽的战略目标，经过了长时间的谋划和思考，终于付诸实施，他决定亲自率兵征战。大业八年（612），他调集一百一十三万大军，"自古出师之盛，未之有也"（同上），亲自征高丽至辽水，却因为贻误战机，攻辽东城、平壤俱败；大业九年（613）又亲征高丽，渡辽水，二十余日不克；大业十年（614），第三次出兵高丽，"时天下已乱，所征兵多失期不至"，"高丽亦困弊"，"乞降，囚送斛斯改，征高丽王元入朝，不至"（同上）。司马光感叹说："初，开皇之末，国家殷盛，朝野皆以高丽为意，刘炫独以为不可，作《抚夷论》以刺之，至是，其言始验。"三征高丽，杨广都失败了，这是他之前所有军事活动方面未曾有过的最大的失误和败绩。

江都遇害

大业十一年（615），杨广第三次北巡，到太原汾阳宫避暑，在雁门被突厥围攻，脱身后返回东都。

大业十二年（616），"江都新作龙舟成，送东都。宇文述劝帝幸江都，帝从之"（《资治通鉴·隋纪七》）。在国家危机的情况下，杨广却下江都，图谋以此为据点东山再起……

大业十三年（617），李渊、李世民起兵晋阳，攻入长安。

大业十四年（618）四月，隋右屯卫将军宇文化及发动兵变，杨广被叛军缢弑，时年五十岁。强盛的隋朝到此结束。

杨广死后，萧后和宫人葬其于江都宫的流珠堂下。（大唐武德五年（622），以帝礼改葬于扬州北郊的雷塘。）

是年，李渊在长安称帝，建立唐朝。

唐高祖李渊追谥杨广为炀皇帝。

隋朝的灭亡，究其原因，主要是由于杨广大兴土木，连年征战，到处巡游，挥霍浪费，极尽奢华，以及无止境的徭役，导致"天下死于役而家伤于财"（《隋书·食货志》），从而引发全国范围的农民起义。

然而，杨广留给世界的文治武功且不去说，这是需要历史学家认真重新研究的课题。他开运河，沟通南北交通，同时，也留下了壮美的自然、人文景观。他的乡党，唐朝大诗人白居易踏上大运河隋堤，不禁缅怀往日的情景，有诗句云：

大业年中炀天子，种柳成行夹流水。

西自黄河东至淮，绿影一千三百里。

——《白居易诗集校注》卷四《隋堤柳》

可惜的是，杨广后期不顾国力穷奢极欲，"海内财力此时竭，舟中歌笑何时休？""龙舟未过彭城阁，义旗已入长安宫。萧墙祸生人事变，晏驾不得归秦中。"真是令人扼腕痛惜，杨广失国的教训太深刻太沉重了，原本具有雄才大略的一代君王，而今"土坟数尺何处葬？吴公台下多悲风"……

晚唐诗人罗隐也曾乘船到扬州，一路上看见运河大堤上依然柳色如幛，思古之幽情袭上心头，不觉吟道："夹路依依千里遥，路人回首认隋朝。春风未借宣华意，尤费工夫长绿条。"

（《全唐诗》卷六百五十七）及至扬州，拜谒过其陵墓，又有《炀帝陵》诗云：

入郭登桥出郭船，红楼日日柳年年。
君王忍把平陈业，只博雷塘数亩田。

——（同上）

罗隐这两首关于隋堤和隋炀帝的怀古诗，虽然受历史和民间传说的影响，带有嘲讽的意味，却也深含同情与惋惜，写出了大运河的绝美风光和杨广为统一全国而灭陈的功绩。应该说，杨广与他的父亲杨坚所缔造的隋朝，无论是政治制度革新还是实行的促使社会文化、经济发展的各项有效措施与积蓄的国力，都为后来的大唐兴起并走上我国古代历史的巅峰奠定了基础。

文学"东道主"

著名学者萧涤非先生说："文帝起自布衣，混一海宇，念创业之艰难，疾世风之淫荡，故即位之初，即以正音乐，改文体为务。"（《汉魏六朝乐府文学史》）确实如此。隋文帝开国之后，决心扫荡南北朝以来的浮艳文风，深得上下拥护，治书御史李谔"又以属文之家，体尚轻薄，递相师效，流宕忘反"，上书指斥南朝文风"连篇累牍，不出月露之形；积案盈箱，唯是风云之状"（《隋书·李谔传》），这与隋文帝"屏黜轻浮，遏止华伪"的主张相同，于是，以李谔"所奏颁示天下"，并要求"公私之翰，并宜实录"，当时任泗州刺史的司马幼之向朝廷上文表，堆砌辞藻，华而不实，隋文帝下令把司马幼之"付所司治罪"——这样有效地将政策和惩罚结合起来端正文风，一时间"四海靡然向风，深革其弊"（同上），"二百年来风靡大江南北之南朝艳曲，乃不能不暂时销声匿迹"（《汉魏六朝乐府文学史》）。

　　隋文帝锐意改革文风，不能不影响到杨广。杨广少年时代便"好学，善属文"（《隋书·炀帝纪》）。后来为帝之后，曾经很自负地对侍臣说过："天下当谓朕承藉余绪而有四海耶？设令朕与士大夫高选，亦当为天子矣。"（《隋书·五行志》上）这话的意思是说，虽然天下人认为我是由于继承帝统的事业才为天子，但倘若和士大夫们较量文学才能，我也应当有做皇帝的资格。时下，有人以此话将杨广归入"狂咎之骄天下之士"，其实，却也是杨广不加掩饰的真话，如果没有饱读诗书和横溢的才情，如何"与士大夫高选"呢？再说"好学"，必须心无旁骛专心致志地学习，所以，他很少追求"声妓"娱乐，据说，隋文帝到其府第，"见乐器弦多断绝，又有尘埃，若不用者"（《隋书·炀帝纪》），心里很高兴，然而，魏徵在写完这段话后，又说他"尤自矫饰"，恐怕这并非是"矫饰"，而是杨广那个时候热爱学习和"善属文"的日常生活情景吧。

　　《北史》卷八十三《文苑》说："炀帝初习艺文，有非轻侧。"仁寿元年（601），杨广被立为皇太子，跟随隋文帝到太庙祭祀，庙中所奏乐曲歌辞，他"闻而非之"，很不满意，回来后，乃"上言"曰："清庙歌辞，文多浮丽，不足以宣功德"，"请更议定"（《隋书》卷十五《音乐》下），隋文帝听取了杨广的意见，诏令"创制雅乐歌辞"。之所以有这样的文艺倾向，与隋文帝力倡改革文风分不开，也与当时他周围持有进步诗文观念的文人的影响有关系。杨广自身有很高的文学修养，非常看重文学才士，喜欢与他们结交，亦师亦友，情感融洽，在一起得"奇文共欣赏，疑义相与析"之乐趣，或者共同衡文论诗，而所结交的均为当时之名士，据《隋书·柳顾言传》记载：

> 王好文雅，招引才学之士诸葛颖、虞世南、王胄、朱玚等百余人以充学士，而柳（顾言）为之冠，王以师友处之。每有文什，必令其润色，然后示人。尝朝京师还，作《归藩赋》，命（顾言）为序，词甚清丽。

柳顾言"少聪敏，解属文，好读书，所览万卷"，杨广初期所写的诗文，"为庾信体"。庾信，字子山，南阳新野（今河南新野县）人。历仕梁、西魏、北周三朝，官至开府仪同三司，世称庾开府。善诗赋、骈文。在梁时，与宫廷诗人徐陵写了许多的绮艳轻靡的宫体诗赋，时称"徐庾体"，晚年作品风格大变，萧瑟苍凉成为主调，内容多是对社会动乱的反映和对故国的怀念，著有《庾子山集》。在柳顾言等人的直接影响下，杨广"文体遂变"（同前）。这里间接揭示出一个问题，说明杨广之前也曾受南北朝诗文余绪的影响，这是难以避免的事情。文风的改变需要一个时间过程，人们的审美观念也需要一个由旧到新的转化过程，只有在认识改变并趋同之后，才能在诗文写作中追求和体现新文风。

诸葛颖、王胄等人，也都是一时之俊彦……杨广招引他们等"百余人以充学士"，就是执政以后亦能以虚怀的态度对待文士，包容他们特立独行的个性。比如，王胄"性疏率不伦，自恃才大，郁郁于薄宦，每负陵傲，忽略时人"，与文人圈的朋友多有矛盾，"为诸葛颖所嫉，屡谮之于帝"，可是，杨广"爱其才而不罪"（《隋书·王胄传》）。现代文学史家郑振铎先生在其名著《插图中国文学史》里论及朱棣时说:"成祖在潜邸时候,已成为文人们的东道主。"把这话移给此时的杨广,也实在合适不过。既然是文坛的"东道主",就有引领风尚的任务与作用,杨广通过评点诗文来贯彻隋文帝"以正音乐,改文体为务"的文风改革的要求。王胄向他呈览自己的新作品,且听他的评价:

  帝览而善之。因谓侍臣曰:"气高致远,归之于胄;词清体润,其在世基;意密理新,推庾自直,过此者,未可以言诗也。"帝所有篇什,多令继和。

——《隋书·王胄传》

杨广认为王胄的诗文"气度高远",同时也评价了卢世基和庾自直的作品,还要求其"继和"自己的诗作,借以激励这些诗人群体改变文风,由此促进具有现实主义精神的"实录"性质的作品产生。文学艺术固然属于个体的精神活动,但也离不开同行尤其是名家的指点与帮助。杨广也非常信任这些诗友,请他们给自己的诗作提出意见:

  帝有篇章,必先示自直,令其诋诃。自直所难,帝辄改之,或至于再三,俟其称善,然后方出。

——《隋书·庾自直传》

崔德瑞指出:"隋炀帝毕竟是一位美好事物的鉴赏家、一位有成就的诗人和独具风格的散文家。"(《剑桥中国史》)所谓"美好事物的鉴赏家"是指杨广善于品评诗文,也就是说他是一位颇有水准的文艺批评家,而另一方面,他的诗文也离不开大家之"诋诃",才使得他成为"有成就的诗人和独具风格的散文家"。

第三章 河岳有此人：雄才大略的隋炀帝

"文辞奥博"的散文

清代学者严可均在《全隋文》之炀帝文中，说杨广有"《集》五十五卷"。他所收辑杨广的文章，大多从《隋书》里摘录而成，以诏、敕、书、疏为主体。与明代学者张溥所辑的《隋炀帝集》相较，搜集的数量增加了许多，甚至只言片语也辑录在内。这些文章既有杨广诏令施政的文件，也有文采飞扬、质实有力、情感真挚的散文。他的《手诏劳杨素》，就是一篇文笔非常优美的叙事写人的好文章，摘录如下：

公乃先朝功臣，勋庸克茂。至如皇基草创，百物惟始，便匹马归朝，诚识兼至。汴部、郑州，风卷秋箨，荆南、塞北，若火燎原，早建殊勋，夙著诚节。及献替朝端，具瞻惟允，爱弼朕躬，以济时难。昔周勃、霍光，何以加也！贼乃窃据蒲州，关梁断绝，公以少击众，指期平殄。高壁据险，抗拒官军，公以深谋，出其不意，雾廓云除，冰消瓦解，长驱北迈，直趣巢窟。晋阳之南，蚁徒数万，谅不量力，欲犹举斧。公以棱威外讨，发愤于内，忘身殉义，亲当矢石。兵刃暂交，鱼溃鸟散，僵尸蔽野，积甲若山。谅遂守穷城，以拒斧钺。公董率骁勇，四面攻围，使其欲战不敢，求走无路，智力俱尽，面缚军门。斩将搴旗，伐叛柔服，元恶既除，东夏清晏，嘉庸茂绩，于是乎在。昔武安平赵，淮阴定齐，岂若公远而不劳，速而克捷者也。朕殷忧谅闇，不得亲御六军，未能问道于上庠，遂使劬劳于行阵。言念及此，无忘寝食。公乃建累世之元勋，执一心之确志。古人有曰："疾风知劲草，世乱有诚臣。"公得之矣。（方）乃铭之常鼎，岂止书勋竹帛哉！功绩克谐，哽叹无已。稍冷，公如宜。军旅务殷，殊当劳虑，故遣公弟，指宣往怀，迷塞不次。

——《全隋文》卷四

杨广写这篇文章的背景是：仁寿四年（604），隋文帝驾崩后，杨广登基，派车骑将军屈突通带着隋文帝的诏书召杨谅回朝。杨谅知有异，遂起兵反叛。杨广派杨素前往平叛。《隋书》卷四十八《杨素传》中，对这次平叛过程记载比较详细：

汉王谅反，遣茹茹天保来据蒲州，烧断河桥。又遣王聃子率数万人并力拒守。素将轻骑五千袭之，潜于渭口宵济，迟明击之，天保败走聃子惧而以城降。有诏征还。初，素将行也，计日破贼，皆如所量。帝于是以素为并州道行军总管、河北安抚大使，率众数万讨谅。时晋、绛、吕三州并为谅城守，素各以二千人縻之而去。谅遣赵子开拥众十余万，策绝径路，屯据高壁，布阵五十里。素令诸将以兵临之，自引奇兵潜霍山，缘崖谷而进，直指其营，一战破之，杀伤数万。谅所署介州刺史修罗屯介休，闻素至，惧，弃城而走。进至清源，去并州三十里，谅率将王世宗、赵子开、萧摩诃等，众且十万，来拒战。又击破之，擒萧摩。谅退保并州，素进兵围之，谅穷蹙而降，余党悉平。

杨素取得平叛大捷后，杨广非常高兴，于是派遣杨素的弟弟修武公杨约，携带自己亲笔诏书慰劳杨素。杨素（544—606），字处道，弘农郡华阴人。北周时期，曾参加灭北齐之役，并随上大将军王轨救援彭城，俘虏南陈主将吴明彻。后随上柱国韦孝宽攻取淮南，在此期间交好隋国公杨坚，随其平乱，授大将军，改封清河郡公。隋朝建立后，升任御史大夫。开皇八年（588），以信州总管率领水军统军灭亡陈朝，拜荆州总管，进封越国公。上文已经说过，他支持晋王杨广成为太子并协助其登基。

对杨素平叛杨谅之两节文字进行比较，明显可以看出，魏徵采取的是史家之笔法，依据史料直笔而写，只是交代清楚事情的来龙去脉而已。杨广的手诏，则带有明显的褒贬情绪，先叙杨素既往的功业，继而浓墨重彩描写平叛的过程，采取夹叙夹议和追叙的艺术手法，描阵势则极尽渲染，叙情节而波澜起伏，状细节如在目前，气势磅礴，笔力雄健，语言典雅，刻画出杨素"深谋""骁勇"、光彩夺人的大将形象。

杨广写人的散文，善于借用有关联的外在具象来比喻人物的精神内质和高洁品质，例如，他在大业九年（613）所作的《下苏威手诏》，就能体现这个艺术特点，文曰：

> 玉以洁润，丹紫莫能渝其质；松表岁寒，霜雪莫能凋其采。可谓温仁劲直，性之然乎！房公咸器怀温裕，识量弘雅，早居端揆，备悉国章，先皇旧臣，朝之宿齿。栋梁社稷，弼谐朕躬，守文奉法，卑身率礼。昔汉之三杰，辅惠帝者萧何；周之十乱，佐成王者邵奭。国之宝器，其在得贤，参燮台阶，具瞻斯允。虽复事藉论道，终期献替，铨衡时务，朝寄为重，可开

府仪同三司,余并如故。

——《全隋文》卷五

文章初始以"玉"和"松"暗喻苏威精神品质"洁瑞"如"岁寒"之松,既给全文写作起到总括的艺术作用,也使读者产生丰富的联想与想象,营造出强烈的阅读印象。然后,追叙苏威的过往历史和现实表现,一仍夹叙夹议,并在行文中借古论今,丰厚和延伸了文章的内涵,骈散相间的语言,更显文字的优美和意境的深邃。

杨广的政论文同样写得精彩漂亮,例如,他在大业元年(605)所写的《听民诣朝堂封奏诏》:

> 听采舆颂,谋及庶民,故能审政刑之得失。是知昧旦思治,欲使幽枉必达,彝伦有章。而牧宰任称朝委,苟为侥幸以求考课,虚立殿最,不存治实,纲纪于是弗理,冤屈所以莫申。关河重阻,无由自达。朕故建立东京,躬亲存问。今将巡历淮海,观省风俗,眷求谠言,徒繁词翰,而乡校之内,阙尔无闻。惕然夕惕,用忘兴寝,其民下有知州县官人政治苛刻,侵害百姓,背公徇私,不便于民者,宜听诣朝堂封奏。庶乎四聪以达,天下无冤。

——《全隋文》卷四

所谓政论文,关键是要能围绕论述观点,陈述自己的见解或主张,并说明其理由,其基本特点是议论的说服性。这篇名为诏书,实际上是一篇富有文采的政论文,陈述出之所以"巡历"淮海的缘由和使"天下无冤"之目的,文章有理有据,层层论述,逻辑性强,非常感人。再如大业元年(605)的《劝学

第三章 河岳有此人：雄才大略的隋炀帝

诏》，在申明"劝学"的原因之后，言及"劝学"的具体措施，文曰：

> 将欲尊师重道，用阐厥繇，讲信修睦，敦奖名教。方今宇宙平一，文轨攸同，十步之内，必有芳草，四海之中，岂无奇秀！诸在家及见入学者，若有笃志好古，耽悦典坟，学行优敏，堪膺时务，所在采访，具以名闻，即当随其器能，擢以不次。若研精经术，未愿进仕者，可依其艺业深浅，门荫高卑，虽未升朝，并量准给禄。庶夫恂恂善诱，不日成器，济济盈朝，何远之有！其国子等学，亦宜申明旧制，教习生徒，具为课试之法，以尽砥砺之道。
>
> ——《全隋文》卷四

读此文，深感杨广"劝学"用意深远，所采取的措施也很精当具体，体现出渴求人才的一片竭诚之意。在大业三年（607）的《求贤诏》中，表达出同样的态度，文章开门见山，直截了当地说："天下之重，非独治所安，帝王之功，岂一士之略。自古明君哲后，立政经邦，何尝不选贤与能，收采幽滞"（《全隋文》卷四），并提出所求之"贤"的要求。文以诚立。总览目前所能见到的杨广各类文章，令人感觉到，确实是出自肺腑的诚恳之言，大都从经国纬业的高度出发，也塑造出一个胸襟广阔的开明君主的自我形象，难怪唐太宗在贞观二年（628）读过杨广的文集后，不仅叹曰："朕观《隋炀帝集》，文辞奥博，亦知是尧、舜而非桀、纣。"（《资治通鉴》卷一百九十二《唐纪》）所谓"文辞奥博"，是指其散文作品古雅精深，趣味盎然，文笔优美，与崔瑞德指出杨广是"独具风格的散文家"，虽然相距一千三百余年，却有相同的见解，可见杨广散文美学与艺术境界之高。

才华横溢的诗人

《隋炀帝集》和《全隋诗》以及《文苑英华》里，收录杨广的诗有四十余首。存录的这些作品，远远少于他的实际诗作。其现存的这些诗作，按其题材分类，大致有边地军旅、含有哲理色彩的自然风光和感物言志及宫体诗等类别。

先说杨广的边地军旅诗。他曾经是一位英勇善战的将领，在帮助隋文帝统一全国的军事生涯中，屡建功勋，战绩卓著，而即位以后，多次巡幸边地，率军攻打高丽、征辽东等，领略了不少边塞风光，因而写出挥戈征战、气格豪雄的边地军旅诗篇。大业三年（607），杨广"车驾北巡狩"，"次榆林郡"，北方草原突厥的启民可汗来朝，"己亥，吐谷浑、高昌并遣使贡方物（土产）"，是年七月，杨广"于上郡东御大帐，其下备仪卫，建旌旗，宴启民及其部落三千五百人，奏百戏之乐"。同时，"发丁男百余万筑长城，西距榆林，东至紫河，一旬而罢"（《隋书·炀帝纪》上）。为什么要筑长城呢？学者邝士元在《国史论衡》之《隋代建设及其衰亡》中分析道："杨隋开国以来，为着应付西北突厥与东北契丹，虽曾先后增置诸州总管，发丁男数十万掘堑以置关防，又屡次修筑长城，工程不可谓不大，然此均着意在国防之建设，乃不得已而为之。"八月，"启民饰庐清道，以候乘舆。帝幸其帐，启民奉觞上寿，宴赐极厚"（《隋书·炀帝纪》上）。见到长期侵扰中原的突厥可汗如此臣服，因而有诗《云中受突厥主朝宴席赋诗》：

第三章　河岳有此人：雄才大略的隋炀帝

鹿塞鸿旗驻，龙庭翠辇回。
毡帷望风举，穹庐向日开。
呼韩顿颡至，屠耆接踵来。
索辫擎膻肉，韦鞲献酒杯。
如何汉天子，空上单于台。

单于台，一般来说是指北方游牧民族政权的中央权力机构。在隋炀帝看来，当初的汉天子也不如我，谁能像我作为中原王朝的汉人天子，来到塞外可汗的军帐内高高上座？这首诗没有边塞诗中常见的萧瑟肃杀的激烈战争场面，取而代之的是边塞的和平，两族之间的友好景象，结尾两句，尽显杨广雄壮豪迈的帝王之气。

大业五年（609），杨广从西京（长安）出发，"出临津关，渡黄河，至西平（今青海乐都县南）"，"入长宁谷（今青海西宁市北川河谷），度星岭（今达阪山，青海大通与门源两县的交界处）"，"至浩亹川（今青海、甘肃两省境内湟水支流大通河）"，然后"至张掖"，"至燕支山（今焉支山，地处甘肃山丹、永昌两县交界处）"，高昌王麴伯雅、伊吾吐屯设等西域二十七国来朝谒，来者皆"佩金玉，被锦罽，焚香奏乐，歌舞喧噪"。隋炀帝亦命令"武威、张掖士女盛饰纵观，衣服车马不鲜者，郡县督课之，骑乘嗔咽，周亘数十里，以示中国之盛"。然后，"车驾东还，行经大斗拔谷（今甘肃民乐县扁都口），山路隘险，鱼贯而出，风雪晦暝，文武饥馁沾湿，夜久不逮前营"（《资治通鉴》卷一百十一《隋纪五》）。虽然是六月，仍遭遇了暴风雪的袭击，士兵冻死大半，随行官员也大都失散，一路上吃尽了苦头。是年九月，"车驾入西京"。正因为有如此难以忘记的边地生活经历，杨广写出了《饮马长城窟行示从征群臣》：

　　肃肃秋风起，悠悠行万里。
　　万里何所行，横漠筑长城。
　　岂台小子智，先圣之所营。
　　树兹万世策，安此亿兆生。
　　讵敢惮焦思，高枕于上京。
　　北河秉武节，千里卷戎旌。
　　山川互出没，原野穷超忽。
　　拟金止行阵，鸣鼓兴士卒。
　　千乘万旗动，饮马长城窟。
　　秋昏塞外云，雾暗关山月。
　　缘岩驿马上，乘空烽火发。
　　借问长城侯，单于入朝谒。
　　浊气静天山，晨光照高阙。
　　释兵仍振旅，要荒事万举。
　　饮至告言旋，功归清庙前。
　　　　　　——〔明〕张溥辑《隋炀帝集》

《饮马长城窟》是汉代乐府古题。相传古长城边有水窟可供饮马，曲名由此而来。杨广按照汉乐府古题，写了这首诗，主要描写了漠漠大荒、巍巍长城横亘和苍穹山川辽远无边的塞外风光，也描写了旌旗飞舞，撞金鸣鼓，兵戈交加，沙场厮杀的征战场景，最后班师凯旋、高歌奏捷……境界恢宏壮阔，诗风苍劲高古，气势雄浑激扬……明朝学者陆时雍所著的《诗镜总论》言及杨广的诗，谓"陈人意气恹恹，将归於尽。隋炀起敝，风骨凝然"，这首诗确实有独特的艺术个性和力量，堪当

第三章 河岳有此人：雄才大略的隋炀帝

此论。闻一多先生在《类书与诗》中说，就诗的写作而言，"唐太宗之不如隋炀帝，不仅在没有作过一篇《饮马长城窟》而已……"（《闻一多全集》卷六）充分地说明了杨广此诗的艺术价值非常之高。

有趣的是，杨广这首诗也影响到而后为隋朝写国史的魏徵的诗作。魏徵（580—643），字玄成，魏州曲城（今山东掖县东北）人，是唐朝著名政治家、史学家和文学家。早年参加瓦岗起义，跟随李密，献计而不被采纳。武德元年（618），归降唐高祖。次年，魏徵主动请缨去劝降李密的旧部李勣归唐，在劝降李勣的路上，他心潮澎湃不已，遂作《述怀》诗曰：

> 中原初逐鹿，投笔事戎轩。
> 纵横计不就，慷慨志犹存。
> 杖策谒天子，驱马出关门。
> 请缨系南越，凭轼下东藩。
> 郁纡陟高岫，出没望平原。
> 古木鸣寒鸟，空山啼夜猿。
> 既伤千里目，还惊九逝魂。
> 岂不惮艰险？深怀国士恩。
> 季布无二诺，侯嬴重一言。
> 人生感意气，功名谁复论。
> ——吕效祖《新编魏徵集》

"述怀"，是陈述自己的怀抱、志向的意思。诗中的"请缨系南越"是说汉代终军的故事："南越与汉和亲，乃遣军使南越，说其王，欲令入朝，比内诸侯。军自请：'愿受长缨，必羁南越而致之阙下。'军遂往说越王，越王听许，请举国内属。天子大悦。"(《汉书·终军传》)终军,字云长,济南人。西汉著名的政治家、外交家。魏徵在这里表达出自己为国效力的决心,他向唐高祖请求长"缨",把李勣给"系"住,带回京城。"季布无二诺,侯嬴重一言",季布,楚汉时人,以信守诺言、讲信用而著称。侯嬴,战国时期魏国人,献计窃得兵符,救赵却秦(《史记·魏公子列传》)。这两个人,皆以忠诚和守信而被人称道。此诗不仅抒发了魏徵的雄心壮志,更表达了对唐高祖的知遇之恩的感激——要说的是,把这首诗与上述的杨广《饮马长城窟行示从征群臣》相比较,可以看出,这两首诗,无论在形式结构还是笔法甚至语调和风格上,都有非常接近的地方,表达出真诚、豪放、自然和强烈的感情,只不过魏徵少了杨广的帝王之气而已。其实,在魏徵为《隋书》写文学志的序言里,就肯定了杨广其他文学作品和这首诗,说其"并存雅体,归于典制","故当时缀文之士,遂得依而取正焉",并说"盖亦君子不以人废言也"(《隋书》卷七十六)。魏徵写《述怀》的时候,脑海里很可能浮现过杨广的诗,亦"依而取正",受到其艺术的启发。沈德潜评价魏徵此诗,谓:"气骨高古,变从前纤靡之习,盛唐风格发源于此。"(《唐诗别裁》)然而,杨广何尝不是开"盛唐风格"之先的诗人呢?

六朝以来,有文学嗜好的帝王特别多,文学要求其与帝王们的身份相称,然而,诸如陈后主等,追求沉思翰藻的文风,偏重于描写宫体,浮艳风靡。隋朝建立后,隋文帝主张"屏黜轻浮,遏止华伪",这是一次文风的大改革,杨广不但是此次文风改革的主要参与者与提倡者,而且在自己的诗歌创作中予以实践。大业九年(613)正月,杨广"诏征天下兵集涿郡",

第三章 河岳有此人：雄才大略的隋炀帝

"修辽东古城，以贮军粮"，三月，"幸辽东"（《资治通鉴》卷一百八十二《隋纪六》），开始了远征辽东（高丽）的军事行动，杨广抱着必胜的信心，写了著名的《白马篇》诗：

> 白马金具装，横行辽水傍。
> 问是谁家子？宿卫羽林郎。
> 文犀六属铠，宝剑七星光。
> 山虚弓响彻，地迥角声长。
> 宛河推勇气，陇蜀擅威强。
> 轮台受降虏，高阙翦名王。
> 射熊入飞观，校猎下长杨。
> 英名欺卫霍，智策蔑平良。
> 岛夷时失礼，卉服犯边疆。
> 征兵集蓟北，轻骑出渔阳。
> 集军随日晕，挑战逐星芒。
> 阵移龙势动，营开虎翼张。
> 冲冠入死地，攘臂越金汤。
> 尘飞战鼓急，风交征旆扬。
> 转斗平华地，追奔扫大方。
> 本持身许国，况复武力彰。
> 曾令千载后，流誉满旗常。
>
> ——〔明〕张溥辑《隋炀帝集》

如同他的《饮马长城窟行示从征群臣》诗一样，此诗也坚持反映现实的写作趋向。曹植也曾写过一首同题的《白马篇》，塑造和赞美了一个武艺精熟、豪侠英武、忠勇爱国的少年英雄的形象，寄托了自己为国建功立业的理想抱负。但曹植毕竟没有亲自上过战场，而杨广则有多年的军旅生涯，经历过血与火的历练，况且他的《白马篇》，如"横行辽水傍""征兵集蓟北"等句，均为写实，如前所述，他集结百万大军，大举征讨辽东高丽；诗中"英名欺卫霍，智策蔑平良"，有帝王身份的杨广轻蔑汉代名将卫青、霍去病和谋士陈平、张良，全诗气势恢宏、激昂飞扬，堪称诗歌史上之名篇。

杨广除过边地军旅诗外，还写出了不少含有哲理色彩的自然风光和言志诗，也十分优美。如《悲秋》《早渡淮诗》等，就是这样的作品。其中《春江花月夜》堪为其代表作，共两首，此选其一：

> 暮江平不动，春花满正开。
> 流波将月去，潮水带星来。
> ——〔明〕张溥辑《隋炀帝集》

黄昏远眺长江岸，暮霭沉沉，江水浩渺，远远望去平稳而宁静，岸边到处是正在盛开的春花，月亮在流波里闪耀，江潮涌起，好像带来了亮晶晶的星星，此时，江流浮明月，潮水拥星光，多么美的意境，多么静谧的春江夜晚，而时光却在悄悄地流逝而去……杨广对时光流逝的感叹隐含在特定的自然风光的优美描写之中，实际上表现出他对时空理念的深沉思考。

历仕梁、北齐和隋三朝的诸葛颖（生卒年不详），以诗文名世，著有《銮驾北巡记》《幸江都道里记》《洛阳古今记》等。他也留下一首奉和诗《春江花月夜》：

> 张帆渡柳浦，结缆隐梅州。
> 月色含江树，花影覆船楼。
> ——〔宋〕郭倩茂编《乐府诗集》

第三章 河岳有此人：雄才大略的隋炀帝

把诸葛颖的诗，与杨广的《春江花月夜》相比较，单从写景来看，均是纯粹的美感经验的展示，虽然其诗亦有辞藻之美、对仗之工，然而，杨广更见文采，其构思之奇妙，用字之确切，以及音调之和谐，远在诸葛颖之上。杨广的这首诗，启迪了唐代诗人张若虚的艺术灵感，更重要的是，张若虚从中体悟到时间的一维性特质，从而创作出传颂千古的《春江花月夜》，闻一多先生在《唐诗大系》所录诗人小传里评价此诗："说者谓'孤篇横绝，遂成大家'，信然。"（《闻一多全集》卷七）诗最是讲究意境，而所谓意境，就是思想与景物的高度融合，换句话说，思想或者理念是诗的精神骨架，没有这个精神骨架，就达不到有意境的艺术高度。

大业元年（605），杨广即位不久，便巡幸江都，对他来说也算是旧地重游，看着江南的美景，他写下了著名的《江都宫乐歌》：

> 扬州旧处可淹留，台榭高明复好游。
> 风亭芳树迎早夏，长皋麦陇送余秋。
> 渌潭桂楫浮青雀，果下金鞍跃紫骝。
> 绿觞素蚁流霞饮，长袖清歌乐戏州。
> ——〔明〕张溥辑《隋炀帝集》

诗中的台榭指江都宫；皋，水边高地；桂楫，桂木做成的船桨；青雀，本为鸟名，此处指青雀舫；果下，矮小的马，因乘之可行于果树之下，故名；素蚁，指酒。其中的颔联和颈联尤其对仗工稳，意象鲜明，其中的"迎""送""浮""跃"这几个动词颇见匠心，闻一多先生认为，"抒情之作，宜精严也"，"精严则艺术之价值愈高"（《闻一多全集》卷十《律诗底研究》）。

杨广的这首《江都宫乐歌》应该属于"精严"之作。

仅存的杨广诗作中,感物言志诗也非常优秀。所谓感物言志,按照刘勰的说法,是"应物斯感,感物吟志"(《文心雕龙》之《明诗》),这句话意思是,见到外界事物,触发了某种思想,于是借助描述外界事物,来表达自己的感受。杨广的《北乡古松树》就具有这个艺术特点:

> 古松惟一树,森竦诇成林。
> 独留麈尾影,犹横偃盖阴。
> 云来聚云色,风度杂风音。
> 孤生小庭里,尚表岁寒心。
>
> ——〔明〕张溥辑《隋炀帝集》

首联"古松惟一树,森竦诇成林",谓之独立;次联"独留麈尾影,犹横偃盖阴",赞美其风云不乱;三联"云来聚云色,风度杂风音",言其自如;末联"孤生小庭里,尚表岁寒心",说其坚韧。全诗从这四个侧面,描写出孑然而立的"古松"的可贵品质,这也是他的内心写照。

隋朝末年,天下群雄并起,隋王朝摇摇欲坠,行将末路,杨广帝虽有心力挽狂澜,但也是无能为力了,他看到王朝崩溃在即,不禁愁绪万千,写下了《野望》这首意境绝佳的诗:

> 寒鸦千万点,流水绕孤村。
> 斜阳欲落去,一望黯销魂。

诗中描写孤零零的村落,流水环绕,寒鸦聒噪,掠水而过……景物本来已经萧索,而再以一抹残阳相衬,更显得空旷凄寂,令人目触肠断。虽是寥寥几笔,一幅悲凉的清秋图宛然如画,映入眼帘,足见其精湛的艺术表现力,同时也流露出国运之将衰亡的黯然心绪……

　　杨广还写有不少的宫体诗。所谓宫体诗就是以宫廷为中心的艳情诗。还是闻一多先生的阐释正确，他说："它是个有历史性的名词，所以严格地讲，宫体诗又当以梁简文帝为太子时的东宫及陈后主、隋炀帝、唐太宗等几个宫廷为中心的艳情诗。"（《闻一多全集》卷六《宫体诗的自赎》）杨广作为隋初文风的改革者、主要参与者和文学的"东道主"，他的创作从颇具豪壮气势的边地军旅、含有哲理色彩的自然风光和感物言志诗，走向浮艳轻侧的宫体诗，这种艺术的反差太明显了，但其实并不难解释。隋朝的文学本身是在对南北文学的吸收、融合的历史大背景下产生的，也由于杨广后来"矜奢，颇玩淫曲"，在一些人的怂恿下，召集"周、齐、梁、陈乐工之子弟，及人间善声调者"，一时间，"倡优犹杂，咸来萃止"（《隋书》卷十三《音乐志》）。这说明南朝浮靡声曲对他的诱惑和影响，自然也诱惑和影响到他的诗作。

　　著名文学史家郑振铎先生在《隋及唐初文学》中说："（杨）广虽不是一个很高明的政治家，却是一位绝好的诗人。"（《插图本中国文学史》中卷）是的，杨广确实是一位才华横溢的诗人。

第四章　太华钟灵秀："初唐四杰"之杨炯

杨炯的生平

杨炯,生于唐高宗永徽元年(650)。华阴人。追溯其杨氏家族历史,他颇为自豪地说:"杨氏之先,其来尚矣。在皇为黄轩,在帝为帝喾,在王为周武,在霸为晋文,此之谓不朽。西京为丞相,东汉为司徒,魏室为九卿,晋朝为八座,此之谓世禄。"(《杨炯集》卷九《常州刺史伯父东平杨公墓志铭》)杨氏家族确实不凡,历代诞生过不少的达官贵人,就杨炯来说,曾祖父杨初,隋朝时,为常州刺史,封顺阳公;入唐,封华山郡开国公。伯祖父杨虔威,左卫将军,封武安公。然而,杨炯的祖父和父亲却史逸其名,且无仕履记载,只是未曾显达的普通人而已。故,杨炯说:"吾少也贱。"(《杨炯集》卷九《梓州官僚赞》)

他"幼聪敏博学,善属文"(《旧唐书·杨炯传》)。永徽六年(655),六岁,举神童,齿迹秘书省。按《新唐书》之《选举志》:"童子科,十岁以下能通过一经及《孝经》《论语》,卷诵文十,通者予官,通七予出身。"杨炯"通七",未能授官,他在《浑天赋序》里说:"显庆五年,炯时年十一,待制弘文馆。"

(《杨炯集》卷一）弘文馆建于唐武德初年，原名修文馆，武德末年改为弘文馆。此后十六七年的时间，杨炯多在弘文馆读书。

唐高宗上元三年（676），应制举及第，补秘书省校书郎。秘书省是读书的好地方，能够读到许多轻易见不着的珍本图书。杨炯在《登秘书省阁诗序》里由衷地形容道："麒麟凤凰之署，三台四部之经，周王群玉之山，汉帝蓬莱之室"，在这里"观星文而考南北，大象入于玑衡；披帝册而质龙神，负图出于河洛。司先王之载籍，掌制书之典谟"（《杨炯集》卷三），并由此丰富了自己的学识，而阁中也富有生活的情趣，"列芳馔，命雕觞，扼腕抵掌，剧谈戏笑"，"间之以博弈，申之以咏歌"，他"陶陶然乐在其中矣"。这期间，杨炯写出了诸如《浑天赋》《公卿以下冕服议》《王勃集序》等很有影响的好作品，深得朝野重视。

永隆二年（681），经中书侍郎薛元超荐，杨炯为崇文馆学士，迁太子（李显）詹事府司直。作有《崇文馆宴集诗序》，充满激情地叙写了当时崇文馆的情况，云：

尔其青垣缭绕，丹禁委迤。鱼钥则环锁晨开，雀窗则铜楼旦辟。周庐绮合，廨署星分。左辅右弼之宫，此焉攸集；先马后车之任，于是乎在。顾循庸菲，滥沐恩荣。属多士之后尘，预群公之末坐。听笙竽于北里，退思齐国之音；觏瑰宝于东山，自耻燕台之石。千年有属，咸蹈舞于时康；四坐勿喧，请讴歌于帝力。

——《杨炯集》卷三

在崇文馆和太子詹事府司直期间，杨炯十分惬意，对前途充满了信心。永淳二年（683）十二月，唐高宗崩于洛阳贞观殿，皇太子李显即位，是为中宗。诏改永淳二年为弘道元年。

次年，武则天废中宗为庐陵王，立豫王李旦为皇帝，令居于别殿，皇太后仍临朝执政。九月，改年号为光宅元年。朝政不断更迭，杨炯仍然在崇文馆和太子詹事府任职。这时际，发生了一场声势浩大的叛乱：故司空李勣之孙柳州司马徐敬业伪称扬州司马，杀长史陈敬之，据扬州起兵，以匡复为号召，讨伐武则天。这场叛乱很快就得到平息。

杨炯的从弟杨神让从徐敬业起兵叛乱，累及杨炯。垂拱元年（685），杨炯被贬官，后来，他在梓州作《唐昭武校尉曹君神道碑》自述："始以东宫学士，出为梓州司法。"（《杨炯集》卷四）被贬梓州，还有一个原因，即他被武则天视为前皇太子李显圈子的人。如果杨炯没有因为徐敬业之事而受牵连，大约也会因武则天剪除宗室势力而被清除吧。

垂拱四年（688），杨炯在梓州司法参军秩满，回到洛阳。宋之问《秋莲赋并序》说："天授元年，敕学士杨炯与之问分直，于洛城西入阁。每鸡鸣后，至羽林仗，阉人奏名，请龟契，仵命拱立于御桥之西。"（《文苑英华》卷一四八）说明两人自此年起，曾在"文房"共事，所谓"文房"，即"内教"，又称内文学馆、习艺馆。《旧唐书·宋之问传》记载："初征，令与杨炯分直内教。"《新唐书·宋之问传》亦说："武后召与杨炯分直习艺馆。"但是，新、旧《唐书》之杨炯传均未述此事。杨炯死后，宋之问在《祭杨盈川文》里也说："大君有命，征子文房，余亦叨忝，随君颉颃。同趋北禁，亦拜东堂，志事俱得，形骸两忘。"由此证实，杨炯确实有与宋之问分直习艺馆的经历。

武则天是一位杰出的女政治家。她对唐朝的迅速崛起，尤其是为以后唐玄宗"开元盛世"的到来，起到了积极有力的作

第四章　太华钟灵秀："初唐四杰"之杨炯

用。此外，武则天也采取了不少有效的措施，推动了唐朝文化发展。她非常重视文学方面的卓越人才，不惜破格选拔。例如，上官仪的孙女上官婉儿因其文学才华而被重用，唐人武平一所著的《景龙文馆记》里记述："唐上官昭容……年十四，聪达敏识，才华无比。天后闻而试之，援笔立成，皆如宿构。"之后为宫中昭容，后来又成为武则天政治上的左膀右臂。婉儿继承家学，诗文都是第一流的，以至得赞誉曰："诗书为苑囿，捃拾得其菁华；翰墨为机杼，组织成其锦绣。"（2013年8月出土之《大唐故昭容上官氏墓志铭并序》）由婉儿之际遇，可见武则天之惜才如是。再说，武则天也是优秀诗人，所作诗文很多，《旧唐书》之《经籍志》著录其有《垂拱集》一百卷，《金轮集》十卷，可惜现在仅存三十二篇，收录在《全唐诗》中。

杨炯从梓州回洛阳入习艺馆，宋之问所谓"敕学士杨炯与之问分直"与"大君有命"，可见武则天对杨炯的态度，是既嫉恨又欣赏，嫉恨其属于前皇太子李显圈子的人，再加上其从弟附逆的牵连，此前被贬官梓州；欣赏其才华横溢，诗文俱佳，所以此时才有如此安排。杨炯自然知道如何回报武则天。《旧唐书·杨炯传》云："如意元年（692）七月望日，宫中出盂兰盆分送佛寺，则天御洛南门，与百僚观之。炯献《盂兰盆赋》，词甚雅丽。"此赋首句曰："粤大周如意元年秋七月，圣神皇帝御洛城南门，会十方贤众，盖天子之孝也。"然后挥洒文笔，叙述当日天气、场所，以及自宫中引送盂兰盆之缛丽景象，接着描绘南门之前整列的近卫兵，以及"上公列卿"、大小百官静默并立，乃至则天武后临御，举行盛大法会，重心是极力夸赞武后之善政："圣神皇帝于是乎唯寂唯静，无营无欲，寿命如天，德音如玉。任贤相，惇风俗远佞人，措刑狱，省游宴，披图箓，捐珠玑，宝菽粟。罢官之无事，恤人之不足。鼓天地之化淳，作皇王之轨躅。"文末云："太阳夕，乘舆归；下端闱，人紫微。"（《杨炯集》卷一）夕阳西下，法会结束，武后乘舆入宫。全篇歌颂武则天不遗余力，也许，正是因为这篇献赋起了作用吧，如意元年（692）的冬天，杨炯出任析分龙丘县而新置的盈川县令。杨炯为人"行不苟合，言不苟忘"（宋之问《祭杨盈川文》），上任盈川令前，年龄小他许多的忘年交说，"以箴赠行，戒其苛"（《新唐书·杨炯传》），戒中说道："君服六义，道德为尊。君居百里，风化之源。才勿骄吝，政莫烦苛"，"勒铭其口，祸福之门"（《张燕公集》卷一二《赠别杨盈川箴》），劝他不要为政苛刻，殷殷之情，跃然纸上。杨炯一向恃才傲物，看不惯那些表面盛气凌人却腹内空空如也的所谓"朝士"，称这些东西是"麒麟楦"：

唐杨炯每呼朝士为麒麟楦，或问之，曰："今假弄麒麟者，必修饰其形，覆之驴上，宛然异物。及去其皮，还是驴耳。无德而朱紫，何以异是？"

——〔唐〕冯贽《云仙杂记》卷九引《朝野佥载》

杨炯到盈川后，果然"为政残酷，人吏动不如意，辄捶杀之"（《旧唐书·杨炯传》），《新唐书·杨炯传》也说："至官，果然以严称，吏稍忤意，榜杀之，不为人所多。"事实并非如是，要说"残酷""以严称"，只是肃杀那些毫无作为的官僚爪牙而已，清明吏治，没有如此强硬的手段，断然不会有成效。杨炯十分注意改善民生，深受老百姓的爱戴，长寿三年（694），他卒于任所，年仅四十四岁。当地修祠来纪念杨炯。其祠几经修葺，至今犹存。杨炯死后，归葬洛阳。唐中宗继位，追赠著书郎。

杨炯著有"《杨炯集》三十卷"(《旧唐书·经籍志下》)，"《家礼》十卷"(《新唐书·艺文志乙部》)，"《盈川集》三十卷"(《新唐书·艺文志丁部》)。到宋代时，他的作品佚失不少，《宋史》记载"《杨炯集》二十卷，又《拾遗》四卷"(《艺文志七》二百〇八卷)。至清代，据《四库全书简明目录》记载："《盈川集》十卷，《附录》一卷"。

革新"龙朔变体"的文学主张

杨炯生活在唐王朝国力逐渐强盛、经济比较繁荣的时期，唐初的三四十年中，文人大多还是陈隋遗老，文艺风格没有突出的时代气象。这一时期的文坛，还没有完全摆脱六朝诗风的主导地位。这里所说的六朝诗风，主要是说在诗文写作上大量堆砌典故和过于讲究词语的修饰，当然，这种文风的形成与南北朝、隋朝乃至唐初流行的宫体诗有关系，也与以上官仪为首的"上官体"和许敬宗为代表的"颂体诗"诗风有关系，而深层次的问题是，当时的文学局限于贵族和文人圈子，也就是说局限于上层社会具有较高的文化素养的士人中间，他们非常重视语言表达的技巧，却很少反映现实社会生活和真实的人生际遇，因而显得内容单薄和苍白，这与唐初蒸蒸日上的国势和日趋丰富多彩的社会生活相脱节，也与当时繁荣的城市经济和百姓精神文化需要相脱节，因此，这种文学现状引起一些有识之士的不满，并产生出改革文风的要求——"唐初四杰"应运而起,在"唐诗开创期中负起了时代使命"(《闻一多全集》卷六《四杰》)。这个时代使命就是改革文风,杨炯在《王勃集序》里全面地提出了"龙朔变体"的理论主张。他在其中尖锐地指出:

> 龙朔初载,文场变体,争构纤微,竞为雕刻,糅之金玉龙凤,乱之朱紫青黄,影带以徇其功,假以称其美,骨气都尽,刚健不闻。

——《杨炯集》卷三

这段话,有力地揭示出唐高宗李治龙朔初年间的诗文写作"争构纤微,竞为雕刻,糅之金玉龙凤,乱之朱紫青黄,影带以徇其功,假以称其美",存在"骨气都尽,刚健不闻"的严重问题。通俗地说,此时的诗风是语言艺术的形式大于思想内容。有人指出,杨炯在这里把矛头指向"上官体"和"颂体诗",其实并不尽然,而是指向初唐整个的文风以及学风,尤其是后者。

为什么这样说呢?前边已经提到,初唐多以学术入文或者典故辞藻入诗,这本来没有错,可是,过于强调以学术入文或者典故辞藻入诗,势必使诗文写作走向杨炯所批评的途径,这就错了。错在偏离了诗文写作要客观而艺术地反映社会生活,表达作者对社会生活的深切认识,抒发自己的真实情感的美学要求,况且,这里所谓的以学术入文或者典故辞藻入诗,并非是真正的从事深入地研究所得到的真学术,而是依仗风靡一时的类书。

闻一多先生深刻指出:"当时的著述物中,还有一个可以称为第三种性质的东西,那便是类书,它既不全是文学,又不全是学术,而是介乎二者之间的一种东西,或者说兼有二者的混合体。""这种畸形的产物,最足以代表唐初的那种太象文学,

第四章　太华钟灵秀："初唐四杰"之杨炯

和太象学术的文学了。"(《闻一多全集》卷六《类书与诗》)闻一多先生说，这种类书，其时有《北堂书钞》《艺文类聚》，还有唐太宗时期编的一千卷的《文思博要》，后来，从龙朔到开元，中间又有官修的《类璧》六百三十卷，《瑶山玉彩》五百卷，《三教珠英》一千三百卷等等，"上面所列举的书名，不过是就新、旧《唐书》和《唐会要》等书中随便摘下来的，也许还有遗漏。但只看这里所列的，已足令人惊诧了。特别是官修的占大多数，真令人不解"(同上)，这种类书，闻一多先生嘲笑为"兔园册子"。"兔园册子"典出《新五代史·刘岳传》，意思是指读书不多的人奉为秘本的浅陋书籍。闻一多先生继续说："一个国家的政府从百忙中抽出许多第一流人才来编了那许多的'兔园册子'(在太宗时，房玄龄、魏徵、岑文本、许敬宗等都参与过这种工作)，这用现代人的眼光看来，岂不滑稽？不，这正是唐太宗提倡文学的方法。"闻一多先生才真正揭示出问题的实质所在，诗文到了初唐"便终于被学术同化了"(同上)。初唐的文坛，之所以出现被杨炯戏谑的"麒麟楦"，大概就是熟读这种类书的结果而已。

　　从类书里寻章摘句堆砌出来的诗文，注定没有艺术的生命力，也不会有丝毫的社会现实生活的内容，闻一多先生说："假如选出五种书，把它排成下面这样的次第"：

　　　　《文选注》《北堂书钞》《艺文类聚》《初学记》，初唐某家的诗集。

　　我们便看出一首初唐诗在构成程序中的几个阶段。劈头是"书簏"，收尾是一首唐初五十年间的诗，中间是从较散漫、较零星的"事"，逐渐地整齐化与分化。五种书同是"事"（文家称为辞藻）的征集与排比，同是一种机械的工作，其间只有工作精粗的程度差别，没有性质的悬殊。这里《初学记》虽是开元间的产物，但实足以代表较早的一个时期的态度。

在我们讨论的范围内，这部书的体裁，看来最有趣。每一项题目下，最初是"叙事"，其次是"事对"，最后便是成篇的诗赋或文。其实这三项中减去"事对"，就等于《艺文类聚》；再减去诗赋文，便等于《北堂书钞》。所以我们由《书钞》看到《初学记》，便看出了一部类书的进化史，而在这类书的进化中，一首初唐诗的构成程序也就完全暴露出来了。你想，一首诗做到有了"事对"的程度，岂不是已经成功了一半吗？余剩的工作，无非是将"事对"装潢成五个字一副的更完整的对联，拼上韵脚，再安上一头一尾罢了。（五言律是当时最风行的体裁，但这里，我没有把调平仄算进去，因为当时的诗，平仄多半是不调的。）这样看来，若说唐初五十年间的类书是较粗糙的诗，他们的诗是较精密的类书，许不算强词夺理吧？

——闻一多《类书与诗》

闻一多先生不但深挖出形成唐初大量堆砌典故和过分讲究词语的修饰诗风之弊的原因，同时揭示出这个时期诗歌写作基本的"套路"，其根源在于按照这个写诗的"套路"，"獭祭"类书中收录的有关历史典故和前人的描写词语，铺排成作品。美国著名唐诗研究学者宇文所安却认为，类书对诗的写作有帮助作用，他说："如果我们打算写一篇咏蝉的宫廷诗，我们就翻检类书中'蝉'的条目，在那里会发现有关昆虫的各种传统事例（以《初学记》为例），可资引喻的各种资料轶事，最后还有一定数量的文学范例，从后者我们可借用短语，并得知应该在诗中从哪几方面处理主题。"（《初唐诗》第一部分《宫廷诗及其对立面》）他还引用虞世南的代表作《蝉》来举例："垂绥饮清露，流响出疏桐。居高声自远，非是藉秋风。"他说：

> 简要浏览《初学记》中关于蝉的典故和文学可以解释这首诗的大部分背景，"事对"第一条告诉我们，"蝉饮露而不食也"。"饮露"所对的是蝉"聆风"的事例，有傅玄（217—278）《蝉赋》"聆商风而和鸣"为证。虞世南很相似地袭用了这一对偶，将蝉声与饮露相配。
>
> "居高"见于文学范例的部分，首先出现在较早的曹植的《蝉赋》中之一联："栖乔枝而仰首兮，嗽朝露之清流。"虞世南绝句中的大部分要素一齐出现于下引褚玠（529—580）《风里蝉赋》的片段中……
>
> ——宇文所安《初唐诗》

在我看来，宇文所安肯定使用类书写诗的论述和举例，是从类书对诗歌写作的积极的正面立论的，他的意见，有其合理因素。不过文学首先要善于发现现实生活里的美，从现实生活出发，而不是从故纸堆出发，才能写出鲜活的富有时代气息的作品，否则，就可能摆脱不掉陈词滥调，成为闻一多先生所批评的"他们的诗是较精密的类书"而已。

杨炯在《王勃集序》中所批评的也是就唐初年间占据文坛

主流的"是较精密的类书"之类的诗而言，其实也就是他所戏谑的"麒麟楦"在诗歌写作上的表现，是要予以否定的诗风。所以，杨炯提倡诗文的改革，确实在当时具有真知灼见和有很强的针对性。杨炯的文学主张是什么呢？他在《王勃集序》里说：

  逮秦氏燔书，斯文天丧；汉皇改运，此道不还。贾马蔚兴，已亏于《雅》《颂》；曹王杰起，更失于《风》《骚》。俚俛大猷，未悉前载。洎乎潘陆奋发，孙许相因，继之以颜谢，申之以江鲍。梁魏群材，周隋众制，或苟求虫篆，未尽力于《丘》《坟》；或独徇波澜，不寻源于礼乐。

——《杨炯集》卷三

所谓"逮秦氏燔书，斯文天丧"，是说秦始皇焚书事；"汉皇改运，此道不还"，此谓刘邦虽革秦命而建立汉朝，然文章之道仍然未能追还周代之盛。"贾马蔚兴，已亏于《雅》《颂》"，贾，指贾谊，马，指司马相如，是说他俩的辞赋已经乏《雅》《颂》精神。"曹王杰起，更失于《风》《骚》"，这两句是说曹植、王粲二人博学多才，其辞赋缺少《风》《骚》的风骨。"俚俛大猷，未悉前载"，俚俛，勤勉貌，大猷，大道，大原则的意思。这两句含义是，总体而论，较之从前，贾、马、曹、王这四个人，尚无多愧。"洎乎潘陆奋发，孙许相因，继之以颜谢，申之以江鲍"，潘，指潘岳；陆，指陆机；孙许，指孙绰、许询。相因，相因袭，谓其转相祖尚，意思是这俩乃是玄言诗的代表诗人。颜，指颜延之，谢，指谢灵运；江，指江淹；鲍，指鲍照。"梁魏群材，周隋众制"，梁，指南朝梁（502—556）；

第四章　太华钟灵秀："初唐四杰"之杨炯

魏，指北魏（386—534）；周，指北周；隋，指隋朝。"或苟求虫篆，未尽力于《丘》《坟》"，"或独狗波澜，不寻源于礼乐"，这四句是批评梁、魏、北周、隋朝数代作家多舍本逐末，背离传统。这段话，反映出杨炯的文学主张，在思想内容上，可以归结为"以风雅为宗"——也就是坚持我国传统的文学道路。这与他反对"龙朔变体"的诗文改革要求是一致的。

杨炯的赋与文

杨炯创作成就主要体现在诗歌和赋作上。这里顺便说一句，杨炯虽然在理论和文学思想内容上，对初唐文风非议多多，然而，他的诗文，尤其是赋，仍然是典故繁出，被人谓之"点鬼簿"（计有功《唐诗纪事》卷七）。不过，可以肯定的是，杨炯一生除过担任梓州司法参军和盈川令的短暂时间，大部分都在"弘文馆"或者"崇文馆"，这么久的时间沉浸在书海之中，他是依靠认真的学术研究所积累起来的文史知识，并非靠类书而执笔为文，这是他所不屑的事情。

赋，是介乎诗与文之间的一种文体。班固在《汉书·艺文志》中说："不歌而诵谓之赋。"刘勰《文心雕龙·诠赋》中云："赋者，铺也，铺采摛文，体物写志也。"所谓"不歌而诵"，是言赋之语言形式；所谓"体物写志"，是说赋的思想内容。赋虽然不像诗那样可以配乐歌唱，但也不像文那样毫无韵脚。它是一种语言大体整齐，押韵，并十分注意铺排辞藻，通过细致入微地描绘事物以抒写情志的文体。

赋，起源于先秦。班固说："赋者，古诗之流也。"（《两都赋序》)《文心雕龙·诠赋》谓:"赋也者,受命于诗人,拓宇于楚辞也。"所谓"受命",即受名,亦即得名;所谓"拓宇",即开疆界。可见,赋之名,是从《诗经》的作者那里来的,又经过楚辞的广泛运用而扩大了表现的领域。诗有六义,赋为其一,所以,班固、刘勰皆说赋是由古诗演变而来。最早以赋名篇的是荀子的《赋篇》和宋玉的《风赋》。赋繁荣于两汉,变化丰富于魏晋;六朝时期,赋更加注意句式的整齐和声韵的和谐,于是,以骈偶对仗、四六排比、用典用事为艺术特征,孙梅在《四六丛话》里说:"左、陆以下,渐趋整练,益事妍华,古赋一变而为骈赋。"初唐时期,骈赋还在流行,但是一些优秀作者已经在克服齐梁靡丽之习,而增加清新、刚劲的韵致和气势,杨炯的赋,就是如此优秀之作。

我非常欣赏杨炯的《卧读书架赋》,赋云:

儒有传经在乎致远,力学在乎请益,士安号于书淫,元凯称于传癖。高眠孰可,讵贻边子之嘲;甘寝则那,宁耻宰予之责。伊国工而尝巧,度山林以为格。既有奉于诗书,故无违于枕席。

朴斫初成,因夫美名。两足山立,双钩月生。从绳运斤,义且得于方正;量枘制凿,术乃取于纵横。功因期于学殖,业可究于经明。不劳于手,无费于目。开卷则气杂香芸,挂编则色联翠竹。风清夜浅,每待蘧蘧之觉;日永春深,常偶便便之腹。股因兹而罢刺,膚由是而无伏。庶思覃于下帷,岂遽留而更读。其利何如,其乐只且。巾遂挂于帘幌,履谁曳于阶除。每偶草玄之字,不亲非圣之书。比角枕而嗟若,匹瑶琴

第四章 太华钟灵秀:"初唐四杰"之杨炯

而病诸。

尔其临窗有风,闭户多雪。自得陶潜之性,仍秉袁安之节。既幽独而多闲,遂凭兹而遍阅。读易则期于索隐,习礼则防于志悦。傥叔夜之神交,固周公之梦绝。其始也一木所为,其用也万卷可披。墨沼之前,谓江帆之乍至;书林之下,若云翼之新垂。动静随于语默,出处任于挽推。必欲事于所事,实斯焉而取斯。

因谓之曰:尔有卷兮尔有舒,为道可以集虚;尔有方兮尔有直,为行可以立德。济笔海兮尔为舟航,骋文圃兮尔为羽翼,故吾不知夫不可,聊逍遥宴息。

——《杨炯集》卷一

首句所谓"致远",来自《周易·系辞上》"探颐索隐,钩深致远",就是说深入钻研儒家经传,重要的是通过深入钻研,多方考证和探究,才能获取其中的思想;"请益",源自《礼记·曲礼上》"先生问焉,终则对,请业则起,请益则起",孔颖达《正义》曰:"益,谓受说不了,欲师更明说之。""士安号于书淫,元凯称于传癖",士安,是指皇甫谧,字士安,《晋书》有《皇甫谧传》,说其"安定朝那人……居贫,躬自稼穑,带经而农,遂博综百家典籍之言……后得风痹疾,尤手不辍卷,忘寝废食,时人谓之'书淫'"。元凯,是指杜预,《晋书》有《杜预传》,杜预平吴有功,进爵当阳县侯。立功后,从容无事,乃专心经籍,著有《春秋左氏经传集解》等书,"时王济解相马,又甚爱之,而和峤颇聚敛,预常称'济有马癖,峤有钱癖'。武帝闻之,谓预曰:'卿有何癖?'对曰:'臣有《左传》癖。'"下来的"高眠"句,"边子"指后汉的边韶,字孝先,《后汉书·边韶传》说他"以文章知名,教授数百人","曾昼日假卧,弟子私嘲之曰:'边孝先,腹便便,懒读书,但欲眠。'韶潜闻之,应时对曰:'边为姓,孝为字,腹便便,五经笥。但欲眠,思经事。寐与周公通梦,静与孔子同意。师而可嘲,出何典记?'嘲者大惭"。宰予是孔子的学生,《论语·公冶长》:"宰予昼寝。子曰:'朽木不可雕也,粪土之墙不可杇也。'"杇,是指抹墙壁的工具。"国工",犹言国手。"度山林以为格",所谓"格",即格式。这两句的意思是,工匠手艺高超,选材严格,方做成此书架,难怪说杨炯是"点鬼簿",仅此一段话,一口气就点这么多的古人,罗列了这么多典故——不过,文字之精巧,对偶之工稳,内容之充实,文意之畅达,令人叹绝。

杨炯形容书架之形:"两足山立,双钩月生。"其功用呢?"功因期于学殖,业可究于经明";书籍上架,便于查询阅读,"开卷则气雄香芸";打眼看去,"挂编则色联翠竹",真是赏心悦目;而沉浸于经籍之中,"风清夜浅,每待邌邌之觉",用《庄子》之典,"日永春深,常偶便便之腹",用上述后汉边孝先故事;初唐时候,印刷术尚未发明,书多为卷轴式,阅读则须双手卷持,自然不很方便。有此书架,得卧读之便,"不劳于手,无费于目"。

杨炯从各个角度来铺陈描写,书架宛然如在目前。在读书人来说,书架是必备的储藏书籍之物,也是寻常的家具,从来没有人专门写过此类题材的赋或者诗文,而杨炯写了,而且写得如此富有诗情画意,真是应了选材要小,开掘要深的写作秘诀。

再下来,杨炯由书架生发而去,笔锋一转,写依架读书之

第四章 太华钟灵秀："初唐四杰"之杨炯

乐趣。"尔其临窗有风，闭户多雪。自得陶潜之性，仍秉袁安之节"，其"临窗有风"，意境同陶渊明"开卷有得，便欣然忘食。见树木交荫，时鸟变声，亦复欢然有喜。常言五六月中，北窗下卧，遇凉风暂至，自谓是羲皇上人"（《与子俨等疏》）之谓。这是无功利心的"为己"读书。"闭户多雪"，典出《后汉书·袁安传》，李贤注引《汝南先贤传》曰："时大雪积地丈余，洛阳令身出案行，见人家皆除雪出，有乞食者。至袁安门，无有行路。谓安已死。令人除雪入户，见安僵卧。问何以不出，安曰：'大雪人皆饿，不宜干人。'令以为贤，举为孝廉也。"这四句是说，无论是何季节，皆在室内卧读不辍，有如陶渊明和袁安。"志悦"，心情愉悦。

杨炯说，若能与嵇康神交已经心满意足，原不敢梦见周公。"墨沼之前，谓江帆之乍至；书林之下，若云翼之新垂"，这两句真乃神来之笔，形容写作时，如在江边忽然遇见帆船，可乘而到达目的地，言其顺利；文思如"云翼之新垂"，就像大鹏展翅，高翔远方。后句的意思是说，上官要是想有作为，则当取此读书人。

赋的最后，是杨炯的感慨，言欲渡文章之海，书籍便是舟船。这篇赋，笔锋轻盈错落，仔细品读文质鲜活可爱，是其文赋之佳作。写这篇赋的时候，杨炯还在弘文馆读书，心地依然单纯，存有美好的愿望，他阅读和涉猎的文史书籍非常广泛和深入，引经据典自然而不做作，表面是写卧读之书架，实质是在写书籍与人，寄托了自己的远大抱负。

杨炯赋之名篇，还有与王勃同题的《青苔赋》，不知道是他俩事先商量好而为，还是偶然的巧合，不过，两赋比较，难分轩輊。杨炯《青苔赋》曰：

粤若稽古圣皇，重晖日光。开博望之苑，辟思贤之堂。华馆三袭，雕轩四下。地则经省而书坊，人则后车而先马。相彼草木兮，或有足言者。吁嗟青苔，今可得而闻也。

借如灵山偃蹇，巨壁崔嵬。画千峰而锦照，图万壑而霞开。王孙逝兮山之隈，披薜荔兮践莓苔。怅容与兮徘徊，一去千年兮时不复来。

至若圆潭写镜，方流聚玉。苔何水而不清，水何苔而不绿。渔父游兮汉川曲，歌沧浪兮濯吾足。桂舟横兮兰枻触，溆浦邅回兮心断续。

别有崇台广厦，粉壁椒涂。梁木兰兮橡玳瑁，草离合兮树珊瑚。白露下，苍苔芜，暗瑶砌，涩琼铺。有美人兮向隅，应闭门兮踟蹰。心震荡兮意不愉，颜如玉兮泪如珠。请循其本也，见商羊兮鼓舞，召风伯兮电赴。占顾兔兮离毕星，雷阗阗兮雨冥冥。浩兮荡兮，见潢污之满庭，倏兮忽兮，视苔藓之青青。

尔其为状也，幂历绵密，浸淫布濩。斑驳兮长廊，夤缘兮枯树，肃兮若远山之松柏，泛兮若平郊之烟雾。春淡荡兮景物华，承芳卉兮藉落花。岁峥嵘兮日云暮，迫寒霜兮犯危露。触类而长，其生也蕃。莫不文阶兮镂瓦，碧地兮青垣。别生分类，西京南越。则乌韭兮绿钱，金苔兮石发。

苔之为物也贱，苔之为德也深。夫其为让也，每违燥而居湿。其为谦也，常背阳而即阴。重扃秘宇兮

第四章 太华钟灵秀:"初唐四杰"之杨炯

不以为显,幽山穷水兮不以为沉。有达人卷舒之意,君子行藏之心。唯天地之大德,匪予情之所任。

——《杨炯集》卷一

王勃《青苔赋》曰:

吾之旅游数月矣,憩乎荒涧,睹青苔焉,缘崖而上。乃喟然而叹曰:"嗟乎!苔之生于林塘也,为幽客之赏;苔之生于轩庭也,为居人之怨。斯择地而处,无累于物也。"爱憎从而生,遂作赋曰:

若夫桂洲含润,松崖祕液。绕江曲之寒沙,抱岩幽之古石,泛回塘而积翠,萦修树而凝碧。契山客之奇情,谐野人之妙适。

及其瑶房有寂,琼室无光,霏微君子之砌,蔓延君侯之堂。引浮青而泛露,散轻绿而承霜。起金钿之旧感,惊玉箸之新行。

若夫弱质绵幂,纤滋布濩。措形不用之境,托迹无人之路。望夷险而齐归,在高深而委遇。惟爱憎之未染,何悲欢之诡赴。宜其背阳就阴,违喧处静,不根不蒂,无华无影。耻桃李之暂芳,笑兰桂之非永。故顺时而不竞,每乘幽而自整。

——《王子安集》

陆机在《文赋》里说"诗缘情而绮靡,赋体物而浏亮"(《陆士衡集》卷一),赋以陈事,故曰体物,"浏亮",乃是清明之意。杨炯与王勃之同题《青苔赋》皆为"体物""浏亮"之作,且均能托物言志,委婉而含蓄地表露心志与高洁的情操,然而仔细阅读,王勃的赋主要强调青苔之孤芳自赏,高洁独守,歌颂不求名利，不慕繁华，洁身自好的理想人格；杨炯则意在彰显谦逊忍让的思想品质。两者的艺术风格也各不相同，王勃文风朴实平淡，一反前代赋的浓墨重彩，追求渊博富丽的词语效果，他着重表现清新细腻的感受，渲染宁静清远的气氛，来衬托青苔的朴实无华，从而突出了作品的主题；杨炯则偏重以物拟人，刻画细致入微，发掘出新的意蕴，消解了卑微与伟大的界限，读来清新可爱，充分展示出他的创作才能。张说评价杨炯说，"盈川文如悬河，酌之不尽"（《唐才子传》），不写则已，若下笔则文思汹涌澎湃而来。此赋亦能体现杨炯为文的这种特点。要说的是，王勃溺水而亡后，杨炯为其诗文集所撰写的序，非常推崇王勃的文学成就，说："积年绮碎，一朝清廓，翰苑豁如，词林增峻。反诸宏博，君之力焉。"（《杨炯集》卷三《王勃集序》）紧紧抓住王勃诗文所呈现出的崭新风格，予以高度评价，而王勃此赋，比较典型地表现出有别于当时总体文风的艺术特点。而杨炯虽然比较敏锐而透彻地感受和认识到王勃诗文写作方面迥别于因袭的新质面貌，但他自己并未完全走出窠臼，虽然有清新可爱的一面，但依然有"绮碎"的旧迹痕印。但就赋体而言，他的艺术成就并不亚于王勃。所谓"唐初四杰"之誉，着重于王勃、杨炯、卢照邻和骆宾王对之后焕然一新、意气风发的盛唐文学的艺术贡献而言，王勃显然开风气之先，他列于四杰首位也是应当的。虽然，杨炯不平地说"吾愧在卢前，耻居王后"（《唐才子传》卷一），但这是负气的话，应该说杨炯打心底里是很推崇王勃的，不然，何以有《王勃集序》这样漂亮的评论文章呢？四杰在初唐文坛上，是最耀眼的星辰，离开了四杰，还有其谁？四杰为推动唐代文学走向伟大的巅峰奠定了坚实的基础。杜甫说得好：

> 王杨卢骆当时体，轻薄为文哂未休。
>
> 尔曹身与名俱灭，不废江河万古流。
>
> ——《杜甫集校注》卷十一《戏为六绝句（其二）》

杨炯还有《浑天赋并序》《幽兰赋》《老人星赋》《浮沤赋》等作品，从艺术上看，这些赋作都十分注重技巧，大多写得气度沉稳，措辞俊雅，显示了很高的文学才能。杨炯的《庭菊赋》很有意思，这是写给对他有知遇之恩的中书侍郎薛元超的一篇赋，他以秋菊的淡雅芳香来比喻薛元超：

> 菊之荣矣，于彼华坊。含天地之精气，吸日月之淳光。云布雾合，箕舒翼张。郁兮蔓衍，郁兮芬芳。珉枝金萼，翠叶红芒。其在夕也，言庭燎之皙皙；其向晨也，谓明星之煌煌。
>
> ——《杨炯集》卷一

这位中书侍郎是杨炯非常感激的恩人，杨炯恰好受邀请参加中书侍郎家中重阳赏菊活动，便借此机会以菊喻人，称赞薛元超高贵的人格修养和慧眼识珠的出众眼界，表达自己的倾慕之心。古往今来，以菊为题材的文学作品多矣。屈原有"夕餐秋菊之落英"的诗句，而陶渊明更是爱菊："芳菊开林耀，青松冠岩列。怀此贞秀姿，卓为霜下杰。""秋菊有佳色，不同桃李枝。""惟爱此霜杰，单含贞秀姿。""今生几丛菊，花色又新变。披甲老铸金，西风任酣战。"（袁行霈《陶渊明集笺注》）这些诗作大多表现菊之凌霜吐英、坚贞正直、淡泊典雅的精神品格，而杨炯此赋，则荡开笔墨，次第写来，极尽描绘菊之形之神，文采斐然，用典虽多，但是甚为贴切，文繁理富，感恩之念，盈人心怀。

杨炯还有二十二篇碑文（碑记、墓志及神道碑），十一篇各体杂文。他的诸多碑志述事简洁，文字简练凝重，以生动的叙事与描写为胜，简直就是历史人物的传记，有很高的史料和文学价值。

杨炯的诗歌

杨炯流传下来的诗歌有三十四首。他的诗从内容来看，大致可以分为边塞诗、纪行感怀诗及送别诗，也有酬答唱和方面的诗。从总的倾向上说，他继承了我国"诗以言志"的诗歌传统。

唐初时，为了抵御外侵，绥靖边防，连续取得了征战突厥、吐谷浑的大胜利，扩大了大唐的版图，国威大振，征战出戍成为人们瞩目的大事，塞外与内地交通往来以及文化融合更加密切，在这个时代背景下，一些人渴望建立功名的诗人，直接投入的征戍生活，亲身体验了风光迥异的塞外风光，也感受到战争的残酷及其给各族人民带来的灾难，他们把这些诉之于诗篇；还有一些诗人虽没有到过边塞，也积极投入这类题材的诗歌写作，由此出现了唐朝边塞诗空前繁荣的景象。

边塞诗，是以塞外的战争生活和自然风光为主题和题材的诗。那么，塞外都是指哪些地方呢？边塞的指称，历代略有差异，汉代以防御抵抗北部匈奴的侵扰，以长城为界，长城以北的部分称塞外或塞北。唐代所谓边塞，主要指朔方、西北、东北，其中尤以西北为甚，即敦煌郡的阳关和玉门关以西的地方。

第四章 太华钟灵秀："初唐四杰"之杨炯

那时候是冷兵器时代，为了防御外族铁骑的骚乱入侵，必须依据有利的自然地形或者建筑起来高大坚固的长城，以重兵把守关口，而这些关口成为双方互相争夺的战略和战争要地。著名历史学家翦伯赞先生写过一篇非常有名的纪游散文《内蒙访古》，其中有这样一段话：

> 阴山以南的沃野不仅是游牧民族的范围，也是他们进入中原地区的跳板。只要占领了这个沃野，他们就可以强渡黄河，进入汾河或黄河河谷。如果他们失去了这个沃野，就失去了生存的依据，史载"匈奴失阴山之后，过之未尝不哭也"，就是这个原因。在另一方面，汉族如果要排除从西北方面袭来的游牧民族的威胁，也必须守住阴山的峪口，否则，这些骑马的民族就会越过鄂尔多斯沙漠，进入汉族居住区的心脏地带。

文中的"阴山的峪口"，其实就是边塞的关口，对游牧民族和中原地区都非常重要——而这一带，是谓边塞。唐初时，突厥是唐朝的严重外患，其铁骑曾经逼近首都长安。于是贞观三年（629），唐太宗派李靖等大将，出兵大破突厥，平定东突厥。接着，在九年（635），西进征服吐谷浑，并陆续征服高昌、焉耆、龟兹等地；唐高宗显庆二年（657），唐终于消灭了西突厥。至此，才保持了唐朝的北部和西北部的安宁，同时也开拓了唐朝的版图。

文学是社会生活的反映，而当时的边塞征战，就是重大的社会文艺题材。杨炯虽足迹不至关外，缺少诸如骆宾王那样亲历边塞的军旅生涯，然而，当时整个唐王朝正处在积极拓边的阶段，征战异族，战事频繁，不断获胜，鼓舞了上至王公贵族，下至贩夫走卒的志气，也滋养培育了他的写作热情和探索的勇气，他依仗自己渊博的诗书知识和过人的艺术才华，翻新汉乐府旧题，写出历来被人称道的《从军行》，诗云：

> 烽火照西京，心中自不平。
> 牙璋辞凤阙，铁骑绕龙城。
> 雪暗凋旗画，风多杂鼓声。
> 宁为百夫长，胜作一书生。

——《杨炯集》卷二

"从军行"是一首乐府古题，属于《相和歌》之《平调曲》，宋人郭茂倩在《乐府诗集》中指出："皆述军旅辛苦之词也。"杨炯"裁乐府作律，以自意起止"（王夫之《唐诗评选》）。这话是什么意思呢？虽然他采用乐府古题，却创作出一首声律规范的五言近体诗。闻一多先生说，"五律到王杨的时代是从台阁移至江山与塞漠"，又说，"到了江山与塞漠，才有低徊与惆怅，严肃与激昂"，还强调道："五言八句的五律，到王杨才正式成为定型，同时完整的真正唐音的抒情诗也是这时才出现的。"（《闻一多全集》卷六《四杰》）王，是指王勃；杨，是指杨炯。在闻一多先生看来，王勃和杨炯不但"定型"了唐代五律诗体，也是唐代"抒情诗"的先驱。这个意见是正确的。施蛰存先生在《唐诗百话》中，引明末清初的两位诗学者对杨炯《从军行》主题思想的不同理解进行探析，他说关于此诗的主题思想，明末清初的诗学研究者有两种看法，"唐汝询在《唐诗百解》中以为是作者看到朝廷重武轻文，只有武官得宠，心中有所不平，故作诗以发泄牢骚；吴昌祺在《删订唐诗解》中以为作者看到

第四章　太华钟灵秀："初唐四杰"之杨炯

敌人逼近西京，奋其不平之气，拜命赴边，触雪犯风，以消灭敌人，建功立业，不像书生那样无用。前者以为这是一首讽刺诗，后者以为这是一首爱国主义的述志诗"。他的结论是"我以为吴昌祺的理解比较可取"——不错！杨炯这首诗的历史背景是，唐高宗永隆二年（681），突厥侵扰固原（今宁夏南重镇）、庆阳一带，威胁西京长安，杨炯身为崇文馆学士，自然愤慨不平，写此诗表明自己愿意投笔从戎、赴边参战的心情，表现出他的爱国主义精神和报国的理想。从艺术上看，此诗笔力雄劲，风格刚健，情调激昂，意境开阔，对仗工稳，语言明快，王夫之评点此诗"裁乐府作律，以自意起止，泯合入化"（《唐诗评选》卷三《五律诗》），是唐朝边塞诗代表之作。再如《出塞》：

> 塞外欲纷纭，雌雄犹未分。
> 明堂占气色，华盖辨星文。
> 二月河魁将，三千太乙军。
> 丈夫皆有志，会见立功勋。

——《杨炯集》卷二

《出塞》仍然是汉乐府旧题，杨炯又翻新而写新内容。诗中的典故较多，略微解释。"明堂"，泛指朝廷政事堂。"占气色"，即望云气以卜吉凶。"华盖"，星座名。《晋书·天文志上》之《中宫》曰："大帝上九星曰华盖，所以覆盖大帝之坐也。"此处指皇帝。"辨星文"，谓分辨星象，以观是否宜战。"河魁"，主将设置军帐的位置。"太乙军"，形容军士如天兵。太乙，天神名。这首诗，写赴边将士立功报国的志向，抒写奋战疆场建功立业的决心。诗中借天时星象，描写军容威严，气势雄壮。

杨炯还有《紫骝马》：

> 侠客重周游，金鞭控紫骝。
> 蛇弓白羽箭，鹤辔赤茸鞦。
> 发迹来南海，长鸣向北州。
> 匈奴今未灭，画地取封侯。
>
> ——《杨炯集》卷二

"紫骝"是骏马名。此诗刻画侠客骑着紫骝马，手执金鞭，带蛇弓、佩白羽箭，驰骋沙场，决心抗敌报国、立功扬名的英雄形象。描绘人物鲜明而生动，栩栩如生。同样，其《战城南》诗，亦是写汉乐府旧题，叙战阵之事。诗中"塞北途辽远，城南战苦辛""冻水寒伤马，悲风愁杀人"等句，反映出边塞将士征战的艰辛生活，而以"旛旗如鸟翼，甲胄似鱼鳞"写战斗的阵势，所谓"鸟翼"，比喻围攻的阵势；"鱼鳞"也是兵阵名，即鱼丽阵，即步兵与战车紧密合作的战术。这两句形容战斗围攻的阵势和战斗之剧烈。"寸心明白日，千里暗黄尘"则谓心愿如白日之光明，流露出自豪、自信，充满了胜利的希望。全诗格调雄浑高昂，表现出从军将士为扫除边患在荒山大漠上浴血奋战的英雄气概。

杨炯的边塞诗，也写到了长期的边塞征战对老百姓的生活带来了离愁别恨和无尽辛酸。在《梅花落》中就深刻地反映出来：

> 窗外一株梅，寒花五出开。
> 影随朝日远，香逐便风来。
> 泣对铜钩障，愁看玉镜台。
> 行人断消息，春恨几裴回。
>
> ——《杨炯集》卷二

第四章　太华钟灵秀："初唐四杰"之杨炯

此诗抒写了闺妇怀念征人的愁怨凄怆。诗中先写梅，后写人，以梅花的香艳映衬思妇之美丽，突出春恨的深切。丈夫远戍边塞，杳无音信，闺妇孤灯独守，当她看到报春的梅花，触发了对丈夫强烈的思念。铜钩障、玉镜台所构成的雍容华贵的生活环境，也难以消减闺妇思夫的忧愁。还有《折杨柳》等诗，也反映出同样的主题思想。

杨炯的纪行感怀诗也非常感人。纪行感怀诗也称为即景抒怀诗，是指诗人在游历、旅行途中因所遇见而引起心中的某种感触，通过描绘当时的环境、风物来抒发自己的内心感慨与情思。与他的边塞诗不同的是，这类诗更多的是贯注了自己的不幸遭遇（被贬梓州司法参军）和愤懑不平之气。例如《途中》：

悠悠辞鼎邑，去去指金墉。
途路盈千里，山川亘百重。
风行常有地，云出本多峰。
郁郁园中柳，亭亭山上松。
客心殊不乐，乡泪独无从。

——《杨炯集》卷二

诗中的"鼎邑"指洛阳。"金墉"，即"金墉城"，魏明帝所筑，故址在今河南洛阳东北。这首诗是杨炯离开洛阳在旅途中所作，路途遥远而阻滞，形影孤单而悲苦，见物生情，尤其是结句"客心殊不乐，乡泪独无从"，心里很不愉快，双眼流着伤心的泪水，表现出他羁旅中深重的思乡之情。

贬谪途中，经过长江三峡，他写下了《广溪峡》《巫峡》和《西陵峡》三首五言古诗。广溪峡，即瞿塘峡，是三峡中最短的一个峡，以雄伟险峻著称。入口处，两岸断崖壁立，形如门户，名夔门，也称瞿塘峡关。且看杨炯笔下的《广溪峡》：

>广溪三峡首，旷望兼川陆。
>山路绕羊肠，江城镇鱼腹。
>乔林百丈偃，飞水千寻瀑。
>惊浪回高天，盘涡转深谷。
>汉氏昔云季，中原争逐鹿。
>天下有英雄，襄阳有龙伏。
>常山集军旅，永安兴版筑。
>池台忽已倾，邦家遽沦覆。
>庸才若刘禅，忠佐为心腹。
>设险犹可存，当无贾生哭。
>
>——《杨炯集》卷二

杨炯站立在漂流在江面上的船头，眺望长江三峡之首的广溪峡，但见狭窄曲折的小路盘山而上，遥遥望见临江而建的鱼腹城（今奉节之东的白帝城），高大的绿树遮天蔽日，山崖间千寻瀑布飞流直下，江水涌起惊人心魂的滔天激浪，深谷里拧着如盘的深涡。他忽然想起汉代末年群雄并起，逐鹿中原，有天下英雄刘备与襄阳卧龙诸葛亮，河北常山起兵，在永安建造宫室的辉煌往事……没有想到不久宫殿倒塌，蜀国覆灭沦亡，若是后主刘禅在诸葛亮等忠臣的辅佐下，在此利用险要之地建立防御工事，还可以延续国祚，然而，当是时，就是有"贾谊涕"以忧国忧时也无济于事。这首诗，既写景，又抒情，而抒情又是以咏史的方式来表现的，因而寓意更为深厚。

再如《早行》：

>敞朗东方彻，阑干北斗斜。

第四章 太华钟灵秀:"初唐四杰"之杨炯

地气俄成雾,天云渐作霞。
河流才辨马,岩路不容车。
阡陌经三岁,间阎对五家。
露文沾细草,风影转高花。
日月从来惜,关山犹自赊。

——《杨炯集》卷二

诗中的"敞朗",是豁亮的意思。"阑干北斗斜",指北斗七星横斜。"河流才辨马",谓河流不宽,约略可以辨别出对岸的马牛。"岩路",是说山路险阻道窄。"三岁",《尔雅》云:"田一岁曰菑(初耕的田),二岁曰新,三岁曰畬",畬为已垦三年之熟田。"间阎",指里巷。"赊",遥远。此诗描绘了清晨路途中的优美景色,抒发了他对大自然的热爱。笔触轻快明朗,意境旷阔清新。

杨炯的送别诗有八首,占到他全部诗的近四分之一。送别,是到远行人启程的地方与他告别,目送其离开。"多情自古伤离别",这是古往今来诗人吟咏的主要题材之一。唐代以来长安就流传有"灞桥赠柳"的习俗,灞河长堤上种满了依依垂柳,古人东行,送至此处,往往折柳赠别。柳者,留也。喻示主人竭力挽留即将远行的客人,而柳又有随插即活的特性,也喻示客人到远方能如柳条一样,随遇而安,含有为客人祈福的意义。古人之所以重视送别,是因为古代行旅主要靠车马或者步行,互相来往甚不方便,此别再见,不知是何时,也许就此而音容渺然……因此,古人非常看重送别,尤其是文人更是讲究,他们设酒饯行,折柳相赠,赋诗作别,除了表达无法排遣的离愁别绪,往往还有其他寄托,或者言友情,或者抒胸臆,或者表志向等等。杨炯珍重友情，这类作品多是与同僚、密友相别而赠。例如《送刘校书从军》，诗云：

> 天将下三宫，星门召五戎。
> 坐谋资庙略，飞檄伫文雄。
> 赤土流星剑，乌号明月弓。
> 秋阴生蜀道，杀气绕湟中。
> 风雨何年别，琴尊此日同。
> 离亭不可望，沟水自西东。
> ——《杨炯集》卷二

校书，即校书郎。诗中"天将"，比喻唐将；"三宫"指紫薇、太微、文昌三个星座，比喻朝廷。"星门"，军门；"五戎"，指古代的五种兵器：刀、剑、矛、戟、矢，借指军队。"坐谋"，犹"坐论"，唐五代之制，宰相上殿议事，赐茶命坐，谓之坐论。"庙略"，朝廷的谋略。"檄"是指军书。"文雄"比喻文豪。"赤土流星剑"，《晋书·张华传》："华以南昌土不如华阴赤土……因以华阴赤土一斤致焕。焕更以拭剑，倍益精明。""流星剑"，古代一种宝剑名。"乌号"，良弓名，相传为黄帝之弓。"明月"，比喻弓引满如月。"蜀道"，指蜀中的道路。"湟中"，在今青海东北部，湟水流经其中，指刘校书从军所要到地方。"沟水"，都城御沟之水。此诗以军容威严、军机重要、军情紧急和武器精良，侧面突出人物形象的英武，以风雨冷寒，古琴酒尊与你我相伴，而遥遥离亭和悠悠沟水，象征浓浓的离别情谊，抒发对友人刘校书即将赴蜀从军的依依惜别的感情。联想杨炯《从军行》"宁为百夫长，胜作一书生"的诗句，觉得此诗也有边塞诗的内质，因而，全诗把离情别绪融合于更壮阔的情

第四章　太华钟灵秀："初唐四杰"之杨炯

感之中，心境平静而悠远，隐约觉得诗人对友人弃文投武的选择有赞赏勉励的意思……再如《送临津方少府》，诗云：

　　岐路三秋别，江津万里长。
　　烟霞驻征盖，弦奏促飞觞。
　　阶树含斜日，池风泛早凉。
　　赠言未终竟，流涕忽沾裳。

——《杨炯集》卷二

这首诗大约是杨炯在梓州司法参军秩满之后，由长江出蜀途中所写。"驻"是停下的意思；"征盖"，远行之车。你看，秋天的傍晚，江水浩浩万里长，烟霞缠绕着群山，停车岸边，在音乐奏响声中，举杯痛饮，亭子台阶前的树枝丫间透露出夕阳明亮的光线，池水轻轻地掠过丝丝的凉风，临别前的赠言还没有写好，伤心的眼泪忽然沾湿了衣襟。诗人以深秋冷寒的景色，营造出悲凉的气氛，以奏乐、劝酒、赠言、流泪表达出对友人的浓厚情谊。此类送别诗，还有《送郑州周司空》《送杨处士反初卜居曲江》《夜送赵纵》等作品，流露出诗人的真性情，别致清新，韵味悠长。

杨炯还有不少的酬答唱和诗。所谓酬答唱和诗，是指诗人在社会交往中与他人应答酬谢而写的诗，包括宫廷上下级官员间酬答、唱和、寄诗以及酾宴上友人之间的吟咏之作。从他的一些序文里，例如《送东海孙尉诗序》《崇文馆宴集诗序》《群官寻杨隐居诗序》《宴皇甫兵曹宅诗序》中略略得知，无论是宫廷宴会，还是友人之间的宴请，他们在春秋宜人的季节，会集于茂林修竹、楼榭亭台的地方，饮酒赋诗，酬唱应答。唱，赠诗叫作唱诗，答诗谓之和诗。杨炯的酬答唱和诗较之他的边塞诗、纪行感怀和送别诗的艺术风格有些区别，在"上官体"与许敬宗"颂体诗"占据主流的时代，他的这类诗明显带有宫廷诗绮错婉媚、体物图貌、笔法精细、讲究对仗、追求诗歌的声辞之美的流风余韵，然而，杨炯毕竟清醒地反对宫体诗，即使写这类题材的诗，亦显示出自己清新淡雅的艺术格调，例如《和石侍御山庄》：

> 烟霞非俗宇，岩壑只幽居。
> 水浸何曾畎，荒郊不复锄。
> 影浓山树密，香浅泽花疏。
> 阔堑防斜径，平堤夹小渠。
> 莲房若个实，竹节几重虚。
> 萧然隔城市，酾醴焚枯鱼。

——《杨炯集》卷二

诗中"烟霞"，借指山林；"岩壑"，指山峦溪谷。这二句，意谓山庄不是平庸的去处，而是清幽的住所。"畎"，指疏通。这联的意思是，田间未曾疏通沟渠而土地湿润，田野仍然是没有耕耘过的自然风貌。"影浓"二句，大意是山林茂密，投下了浓密的树荫，水泽里的花木虽然稀疏却散发着淡淡的清香。"莲房"谓莲蓬；"若个"，犹说若干个的意思；"几重虚"，大意是有竹子节节凌空挺立，暗叹竹标格极高。诗末联"萧然隔城市，酾醴焚枯鱼"，"萧然"，谓冷落凄清貌。最后一句，取自应璩《百一诗》："田家无所有，酾醴焚枯鱼。""澧"，甜酒；"枯鱼"，鱼干。这二句的意思是石侍御的山庄生活饶有田野的风趣。

此类作品还有《和崔司空伤姬人》《和酬虢州李司法》《和刘侍郎入隆堂观》等，其中佳句比比皆是，诸如上述的"影浓山树密，香浅泽花疏"，还有"水流衔砌咽，月影向窗悬"(《和崔司空伤姬人》)，"年光摇树色，春气绕兰心"(《和骞右丞省中暮望》)，"平野芸黄遍，长洲鸿雁初"(《和酬虢州李司法》)，"霞文埋落照，风物澹归烟"(《和郑雠校内省眺瞩思乡怀友》)等。古人作诗，非常讲究炼字，即根据内容和意境的需要，精心挑选最贴切、最富有表现力的字词来表情达意。杨炯善于使用动词，如"衔""向""摇""绕""埋""澹"等，这些动词，极大地增强了诗的艺术张力。

闻一多先生指出：在"初唐四杰"中，"卢、骆擅长七言歌行，王、杨专工五律。""五律无疑是唐诗最主要的形式，在那时人的心目中，五律才是诗的正宗。"杨炯是"文人而兼有学者"，这决定了杨炯自然倾向于"正宗"诗的写作。杨炯的诗对唐诗的发展最大的贡献，是"五言八句的五律，到王、杨才正式成为定型，同时完整的真正唐音的抒情诗也是这时才出现"(《闻一多全集》卷六《四杰》)。闻一多先生寥寥数语，道出了杨炯的诗对唐诗的发展乃至整个我国古代诗歌的发展，都是非常重要的存在，是值得珍视的宝贵文学遗产。

第五章 乡居渭南的大诗人白居易

家世与家庭

白居易的家世及迁徙历程,据白居易撰写的《故巩县令白府君事状》云:

> 白氏芈姓,楚公族也。楚熊居太子建奔郑,建之子胜居于吴楚间,号白公,因氏焉。楚杀白公,其子奔秦,代为名将,乙丙已降是也。裔孙曰起,有大功于秦,封武安君。后非其罪,赐死杜邮。秦人怜之,立祠庙于咸阳,至今存焉。及始皇思武安之功,封其子仲于太原,子孙因家焉。故今为太原人。
>
> ——《白香山集》卷二十九

又据《旧唐书·白居易传》云:

> 白居易字乐天,太原人。北齐五兵尚书建之仍孙。建生士通,皇朝利州都督。士通生志善,尚衣奉御。志善生温,检校都官郎中。温生锽,历酸枣、巩县令。锽生季庚,建中初,为彭城令……自锽至季庚,世敦儒业,皆以明经出身。季庚生居易。初,建立功于高齐,赐田于韩城,子孙家焉,遂移籍同州。至温徙于

下邽,今为下邽人焉。

——《旧唐书》卷一百六十六

从以上史料可以看出,其远祖是秦朝名将白起,白起为秦国统一六国立下大功,被封为武安君。他后来惨遭奸人陷害,被赐死于杜邮。秦始皇统一天下后,追念白起当初的功劳,封其子白仲于太原,于是,白家世代为太原人。白起之后二十三世孙白邕,在后魏曾经担任过太原太守。白邕五世孙白建担任过北齐的五兵尚书,当朝赐田于韩城,白家从太原迁徙到韩城。白建的曾孙白温曾经担任过唐朝的检校都官郎中,这时白家才迁徙到下邽。

白居易的祖父白锽是白温的第六子。白锽"幼好学,善属文,尤工五言诗,有集十卷,年十七,明经及第",他为官"自鹿邑至巩县,皆以清直静理闻于当时"。

父亲白季庚,是白锽的长子。据白居易《襄州别驾府君事状》略云:"天宝末,明经出身,解褐萧山县尉。历兵曹、司户参军、彭城县令、徐州、衢州、襄州别驾等职",一生消磨在官场。

母亲陈氏,是利州刺史陈璋的孙女,鄜城县令陈润的女儿,白居易说,"夫人颍川陈氏,陈朝宜都之后","夫人无兄姊弟妹",她对子女教育非常重视,"及别驾府君即世,诸子尚幼,未就师学,夫人亲执诗书,昼夜教导。恂恂善诱,未尝以一呵一杖加之。十余年间,诸子皆以文学仕进,官至清近,实夫人慈训所致也",其"为女孝""为妇顺""为母慈"。

其兄白幼文,曾任浮梁主簿。白居易《伤远行赋》说:"贞元十五年(799)春,吾兄吏于浮梁,分微禄以归养,命予负米而还乡。"(《白居易文集校注》卷一）虽然俸禄不多，却经常接济家人，很有家庭责任感，元和十二年（817）闰五月去世于下邽故里。

其三弟白行简，元和二年（807）进士及第，曾任主客郎中，在文坛上负有盛名，是著名的诗人、小说家。著有《白郎中集》二十卷，已散佚。唐传奇《李娃传》，就是出自他的手笔。

白居易于唐代宗大历七年（772）正月二十日出生在河南新郑县的东郭宅——因为其祖父白锽在河南任职，白家当时居住此地。他幼小的时候，就聪慧过人，半岁就能认识"之""无"，及"五六岁，便学为诗"。及长，他废寝忘食苦读不已，自我形容说："二十以来，昼课赋，夜课书，间又课诗，不遑寝息矣，以至于口舌成疮，手肘成胝。"（《白香山集》卷二十八《与元九书》）如此这般，知识积累逐渐丰厚，据《唐才子传》云，白居易初到长安，拜见当时名望很高的诗人顾况，顾况对他的名字倒是感兴趣，说："米价方贵，居亦弗易。"乃披卷，待读完白居易的《赋得古原草送别》之后，十分欣赏这种刚劲清新的诗风，"即嗟赏曰：'道得个语，居即易矣。'"因为顾况的延誉，白居易于是声名大振。

卜居渭上

白居易生长的时代，是唐代经过"安史之乱"逐渐趋于衰落的时代。虽然从表面上看，社会秩序暂时恢复安定，但是已经不是"忆昔开元全盛日，小邑犹藏万家室"的城市繁荣、人

第五章 乡居渭南的大诗人白居易

口稠密、流通旺盛的强盛境况了，而是宦官专权、藩镇割据、党祸不断的局面，处在历史夹缝里的唐王朝，虽然有过短暂的中兴，然而，风雨如晦、动荡不安，前景仍然黯淡。不过，白居易退居渭上前后，隐藏的巨大的社会矛盾尚未全面激化，呈现出相对稳定的状态。白居易这段时期，一是四处奔波，通过科第之路入朝为官；二是敢于触及时弊，提出正确主张，但是，也为以后的道路留下起伏的"缘"头。

贞元二十年（804），白居易三十三岁，这年的暮春时分，他回到下邽故居，其原因在《泛渭赋》里说得非常明确：

十九年，天子并命二公对掌钧轴，朝野无事，人物甚安。明年春，予为校书郎，始徙家秦中，卜居渭上。

——《白香山集》卷二十一

"卜居渭上"，是指回到下邽县义津乡金氏村——因为此地曾经是汉代金日䃅的封地，也许是其后人聚拢居住在这里，故名金氏村吧。但由于千余年来地名沿革变化，金氏村如今早已不复存在了。那么，金氏村如今在何处呢？据乡土学者严谨的考证，即今天的渭南经开区信义街道紫兰村——紫兰村原名上太庄村，前些年因为村庄合并，始改今名。上太庄西，早先有一座兴福寺，从上个世纪八十年代发现的《重修紫兰寺告竣碑记》得知，石佛"能以身之润燥征岁时之丰歉，白公感其灵，乃制紫衣以献之，始更名为紫兰寺"。唐宋时期，紫袈裟最为尊贵，白居易"制紫衣以献之"，足见他礼佛之心的虔诚与崇敬。明代学者南大吉在《渭南志》中记载："乐天故里，今县东北十五里之紫兰村是也。"今天上太庄村重新以紫兰村为村名，既含有深厚的历史文化意味，又确实说明了紫兰村就是白居易

"卜居渭上"的故居所在之地。

这次卜居渭上，白居易心情自然平静而欢畅，社会相对安定平顺，"朝野无事，人物甚安"，这是他直观而质朴的感受。前几年，白居易幸运通过严格的科举考试，进士及第，其"十年常苦学，一上谬成名"，更何况，"慈恩塔下题名处，二十七人最少年"，前程似乎在一瞬间放射出来耀眼的光芒。进士及第，在唐朝是读书人最大的梦想与荣耀，也是"释褐"的必备条件，可以从此走上仕途。贞元十二年（796），孟郊考中进士之后，兴奋之情跃然纸上：

昔日龌龊不足夸，今朝放荡思无涯。
春风得意马蹄疾，一日看尽长安花。
——《全唐诗》卷三百七十四《登科后》

此诗极写及第后的兴奋得意之状。白居易也是如此，在《及第后归觐留别诸同年》里也欣喜道："擢第未为贵，贺亲方始荣"，心急着赶回符离家中，和家人一同分享喜悦与荣耀，也不觉得路程遥远。

得意减别恨，半酣轻远程。
翩翩马蹄疾，春日归乡情。
——《白居易诗集校注》卷五

这时候，母亲在符离家中翘首盼望儿子归来，她多年培育的辛苦，终于有了回报。还有，与他心心相印的美丽姑娘湘灵也在等待着他，他想象到湘灵此时正望眼欲穿：

泪眼凌寒冻不流，每经高处即回头。
遥知别后西楼上，应凭栏干独自愁。
——《白居易诗集校注》卷十三《寄湘灵》

第五章 乡居渭南的大诗人白居易

或许，回到家里，能如愿与湘灵公开恋情，争取到母亲和家人的支持，那就太好不过了……

唐代规定，若要走上仕途，还必须经过吏部的考试，才能授官。白居易回到符离以后，除过到宣城拜见过举荐他的恩师宣歙观察使崔衍外，就一直在家中备考。第二年，经过吏部书判拔萃科及第，授秘书省校书郎。虽然官职不大，却是良好的开端。更重要的是与元稹订交，结为一生一世的好友。这一切，都使白居易感到前程光景灿烂无边。在这种背景和心情下，他要干的一件大事，就是"徙家秦中，卜居渭上"，即把全家安居在下邽义津乡金氏村故居。

白居易的先祖之所以从韩城迁居至此，具有多层的考虑，此地距京都只有百里之遥，南边是巍然如青龙逶迤而来的秦岭，又处渭水之阳，北面亦是群山环绕似屏障，抱百里平川，长湖如碧；土地肥沃，麦浪摇金，春树遮阴，卤阳雪盐；且为八省通衢，关中要道，东出函谷，西入长安，有舟车之便，绝对是风水宝地。另外，白氏家族世代为官，家居此地，可进可退：进者，长安魏阙，能有一番作为；退者，家居渭上，至少无米粮之忧，其后世优秀子孙白居易，自幼博览群书，经史子集、天文地理，乃至兵家商贾，莫不精通于胸，觉得祖先所选择安居之地大有深意焉。如今正值寒窗苦读终于及第授官春风得意之际，再说，校书郎的主要任务是掌校雠典籍，订正讹误，"典校在秘书""三旬两入省"，工作比较清闲，借此机会收拾修葺故居，便成为当务之急。

经过紧张的筹备，一切准备停当之后，白居易便和家人一起踏上秦中之地，回到故居，虽然常听上辈言说，而今足踏实地，村庄环境之美出乎意料，安谧幽静，风俗淳朴，乡中老幼，热情有加，他很快就喜欢上了这块地方。忙碌一番后，他就情不自禁地写出《泛渭赋》：

亭亭华山下有人，跂兮望兮，爱彼三峰之白云；
泛泛渭水上有舟，沿兮沂兮，爱彼百里之清流。

——《白香山集》卷二十一

两个"爱"字足见对故乡的热爱。智者乐水。"门去渭兮百步"，可以"一日而三往"。渭河滩上芦苇茂密，水鸟鸣叫的声音悦耳动听……白居易回到诗情画意的故居，觉得这里能安妥他的灵魂。

金氏村故居，有"榆柳百余树，茅茨十数间"（《白居易诗集校注》卷五《效陶潜体诗十六首》其九），想来也十分宽阔，绿树浓荫，翠色透窗，这使得长期漂泊四处的白居易有了家的感觉，他非常珍视这个家。这天，他信步出村，只见村南满地的桃林绯红一片，白居易不由得吟诵道：

村南无限桃花发，唯我多情独自来。
日暮风吹红满地，无人解惜为谁开。

——《白居易诗集校注》卷十三《下邽庄南桃花》

安排好家事之后，毕竟公务在身，白居易依依不舍地离开了金氏村故居。不过，在这段时间里，白居易经常来往于长安与下邽金氏村之间，他说："家去省兮百里，每三旬而两入。"他甚至产生了这样的念头：这里山水如此美好，就干脆在这里住下不走了吧，"便是衰病身，此生终老处"，何必为谋求一官半职而四处奔走呢？然而，他刚刚步入仕途，还未真正尝到世事的艰难，"达则兼济天下"的宏伟理想还在激励着他，他不甘心就此停住，终于还是展翅远飞了。

任官周至与《长恨歌》的诞生

顺宗永贞元年（805）正月，德宗去世，顺宗即位。八月，顺宗内禅，宪宗即皇帝位。白居易时在长安，寓居永崇里华阳观。宪宗元和元年（806），白居易从故居返回长安后，与元稹居华阳观一起苦读，以应制举考试。其时，唐宪宗有感于皇权衰落，决心革新政治。朝廷需要人才，于是，决定举行制举考试。制举考试的日期和考题都是临时决定的，如果能成功考取，就可以得到较高的官职。这是朝廷在非常时期选拔人才的一种手段。

制举考试，最主要的项目是试策。所谓"策"，就是针对皇帝的"提问"做出自己的"对策"，而"策"的内容都是当前迫切的时政问题，考查考生实际处理问题的能力。这次制举考试，名目是才识兼茂明于体用科，为了能顺利过关，他与元稹在永崇里华阳观一块积极备考。他后来回忆说："元和初，予罢校书郎，与元微之将应制举，退居于上都华阳观，闭户累月，揣摩当代之事，构成策目七十五门。"（《白居易文集校注》卷八《策林序》）。

唐代制举，不设一、二等，三等即为甲等。元稹制科入三等，白居易入四等，这是白居易后来引以为豪的事情——"十年之中，三登科第"。朝廷依等授官，元稹担任左拾遗，白居易授盩厔（今周至）县尉。

该县南依秦岭，北濒渭水，李吉甫《元和郡县志》云："山曲为盩，水曲为厔，因以县名。"此县历史悠久，文化深厚。县尉负责"按察奸宄"，他心里实在不高兴，写诗抱怨道："一为趋走吏，尘土不开颜。"（《周至县北楼望山》）好在他在这里认识了王质夫这个朋友，"爱君世缘薄"，他们二人有共同的志趣，因此时常相伴着出城游玩，"春寻仙游洞，秋上云居阁。楼观水潺潺，龙潭花漠漠。吟诗石上坐，引酒泉边酌。因话出处心，心期老岩壑"（《招王质夫》）。王质夫是山东琅琊人，隐居于终南山下的蔷薇洞，所以有"世缘薄"的话。

《旧唐书·白居易传》说："居易文辞富艳，尤精于诗笔。自雠校至结绶畿甸，所著歌诗数十百首，皆意存讽赋，箴时之病。"畿甸，是指盩厔，《长安志》卷第十八载："盩厔县，唐畿，东北至（京兆）府一百三十里。"这段话，是说白居易在盩厔写出了数量甚多的"箴时之病，补政之缺"的"讽喻诗"。其中有反映残酷现实的代表作《观刈麦》：

>田家少闲月，五月人倍忙。
>夜来南风起，小麦覆陇黄。
>妇姑荷箪食，童稚携壶浆。
>相随饷田去，丁壮在南冈。
>足蒸暑土气，背灼炎天光。
>力尽不知热，但惜夏日长。
>复有贫妇人，抱子在其旁。
>右手秉遗穗，左臂悬敝筐。
>听其相顾言，闻者为悲伤。
>家田输税尽，拾此充饥肠。
>今我何功德，曾不事农桑。

第五章　乡居渭南的大诗人白居易

>　　吏禄三百石，岁晏有余粮。
>　　念此私自愧，尽日不能忘。
>　　　　　　——《白居易诗集校注》卷一

这首诗描写了关中麦收时节的农忙景象，对造成人民贫困之源的繁重租税提出指责，对于诗人自己无功无德又不劳动却能丰衣足食而深感愧疚，很有思想高度。

元和元年（806）的冬季，在陈鸿、王质夫等朋友的邀请下，"暇日，相携游仙游寺"，酒宴上，他们在一起谈论起五十多年前唐玄宗与杨贵妃的故事，说到兴奋处，王质夫举起酒杯走到白居易面前，怂恿地说：

>　　夫希代之事，非遇出世之才润色之，则与时消没，不闻于世。乐天深于诗，多于情者也。试为歌之。如何？

于是，"深于诗，多于情"的白居易，创作出了千古名篇《长恨歌》。此诗分四层：第一层，从唐玄宗好色废政写起，采取烘云托月的艺术手法，突出描绘杨贵妃妖媚万千，天生丽质，令"六宫粉黛无颜色"，对李隆基与杨贵妃的男欢女爱，浓墨重彩，大肆渲染，然而，她恃宠而骄，全家跟着鸡犬升天，为以后故事情节发展蓄满内在张力；第二层，由"喜剧"截然转折为"悲剧"：安史乱起，玄宗仓皇逃蜀，马嵬兵变，贵妃香消玉殒；第三层，白居易集中笔墨着力刻画唐玄宗对杨贵妃睹物思人的万千思绪；第四层，从杨贵妃落笔，既写她万种风情万种仪态，又写她寂寞幽怨的心理，表现出一往情深至死不渝的真情和永结连理的誓愿——这部分写得真情绵密感人至深，浪漫色彩极其浓厚，然而，毕竟阴阳两隔，幽会之好景不长，最后以"长恨"收笔。

　　白居易创作《长恨歌》，想通过写唐玄宗与杨贵妃的故事，达到"欲惩尤物，窒乱阶，垂于将来者也"的讽喻作用，然而，随着故事情节的推进，由实写转而为虚写，或者说，由客观的描写转化为浪漫的描写，因而此诗也有了对忠贞不渝的爱情歌颂赞美的思想，他自己后来也说"一篇长恨有风情"，这里不去探讨。

　　要说的是，《长恨歌》这篇传世名作并不是白居易一时即兴发端而写作的，如果没有对唐玄宗与杨贵妃故事如此熟谙，没有一触即发的蕴藏在心里的强烈情愫，恐怕是不可能写出这篇"绝唱"的。我觉得《长恨歌》的叙写过程，其实也是白居易情感心结的一次大释放，按照现代作家郁达夫所秉承的观点，所有文学作品，都是作家的自叙传，那么，白居易也是在写自叙传——也许是在写他与湘灵苦苦相恋至今无法"终成眷属"的人生遗憾，这情感心结一直纠缠折磨着他，终于在《长恨歌》写作过程中得到爆发与释放，这应该是白居易深层的写作动因吧。

官拜授左拾遗

　　白居易的诗歌文采斐然而又通俗易懂，得到大唐各阶层的喜爱和传吟，也"流闻禁中"，此时，唐宪宗励精图治，喜欢直言纳谏之士，在元和二年（807）的秋天，下诏将白居易自盩厔调京兆府担任进士考官，试毕，由集贤院召入翰林。

　　元和三年（808），白居易任翰林学士，得授左拾遗，策试

第五章　乡居渭南的大诗人白居易

贤良方正能言极谏科。牛增孺、皇甫湜、李宗闵等登第。宰相李吉甫以三人对策语直，泣诉于上，三人均不如常例授官。考官因之被贬。白居易上《论制科人状》，极言考官不当被贬。其后，李吉甫子李德裕与牛增孺等各自结党，"牛李党祸"从此而起。白居易也因此而受李德裕排挤。淮南节度使王锷入朝，多进奉，谋为宰相，白居易上《论王锷欲除官事宜状》，力谏不可。他屡陈时政，请降系囚，蠲租税，绝进奉，禁掠买良人等，因为谏言切中时弊，被朝廷所认可。

元和五年（810），白居易的好朋友元稹，担任监察御史，不久，使蜀，因劾东川节度使违法加税，平八十八家冤案，为执政者所忌。使还，命分司东都。河南尹房式有不法事，元稹在东都奏摄之，令其停务。执政者恶元稹专横，罚俸，召还长安。途经华阴敷水驿，与中使刘士元争驿房，遭其羞辱，被贬江陵府曹参军。对此，白居易自然感到气愤，他出于正义，旗帜鲜明地认为元稹不当被贬，连上三状，在论元稹第三状《监察御史元稹贬江陵府士曹参军》中，直截了当地说："元稹守官正直，人所公知。自授御史已来，举奏不避权势。只如奏李公佐等之事，多是朝廷亲情。人谁无私？因以挟恨。或假公议，将报私嫌，遂使诬谤之声上闻天听。"（《白居易文集校注》卷二十二）有力地揭露出元稹是受到陷害而被贬官，他希望朝廷能够改变决定，并说，这是"此乃上裨圣政，下惬人情"的大事，可是，唐宪宗不听。元稹还是被贬往江陵。

虽然三状未能拯救元稹被贬，但是，白居易依然保持着谏言的勇气。依照唐朝官制，门下省设左拾遗六人，中书省设右拾遗六人。左右拾遗是谏官，如果遇上朝廷有大事需要商议，可以参与甚至直接向皇帝建言献策。白居易认为有机会向唐宪宗揭露政治上的腐败和黑暗了,便力图贯彻他在《初授拾遗献书》中提出的所谓决心忠于职守的声明:

> 拾遗之置,所以卑其秩者,使位未足惜,身未足爱也。所以重其选者,使上不忍负恩,下不忍负心也。夫位未足惜,恩不忍负,然后能有阙必规,有违必谏。朝廷得失无不察,天下利病无不言。
> ——《白居易文集校注》卷二十一

白居易就这样"位未足惜,身未足爱"(左右拾遗是从八品),履职"天下利病无不言"的拾遗生涯,觉得这是实现"达则兼济天下"的政治怀抱的好平台,客观地说,白居易大多所"谏",毕竟事关社稷苍生,唐宪宗皆从之。元和四年(809)十月,成德节度使王承宗叛,唐宪宗"令神策中尉吐突承璀为招讨使",引起大臣不满,"谏官上章者十七八人",白居易激烈抗争,"辞情切至",甚至当面指责唐宪宗说:

> 右缘承璀职名,自昨日来,臣与李绛等已频论奏。又奉宣令依前定者,臣实深知不可,岂敢顺旨便休……然则兴王者之师,征天下之兵,自古及今,未有令中使专统领者。今神策军既不置行营节度使,即承璀便是制将;又充诸军招讨处置使,即承璀便是都统,岂有制将、都统而使中使兼之?臣恐四方闻之,必轻朝廷;四夷闻之,必笑中国。

他还强调如是的后果是:

> 王承宗闻之,必增其气。国史记之,后嗣何观?陛下忍令后代相传,云以中官为制将、都统,自陛

下始？

——《白居易文集校注》卷二十二《论承璀职名状》

白居易的意见是正确的，然而，唐宪宗却很不高兴，并给李绛说："白居易小子，是朕拔擢致名位，而无礼于朕，朕实难奈。"好在李绛对这件事的态度和白居易一致，他对唐宪宗说："居易所以不避死亡之诛，事无巨细必言者，盖酬陛下特力拔擢耳，非轻言也。"从而缓和了气氛，平息了唐宪宗的怒气。

但是，这次上"谏"，给唐宪宗心里留下了不快的梗，并很快就显露出来，元和五年（810）四月，左拾遗任期将满，唐宪宗不想要他继续任职，就让别人告诉白居易，说他"官卑俸薄，拘于资地，不能超等其官，可听自便奏来"。找了个理由让白居易改官走人。

迫于形势，白居易只得随后上《奏陈情状》，说："伏以自拾遗授京兆府判司，往年院中曾有此例，资序相类，俸禄稍多，倘授此官，臣实幸甚。"（《白居易文集校注》卷二十二）唐宪宗看过奏章，长舒一口气，终于可以摆脱这个整天指责他的谏官了，立刻准奏。五月初，白居易如愿以偿被授为京兆府户曹参军，但仍然是翰林学士。他自我解嘲，挥笔写下《初授户曹喜而言志》：

俸钱四五万，可以奉晨昏。

廪禄二百石，岁可盈仓囷。

——《白居易诗集校注》卷五

白居易此次改官，看起来是依例而行，且是自己选择为京兆府户曹，其实是被驱除出朝廷。虽说左拾遗官职不大，却有机会接近最高统治者，可以"朝廷得失无不察，天下利病无不言",发表自己对时局和国家大事的意见,现在呢,没有这样的平台和机会了,白居易表面上看来不在意去留,实际上内心并不平静,在《酬钱员外雪中见寄》诗里流露出对现实不满的低落心绪:

> 松雪无尘小院寒,闭门不似住长安。
> 烦君想我看心坐,报道心空无可看。
> ——《白居易诗集校注》卷十四

甚至有了"出世"之想:

> 岁去年来尘土中,眼看变作白头翁。
> 如何办得归山计,两顷村田一亩宫。
> ——《白居易诗集校注》卷十四《咏怀》

这段意气风发的"身是谏官,月请谏纸"的翰林学士兼左拾遗的政治生涯从此完结了,对白居易从政以来"志在兼济"的远大理想打击不小,原先"誓酬君王宠,愿使朝廷肃""只要明是非,何曾虞祸福"的愿望,现在落了个"入仕欲荣身,须臾成黜辱"的下场(《白居易诗集校注》卷十四《和梦游春游诗一百韵》)。在《代书诗一百韵寄微之》里,他不无愤恨地对元稹诉说道:

> 未为明主识,已被幸臣疑。
> 木秀遭风折,兰芳遇霰萎。
> 千钧势易压,一柱力难支。
> 腾口因成痏,吹毛遂得疵。
> 忧来吟贝锦,谪去咏江蓠。
> ——《白居易诗集校注》卷十二

由此来看,白居易遭到如此打击,离不开那些"幸臣"们的谗言中伤，因为他无论是向唐宪宗谏言也好，还是写作讽喻诗也好，都是从社稷苍生的根本利益出发，伤害了这些人的切身利益，所谓"正色摧强御，刚肠嫉喔咿"，不遭到暗算才奇怪呢！

要说的是，白居易大约从贞元三年（787）至元和五年（810），写有讽喻诗一百七十余首。早期的白居易属于政治理想主义者，大量创作反映民生疾苦的讽喻诗，以期裨补时阙，诗风冷峻犀利，鞭挞有力，使那些"权豪贵近者相目而变色"，"执政柄者扼腕"，"握军要者切齿"（《与元九书》），却得到老百姓的欢喜，在民间广泛流传。元稹说，"禁省、观寺、邮候、墙壁之上无不书，王公、妾妇、牛童、马走之口无不道……自有篇章以来，未有如是流传之广者"（《白氏长庆集序》）。白居易自己也说，"自长安抵江西三四千里，凡乡校、佛寺、逆旅、行舟之中，往往有题仆诗者"（《与元九书》）。赵翼在《瓯北诗话》里叹曰："是古来诗人，及身得名，未有如是之速且广者。"白居易的讽喻诗之所以受到人们的普遍传诵，是因为他在诗中揭露了当时黑暗的社会现实，激切的内容引起了大家的情感共鸣，具有强烈的思想和认识价值。

"丁忧"渭村

元和六年（811），白居易的母亲陈氏因为看花，不慎掉入井中，卒于长安宣平里第，还不到60岁。按照古代的礼制，父母亲去世的三年内，要服丧守灵，不能工作。他含悲忍泪，带着丧母之痛和政治上的失意，"丁忧"渭上，将母亲葬入白家祖坟。由于前述的原因，白居易此时的心境和上次"卜居渭上"大不一样，在《重到渭上旧居》诗里，他写道：

> 旧居清渭曲，开门当蔡渡。
> 十年方一还，几欲迷归路。
> 追思昔日行，感伤故游处。
> 插柳作高林，种桃成老树。
> 因惊成人者，尽是旧童孺。
> 试问旧老人，半为绕村墓。
> 浮生同过客，前后迟来去。
> 白日如弄珠，出没光不住。
> 人物日改变，举目悲所遇。
> 回念念我身，安得不衰暮。
> 朱颜销不歇，白发生无数。
> 唯有门外山，三峰色如故。
>
> ——《白居易诗集校注》卷九

仔细算来，从贞元二十年（804）至元和六年（811），也就七年的时间，白居易在这首诗里谓"十年方一还"，是概数而言。仅仅七年时间，旧居的村庄就发生了这么大的变化，当年在土地上插的柳条，已经蔚然成林，所栽种的桃树苗成了老树，"试问旧老人，半为绕村墓"，自己呢？"朱颜销不歇，白发生无数。"这一切的一切，都使白居易黯然神伤、情绪低落……刚料理完母亲的丧事，泪水还没有擦干，爱女金銮子又不幸夭折，年仅三岁，这真是祸不单行，雪上加霜，"朝哭心所爱，暮哭心所亲"，"结为肠间痛，聚作鼻头辛"（《白居易诗集校注》卷十《自觉》其二）。白居易一时间掉入了痛苦的深渊……他也病倒

第五章　乡居渭南的大诗人白居易

了，"形骸日损耗，心事同萧索"(《自觉》其一)。这样的苦痛该如何解脱呀？"我闻浮图教，中有解脱门"，他愿意"置心为止水，视身如浮云"，"抖薮垢秽衣，度脱生死轮。胡为恋此苦，不去犹逡巡？"(同上)。他想遁入佛门以解此苦。前边已经说到，金氏村西，原先有一座兴福寺，因为白居易"制紫衣以献之，始更名为紫兰寺"。也许，在极度痛苦中，只有专心礼佛才能暂时得到精神上的解脱，故而他有此举，当为史实。

元和七年(812)的深秋，白居易把祖父锽、祖母薛氏的灵柩，分别从权厝于下邽县下邑里、新郑县临洧里"迁葬于下邽县义津乡北原"(《故巩县令白府君事状》)；同时，也把其父白季庚的灵柩从"权窆于襄阳县东津乡南原"(《襄州别驾府君事状》)迁回与母亲合葬。次年二月，又从符离县之南偏，将外祖母与幼弟白幼美的灵柩迁葬于北原，这是他"丁忧"故居期间，全力为之的事关"孝道"的大事情。白居易两年内连续经历了这么多的大事，花费自然不小，"丁忧"期间又无俸禄，长兄白幼文养病符离，估计也没有多少资助，家中生计，陷入穷困之中。

元稹在白居易扶柩"丁忧"回故居的时候，因为自己被朝廷贬至江陵府担任士曹参军，不能亲自前来，便派遣侄儿奔赴金氏村吊唁慰问，之后又寄来自己的一点俸禄，从经济上尽力接济他。在《寄元九》这首诗中，白居易衷心地感谢道：

> 一病经四年，亲朋书信断。
> 穷通合易交，自笑知何晚。
> 元君在荆楚，去日唯云远。
> 彼独是何人，心如石不转。

>忧我贫病身，书来唯劝勉。
>上言少愁苦，下道加餐饭。
>怜君为谪吏，穷薄家贫褊。
>三寄衣食资，数盈二十万。
>岂是贪衣食，感君心缱绻。
>念我口中食，分君身上暖。
>不因身病久，不因命多蹇。
>平生亲友心，岂得知深浅。
>——《白居易诗集校注》卷十

司马迁在《史记·汲郑列传》中说到朋友，有这样的话："一死一生，乃知交情。一贫一富，乃知交态。一贵一贱，交情乃见。"意思是，朋友在生死患难处方可显示交情——白居易与元稹的朋友之交，即属于此等交情。

丁忧期间，白居易除了丧亲之痛外，还有仕途失意的烦恼。白居易似乎为此前的仗义直谏、面折廷争而感到不安和后悔，他非常伤感：

>我生来几时，万有四千日。
>自省于其间，非忧即有疾。
>——《白居易诗集校注》卷六《首夏病间》

为了排解心中的忧愁，天色晚了，白居易顺脚走出家门，去田间散散心：

>霜草苍苍虫切切，村南村北行人绝。
>独出前门望野田，月明荞麦花如雪。
>——《白居易诗集校注》卷十四《村夜》

也许在这辽阔的田野里，凛冽的秋风能吹散心头的郁积。

村子南北空旷无人，他只好孤零零地伫立在地头，看着月光下如雪的荞麦花……或者在蒙蒙细雨里独自一人到村外渭河沙滩上去散步：

> 渭水寒渐落，里里蒲稗苗。
> 闲旁沙边立，看人刈苇苕。
> 近水风景冷，晴明拢寂寥。
> 复兹夕阴起，野思重萧条。
> 萧条独归路，暮雨湿村桥。
> ——《白居易诗集校注》卷十《渭村雨归》

他想将自己的愁苦，排解在大自然的优美景色之中，聊以得到精神上的慰藉。直到阴风吹起，天际飘洒着蒙蒙细雨，天色已暮，他才踏着潮湿的小道回家。要么，他就持一竿竹，在河边垂钓：

> 渭水如镜色，中有鲤与鲂。
> 偶持一竿竹，悬钓在其傍。
> 微风吹钓丝，袅袅十尺长。
> 谁知对鱼坐，心在无何乡。
> 昔有白头人，亦钓此渭阳。
> 钓人不钓鱼，七十得文王。
> 况我垂钓意，人鱼又兼忘。
> 无机两不得，但弄秋水光。
> 兴尽钓亦罢，归来饮我觞。
> ——《白居易诗集校注》卷六《渭上偶钓》

"身虽对鱼坐，心在无他乡"，他想起遥远时代的姜太公。当年的姜太公也曾在渭河边垂钓，但那是"钓人不钓鱼"，希冀有人上钩，以实现自己的宏图大志，这与自己多么相似，但姜太公"七十得文王"，终被周文王请去干了一番大事业。而自己呢？当今的"周文王"在哪里？他想到这里，又不禁心头一沉，顿生惆怅，他又坐不住了，急急地收起钓竿，默默地走回家去；回到家里，又独自举杯，以酒浇愁。有时候想起这些事情，白居易整夜整夜不能入眠，双眼看着窗外"梧桐上阶影"，听着床前蟋蟀的鸣叫声，一直坐到天亮：

　　斜月入前楹，迢迢夜坐情。

　　梧桐上阶影，蟋蟀近床声。

　　曙旁窗间至，秋从簟上生。

　　感时因忆事，不寐到鸡鸣。

　　——《白居易诗集校注》卷十四《夜坐》

白居易"本来形体羸"，这一连串的打击，更使他"戚戚抱羸病，悠悠度朝暮"，然而，他仍然坚持认为自己是正确的，再三检点，自己的所作所为没有丝毫的个人利益夹杂其中，全是为了社稷苍生，所以他认为自己的意见是对的，尽管忧而成疾，却不改变其主张，"唯有病客心，沉然独如故"（《白居易诗集校注》卷十《村居卧病三首》其一）。但是这有用吗？因而又有"去国固非乐，归乡未必欢""何须自生苦，舍易求其难"的情绪流露。古代的知识分子总是在"出世"与"入世"之间徘徊，白居易表现得更明显一些，遇到挫折便想放弃自己的主张，《遣怀》这首诗就表现了他矛盾与纠结的心理：

　　乐往必悲生，泰来由否极。

　　谁言此数然，吾道何终塞？

　　尝求詹尹卜，拂龟竟默默。

> 亦曾仰问天，天但苍苍色。
> 自兹唯委命，名利心双息。
> 近日转安闲，乡园亦休忆。
> 回看世间苦，苦在求不得。
> 我今无所求，庶离忧悲域。
> ——《白居易诗集校注》卷十一

白居易的日子过得很寂清，他特别想念远谪江陵的朋友元稹，不知道元稹的情况现在如何，于是，提笔铺纸，写诗寄元稹，表达自己深切的问候，有句云：

> 君年虽较小，憔悴谪南国。
> 三年不放归，炎瘴销颜色。
> ——《白香山集》之《寄元九》

元和五年（810）至现在，已经三年，元稹还没有从那"炎瘴"之地归来，担忧之情跃然纸上。当初，元稹虽然遭贬，但是公道自在人心，白居易曾在《赠樊著作》的诗里，高度评价元稹，他说：

> 元稹为御史，以直立其身。
> 其心如肺石，动必达穷民。
> 东川八十家，冤愤一言伸。
> ——《白居易诗集校注》卷一

这首诗充分肯定了元稹"以直立其身""动必达穷民"的精神气节，赞扬他"东川八十家，冤愤一言伸"，敢于与损害国家和老百姓根本利益的人和事直面斗争，不去计较自身的荣辱和艰险。在这方面，元稹与白居易有许多相似的地方。他俩曾经在应制举考试的时候，针对现实社会存在的各种弊端，编撰出《策林》，具体提出了解决的种种对策，而种种对策的提出基于共同的政治抱负，用白居易的话来说，"仆志在兼济，行在独善"，元稹说得更为具体：

> 我有恳愤志，三十无人知。
> 修身不言命，谋道不择时。
> 达则济亿兆，穷亦济毫厘。
> 济人无大小，誓不空济私。
> ——《元稹集》卷三《酬别致用》

元稹这首诗写于初到江陵的时候，他俩都说到"济"，而"济"在这里有"救济"和成有益之事的含义。有这个共同的认识，所以白居易与元稹能"其心如肺石"，为了社稷天下，敢于挺身而出反对潘镇割据和宦官干政。再说，白居易和元稹此时都专注于讽喻诗的写作，企图用诗来深刻地反映现实社会矛盾，反映老百姓苦难的真实生活，发挥"救济人病，裨补时阙"（《与元九书》）的社会作用，可谓志同道合。至于互相扶危济困，视为手足，更加深了彼此的感情。

白居易在乡居的日子里，写了不少怀念元稹的诗，在诗歌酬唱中互通声气，借以得到心灵的慰藉和精神支持。而这时候，白居易的夫人杨氏却从初春就离家归宁，到了"柿叶半红"的秋天，还没有回来，实在令他心烦不已。白居易是从盩厔县尉调任翰林学士、左拾遗的时候，即在元和三年（808）的夏天，才和杨氏结婚的，她是后来官至刑部尚书的杨汝士的妹妹。杨氏平日温婉柔情，和他倒也互敬互爱伉俪情深。就在白居易愁绪百结穷苦万状之时，她竟然久居娘家，于是，他写诗催促杨氏归来：

第五章　乡居渭南的大诗人白居易

> 桑条初绿即为别，柿叶半红犹未归。
> 不如村妇知时节，解为田夫秋捣衣。
> ——《白居易诗集校注》卷十四《寄内》

从诗里"不如村妇知时节"的指责来看，白居易此时的心头估计晃动着他心爱的姑娘湘灵的身影，才有如此的话语。当年，白居易进士及第后回到符离家中，除过省亲之外，还想趁着全家人高兴之时，借机禀报和湘灵结婚的事情，无奈由于种种原因，此事没有商量的余地，他只好与湘灵黯然相别，断了这个念头：

> 不得哭，潜别离；
> 不得语，暗相思；
> 两心之外无人知。
> 深笼夜锁独栖鸟，
> 利剑春断连理枝。
> 河水虽浊有清日，
> 乌头虽黑有白时；
> 唯有潜离与暗别，
> 彼此甘心无后期。
> ——《白居易诗集校注》卷十二《潜别离》

命运往往捉弄人，假如此时有湘灵陪伴，至少还能慰藉这颗需要慰藉的心灵，白居易精神或许能宽敞许多，可惜姻缘不曾如此安排，白居易独自苦挨着寂寞的时日，这时候，也很少有客人来访，偶尔有老朋友前来，晚上便留宿在他家：

> 平生早游宦，不道无亲故。
> 如我与君心，相知应有数。

> 春明门前别，金氏陂中遇。
> 村酒两三杯，相留寒日暮。
> 勿嫌村酒薄，聊酌论心素。
> 请君少踟蹰，系马门前树。
> 明年身若健，便拟江湖去。
> 他日纵相思，知君无觅处。
> 后会既茫茫，今宵君且住。
>
> ——《白居易诗集校注》卷六《村中留李三顾言宿》

是啊，当年的陶令回到庐山脚下，不也"门前冷落车马稀"吗？大清早，一听见有人敲门，便急忙"倒裳往自开"，高兴得不得了。白居易也一样，拉着客人不让走，"勿嫌村酒薄，聊酌论心素"。今晚你住下来，咱们放开襟怀好好喝一场酒吧。

白居易退居渭上期间，目睹了乡村贫穷的生活现实，心里激起了阵阵的涟漪，尤其是在元和八年（813），久旱无雨，"麦死春不雨，禾死秋早霜"，庄稼收成不好，天又连降大雪，村里老百姓的生活惨状，令他久久不能平静：

> 八年十二月，五日雪纷纷。
> 竹柏皆冻死，况彼无衣民。
> 回观村闾间，十室八九贫。
> 北风利如剑，布絮不蔽身。
> 唯烧蒿棘火，愁坐夜待晨。
> 乃知大寒岁，农者尤苦辛。
>
> ——《白居易诗集校注》卷一《村居苦寒》

老百姓的日子真是苦透了，"回观村闾间，十室八九贫"，他们衣不遮体,烧着"蒿棘火"取暖,而村巷里有的人家因贫穷不断有亲人丧亡,凄惨的哭声令人同情与伤悲,白居易写下了这令人揪心的哭声,其中有这样的诗句:

>　　昨日南邻哭,哭声一何苦!
>　　云是妻哭夫,夫年二十五。
>　　今朝北里哭,哭声又何切!
>　　云是母哭儿,儿年十七八。
>　　四邻尚如此,天下多夭折。
>　　乃知浮世人,少得垂白发。
>　　——《白居易诗集校注》卷六《闻哭者》

此刻,他联想到自己:

>　　顾我当此日,草堂深掩门。
>　　褐裘覆绁被,坐卧有余温。
>　　幸免饥冻苦,又无垄亩勤。
>　　念彼深可愧,自问是何人。
>　　——《白居易诗集校注》卷一《村居苦寒》

和民不聊生的生活相比较,白居易"念彼深可愧,自问是何人"。如此的觉悟,在其时算是进步的思想,说明了他对老百姓的苦难有深刻的同情。唐代中后期,内有藩镇割据,外有吐蕃入侵,唐王朝中央政府控制的地域大为减少,却供养了大量军队,再加上官吏、地主、商人、僧侣、道士等等,不耕而食的人甚至占到人口的一半以上。农民负担之重、生活之苦,可想而知。白居易对此深有体会,他在另一首诗中所写的"嗷嗷万族中,唯农最辛苦"(《白居易诗集校注》卷一《夏旱》),也是对乡村现实生活的真实写照。寒冬腊月天,"岁晏无口食"的穷苦人家的妇女儿童,穿着破烂的衣服,冒着如剑的西北风,到田野里采地黄,从凌晨采到黄昏,才采了那么一点点。"携来朱门家,卖与白面郎:与君啖肥马,可使照地光。愿易马残粟,救此苦饥肠。"(《白居易诗集校注》卷一《采地黄者》)这是一幅多么辛酸悲惨的生活图景啊!

元和九年(814),白居易"丁忧"到了除服时间,但出仕毫无音信,他于是决计务农为生,在《归田三首》之二里写道:

种田计已决,决意复何如。

卖马买犊使,徒步归田庐。

迎春治耒耜,候雨辟蓄畲。

——《白居易诗集校注》卷六

"卖我所乘马,典我旧朝衣。"(《白居易诗集校注》卷六《晚春沽酒》)卖掉自己骑乘的走马,买来耕田的牛,典当出当年在朝时的官服,开春就置办好种地用的农具,烧荒开垦好农田,等候下雨就可以种上庄稼了……这可不是说说而已,白居易真的参加劳动了,有诗为证:

犹须务衣食,未免事农桑。

薙草通三径,开田占一坊。

昼扅启白版,夜榷扫黄粱。

隙地治场圃,闲时粪土疆。

枳篱编刺夹,薙垄擘科秧。

穑力嫌身病,农心愿岁穰。

朝衣典杯酒,佩剑博牛羊。

困倚栽松锸,饥提采蕨筐。

引泉来后涧,移竹下前冈。

第五章　乡居渭南的大诗人白居易

> 生计虽勤苦，家资甚渺茫。
> 尘埃常满甑，钱帛少盈囊。
> ——《白居易诗集校注》卷十五《渭村退居寄礼部崔侍郎翰林钱舍人诗一百韵》

这首寄给崔群等朝廷大臣的长诗，固然有虚构的艺术成分在内，然而却是他在乡村真实的农民生活记录，不然也写不出如此的务农生活细节。然而，在封建时代，一个官宦人学种庄稼，是要受人耻笑以至白眼的，白居易却不予理睬，他严正地宣告：

> 学农未为鄙，亲友勿笑余。
> 更待明年后，自拟执犁锄。
> ——《白居易诗集校注》卷六《归田三首》

他在田地里耕种庄稼作务蔬菜，以此来维持家庭的日常生活，同时，修缮村居的房舍，防备阴雨天的到来，缝补穿过的旧冬衣，来度过渭北的严寒天气，虽然自己的身体一直患病，但还是要为今后的日子做好打算。白居易在诗中写道：

> 种黍三十亩，雨来苗渐大。
> 种韭二十畦，秋来欲堪刈。
> 望黍作冬酒，留韭为春菜。
> 荒村百物无，待此养衰瘵。
> 茸庐备阴雨，补褐防寒岁。
> 病身知几时，且作明年计。
> ——《白居易诗集校注》卷十《村居卧病》三首其三

村居数年之后，白居易思想感情发生了很大变化，他认为种田人是应该受到人们尊重的。在学农的过程中，他虚心向老农学习,"吾闻老农言,为稼慎在初",并同老百姓建立了深厚情谊:"村中相识久,老幼皆有情。"(《白居易诗集校注》卷六《秋游原上》)"言动任天真,未觉农人恶。"(《白居易诗集校注》卷六《观稼》)他也逐渐习惯了乡居的生活,心态变得平静下来,《村居二首》诗云:

其一

田园莽苍经春早,篱落萧条尽日风。
若问经过谈笑者,不过田舍白头翁。

其二

门闭仍逢雪,厨寒未起烟。
贫家重寥落,半为日高眠。

——《白居易诗集校注》卷十四

此年,渭河东部平原上的六月,天气反常,连阴多雨,不能出门劳作,闷在家里的白居易找出搁置已久的书籍,重读陶渊明,在陶渊明的诗歌里舒展一下自己的灵魂,以期在其"躬耕自资"的生活和归隐田园的诗歌里,获得心灵的平衡,心有所感,挥笔写出了《效陶潜体诗十六首》,其序云:

余退居渭上,杜门不出,时属多雨,无以自娱。会家酝新熟,雨中独饮,往往酣醉,终日不醒。懒放之心,弥觉自得,故得于此而有以忘于彼者;因咏陶渊明诗,适与意会,遂效其体,成十六篇。醉中狂言,醒辄自晒,然知我者,亦无隐焉。

——《白居易诗集校注》卷五

这十六首诗,是模仿陶渊明的《饮酒》而写的组诗。在诗中,白居易偏重探究关于人生、生命与命运等哲学问题,反映了他此时的思想与精神状态，也写了他饮酒、读书、作诗、弹琴等饶有趣味的生活片段。陶渊明是古代知识分子在仕途失意之时最后的精神家园，白居易在"无一自娱"的情况下，通过对"适于意会"的陶渊明，这位遥远的"知我者""而无隐"的心灵倾诉，得到精神上宽慰，从而忘怀得失，获得一些思想的能量。

不过，在白居易的内心，还是盼望唐宪宗能很快起用他，但是迟迟没有消息，使他心情苦闷。

这年的冬天，唐宪宗终于下诏，授了一个闲散职务——左赞善大夫给白居易。从此他永远离开了渭村……但是，家山长忆，无论是谪贬江州还是其他地方，故乡仍然是白居易精神和心灵的安栖之地，令他魂牵梦绕。离别家乡，令他心头一阵酸楚："掩泪别乡里，飘摇将远行"——是啊，此去不知何日还，他满怀惆怅，踏上通往长安的古道。

诗风由此而转折

渭村"丁忧"期间，是白居易诗歌的重大转型期。为了叙述方便，此处选择主要诗作，为之简述：

元和六年（811）作《春雪》《重到渭上旧居》《白发》《渭上偶钓》《自觉二首》《秋夕》《夜雨》《闲居》《叹老》《送兄弟回雪夜》《病中哭金銮子》等诗；

元和七年（812）作《采地黄者》《首夏病间》《寄元九》《寄内》《适意二首》《游蓝田山卜居》《村雪夜坐》《溪中早春》《同友人寻涧花》等诗；

元和八年（813）作《归田三首》《薛中丞》《村居苦寒》

《效陶潜体诗十六首》《东园玩菊》《登村中古冢》《咏慵》《念金銮子二首》等诗；

元和九年（814）作《晚春沽酒》《得袁相书》《别行简》《渭村退居寄礼部崔侍郎、翰林钱舍人一百韵》《渭村酬李二十见寄》《叹元九》《病中作》《眼暗》《游悟真寺诗一百三十韵》等诗。

从以上简述来看，在伤痛、忧患不断的情况下，白居易诗兴却不曾减弱，有学者说这一时期他共写有一百一十九首诗歌，仔细检点，不算一题多诗，例如《效陶潜体诗十六首》等，计有八十六首之多。大致分类，主要有描写故居风土人情、反映当时乡村社会现实、表达自己思想情绪以及友朋酬和等诗歌。

关于讽喻诗的写作与影响，前文已经涉及，此处不再赘述。要强调的是，白居易从盩厔县尉调回朝廷，担任翰林学士及左拾遗这段时期，勇于实践"丈夫贵兼济，岂独善一身"（《新制布裘》）的政治主张，对这年科考风波态度鲜明，并抵制淮南节度使王锷入朝，与图进奉、贿赂宦官而求宰相之职，还对气焰嚣张的吐突承璀等宦官进行了公开的弹劾，甚至触怒了唐宪宗。傅璇宗先生认为："五年间的翰林学士生活，是白居易一生从政的最高层次，也是他诗歌创作的一个高峰。"（《从白居易研究中的一个误点谈起》）所言"高峰"，主要是他讽喻诗所创造的"一个高峰"。高峰过后就是低谷，后来白居易改官，接着"丁忧"渭上遭遇的种种伤痛忧患，"给他带来思想、情绪上的最大冲击"。在这个背景下，反映在诗歌写作上，便有了一个新的转折。这个新的转折，就是由此开始伤感诗写作。伤感是指人的一种感情思绪，通常当人受到打击或者遇到很难过的事时容易产生这种感觉。而伤感诗,按照白居易在《与元九书》里的说法,"有事物牵于外,情理动于内,随感遇而形于叹咏者也",是谓伤感诗。确实如是。当爱女金銮子不幸夭折,白居易痛不欲生,这种情绪在《病中哭金銮子》中表现无余:

> 岂料吾方病,翻悲汝不全。
> 卧惊从枕上,扶哭就灯前。
> 有女诚为累,无儿岂免怜。
> 病来才十日,养得已三年。
> 慈泪随声迸,悲肠遇物牵。
> 故衣犹架上,残药尚头边。
> 送出深村巷,看封小墓田。
> 莫言三里地,此别是终天。
> ——《白居易诗集校注》卷十四

金銮子是白居易的长女,白居易在《金銮子晬日》里说,"行年欲四十,有女曰金銮,生来始周岁,学坐未能言",他结婚比较晚,快四十岁才有了爱女金銮子,视之为掌上明珠,"惭非达者怀,未免俗情怜",然而,她却夭折于白居易丁母忧退居渭上的灰暗时月,"病来才十日",救治不及,"故衣犹架上,残药尚头边",小小的生命就此终结,"送出深村巷,看封小墓田",摧肝裂肺一般的痛苦,使白居易哀伤不已。本就身患疾病的他,更加形销骨立,他独自出村,站在长满荒草的土台上,默默无语,看着夕阳收走最后的一抹余光:

> 秋鸿过尽无书信,病戴纱巾强出门。
> 独上荒台东北望,日西愁立到黄昏。
> ——《白居易诗集校注》卷十四《寄上大兄》

他把无限的伤感与愁苦，和着泪水写成诗篇，寄给远方的朋友。伤痛如丝，长长地缠缚着在苦痛里挣扎的心，夜不成眠，不时传来冷霰扑打树梢、纸窗和残雁的凄厉叫声：

> 南窗背灯坐，风霰暗纷纷。
> 寂寞深村夜，残雁雪中闻。
> ——《白居易诗集校注》卷六《村雪夜坐》

凄冷之情寒彻周身，其内心的伤感之情真切而形象地表现在字里行间。还有《村居卧病》之二诗云：

> 新秋久病客，起步村南道。
> 尽日不逢人，虫声遍荒草。
> 西风吹白露，野绿秋仍早。
> 草木犹未伤，先伤我怀抱。
> 朱颜与玄鬓，强健几时好。
> 况为忧病侵，不得依年老。
> ——《白居易诗集校注》卷十

这首诗写透了人间冷落而寂寞的感受，此时，他体验得更加深刻。在《遣怀》里，失意的白居易显然没有了前期意气风发的精神状态，呈现出自我慰藉的口吻，他谈到两个议题：一个是生死问题；一个是命运问题：

> 羲和走驭趁年光，不许人间日月长。
> 遂使四时都似电，争教两鬓不成霜。
> 荣销枯去无非命，壮尽衰来亦是常。
> 已共身心要约定，穷通生死不惊忙。
> ——《白居易诗集校注》卷十七

全诗围绕着这两个问题发表自己的议论，白居易立身于儒家，也深入道家，尤其是道家的"道法自然"思想对他影响至深，道法自然首先要顺应自然。前四句，深刻地认识到人生的短暂与有限，意识到死亡不可避免。"荣销枯去无非命，壮尽衰来亦是常"二句，是说生死荣辱皆为命运安排，要做到"已共身心要约定，穷通生死不惊忙"，平静地对待生老病死、厄困显达而不惊慌失措。这是心冷后的自我反思，也是面对现实深深的无奈之后的悲凉。既然顺其自然，那就以平常之心对待生活里的一切，"我生日日老，春色年年有"（《白居易诗集校注》卷九《同友人寻涧花》），不要在意过眼云烟，世事就是这样以无限对待有限，珍重当下就好。

"丁忧"渭上的乡居岁月，是白居易的人生与思想及诗歌写作重要的转折期，他在秉持积极入世的儒家思想的同时，开始出入于道释，他逐渐改变了前期所明确追求的"文章合为时而著，歌诗合为事而作"的写作倾向，尤其是在诗歌写作上，渐渐消失了讽喻的社会功能和政治影响，由此转向抒写内在的个人的情感与哀愁，开启了伤感诗的写作过程——这个过程还将持续到以后的岁月。《白香山集》共收一百二十三首伤感诗，力作萃于退居乡村故居这个时期。

第六章　隐居太华山的图易哲学家陈抟

我喜欢太华山这个名称，觉得从这个名称里能感受到浓厚的历史文化气息。虽然经常游走于华阴地面，却未曾"朝"过太华山。本土老派人，从来不说登攀，而是讲究"朝"。朝，有参拜的意思，太华山确实是应该参拜的山。发愿朝太华山是再次阅读鲁迅先生的著作时，他在1918年8月20日《致许寿裳》的信里曾提出"中国根柢全在道教"，而太华山是了解道教最好的切入口，至少得寻踪陈抟的遗迹。于是，在妻子的鼓动下，终于乘缆车朝了一次太华山……

玉泉院前的广场上，横卧着一尊巨大的陈抟的铜塑像，双眼微微闭合，而神思云游天外。他是我国古代具有建设意义的易学大家……

陈抟是一个谜一样的人物。关于他的籍贯，就有两种说法：

其一是亳州真源（今安徽亳州）。此说所依据的史料较多，史书类主要有《宋史》和《资治通鉴》，其他重要史料如《续资治通鉴长编》《东都史略》《五朝名臣言行录》《新雕皇朝类苑》，以及道教史籍如金代道士王处一的《西岳华山志》、元代张辂《太华希夷志》等，均称之为亳州真源人。《陕西通史·思想卷》之《陈抟和"易三卷"》也确切地认定："陈抟，字图南，宋太宗赐号希夷先生。""原籍亳州真源人。"

其二，也有人认为陈抟是普州崇龛（今四川安岳县崇龛镇）人。北宋李宗谔《新修诸道图经》、南宋祝穆《方舆胜览》、南宋王象之《舆地纪胜》等持此观点。

多数人的看法，陈抟籍贯是亳州真源人。

陈抟的出生

唐懿宗咸通元年（860），陈抟出生。

虽然关于陈抟的资料很多，但关于陈抟的家世情况却几乎没有。

据编撰于明朝万历年间的《群谈采余》说，陈抟的出生"莫知所出"，称一个渔翁打鱼时得到一个紫色的肉球，这时，天现异象，"俄而雷电绕室大震，渔人惶骇，取出以掷地，衣裂儿生，乃从渔人姓陈"。估计陈抟是一名弃儿，被陈姓渔翁收养。

陈抟少年时候，开口说话较迟，《宋史·陈抟传》记载，"四五岁，戏涡水岸侧，有青衣媪乳之"，"自是聪悟日益"。及长，"读经史百家之言，一见成诵，悉无遗忘"，"彼以诗名"。他喜欢读书，很有诗才，而且，"年十五，诗礼书数及方药之书，莫不通究"（赵道一《历世真仙体道通鉴》）。

归隐修道

后唐庄宗同光元年（923），陈抟隐武当山。

陈抟为什么要由儒入道呢？

首先，这与当时的社会政治不无关系。从天祐四年（907）朱温取代李唐王朝正式称帝为后梁太祖开始，到后周恭帝柴宗训庚申年（960）赵匡胤取代后周建立宋朝，这五十三年间，被称为五代十国时代，指的是以洛阳或者开封为都城的中原的五个王朝（后梁、后唐、后晋、后汉、后周）以及周边的十个主要地方政权（前蜀、后蜀、吴、南唐、吴越、闽、楚、南汉、南平、北汉），其间战乱纷争，是我国古代历史上的动荡时期。战争和封建权力纷争，不仅使当时社会经济文化发展衰退，更使人生价值沦落至虚无，传统的儒家思想受到质疑，伦理纲常被肆意践踏，世事无常，人生恍惚，洞府仙乡自然成为读书人现实中理想的安身立命之所。陈抟在《谒高公》里就流露出这种思想：

　　我谓浮云真是幻，醉来舍辔谒高公。
　　因聆玄论冥冥理，转觉尘寰一梦中。
　　　　　　——《陈抟集》之《诗文辑佚》

他在《归隐》诗里也说，"十年踪迹走红尘，回首青山入梦频"，"携取旧书归旧隐，野花啼鸟一般春"，这等社会现实，还是归隐为宜。北宋学者魏泰的《东轩笔录》说，陈抟"厌五代之乱，入武当山，学神仙导养之术"。

其次，陈抟举进士不第和家庭变故是促使他由儒归道的直接原因。陈抟"唐长兴中，举进士不第，遂不求禄仕，以山水为乐"（《宋史·陈抟传》）。落第对陈抟肯定打击不小，情绪也好不到哪儿去。加之此时亲人去世，更使他看破红尘，淡泊名利，向往道教之情油然而生，于是选择了"以山水为乐"，走上归隐修道的道路。他自言："尝遇孙君仿、獐皮处士二人者，高尚之人也。语抟曰：'武当山九室岩可以隐居。'"(《宋史·陈抟传》)于是，陈抟"往栖焉。因服气辟谷二十余年"(同上)。

隐居太华山及静养睡功

后晋天福九年（944），陈抟隐太华山。

先居"华山云台观，又止少华石室"，陈抟归隐修道，以睡功为主，"每寝处，多百日不起"。现在的太华山玉泉院前的广场上，有一尊陈抟横卧长睡修功的塑像，院内西侧的山崖下有希夷洞，洞内供着长卧的陈抟石刻塑像。陈抟有《励睡诗》两首：

其一

常人无所重，惟睡乃为重。
举世皆为息，魂离神不动。
觉来无所知，贪求心愈用。
堪笑尘中人，不知梦是梦。

其二

至人本无梦，其梦本游仙。
真人本无睡，睡则浮云烟。
炉里近为药，壶中别有天。
欲知睡梦里，人间第一玄。

——《陈抟集》之《诗文辑佚》

这两首均是题赠金励的五言诗，尽写他睡功的奥妙之处。他在太华山多不外出，常睡不起。北宋仁宗皇祐三年（1051），云台观道士武元亨向皇帝进《希夷先生传》云："初先生居下方，茅茨不剪，蒿芜不除，有访先生者，窥其户，阒焉无人，但鸟声兽迹，或樵子山鹿荐莽深处，有骸如腊盖翳焉，迫而视之，乃先生也，扪其心，独暖，良久气还而兴曰：'睡适酣，奚为扰我？'"武元亨为陈抟的弟子，是当时云台观的住持。不少典籍都记述陈抟常常隐居而卧，宋蔡正孙《诗林广记》也说他"居华州云台观，多闭户独卧，或累月不起"。陈抟的睡功据说得之于"龙"的真传：

> 或传夜静焚香读《易》，有五老人至，庞眉皓发，容貌古怪，常来听诵。居日久，抟问之，老人对曰："吾侪即兹山日月池龙也，此间玄武居临之地，华山是先生栖隐之所也。"异日，希夷默坐，五龙忽诣，令先生闭目，凌空驭风，终宵至华山，置坐于磐石之上，不见五老人去向。或云睡法即龙教也，龙善睡，故云。
>
> ——《太华希夷先生志》卷上

这段充满神话和传奇色彩的话，说明了陈抟的两个问题：一是他为什么离开武当山前来华山修道，二是他的睡功是五龙所教，因为"龙善睡"。陈抟经常酣卧不醒，实在是切实地实践着"兹山日月池"五龙传授的睡功，亦是在修道。后周显德三年（956），因为周世宗"好黄白之术"，"命华州送至阙下"，《太华希夷志》说，"令于禁中扃户试之，月余，始开"。意思是把门从外边闩上，把陈抟封闭房间内一个多月，可是，"抟熟睡如故"。陈抟进宋太宗《对御歌》云：

> 臣爱睡，臣爱睡，
> 不卧毡，不盖被。

第六章　隐居太华山的图易哲学家陈抟

片石枕头，蓑衣铺地，
轰雷掣电鬼神惊，臣当其时正酣睡。
闲思张良，闷想范蠡，
说甚孟德，休言刘备。
三四君子，只是争些闲气。
争似臣，向青山顶头，
白云堆里，展开眉头，
解放肚皮，但一觉睡。
管什玉兔东升，红轮西坠。

——《陈抟集》之《诗文辑佚》

充分展示了他与众不同的静养功夫。所谓静养，按照明代医学家万全所著《养生四要》的说法，就是："人之学养生，曰打坐，曰调息，正是主静功夫。"打坐与调息都是通过人身肌体的调整达到"静"，从而使人之"神全"，实现养生的目的。而陈抟的静养是通过睡功实现的。其睡功得到后学的追捧，吕洞宾在《咏蛰龙法》里，赞赏道："高卧终南万虑空，睡仙长卧白云中。梦中暗入阴阳窍，呼吸潜施造化功。真诀谁知藏混沌，道人先要学痴聋。华山处士留眠法，今与倡明醒众公。"睡功又叫蛰龙法，"睡功丹理，虽云睡功，实为内丹法诀，假借睡卧之中修炼内丹尔耳"（盛克琦《西派丹法睡功探要》），陈抟的睡功对内丹道术产生了较大的影响。

太华山的东峰，孤岭绝壁，高耸入云，山巅的巨石之上，有一座棋亭，传说是陈抟与宋太祖赵匡胤在此弈棋，赵匡胤把此山输给了陈抟。这个故事说明陈抟听从"兹山日月池"五龙的建议，经过弈棋又赢了此山，不再有"客"的感觉，而是落脚扎根修道了——人，都有领地意识，山水与人也有契合的情感建立过程。陈抟的灵魂在这里安稳了，他太喜爱太华山了，有《题华山》诗为证：

> 半夜天香入岩谷，西风吹落岭头莲。
> 空爱掌痕侵碧汉，无人曾叹巨灵仙。
> ——《陈抟集》之《诗文辑佚》

横空落笔，极言太华山之美，这还不算，在《题西峰》里，他再次感叹太华山之美，并表达出永久在此修道的意愿：

> 为爱西峰好，吟头尽日昂。
> 岩花红作阵，溪水绿成行。
> 几夜碍新月，半山无夕阳。
> 寄言嘉遁客，此处是仙乡。
> ——《陈抟集》之《诗文辑佚》

看见太华山上的山涧流水，他也情不自禁地挥笔写道：

> 银河洒落翠光冷，一派回环湛晚晖。
> 几恨却为顽石碍，琉璃滑过玉花飞。
> ——《陈抟集》之《诗文辑佚》

陈抟少年时代就负有的诗才，在这里得到淋漓尽致的倾泻，文字生动，想象瑰丽，意境优美，把自己对太华山独特的山水感受准确而鲜明地表现出来。山水在我国古典文学里历来是非常重要的审美对象，当代学者王国璎在其力作《中国山水诗研究》之《绪说》里指出：

> 所谓"山水诗"，是指描写山水风景的诗，虽然诗中不一定纯写山水，亦可有其他的辅助题，但是呈现耳目所及的山水状貌声色之美，则必须为诗人创作

的主要目的。

他还说："中国山水诗是在魏、晋时代经过庄、老玄学的浸濡而产生，因而其呈现的特质，必然反映出道家思想的影响。"这话说对了，陈抟关于太华山的诗，确实"反映出道家的思想"了，因为他本身就是归隐修道之人，没有对"耳目所及的山水状貌声色之美"的感悟，是不会写出如此优美的山水诗的。虽然陈抟绝大部分诗文已经遗失了，但是流传下来的这些关于太华山的山水诗，大都属于我国古代山水诗的珍品，更重要的是渗透着道家"清静无为"的精神修炼思想，表达出他"寄言嘉遁客，此处是仙乡"的修道的坚定信念。

陈抟在太华山清心静养，即使皇帝征召，他也一再表示自己是山野之人，"厌繁华之世，喜清净之教"，甚至干脆"上玉泉观遁逃坐静"，避而不见。太华山是陈抟的"世外桃源"，也是他安身立命之洞天福地。

陈抟与现实社会

尽管陈抟隐居山中，而且常常在山洞中修睡功，但这并不是说他就不闻不问世事，须知陈抟早年接受的是儒家教育，儒家具有强烈的入世思想，这不能不影响到"山中人"。他厌恶五代时期民不聊生的战乱社会，期望能有政治清明、人民安居乐业的局面出现，所以"出世"归隐。每听闻到"一朝革命，频蹙数日，人有问者，瞠目不答"(《陈抟集》之《陈抟》)。周世宗召见他讨论"黄白之术"，陈抟正色道："陛下为四海之王，当以政治为念，奈何留意此小道？"(《陈抟集》之《华山重修云台观记》)可见,其心中念念不忘的还是天下的大事情。结识赵匡胤、赵光义兄弟之后,从具有雄才大略的他们的身上,陈抟仿佛看见了治理乱世恢复天下太平的希望,故有不少民间传奇故事流传。据说:

一日,方乘驴游华阴市,闻太祖登极(基),图南惊喜大笑。人问其故,曰:"天下自此定矣!"

"图南"是陈抟的字。这则逸闻见于有关陈抟的传记材料,具有一定的真实性。史料进一步叙述:"盖太祖方潜龙时,图南常见天日之表,知太平之有自矣。"宋朝的建立,结束了五代之乱,我国历史进入一个相对稳定和平的时代,这也是陈抟所期望的社会愿景,他自然感到十分高兴,因而"惊喜大笑"。

《宋史·陈抟传》说,在太平兴国年间,陈抟曾入朝觐见宋太宗。太平兴国(976—984)是宋朝第二位皇帝赵光义的一个年号,共计八年时间。觐见的理由是:"自言经承五代离乱,幸天下太平,故来朝觐"。是啊,经历了半个多世纪的战乱,终于看见"天下太平"之日,加之与开国皇帝有过一定的交往,见面可以诉说一番自己对新朝的治国方略,是十分惬意的事情呢。宋太宗"遣中使送至中书",请宰相宋琪问话:

琪等从容问曰:"先生得玄默修养之道,可以教人乎?"

对曰:"抟山野之人,于时无用,亦不知神仙黄白之事、吐纳养生之理,非有方术可传。假令白日冲天,亦何益于世?今圣上龙颜秀异,有天下之表,博达古今,深究治乱,真有道仁圣之主也。正君臣协心同德、兴化致治之秋,勤行修炼,无出于此。"

第六章　隐居太华山的图易哲学家陈抟

琪等称善，以其语白上。上益重之。下诏赐号希夷先生，仍赐紫衣一袭，留传阙下，令有司增葺所止云台观。

宋太宗挽留陈抟在宫中，"屡与之属和诗赋"，"数月放还山"，陈抟自是有分寸的人，他委婉地表明觐见当今皇上，不是来传授"方术"的，而是建言献策，希望国家能够"君臣协心同德，兴化致治"，这自然符合励精图治的建国要求。宋太宗分外看重陈抟，与他相处甚欢。陈抟知道自己所追求的是什么，他"独善其身，不干势利"，只是希望国家从此长治久安而已，从这里可以看出，陈抟虽然是方外的"山野之人"，但是仍然心系天下，关心现实社会，关心社稷苍生。宋太宗赐给陈抟师号、紫衣并"令（有司）增葺所止云台观"，这是皇家赐予僧道的恩典与荣宠，至于他是否在意，就不知道了。

陈抟的图易学

《宋史·陈抟传》说："抟好读《易》，手不释卷。"有学者认为，"陈抟在我国的易学史上是划时代的人物"，"推出了独树一帜的图易学"（胡晓《陈抟》）。以图式解《易》是陈抟易学的特色。邵雍在《经世辩惑》中指出："希夷易学，不烦文字解说，止有图寓阴阳之数与卦之生变。"具体而言，陈抟的图易有三个方面的内容：

1. 讲阴阳奇偶之数；
2. 讲乾坤坎离等卦爻之象；
3. 讲其象数之中所蕴含的哲理。

陈抟著有《正易心法》《易龙图序》《河图》《太极图》《先天图》等关于易学的著作。黄宗羲在《周易寻门余论》中说:"宋之易学无不鼻祖于图南,亦犹汉之易学无不鼻祖于田子庄也。子庄后分施、孟、梁丘三家,图南亦分先天、太极、河洛三派。"由此而知,陈抟的图易学开启了宋代易学。

传说陈抟曾经在太华山石壁上刻有"无极图",但已经湮没无考。今天,在玉泉院西边的陈抟石洞前边,立有重新撰刻的无极图的石碑。黄宗羲在《易学辩惑》之《太极图说辩》中说:"太极图者始于河上公,传自陈图南,名为无极图。"他所见的无极图式样如右图(插图1)所示。

黄宗羲解释此图式,云:

乃方士修炼之术,其义自下而上,以明逆则成丹之法。其大较重在水火,火性炎上,逆之使下,则火不燥烈,惟温养而和煦;水性润下,逆之使上,则水不卑湿,惟滋养而光泽。滋养之至,接续而不已;温养之至,坚固而不败。律以老氏虚无之道,已为有意。就其图而述之,其最下圆圈名为玄牝之门,玄牝即谷神也。牝者窍也。谷者虚也,指人身命门两肾空隙之处,气之由以生,是为祖气。凡人五官百骸之运用知觉,皆根于此。于是提其祖气上升为稍上一圈,名为炼精化气,炼气化神。炼有形之精,

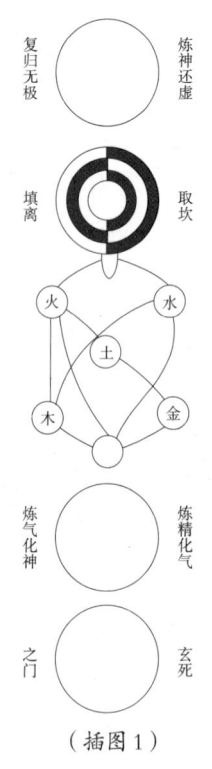

化为微芒之气。炼依希呼吸之气，化为出入有无之神。使贯彻于五脏六腑，而为中层之左木火，右金水，中土相联络之一圈，名为五气朝元。行之而得也，则水火交媾而为孕。又其上之中分黑白而相间杂之一圈，名为取坎填离，乃成圣胎。又使复还于无始，而为最上之一圈，名为练神还虚，复归无极，而功用至矣。

黄宗羲认为，此无极图是讲炼内丹的过程，所谓"方士修炼之术"，"明逆则成丹之法"。"逆则成丹"，是说从提炼身体下部之祖气开始，然后贯于五脏，上行则结为仙胎，最后脱胎换骨，成为神仙，此即"自下而上"，故称为"逆"，取《说卦》"易逆数也"之义。黄宗羲解释，此图式最下一圈即玄牝之门，指人身两肾空虚之处，乃祖气即丹田之气所由出。第二圈即为祖气上升，加以提炼，炼有形之精化为微芒之气，炼依希呼吸之气化为出入无之神，即化精气为呼吸之气，化呼吸之气为精神，此即"炼精化气，炼气化神"。第三圈，表示所炼之气贯穿于五脏之中，统率水火木金土五气，凝聚在一起，此即"五气朝元"。其中水（肾）火（心）二气最为重要，居于上位。炼到火气下降，水气上升，火不燥热，水不卑湿，温养之至，则进入第四圈取坎填离，即水火相交，形成圣胎。此圈中的小白圈指圣胎。此圣胎加以修炼，则进入最上圈，即神仙的境地。此境地虚无缥缈，无有极限，同祖气所出之玄牝之门相呼应，故称之为"练神还虚，复归无极"。最下圈和最上圈，皆为虚无，当中一段为有，表示从无到有，又反归于虚无，虚无为万有之根本，此即"律以老氏虚无之道已为有意"。

黄宗羲只是解释了无极图由下而上的炼丹过程，却没有解释由上而下"顺而生人"的过程。《陕西通史·思想卷》之《陈抟和"易三图"》对陈抟的无极图,从两方面解释,简明扼要,转引如下:

> 此图式可同时有两种解释,即"顺以生人",表示宇宙万物之源起;"逆则成丹",体现炼养内丹的过程。前者自上而下,说明宇宙万物生成经历的5个不同阶段,即无极而太极;阴静阳动;五气顺布;顺以生人,化成万物。后者由下至上,显示炼养内丹的5个步骤,即得窍;炼己;和合;得药;脱胎还虚。

这样解释比较完整全面。

陈抟的第二个图式,应该是明代学者赵撝谦在《六书本义》中所说的"世传蔡元定得之于蜀之隐者,秘而不传,虽朱子亦莫之见"的"先天太极图",图式如下(插图2)。

(插图2)

第六章　隐居太华山的图易哲学家陈抟

此图式，赵㧑谦称之为天地自然之图，是对《系辞》"易有太极，是生两仪"的解释。图中黑白两条鱼形，乃阴阳二气环抱之状。阴气胜于北方，为纯阴，居坤卦之位；阳气胜于南方，成乾卦之位。阴气极于北，阳气始生，居东北震卦位，卦象位一阳二阴，表示阳气尚微弱。其后，经过东方离卦，东南兑卦位，至乾卦位，阳气极盛，卦象为三阳。阳气极于南，同时一阴生起，迎接阳气，阴气初生，居西南巽卦位，卦象为一阴二阳，表示阴气尚微弱。其后，经过西方坎，西北艮，至坤卦位，卦象为三阴，阴气极盛，如是这样，循环不已。图中左白部分，居东方，与右白部分相呼应，环抱黑的部分，表示二阳中挟一阴，为离卦象，此即"对过阴在中"。右黑部分，居西方，与左黑部分相呼应，环抱白的部分，表示二阴中挟一阳，为坎卦象，此即"对过阳在中"。图中左白部分，从震卦一阳生，到离卦二阳一阴，再到兑卦二阳增长，最后到乾卦三阳极盛，为阳息的过程。右黑部分，从巽卦一阴生，经过坎艮两卦，二阴增长，到坤卦三阴全盛，为阴息的过程。图中黑白两尾鱼，表示阴阳二气初起，黑白两鱼头，左方表示阳起而迫阴，阴避阳，回到中宫；右方表示阴起迎阳，阳避阴，回到中宫。总之，此图式用来表示阴阳二气消息的过程，以阴阳环抱为太极，以八卦之象表示二气之消长，此即赵㧑谦所谓的"有太极含阴阳，阴阳含八卦之妙"。

陈抟的第三个图式是"易龙图"，即龙马负图，指河图、洛书一类的图式。有学者指出，后世所传"易龙图"究竟是否陈抟所作，也是史料上的一个悬案，但基本上可以肯定，图中所包含的思想，应该属于陈抟。

《宋文鉴》中收有陈抟的《龙图序》，全文录之如下：

且夫龙马始负图，出于羲皇之代，在太古之先也。今存已合之序尚疑之，况更陈其未合之数耶？然则何以知之？答曰：于夫子三陈九卦之义，探其旨，所以知之也。况夫天之垂象，的如贯珠，少有差，则不成其次序矣。故自一至于盈万，皆累累然，如系之于缕也。且若龙图便合，则圣人不得见其象，所以天意先未合而形其象，圣人观象而明其用。是龙图者，天散而示之，伏羲合而用之，仲尼默而形之。

始龙图之未合也，惟五十五数。上二十五，天数也。中贯三五九，外包之十五，尽天三天五天九并十五之位。后形一六无位，又显二十四之为用也。兹所谓天垂象矣。下三十，地数也，亦分五位皆明五之用也。十分而为六，形地之象焉。六分而成四象，地六不配。在上则一不配，形二十四。在下则六不用，亦形二十四。后既合也，天一居上为道之宗，地六居下为地之本，三干地二地四为之用。三若在阳则避孤阴，在阴则避寡阳。大矣哉！龙图之变，歧分万途。今略述其梗概焉。

这是解释龙图的指南。

元代学者张理在《易象图说》中，将《龙图序》称为"龙图三变"。一变为天地未合之数。

上位天数也，天数中于五，分为五位，五五二十有五，积一、三、五、七、亦得二十五焉。五位纵横见三，纵横见五，三位纵横见九，纵横见十五。序言中贯三、五、九，外包之十五，此也，下位地数也，地数中于六，亦分为五位，五六凡三十，积二、四、六、八、十，亦得三十焉。序言十分而为六，形地之象也，此也。

这段话是对"天地未合之数"图的详细说明。张理据此画出其图形（插图3）：

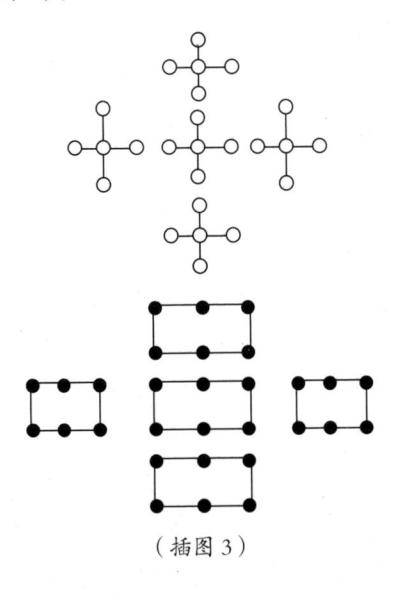

（插图3）

此图以白圈代表天数，黑圈代表地数。天数在上，地数在下，像天地之象。天数之总和为二十五，地数之总和为三十。此图式，天数之数各自分开，即《龙图序》里所说"始龙图之未合也，惟五十五数"。上图为天数图。天数排列的次序是五个为一组，共为五组，此即"天五"。每组的纵横之数皆为三，五个组的纵横排列也为三，此即"天三"。五个组合在一起，其纵横之数皆为九，此即"天九"。横的总数为十五，纵的总数亦为十五,此即"中贯三五九,外包之十五"。天数中的一,地数中的六,在以后的变化中,皆不配位。所以,天数二十五,起作用的是二十四,此即"后形一六无位,又显二十四之为用也"。下图为地数图。地数三十,其排列的次序是,每六个数为一组,共分五个组,此即"十分而为六,形地之象焉"。"十"指地数三十。总之,认为天数以五为单位而组成,地数以六为单位而组成,五为奇数,六为偶数,此本于《汉书·律历志》:"天中数为五,地中数为六。"

二变为天地未合之位。陈抟在《龙图序》中说:

> 六分而成四象,地六不配,在上则一不配,形二十四,在下则六不用,亦形二十四。

这是说天数中之五组,共去十个数,成为奇偶之数相配合之状,地数中之五组,分开后,另行组合,亦成为奇偶之数配合之状。张理解释道:

> 上位象也。合一、三、五为参天,偶二、四为两地。积之凡十五,五行之生数也。即前象上五位上五去四得一,下五去三得二,右五去二得三,左五去一得四,惟中五不动。序言天一居上,为道之宗,此也。

他据此画出其图式(插图4):

这幅图分为上下两个图。上图为天数所变。天数上五为一组,其上一之数不动,去四个数,即《龙图序》所谓"在上则一不配,形而二十四"。其左五一组,去一为四;右五一组,去二为三,下五一组,去三为二;中五一组,不动;此图式,上中右即一、五、三,共三个奇数;下左,即二四,共两个偶数——据说,此乃参天两地之象。所去掉的十个数,则隐藏在

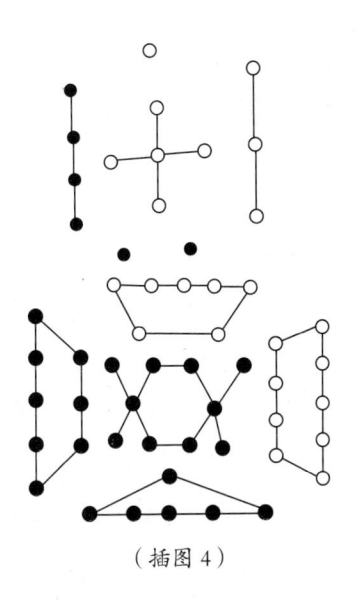

第六章　隐居太华山的图易哲学家陈抟

（插图4）

下图中十之中。下图为地数所变。地数中间六一组，去一加于上六一组为七；去二加于左六一组为八，去三加于右六一组为九。下六一组不加任何数，保持原状，即自为六。即《龙图序》所说"六分而成四象（七、八、九、六），地六不配"。这个图式，偶数组为六，奇数组为七、九，各居四方中十亦为偶数组，来于天数去掉之十；亦体现天地已合之位。上图中的五个组，即一二三四五之数，表示五行之生数；下图中的五个数，各加以五数，即六七八九十之数，表示五行之成数。

第三变为龙马负图之形。《龙图序》说：

后既合也，天一居上为道之宗，地六居下为地之本，三干地二地四为之用。三若在阳则避孤阴，在阴则避寡阳。大矣哉！龙图之变，歧分万途。今略述其梗概焉。

169

这是说，第二变中的上下两个图合在一起，则为第三变，成为龙马负图。相合的结果是，上图天一居于下图地六之上，此即"天一居上为道之宗，地六居下为地之本"，即天一和地六为一组。上图天三，地二，地四，也效法此规则，与下图七八九之数相配合，即为"三干地二地四为之用"，"三若在阳"，"三"指天数中的一三五和地数中的六八十，即天数中之三奇和地数中之三偶。孤阴，指天数中之二四，寡阳指地数中之七九。两图相合时，一三五不与二四同处，六八十不与七九同处。此即"三若在阳则避孤阴，在阴则避寡阳"。关于两图相合，按照张理的说法，有两种情况。一是两图相重，即《龙图序》里所说，天一同地六重叠，天一居上，地六居下。按此，则地二与天七相重，天三与地八相重，地四与天九相重，天五与地十相重，其图式如右图所示（插图5）。

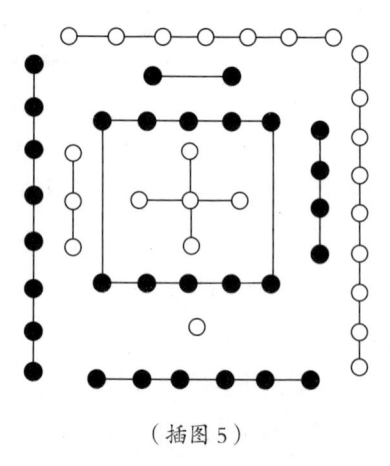

（插图5）

此图式，按汉易的说法，乃五行之生数同五行之成数合在一起，配以五行，则下北方，为天一生水，地六成之；上南方，为地二生火，天七成之；左东方，为天三生木，地八成之；右西方，为地四生金，天九成之；中央为天五生土，地十成之。此图式可称为五行生成图，即洛书。另一种情况是，两图相交，上图中五不动，下图中十隐藏起来，凡奇数一三七九，分别居于四正位，凡偶数二四六八，分别居于四隅之位，成九宫之图。

第六章　隐居太华山的图易哲学家陈抟

其图式如下（插图6）：

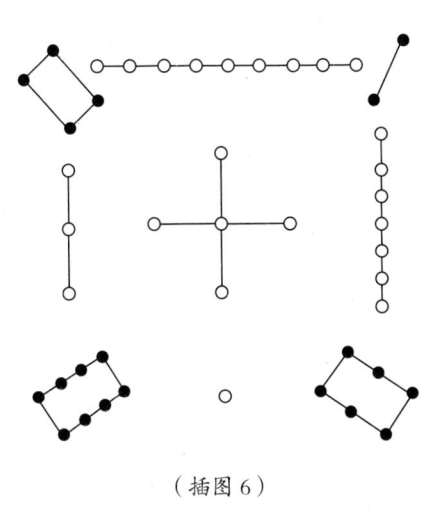

（插图6）

这个图式，纵、横、斜相加皆十五，即所谓的河图。上述两个图式即五行生成图和九宫图，是张理依据南宋蔡元定所画的图式而作的图解。这两个图式皆可以生出八卦之象，即除去中宫五或十五，余为一二三，六七八九，居于八位，分别成八卦之象。如何配以八卦，《龙图序》并未明言。

有人把理解此图的思路编为口诀，云：

一六共宗，为水居北；

二七同道，为火居南；

三八为朋，为木居东；

四九为友，为金居西；

五十同途，为土居中。

这样便于识别和理解。龙图易的中心在于说明，天地之数历经三番变化而成龙图，八卦之象则起于龙图。陈抟的三个图式，代表了他的整个象数之学，无极图讲坎离卦象和五行之象；先天太极图既讲八卦象位，又讲阴阳变易的度数；龙图讲天地之数的变化和组合——尽管它们有象、数的不同，但其共同点都是以象取义，表现自然界阴阳变化的法则。

陈抟学说的流传

宋端拱二年（989），一百一十八岁的陈抟去世。《宋史·陈抟传》说：

> 端拱初，忽谓弟子贾德升曰："汝可与张超谷凿石为室，吾将憩焉。"
>
> 二年秋七月，石室成，抟手书数百言为表，其略曰："臣抟大数有终，圣朝难恋，已于今月二十二日化形于莲花峰下张超谷中。"如期而卒，经七日支（肢）体犹温，有五色云蔽塞洞口，弥月不散。

这里有个问题，陈抟自称为"臣"，显然他"手书数百言为表"，臣的称呼是官僚政治体系里官员对帝王的自称，而这里的表，是奏章的意思，即向上呈送的文件。《释名》之《释书契》说："下言上曰表，思之于内表施于外也。"那么，陈抟的身份到底是什么呢？如果是道士，就不应该这样自称。从隋唐到宋代，政权对宗教的控制逐渐加强，道教在唐代为国教，专门设立机构对道士传度活动进行监督。唐代政府规定，个人若出家为道士，须先拜师，经师父审核通过后，再向政府进行举荐，经过相关考核，合格者才能领取由尚书省祠部颁发的度牒，成为合法的道士。度牒是政府颁给道士、女冠的身份证明书。

第六章 隐居太华山的图易哲学家陈抟

唐代政府将有度牒的道士记录到专门的户籍，而道士必须居住在宫观里。而宋代有道教管理机构中央道录院、地方道正司和基层宫观道官，掌管道教的重要事务，如宫观创建、道官选任、道冠度牒等。陈抟虽然是经过特恩获得的度牒，有官方认证的道士身份，却与道教体系内的法位传承没有关系，因为他没有经过入道的系列程序，其修功、隐居武当山、太华山，不住道观（如居少华石室），不事符箓，尽管在太平兴国九年（984），宋太宗赐给他道号和紫衣，并修葺云台观，但只是为了对陈抟的笼络和奖赏而已，此时他已经垂垂老矣。所以，陈抟于此称臣和"为表"，但他实际上还是修炼丹道的隐士。

  陈抟要弟子贺德升"谷凿石为室"的张超谷，也另有深意焉。张超谷在太华山毛女峰之东北，山势险绝，下临无地，绿松如云，是一处安谧而幽美的地方，为什么陈抟要选择这块风水宝地为永久之地呢？因为张超谷毗邻毛女峰不远。毛女峰因毛女而得名。毛女是神话传说中的一位仙女，通身长毛，食以松叶，身轻如燕。今天，仍然遗留有她隐遁栖身的毛女洞，为一天然石龛，就龛建庙，供奉有毛女彩绘坐像一尊。据《太平广记》之《陶尹二君》说，唐大中年初，有陶太白、尹子虚二位老人在太华山"憩于大松林下，因倾壶饮，闻松梢有二人抚掌笑声"，遂邀请共饮酒，"忽松下见一丈夫，古服严雅；一女子，鬟髻彩衣"，"俱至"，听其介绍，乃知是秦代人，因为修筑秦始皇陵墓，修成后要将"工人匠石，尽闭幽隧"，此"毛女者，乃秦之宫人"，"同为殉者"，所以，他俩设法逃出，俱"脱骊山之祸"，来到山中，"不知于今几历甲子"，因"幸遇大仙"指导，"因食木实，乃得凌虚"，修炼成"莫能败坏之身"。于是，赠"万岁松脂、千秋柏子"，一同饮酒吟诗，毛女有诗曰：
> 谁知古是与今非，闲蹑青霞与翠微。
> 箫管秦楼应寂寂，彩云空惹薜萝衣。

其诗空灵而充满着"出世"的人生哲理，淡远而悠长。毛女是陈抟静养修道的理想中的神仙，也是可以超越时光进行对话的人，他有诗曰：
> 曾折松枝为宝栉，又编栗叶作罗襦。
> 有时问著秦宫事，笑撚山花望太虚。
> ——《陈抟集》之《诗文辑佚》

所以，陈抟选择张超谷为永久之地，期望能与毛女这位神仙为邻，也有他内心不愿意承认自己是道士而是隐士等重要的心理原因吧。

陈抟后，他的学术思想得到传承和发扬，著名道教史学者卿希泰在《中国道教简史》中谈到陈抟的学术思想时指出："他的学术思想，主要有易学、老学和内丹学三个部分"，"其思想特征，在于继承汉代以来《易学》传统，把黄老清静无为观念、道教修炼方术和儒家修养与佛教禅理融为一体。""其接受序列为"：

《河图》《洛书》：陈抟通过种放→李溉→许坚→范谔昌→刘牧；

《无极图》：陈抟得之于吕洞宾，刻之于华山石壁，通过（种放）穆修→周敦颐（太极图）→二程（程颐、程颢）；

《先天图》：陈抟得之于麻衣道者，通过种放→穆修→李之才→邵雍。

卿希泰先生继续评价道：

　　陈抟的易学思想，通过授徒而得到传播，在宋代学术界大放光彩，它对道（理）学的兴起，有着广泛而深远的影响。

　　陈抟的老学思想，通过张无梦传给陈景元，也开出了光彩夺目的奇葩。

　　陈抟一生经历了晚唐、五代及宋，寿数如此久长，这与其修炼与精通内丹术有关。内丹与外丹不同，外丹即"黄白之术"，是指以丹砂、铅、汞等天然矿物石药为原料，用鼎炉烧炼，制出服食后可以长生不死的丹药。内丹是指道家把人体的某些部位比作炉鼎，以精、气、神为对象，掌握其运行方法，经过一定的炼养步骤，使精、气、神在体内凝聚成丹而致长生。陈抟有《指玄篇》《阴真君还丹歌诀》《观空篇》《胎息诀》《二十四气坐功》等著述，阐述自己的内丹修炼理论，他根据天地方位、五行所属、阴阳交感、四时运转的道理，说明人身脏器部位、修炼的时机、方法和功效，认为"以身口为炉"，"以宫室为灶"，默心修炼，就可以达到成为"真仙"的最高境界。

　　蒙文通先生在《古学甄微》里评价道："图南不徒为高隐，而实博学多能；不徒为书生，而固有雄武之略。真人中之龙耶！方其高卧三峰，而两宋之道德文章已系于一身。"确实如是，陈抟的思想包含多方面的内容，北宋时期的许多道（理）学家和道教理论家，大都直接或者间接接受其思想影响，因而，他在我国哲学思想和文化史上均有重要的地位。

第七章　少华云起墨澜翻："苏门六君子"之李廌

华州，自古山水名胜雄于天下，少华山翠绿如屏，渭河蜿蜒如带。古为郑国，历代学风甚盛，是"苏门六君子"之一的李廌的故里。

李廌（1059—1109），字方叔，号太华逸民。"其先自郓徙华。"（《宋史·李廌传》）李廌出身于书香门第，其父李淳，字宪仲，嘉祐二年（1057）进士及第，与苏轼同年。不幸的是，李淳大约离世于英宗治平元年（1064），因而廌"六岁而孤"，但是，李廌很有志气，"能自奋立，少长，以学问称乡里"（同上）。他刻苦读书，腹笥丰富，在乡里很有名望。

苏轼与李廌

史载，李廌曾"谒苏轼于黄州，贽文求知。轼谓其笔墨澜翻，有飞沙走石之势，拊其背曰：'子之才，万人敌也，抗之以高节，莫之能御矣。'廌再拜受教"（《宋史·李廌传》）。元丰二年（1079），苏轼被陷"乌台诗案"，后被贬黄州，这是苏轼一生中最为灰暗的时期，然而，李廌却不顾路途遥远，抱着非常崇敬的态度，前往黄州，探望苏轼。见面之后，李廌向苏轼"贽文求知"，也就是说，请他指教自己。苏轼阅过李廌的诗文，

第七章　少华云起墨澜翻："苏门六君子"之李廌

给予了极高的评价，从这时开始，苏轼与李廌建立起长达一生的交谊。

在北宋的文坛上，苏轼具有举足轻重的地位，若诗文得到他的指点，可谓幸事。李廌因其父亲与苏轼同年之故，少年时代，就与苏轼相识，《石林诗话》云，李廌"少以文字见苏子瞻，子瞻喜之"。而今，李廌所作的诗文得到苏轼的赞扬，自然心情十分愉悦，更加坚定了他追随苏轼的决心。也许，在交谈中，苏轼追忆起了同年的李淳，对他的早逝表示了极大的遗憾，李廌于是向苏轼陈述自己因"家素贫，三世未葬"，成为他压在心底里的痛苦：

> 一夕，抚枕流涕曰："吾忠孝焉是学，而亲未葬，何以学为！"旦而别轼，将客游四方，以葳其事。轼解衣为助，又作诗以劝风义者。于是不数年，尽致累世之丧三十余柩，归窆华山下，范镇为表墓以美之。
>
> ——《宋史·李廌传》

李廌是一个尊崇儒家思想的人，而儒家最讲究的是人伦道德，以忠孝立身，如今，李廌的父亲去世多年未能安葬，他自然极为痛苦不安，临别时，他告诉苏轼，"将客游四方，以葳其事"，葳，完成、解决的意思。苏轼"解衣为助"，又作诗鼓励。不数年，李廌"尽致累世之丧三十余柩，归窆华山下"，当世著名史学家范镇"为表墓以美之"，通过这件事，苏轼也更加了解和认可李廌之为人。

苏轼此后甚是重视对李廌的教导，他在《与李方叔书》中直言道："深愿足下为礼仪君子，不愿足下丰于才而廉于德。"进而具体说："若进退之际，不甚慎静，则于定命不能有毫发增益，而于道德有丘山之损矣。"(《苏轼文集》第一册）德者，乃是做人的根本，苏轼强调李廌要注重德行的修养。在诗文方面，苏轼也对李廌悉心予以指点，好处说好，坏处说坏，谓："惠示古赋近诗，词气卓越，意趣不凡，甚可喜也。"(《苏轼文集》第一册《答李方叔书》）《答李方叔十七首》中又评说道："承示新文，如《子俊行状》，丰容隽壮，甚可贵也。"（同上）同时，指出李廌存在的问题，"私意犹冀足下积学不厌，落其华而成其实"（《苏轼文集》第一册《与李方叔书》），所谓"积学不厌"，就是要多多读书，积累知识，这是写作的基本功。所谓"落其华而成其实"，就是作诗文要朴实无华，要有饱满的内容而不是讲究华丽的辞藻。听从苏轼的话，李廌愈加勤奋，"益闭门读书"，终于有大进步，"又数年，再见轼，轼阅其所著，叹曰：'张耒、秦观之流也'"。张耒、秦观是当时诗文名流，且为苏轼的学生，苏轼称赞李廌已经可以与他们并驾齐驱。

苏轼不但注重对李廌的诗文教导，而且对其前途命运非常关心，他还在谪居黄州期间，就很关心李廌的科举考试，然而，李廌首次考试，却未曾如愿。

元祐三年（1088），苏轼权知礼部贡举，当时，黄庭坚、张耒等为参详编排点检试卷等官，李廌再次参加科举考试，然而，又落榜了。李廌落第之后，苏轼很自责，《宋史·李廌传》云："乡举试礼部，轼典贡举，遗之，赋诗以自责。"所"赋诗"题曰《余与李廌方叔相知久矣，领贡举事，而李不得》，诗曰：

与君相从非一日，笔势翩翩疑可识。

平生谩说古战场，过眼终迷日五色。

我惭不出君大笑，行止皆天子何责。

第七章　少华云起墨澜翻："苏门六君子"之李廌

青袍白纻五千人，知子无怨亦无德。
买羊酤酒谢玉川，为我醉倒春风前。
归家但草凌云赋，我相夫子非臞仙。
　　　　　　　　　　——《苏轼诗集》卷三十

此诗意可分四层：其一，以书法为喻，夸赞李廌的文章如南朝吴质之书法，笔势翩翩，不同凡响；其二，引《唐摭言》李程因《日有五色赋》而得状元之事，暗喻自己当负遗才之责；其三，直言此举参试士人太多，自己作为主考官，偶或遗贤，作为考生的李廌当能谅解；其四，希望李廌潜心学问，并预言李廌并非池中之物，一定有科场进身的机会。

李廌对于这次落第，写有《下第留别陈至》诗（《济南集》卷二），其中说，"余生宇宙间，动辄多愿违"，表现出低落悲怨的情绪，又说，"末路各相望，奋庸会有时"，并不甘心这次科场的失利，对将来仍然抱有很大的信心。《李廌传》言及他落第后，苏轼曾与范祖禹共同推荐李廌：

> 轼与范祖禹谋曰："廌虽在山林，其文有锦衣玉食气，弃奇宝于路隅，昔人所叹，我曹得无意哉！"将同荐诸朝，未几，相继去国，不果。

然而，由于各种缘由，苏轼等同"荐诸朝"的目的没有实现。李廌元祐三年（1088）后，还参加了第三次科举考试，结果如前，不第而归。李廌写有《某顷元祐三年春礼部不第，蒙东坡先生送之以诗，黄鲁直诸公皆有和诗，今年秋复下第，将归颍川，辄次前韵上呈编史内翰先生，及乞诸公一篇亦荣林泉不胜幸甚》（《济南集》卷三）一诗，即可证之。

此后，李廌索性不再参加科举考试，《李廌传》记载，他

"中年绝进取意,谓颍为人物渊薮,始定居长社,县令李佐及里人买宅处之"。但是,对父亲的故友和恩师苏轼,他仍然追随不已,感情依旧。

苏轼在生活中也一直对李廌有所帮助。元丰八年(1085),苏轼在南京,李廌自阳翟(今河南省禹州)来见,苏轼慷慨解囊,赠与李廌绢、丝等物品。苏轼在《李宪淳哀辞序》中谈及此事,曰:"适会故人梁先吉老闻余当归阳翟,以绢十匹、丝百两,辞之不可。乃以遗廌。"(《苏轼诗集》卷二十五)

元祐四年(1089),苏轼前往杭州任前,将御赐的乘骑骏马转赠李廌,以期改善李廌的生活,还写了《赠李方叔赐马券》曰:"元祐元年,予初入玉堂,孟恩赐玉鼻骍。今年出首杭州,复沾此赐。东南例乘肩舆,得一马足矣,而李方叔未有马,故以赠之。又恐方叔别获嘉马,不免卖此,故为出公据。四年四月十五日,苏书。"(《苏轼文集》之《苏轼佚文汇编》卷五)这则文章中,苏轼潇洒的个性跃然纸上,也体现出对李廌的深情关怀。

苏轼逝世后,李廌悲痛不已:

> 轼亡,廌哭之恸,曰:"吾愧不能死知己,至于事师之勤,渠敢以生死为间!"即走许、汝间,相地卜兆授其子,作文祭之曰:"皇天后土,监一生忠义之心;名山大川,还万古英灵之气。"词语奇壮,读者为悚。

——《宋史·李廌传》

第七章　少华云起墨澜翻:"苏门六君子"之李廌

李廌青年时代的诗

李廌所撰《济南集》已佚,目前可以看到的是《四库全书》收录的《济南集》,仅有八卷。八卷之中,卷一至卷四为诗;卷五为赋;卷六为论、序等;卷七为记、志、铭等;卷八为书、启等。文集按照文体分类编排,作品的写作年代,只能从内容推测,判断出大体的时间。李廌的《墨池》诗,应是他青少年时代所作,诗云:

> 临池苦学书,池水为变色。
> 终朝坐忘疲,掩卷每自得。
> 滋灵蚌孕贵,饫饵鱼腹溢。
> 回堂映茂草,玄源漱白石。
> 只恐骊龙飞,蜿蜒上丹极。
> ——《济南集》卷一

前两句,叙写了自己"苦学书"的情形,以至于"池水"因洗笔而"变色"——这是套用王羲之学书的典故,意谓自己也如同王羲之一样苦习书法。第三句,暗含董仲舒读书"三年不窥园"的勤苦精神,乐之其中,忘记了身体的疲劳。第四句,言甚为"自得",也就是满意自己的学书成绩。中间四句,表现出对自己的学问与书艺的自信。后两句,"骊龙",指黑龙,《尸子》卷下:"玉渊之中,骊龙蟠焉,颔下有珠。""丹极",宫殿里红色的栋宇,暗喻李廌对未来与前途充满了无限的希望,抱负极大。

据孔凡祥先生考证,李廌青年时代的作品,可以肯定写作时间，是他十九岁，作于熙宁十年（1077）的《题郭功甫诗卷》。此诗洋洋洒洒一百二十句，纵论当时诗坛，其中有诗句：

> 盛朝能诗可屈指，少师仆射苏与梅。
> 少师新为地下客，苏梅骨化成尘灰。
> 金陵仆射今已老，班班丝雪侵颐腮。
> 当今儒生迂此道，如使杞柳为棬杯。

"少师"乃欧阳修，卒于熙宁五年（1072）；"苏梅"，是指苏舜钦、梅尧臣；"金陵仆射"指王安石；"杞柳""棬杯"典出《孟子·告子上》，"杞柳"，落叶灌木；"棬杯"，古代一种木质的饮器，尤指酒杯；"当今"二句，是说当代读书人，只知埋头儒家经典而不谙作诗之道，应该加以引导，使他们在诗坛中发挥作用。那么，诗坛的希望在哪里呢？李廌接着写道：

> 好古爱诗惟有君，独使笔力惊风雷。
> 清音绕齿嚼鸣玉，烂光满纸如琼瑰。
> 古原夜烧光夺月，立使万物有灰煤。
> 清泉漱石白凿凿，湍落急濑成渊洄。
> 才雄句险骇人胆，九月秋水漉瀬堆。
> 有时清贞叩玄关，至诚直可歆郊禖。

郭功甫（1035—1113），名祥正。北宋诗人。当涂（今属安徽）人。皇祐五年进士及第，历官秘书阁校理、太子中舍、汀州通判、朝请大夫等，虽仕于朝，不营一金，所到之处，多有政声。一生写诗一千四百余首，著有《青山集》三十卷。其诗风纵横奔放，酷似李白。李廌推崇郭祥正"好古爱诗惟有君"，并热情洋溢地高度评价了他的诗，表示愿意追随他在诗的写作上有所作为：

第七章　少华云起墨澜翻："苏门六君子"之李廌

非君鼓吹力主持，是道不世将倾颓。

关西鄙夫怀此愤，白石空炼如女娲。

——《济南集》卷三

"是道"即指诗道；"关西"，是指函谷关以西的关中；"鄙夫"是李廌的自谦；"白石空炼如女娲"，表示如同女娲补天来支撑起整个诗坛。李廌青年时代的这首长诗，基调昂扬，充满了强烈的文化自信，非常感人。孔凡礼先生说："他题当代前辈诗人郭祥正（公甫）诗卷七言六十韵，纵论当代诗坛，笔锋凌厉。时欧阳修已卒，廌之意盖望祥正出为诗坛盟主。祥正诗造语豪壮，梅尧臣誉之为太白后身，以天才目之。廌诗风格与祥正相近，故以此诗献祥正。这首诗，不受任何依傍，具有一种开拓的性质，对了解欧阳修去世以后的诗坛，很有意义。"（《师友谈记》之"点校说明"）

李廌关于家乡风物的诗

李廌《济南集》中收录了不少描绘家乡的诗。这些诗歌也应该是他青年时代所作。华州在秦岭北麓，沿山东行，大约二三十公里，即是赫然名山——太华山，李廌登上此山，极目远望，欣然命笔曰：

太华复何如？名山控西极。

忽从天地分，屹立三万尺。

天维西北倾，扶持藉为壁。

风雷出毫末，日月转两腋。

秦川散余秀，长空借残碧。

> 支离别周甸，指掌观禹绩。
> 因知方岳重，奚睹介丘忆。
> 苍旻仰犹高，厚载真有力。
>
> ——《济南集》卷二《太华》

"西北倾"，语出刘安《淮南子》卷三："昔者，共工与颛顼争为帝，怒而触不周之山，天柱折，地维绝。天倾西北，故日月星辰移焉；地不满东南，故水潦尘埃归焉。""秦川"，指渭水。"甸"，许慎《说文解字》云："甸，天子五百里地"，段注："甸，王田也。""禹绩"，语出《诗经·大雅·文王有声》："丰水东注，维禹之绩。""绩"，功绩。指大禹治水的业绩。"方岳"，意思是四方之山岳。"苍旻"，天空。此诗首句，以反问的句式肯定地说出太华为名山且为西面的要塞；"天维西北倾，扶持藉为壁"，言太华山支撑天地而为"壁"，状出其具有脊梁之精神，接着诗人以奇特的想象，将在天际运转的日月看作其在太华山腋下运转；"秦川散余秀，长空借残碧"，这两句描写太华山倒影渭水而长空借太华之翠而生碧色。后四句，李廌呼应首句，见过雄伟壮丽的四方之山，哪里还能记住曾经见过的土丘似的小山？赞叹太华山无与伦比的厚重雄伟。

少华山是华州境内的名山，与太华山相邻，山势峻秀挺拔，层峦叠嶂，群峰竞秀，山势峻险，沟谷幽深，涧水迂回曲折，花明柳暗，是一处幽美的去处。闲暇之际，李廌曾经登临，写有《少华山》诗，其开篇云：

> 少华连延翠烟永，细路缘云上高顶。
> 奇峰西奔入秦蜀，幽谷南通接荆郢。
>
> ——《济南集》卷二

第七章 少华云起墨澜翻："苏门六君子"之李廌

少华山与太华山一样，属于秦岭余脉，横绝东西，屏绝南北，不仅风光旖旎，且有崎岖山道，西可入蜀（今四川），南达荆楚。"郢"，是周代楚国的国都（旧址在今湖北省江陵西北）。此诗接下来以虚写实："昔年蛟龙忽变化，怒蹙山巅压州境……"这首诗，读来甚觉诗人想象力丰富而语感急迫，如行山径，有远山近景皆在眼前之感。

西岳峥嵘何壮哉！黄河在此处掉头东去。万籁俱寂的静夜，方圆十几里隐约能听见河流澎湃的声音，出关入关，必渡黄河。李廌也写有《黄河》诗：

　　昔我初为入秦客，残雪埋关闭长陌。
　　黄河二月冻初销，万里凌澌流剑戟。
　　西风细卷浪花摧，日射寒光明瑟瑟。
　　归时细雨正溟濛，冷落关河已秋色。
　　惊沙惨惨塞云黄，远树昏昏秋水白。
　　济川壮志愈衰迟，日送烟波问河伯。
　　　　　　　　　　——《济南集》卷三

此诗前四句回忆往昔看见黄河的情形，正值二月，冰冻的黄河渐渐消解，残雪掩盖着潼关和长长的道路，河面上漂浮着冰凌，发出阵阵如同剑戟相撞的铮铮声音。在寒冷的日光下，西风卷起的浪花互相拍打……第七句，诗人写黄河目前之景，如今细雨蒙蒙，苍茫淡远的函谷关和黄河已经是秋色一片，昏暗的云彩下边，狂风夹杂着沙尘，远处是枯黄的树木和泛着白光的秋水。末尾，诗人感慨自己四处漂泊，年老迟暮，早就没有像以前那样渡河的雄心壮志了，只能静静地看着烟雾浩渺的黄河滚滚东去……

李廌还写有《自陕州渡黄河歌》，其中感慨"流浪沧浪二十年，三江五湖一钓船"，诗中倾吐了自己人生的困顿和理想难以实现的情愫，最后无可奈何地叹息道："醉披紫绮傲风波，济川迟暮奈天何。"从这些诗句来看，应该是李廌出关以后，遭遇到人生波折，返回家乡路途之中所写，此时此际，胸中豪气消磨尽，无复当年写《题郭功甫诗卷》的意气了，诗风也变得顿挫沉郁起来。

李廌的纪游咏史及唱酬诗

李廌走向宋代诗坛的时候，正是诗人队伍青黄不接的时期，诗坛盟主欧阳修已经作古，尚未出现足以影响诗坛走向的领袖人物，而李廌以青春锐气，希望郭正祥能引领诗坛。郭正祥当然不失为一时之秀，但真正的文坛领袖在不久就横空出世了——这就是苏轼。李廌之所以靠拢苏轼，还有一个非常重要的因素，就是在苏轼身上，他看见了宋代文学闪光的希望，这种强大的艺术吸引力，显然超出了其他因素。

钱锺书先生认为："作品在作者所处的历史环境里产生，在他生活的现实里产根立脚，但是他反映这些情况和表示这个背景的方式可以有各色各样。"（《宋诗选注》之《序》）这个看法无疑是正确的。具体到李廌而言，他的诗作是他所处的社会环境和个人际遇的反映，因而，呈现在他的诗作中，无不带有独特的生活印迹，当然，也带有他的诗的审美倾向。李廌现存的诗，约有二百八十一题（四百三十首）。这些诗大致可以分为纪游、咏史和唱酬等类别。

第七章　少华云起墨澜翻："苏门六君子"之李廌

李廌接二连三地落第不中，为了生计和仕途，奔波于大江南北，四处漂泊，在行旅过程中，见识到各地的名胜古迹，这些反映在他的纪游诗中。如《见山岗诗》云：

> 高冈胜虚阁，晚景澄寥廓。
> 遥潢浸广野，危峰柱碧落。
> 云过半山阴，蝉声夕阳薄。
> 勤勤学飞仙，海上寻黄鹤。
>
> ——《济南集》卷二

"潢"，积水池也。"危峰"，高峻的山峰。全诗清新典雅，平朴自然，意境深远，反映出诗人淡远悠然的平静心境。

又如《过具茨诸山适达嵩少》：

> 初逾千峰时，千峰各呈秀。
> 抵兹嵩高前，始觉众山陋。
> 恃此一柱力，天地敢分剖。
> 四维既张弛，穹壤托高厚。
> 卿云幂上国，秀色连楚薮。
> 众峰无耸峭，配此真培塿。
> 固将倍十百，何止吞八九。
> 余身一草木，乃欲擅去取。
> 出类复何言，聊贻涧滨叟。
>
> ——《济南集》卷二

具茨山，位于河南省中部禹州市与新郑、新密三市交界处。"四维"，此处指四方。"幂"，笼盖的意思。"培塿"，小土山。"涧"，山间流水的沟道。"滨"，水边。这首诗，如同前诗，平朴淡雅，反映出李廌平静辽远的心境。

在旅次中，李廌自然看到许多新鲜别致的景观，有感而发为诗歌，如七绝组诗《从德麟自中庐游灵溪记事》：

其一

各执梅枝不执鞭，涉溪穿竹过林烟。

景纯梦里经行处，直到青溪古洞天。

其二

青溪翠碧泻琮琤，洞府犹传鬼谷名。

幸有六经堪送老，不思唇舌慕从横。

其三

裂崖泉射便成溪，溪畔虚岩匹练垂。

玉溅珠跳千仞底，阴阴众木媚清池。

——《济南集》卷四

李廌的这组七绝诗，其一：首句幽默而诙谐，与友人外出，不驾马车而每人手执梅枝，大有"以竹为马"的童趣，一路"涉溪穿竹过林烟"，到达此行游玩的目的地——灵溪。接下来，七绝其二，李廌从视觉、听觉来写这里的优美景致：清溪碧水从山岩间琮琤倾泻而下，又听闻此洞相传是鬼谷子授学之处。鬼谷子，因隐居在鬼谷而称作鬼谷先生，是战国时期纵横家的开创者，著有《鬼谷子》。他的学生有张仪、苏秦等人。李廌认为儒家学说才是正经，所以他对纵横家不以为然，认为是鼓唇弄舌之流而已。七绝其三，写灵溪之美，崖壁上的裂缝里喷出的水向下形成溪流，而溪流飞泻而下形成垂挂在岩石上吐珠喷玉似的瀑布，四周是繁盛茂密的树木，灵溪之景更加清越动人。全诗以明快之景表达了诗人愉快之情。

李廌的纪游诗，亦有不少异地为客的凄凉叹息，也有故地

重游触景生情对友人的怀念。如《同张公硕梅耕道访董畸老郊居》诗云:

> 白水弄青秧,晨烟著柳行。
> 羁怀正漂泊,陂路转微茫。
> 蘋际鹭鸥下,塍边菱荇香。
> 相从寻胜事,萧飒兴何长。
> ——《济南集》卷四

这首诗的首联,通过乡村景致的描写,点明了出访的时间与环境,泛着白光的水田里栽植着青葱的秧苗,淡淡的晨雾挂在小径旁边的翠柳枝头,一派恬静的田园风光。第二联,写诗人触景生情想到自己正在羁旅漂泊,对前方遥遥的路途充满渺茫之感。而此时,李廌与友人看见了水草边停落的鸥鹭鸟,闻到了田埂上菱荇花四散开来的清淡香味……尾联写大家一起寻找令人有兴趣的事情,不由得慨叹"萧飒兴何长"。

李廌的纪游诗多离不开对人物的描写,也时常抒发自己的情怀与身世之感。如《邓城道中怀旧时德麟相拉至江北三县》曰:

> 昔从郡丞游,余寒春未回。
> 玄云蔽冷日,朔风卷黄霾。
> 枯榛拥残雪,疏篱横野梅。
> 季夏方溽暑,后乘复与偕。
> 青秧舞白水,赤日飞红埃。
> 牛马喝俱喘,蜩螗嘈相哀。
> 值此寒暑变,感予羁旅怀。
> 行行江湖去,举棹向天台。

> 老妇脍鲂鲤，丁男涤尊罍。
> 霜橙荐紫蟹，水藕浮琼醅。
> 念公复行县，秋光当独来。
> 予时定相望，持酒上高台。
>
> ——《济南集》卷一

从诗题看，此诗写了作者在邓城道中回忆起曾经与德麟同往江北三县之事。此处的"德麟"指赵德麟，名令时，其初字景贶，苏轼为其改字德麟（苏轼《赵德麟字说》）。开头两句，作者回忆了曾经在暮冬初春时节与友人出行之事。中间十句，诗人以细腻的笔触描写了昔日出行时见到的景象与周围的环境，乌云遮蔽了暮冬的太阳，北风卷着黄尘呼呼地吹着，枯黄的树丛里堆积着尚未化尽的积雪，稀疏的篱笆中开着几枝野梅花。如今，寒来暑往，时间飞逝，稻田里的秧苗又在泛着粼粼波光的水田里摇曳。牛马因为暑热气喘吁吁，蝉鸣就像人们的啜泣一样。写到这里，诗人内心再也抑制不住对往事的感慨，又想到自己多年来漂泊异地的苦楚，此情此景让作者记起昔日的好友，希望他完成公务尽快返回，彼时（我）将在这里等你，一起饮酒叙情。

像这样，诗人通过纪行诗表达真挚友谊的诗歌还有《从德麟至邓城访魏道辅故居怀道符》（笔者认为诗题中的"道符"应为"道辅"），其诗云：

> 孟春属佳辰，驾言从郡丞。
> 蓐食戒徒御，篝火事徂征。
> 方舟绝横汉，适彼樊侯城。
> 缅怀昔封君，能使晚周兴。

第七章 少华云起墨澜翻:"苏门六君子"之李廌

千龄想风概,慨叹岸与陵。
故城若墟落,邑屋袖可凭。
盘飧倦举箸,幅幅气拂膺。
古寺蔽榛橉,破舍余残僧。
人言魏徵君,于焉常曲肱。
窦居三十年,蔚然以诗鸣。
人忧不改乐,信哉贤者能。
常闻有四友,作堂在郊坰。
我虽樗栎材,臭味亦其朋。
会当从飞盖,清夜一来登。

——《济南集》卷一

诗歌从出行的时间写起,接着抒发了故居犹在人不在的慨叹,赞美友人高尚的风度气概,诗歌末尾,作者以自谦的口吻表达了自己能与志同道合的人成为朋友乃一大幸事,假如有可能,自己定会驱车奔赴与友人相见。诗歌以质朴无饰的语言表达了诗人在漂泊路上与志趣相投之人的真挚友谊。

纪游诗离不开绘物写景,李廌的这类诗也格调明快,精彩纷呈。如《西郊》诗即为借景抒情:

黄花作秋色,槁英作秋声。
残春有秋意,耐此恻恻情。
乔木点新翠,古垄集飘英。
午风熏径草,麦浪摇新晴。
脂车逐胜士,访友来西坰。
苦汗泣瘦马,流尘污华缨。
辗然发孤笑,屡醉辄屡醒。

191

聊歌干旌篇，愧我未登瀛。

——《济南集》卷一

诗中的"午风熏径草，麦浪摇新晴"句，点明了写作时间是暮春时节，而小麦多为黄河流域的北方及中原地区种植，然而，李廌身在暮春却谓"黄花作秋色，槁英作秋声""残春有秋意"，这是为何呢？一切景语皆情语，因为李廌的内心与这荒凉枯黄的秋景是一样的悲痛凄凉。五至八句，诗人以细腻的笔触描写了自己所看见的景致：乔木散发着新生的翠绿，微风中，田垄上的花枝摇曳着身躯。后四句，诗人从景转向所见之物，老友驾着马车风尘仆仆地赶来西郊，长途跋涉使得瘦马气喘吁吁，老友的冠缨沾满了飞扬的尘土。最后一句诗人流露出自己内心的情感，数年来辗转多地，奔波劳苦，还是没有建功立业。

又如《秋山》：

山色带晴云，云山远莫分。
寒林迥萧散，秀气自氤氲。
定有丘园士，彼同麋鹿群。
弓旌访岩谷，谁为上方闻？

——《济南集》卷三

这首诗前四句抓住秋山之"山色"与"寒林"这两个审美意象，从"云""气"入手，写出了秋山明净的意境，画面优美而深远。后四句抒发出仕不遇的胸中块垒，令人回味无穷。

李廌的《秋溪》（《济南集》卷三）也非常有特色，云："秋溪已澄澈，山色贮溪中。云度前洲白，霞生别峤红。波澜寒自鉴，鱼雁共游空。弃置功名念，羊裘作钓翁。"作此诗的时候，李廌接连下第，已经心如止水，不再渴望功名了，他把整个心

第七章 少华云起墨澜翻："苏门六君子"之李廌

灵放置在大自然之中，深刻体察大自然的韵律，所以，他笔下的秋溪纯净而优美，衬托出自己恬静而旷远的情怀。

李廌的纪游诗还有《宿峻极中院》《雨中游法王寺诗》《题峻极下院列岫亭诗》《白马寺诗》《过昆阳城》《临颍县》《鹿门寺》《谷隐寺》《文选楼》等四十余首，行踪涉及今陕西、河南、湖北等地，这些诗，大部分描写当地的名胜古迹，抒发出思古之幽情，状物写景如在目前。其绘物写景的诗有《春日即事九首》《雪》《晚晴》《美陂》《百叶梅》《天门泉诗》《孟浩然故居》《对春二首》等，多为上乘之作。

所谓咏史诗，是指以历史题材为咏写对象的诗。李廌的咏史诗，与他的纪游诗相比较，思想感情错综复杂，大致有两个方面的内容。一是通过追述古代隐士的事迹表达仕途遭遇的矛盾心境，如他的组诗《啸台》。所谓啸台，是指阮公台，《太平寰宇记》载："阮籍台在尉氏县东南二十步，籍每追名贤携酌长啸于此。"阮籍，世称阮步兵，"竹林七贤"之一，他倾向于曹魏皇室，对司马氏专权不满，但因当时的社会环境，他采取谨慎避祸的态度，常常闭门读书，游山临水，酌酒作诗，不问政治，崇尚老庄之学。李廌在诗中赞颂阮籍旷达自由的心态，强调其不入仕途、厌恶为官之人的行为，隐含着自己落第后的心态，却又割舍不下出世的念头，"待诏金銮"的抱负不曾消失。二是刻画古今之变，表露世事变迁的无可奈何之感，如《游宝应寺》："雨后秋风入翠微，我来仍值晚凉时。山遮日脚斜阳早，云碍钟声出谷迟。故国空余烟冉冉，旧宫何在黍离离。兴亡满眼无人语，独倚栏杆默自知。"（《济南集》卷四）以秋风秋雨营造全诗的气氛，再写宝应寺周边的苍凉秋意，进而转入抒情与议论，反映出诗人内心的矛盾纠结与无奈落寞之情。李廌的咏史诗既有怀古、述古，也能阐发自己的史论史评观念，在北宋诗坛上别具一格。

李廌的唱和诗，把笔触伸向日常生活，清新自然，意境悠远，如《次韵秦少章蜡梅》诗云：

> 底处娇黄蜡样梅，幽香解向晚寒开。
> 故人未寄岭头信，先报江南春意来。

——《济南集》卷四

又如《道中即事呈岑使君吏部次和德麟韵三首》诗云：

其一

> 日射西山烂烂光，低云遮岸水风凉。
> 从来鞍马倦行役，笑语不知歧路长。

其二

> 稻塍粟垄绿相连，野老欣逢大有年。
> 人意物情俱自适，溶溶佳气满江天。

其三

> 白叟黄童话使君，买牛买犊谕邦人。
> 今年菽粟仓箱满，仁政常为七县春。

——《济南集》卷四

岑使君来访此地，赵德麟作诗呈之，此诗为李和德麟而作。通观这三首七绝，其一写西山阳光照射下呈现出来的风貌，有景有人，情景交融，诗人的心情舒坦而愉悦；其二的开篇，便以细腻的语言描绘了乡村田地的样貌，稻田的小堤和种满粟谷的田垄翠绿一片，农人欣喜有这样的丰收年，所有的人和物都笼罩在美好的氛围中；其三，描绘了一幅白发老人和稚童与使

第七章 少华云起墨澜翻："苏门六君子"之李廌

君对话的场面，"买牛买犊"借指生活琐事，即对话的内容，"仓箱"喻丰收，最后一句，诗人直言如此安居乐业的情景都是使君的政治才能和仁爱之心的结果。

再如《青泥雪中和德麟韵》曰："君笑吾痴绝，吾知自不痴。远游陪胜士，归囊有新诗。笑觉山途近，寒因酒力迟。相从畏嘲谑，别后复怀思。"（《济南集》卷三）这首诗写于冬季，开篇便点明唱和，写自己与友人的互动，"笑"字特妙，化静为动；颔联讲述陪友人德麟游玩归来，有新诗一首；颈联写同行人一路欢声笑语，竟觉得山路不是那么遥远，喝过酒的身子也不觉得寒冷。尾联诗人以抒情作结，"别后复怀思"，而"相从畏嘲虐"，也直接反映出诗人与德麟友情深厚，亲密无间。整首诗诗风质朴，语言凝练简洁，深有韵味和趣味。

总之，李廌的诗内容广泛，涉及面宽，既有行旅风光，又有咏史述怀，且与友人唱酬不断，还有景物风致，展示出当时社会的日常生活，表达出个人得失的心理情绪，既能移山川于笔端，又能曲尽个人怀抱，语言明净如清荷出水，诗风幽雅似蓝天白云，用李廌自己的话来形容，真是"写得清风入嘉句，尽携爽气出云间"（《济南集》卷四《失题》）。

李廌的散文

《李廌传》云："廌喜论古今治乱，条畅曲折，辩而中理。"此言不错。李廌今存散文四十八篇。郭预衡先生指出，"李廌于文，以议论著称"（《中国散文史》中册），这是李廌的散文特色。

李廌对于为文有系统的理论探究，在《答赵士舞德茂宣义论宏词书》中，他提出这样的见解：

> 凡文章之不可无者有四：一曰体，二曰志，三曰气，四曰韵。述之以事，本之以道，考其理之所在，辨其义之所宜，卑高巨细，包括并载，而无所遗，左右上下，各若有职而不乱者，体也。体立于此，折衷其是非，去取其可否，不循于流俗，不谬于圣人，抑扬损益，以称其事，弥缝贯穿，以足其言，行吾学问之力，从吾制作之用者，志也。充其体于立意之始，从其志于造语之际，生之于心，应之于言。心在和平，则温厚尔雅；心在安敬，则矜庄威重。大焉可以如雷霆之奋，鼓舞万物；小焉可使如脉络之行，出入无间者，气也。如金石之有声，而玉之声清越；如草木之有华，而兰之臭芳芗；如鸡鹜之间而有鹤，清而不群；如犬羊之间而有麟，仁而不猛。如登培塿之丘，以观崇山峻岭之秀色；涉潢污之泽，以观寒溪澄泽之清流。如朱弦之有余音、太羹之有遗味者，韵也。
>
> ——《济南集》卷八

李廌所谓体、志、气、韵，包括了文章的内容和风格。此文之外，还有《陈省副集序》，其中云："所为文章，深纯尔雅，言必有义，字必有法。""其文之气，萧散简远，知其有洪人之量；其文之词，芳芗明隽，知其有过人之才；其文之理，方严安重，知其有正直不回之忠；其文之意，渊澹冲粹，知其中和无邪之德。烨烨乎其言，有华国之文矣。"（《济南集》卷六）文中论及的气、词、理、意，与前面的体、志、气、韵互相补充，

第七章　少华云起墨澜翻："苏门六君子"之李廌

构成了李廌的文章学观点。

李廌现存的文章，有赋，其名篇如《藉田祈社稷赋》《五谷皆熟然后制国用赋》《松菊堂赋》《仕而优则学赋》等，其《武当山赋》描写武当山："泛观兹山，韵粹气整，巑岏奇峰，巀嶪峻岭，植若宿邸之主，隐若寒门之屏，腾凌阆风，灭没倒影，斗柄垂焉而可挹日……"（《济南集》卷五）文辞古雅，武当山宛然如在目前。其《金銮赋》，赋之"引"中说明写作背景："苏先生自中书舍人拜翰林学士，门人李廌"以此赋贺之。他对恩师拜翰林抱有极大的期望，所以在结尾说："时不易得时不得易兮，苍生跂踵而希泽，将锡圭兮赐衮卿假道以兹职。"有论，名篇如《兵法奇正论》《圣学论》《将才论》《将心论》《荐举论》等，其《浮图论》很有特色：

> 臣尝历观前世之弊，及其甚也，必有有为之主以拯救之，独千世承袭其弊而安受之者，浮图而已。
>
> 浮图非无可观也，百氏之家，一家之说也；非不可为教也，蛮夷之国，一国之俗也。不幸王者迹熄之后，圣人道微之时，乘间窃入中国。当时君臣辨之不早，制之不刚，俾盘根滋蔓，为弊于后。东汉明帝之罪也。其间非无英睿刚克之君、忠义正直之臣欲除其弊，终不能者，何哉？盖销之不以道，制之不以渐故也。

李廌把浮图看作"一家之说"，且谓"非不可为教"，这是比较客观而平正的态度，即并非完全否定。文章又云：

> 臣愿陛下盛言其佛之长，极言其徒之短。臣请叙其说曰：盖闻佛者，西方之圣人也。以清静寂灭为心，

戒定慈忍为行，色空为道，禅律为法。凡愿学佛者，必当检身周慎，持法谨严，枯槁其形骸，斋戒其心志，自强其身，自求其道。不可辄出户庭，不可杂交民俗，戒牒之文，其密如缕。苟能此，虽异道不害为君子。乃者学佛之人，类皆游侠之辈，或惰农之鄙夫，或怠绩之愚妇，或好荡之嬛子，或好倡之冶女，居金碧之室，食稻粱之膳，幸灾乐祸，自为风俗；奸非不义，自为朋党。讯其何以谓之禅，何以谓之律，则周闻知者十常八九。如此则大设寺宇，乃为尔等作容奸之地。岁度徒众，乃为尔等置畔道之人。既蠹于国，实败汝德。自今以前，吾一洗之勿问；自今以始，吾将使汝不出户庭，专治其讲之说而躬行之。所受戒文，令礼部著以为令，刑部防之以法，期汝必行。如不能然，一听归俗。

——《济南集》卷六

郭预衡先生论及此文时认为："唐宋两代文人学者之辟佛者，从傅奕、韩愈到欧阳修、曾巩这些大家，都曾有过制佛的设想。相比之下，李廌此论，似比较全面。'盛言其佛之长，极言其徒之短'，说得尤其客观。和韩愈相比，更有深度。"（《中国散文史》中册）李廌辟佛却不辟道，撰有《张拱传》及《张居士歌序》，对于辟谷入道者一再颂扬。在对佛教的认识上，李廌与其恩师苏轼不同，苏轼结交佛道高僧，常常谈佛论禅，诗文自然受其影响，空灵飘逸，带有出世的色彩。李廌沿着古典文赋的方向走，有汉赋的根柢，只是在写赋的时候，议论过多，这也是宋代整体文学作品的"缺陷"或者"特色"吧。

第七章　少华云起墨澜翻："苏门六君子"之李廌

说是"缺陷"，这是钱锺书先生的意见，他说："宋诗还有一个缺陷，爱讲道理，发议论；道理往往粗浅，议论往往陈旧，也煞费笔墨去发挥申说。"(《宋诗选注》之《序》)——钱锺书先生虽然是说宋诗，其实，也是整个宋代文学的通病。说是"特色"，也有不少诗文中的议论，作者却表达出绝好的哲学思想理念，给人以有益的启示。李廌的赋有这样的特色，然而，议论过多，毕竟影响到赋的文学性。

李廌还写有不少的记，名篇有《芝堂记》《安老堂记》《合翠亭记》《唐州比阳县新学记》《登封县令厅尽心堂记》《斑衣寮记》等。其《襄州光化县重修县学记》曰：

孔子载道，欲济天下，而时君不能用，故祖述尧舜，宪章文武之实；不试于当年，然金声玉振之德，发乎一身，形于万世。万世之下，六合之间，如天地之覆载，日月之照临。尊为王公，卑为庶士，凡圆冠方履者，皆仰之以为师。大而治天下，小而治一己，凡进德修业者，皆资之以为法。盖人无贵贱，莫不为其徒；事无巨细，莫不用其道。

——《济南集》卷七

李廌是比较纯正的儒家，此文强调的即是儒家经典所蕴含的义理——通观李廌的散文，多是从此出发，这篇记亦是如是。在《济美堂记》中，他称田公"以忠谏立德"，"谠言劲节，凛凛岌岌"，"剀切上章，敷奏治道"，以使"天下穆然，底于隆平"，选取细节，从言、行两方面叙述了田公的事迹，刻画出田公忠心为国、敢于直谏的形象。

又如《登封县令厅尽心堂记》云：

199

> 一人之心与夫千万人之心，先民之心与夫后世之心，圣人之心与愚夫愚妇之心，其所以然不然、可不可者，无或有异。有社稷人民之寄，欲设教布政而愿治者，能尽其心，使人人之心皆以为然，以为可，则天下之理无往而不当，天下之情无往而不通。诚能奉之以悃幅之诚，持之以黾勉之力，思其理之所在，必使之无遗蕴；虑其事之所安，必使之无遗策。
>
> ——《济南集》卷七

这段文字，表现出李廌期望国家能得贤士，使其恪尽职守，以治理天下的愿望。李廌虽然终生布衣，却胸怀天下，念念不忘社稷苍生，热切期望社会秩序安宁、国家富强。

李廌的散文还有序、书等文体，也都甚为可观，说理明晰，富有飞扬的文采。不过，我还是喜欢他的笔记体《师友谈记》，此书共有六十一则，涉及师友苏轼、范祖禹、董耘、秦观、张耒、苏辙、孙敬之、苏过等人，其中既有当时社会的文坛领袖，也有经学名儒，还有声闻不彰之士的言行，内容非常丰富。例如，其中的《东坡谓秦少游文章为天下奇作》，云：

> 廌谓少游曰："比见东坡，言少游文章如美玉无瑕，又琢磨之功，殆未有出其右者。"少游曰："某少时用意作赋，习惯已成，诚如所论，点检不破，不畏磨难，然自以华弱为愧。邢和叔尝曰：'子之文，铢两不差，非秤上秤来，乃等子上等来也。'"廌曰："人之文章，阔达者失之太疏，谨严者失之太弱。少游之词虽华而气古，事备而意高，如钟鼎然。其体质规模，质重而简易，其刻画篆文，则后之铸师莫仿佛，宜乎

东坡称之为天下奇作也，非过言矣。"

这则笔记是谈论秦观的文章，李廌指出"华而气古""事备而意高""质重而简易"是其文章的特色，实际上也是衡量文章的重要判断，于今仍然有着现实意义。由此还可以看出，苏轼热情地鼓励与推介其门人，使其进一步得到文坛的认可，这种虚怀若谷的精神，值得后人学习。

此书记载苏轼言论事迹二十余则，记载秦观论文十一则，几占全书之半，从中可以领略到他们之间关于文艺与生活的看法与文学倾向，也不乏文人的生活轶事，具有珍贵的文学价值。在《东坡罚酒》中，李廌记叙了自己落第后苏轼的关切之情形：

> 东坡帅定武，诸馆职饯于惠济。坡举白浮欧阳叔弼、陈伯修二校理、常希古少尹曰："三君但饮此酒，酒釂当言所罚。"三君饮竟。东坡曰："三君为主司而失李方叔，兹可罚也。"三君者无以为言，愧谢而已。张文潜舍人在坐，辄据白浮东坡先生，曰："先生亦当饮此。"东坡曰："何也？"文潜曰："先生昔知举而遗之，与三君之罚均也。"举坐大笑。

李廌落第的说法很多，这则故事由自己写出来，当属真实情况——这也说明了宋代社会科举考试并不一定能选拔出具有真才实学的优秀者，令人遗憾不已。以李廌的才学，应该足以成为时代之骄子。

《师友谈记》也记载有苏轼指引教育李廌之事，在《东坡言当循分范太史言当养其高致》中，苏轼教诲李廌曰："如子之才，自当不没，要当循分，不可躁求，王公之门何必时曳裾也。"李廌听从了苏轼的话，"尔后常以为戒"，改正了早年"好名急进之弊"。后来，李廌把这些话说给范太史公，太史公亦说："士人当使王公闻名多而识面少。"接着又说："如子尚何求名，惟在养其高致尔。"这话说得真好，就是如今，也应该引以为戒。

李廌才思敏捷，《李廌传》云："当喧溷仓卒间如不经意，睥睨而起，落笔如飞驰。"可惜的是，天不假年，大观三年（1109），李廌才五十一岁就去世了。除《济南集》《师友谈记》之外，尚有《德隅堂画品》等著作存世。

第八章　长川胜气苍：继承河东学派的薛敬之

黄河太华之间不但山川雄伟壮丽，而且人文景观光辉灿烂，尤其是明清以来，哲学思想领域群星闪烁，在张载之后出现了诸如薛敬之、韩邦奇、韩邦靖、南大吉等著名人物，他们在其时的强大学术背景下，勾连起一幅幅线索清晰的理学与心学传播和发展的历史图景，成为我国哲学思想史的重要组成部分。因为我在2020年出版的《千水万壑走洛河》里涉及一些明清大儒，这里不再重复，而把笔墨放在崛起于我国近古哲学思想版图的薛敬之和南大吉。

薛敬之的生平与求学

渭南以其在渭水之南而得名。在唐代，河北岸属于下邽县，元代废县，并入渭南。这里位于关中平原东部，秦岭北麓，民风淳厚，素有"三贤故里"之称，唐代大诗人白居易、唐代宰相张仁愿、宋代宰相寇准皆出生在下邽。儒学之教在唐宋元明四代兴盛不已。明代中期，渭南又成为中国北方儒学的重镇。

春季，是关中平原上最为美好的季节。

沿着渭清路行驶大约七八千米，然后折向正北的道路，前去探寻薛敬之的生身之地——渭南县下邽扬化村（今临渭区官底镇下薛村），一望无际的麦田在微风里荡起碧绿的波涛，一浪接着一浪延展着，延展着，直到辽阔的远方，粗大的翠柳夹着黑色的平坦而端直的公路，犹如油画一般幽静、安谧，疏落的村庄，碧清的渠水，田野上飘荡着醉人的清香。

绿树村边合，青山郭外斜。下薛村就坐落在这万顷麦海之中，这是有几百户人家的村庄。遥想当年，薛敬之在这幽静、安谧的村巷里读书和游戏……明宣德十年（1435），薛敬之出生在这里的一个官宦之家，据明代翰林院学士吕柟先生《薛先生墓志铭》记载，薛敬之的祖上原本在今天陕西韩城龙门，元末动荡之际，为避兵乱，兄弟九人举家迁徙至渭南下邽。父亲薛銮依家学悉心教导薛敬之，他少时颖悟聪慧，五岁即能读书识文，十一岁便能作诗词，展现出绝然不俗的风貌来。据说，薛敬之出生后，他的肚子上有七颗红痣，胳膊上自带一块"文"字形的黑痣，人见后以为此子日后必能成大器。冯从吾《关学编》之《思庵薛先生》介绍他说："生有异状，长大雄伟，须髯修美。"

稍长，"言动必称古道、则先贤"。景泰七年（1456），"获籍邑诸生"。做秀才时，他"居止端严，不同流俗"，乡间惊异，称之为"薛道学"。"为文说理而华，每为督学使者所赏鉴。"可是，"应试省闱至十有二次，竟不售"，不售，也就是科场不利，屡屡考试未能中举。明成化丙戌（1466），"以积廪充贡入太学"。在太学，大家惊呼关西又出了一个横渠（宋代张载，系眉县横渠人），其时，著名学者陈献章也在太学读书，二人并称。

陈献章（1428—1500），字公甫，别号石斋，广东新会白沙人。明正统十二年（1447），陈献章参加乡试获第九名，时年

第八章　长川胜气苍：继承河东学派的薛敬之

二十岁。次年入京参加礼部会试，中副榜，选入国子监读书。景泰二年（1451）再次参加会试，又落第。由于科场失意，遂投于在临川讲伊洛之学的吴与弼先生门下。吴与弼先生的影响和启发使陈献章的人生理念发生了重大变化，他开始了新的人生追求。成化二年（1466），他从广东来到北京，重游太学，再次准备会试。

抵京后不久，国子监祭酒邢让以和杨时《此日不再得》诗为题，试陈献章。陈献章于是写了《和杨龟山此日不再得韵》诗，诗云：

能饥谋艺稷，冒寒思植桑。
少年负奇气，万丈磨青苍。
梦寐见古人，慨然悲流光。
吾道有宗主，千秋朱紫阳。
说敬不离口，示我入德方。
义利分两途，析之极毫芒。
圣学信匪难，要在用心臧。
善端日培养，庶免物欲戕。
道德乃膏腴，文辞固秕糠。
俯仰天地间，此身何昂藏。
胡能追轶驾，但能漱余芳。
持此木钻柔，其如磐石刚。
中夜揽衣起，沉吟独彷徨。
圣途万里余，发短心苦长。
及此岁未暮，驱车适康庄。
行远必自迩，育德贵含章。

>迩来十六载，灭迹声利场。
>闭门事探讨，蜕俗如驱羊。
>隐几一室内，兀兀同坐忘。
>那知颠沛中，此志竟莫强。
>譬如济巨川，中道夺我航。
>顾兹一身小，所系乃纲常。
>枢纽在方寸，操舍决存亡。
>胡为谩役役，斫丧良可伤。
>愿言各努力，大海终回狂。

这首诗风格沉郁，表现出自己的思想倾向和人生价值追求，邢让读完，不觉惊叹道："龟山不如也。"扬言于朝，以为真儒复出，"给事中贺钦听其议论，即日抗疏解官，执弟子礼事献章"，毕恭毕敬地为其捧砚磨墨，足见陈献章在当时士人中的声望。

然而，在等级森严的社会里，这样一位才华出众的人物仍得不到重用，国子监只让陈献章任吏部文选清吏司历事。这一区区小官既是陈献章的首任官职，也是其一生中到任的唯一官职。陈献章在短短的任职期间勤勤恳恳，不敢稍有怠慢。侍郎尹旻闻其贤德，数次欲聘请陈献章为其子师。陈献章放弃了借此靠山向上钻营的机会，一次次地拒绝了尹某。

次年春，陈献章辞官南归。成化五年（1469）他第三次参加会试时又以落第告终。陈献章自幼受老庄思想的影响，总把荣辱和得失置之度外，所以并未因此而沮丧，于是回到新会白沙，聚徒讲学，潜心学习，四方学者慕名而至。

五十六岁时，曾被举荐应诏入京，明宪宗令就试吏部，陈

第八章 长川胜气苍：继承河东学派的薛敬之

献章托辞有病没有参加并请求归家终养。明宪宗授以翰林院检讨而放归。陈献章自此便居乡讲学，屡荐不起。晚年他逍遥于自然，养浩然自得之性，心学思想体系臻于成熟，提出了"天地我立，万化我出，宇宙在我"的心学理论和"静坐中养出端倪"的心学方法。

陈献章生平不事著述，但颇有诗兴，作有大量的性理诗。其生平所作诗文由门人整理成《陈献章集》刊行，又有《白沙子集》《白沙诗教解》传世。他是明代心学的奠基者。《明史》卷二百八十三《陈献章传》说："献章之学，以静为主。其教学者，但令端坐澄心，于静中养出端倪。"他倡导涵养心性、静养"端倪"之说，并由此开始，明代儒学实现了由理学向心学的转变，成为儒学发展史上的一个重要转折。其故乡白沙村，濒临西江入海之江门，所以明清学者称陈献章的学说为"江门之学"。

薛敬之在明成化二十二年（1486），出任山西应州（治所在今应县）知州。应州，地处桑干河中游，大同盆地南端，南部与恒山山脉接壤，明代时为边疆之地，匪患边事丛生，历来难治。他到任之后，首先从改善民生开始，颁布了一系列促进民生发展的法令，比如劝民耕稼纺织，鼓励乡民开荒种田，囤积粮食，确保灾年饥荒顺利度过。薛敬之常常巡视民间，发现民生疾苦，无论大小皆细心处理。史书上说，当发现乡民没有种子，他便让官府发放种子给乡民；乡民没有耕牛，他想办法为乡民送来耕牛，如此不到三四年，应州地区的粮仓已经囤满了粮食。《应守薛君德政碑记》说："由是，市无惰民，野无荒土，历岁积累毂粟四万余石，干菜一万余斤，岁遏饥馑，民有依赖。"

薛敬之深知施政当以"仁者爱人，人恒爱之"之理，便广施仁政。乡民张全等死后无钱下葬，生员刘汝楫死无所归，薛敬之为他们买好棺材安排下葬，乡民杨信等没钱娶妻，先生均能为他们筹钱娶妻，应州十几年，他为乡亲们处理这样的事情数不胜数。他重视教育，发展儒学，使其村村有学堂，修缮县学六十余间，常亲自为生员上课讲解诸经，十余年间应州学子登进士第者增加不少。他深知学习的艰难，见到生活困难的生员，常常为其买纸买笔，资助其完成学业。那时候，边境不太平，常常有流民流落应州，或死于流亡途中，先生不忍视之，为流民安排住处并分土地给他们，同时设"义冢"，将死在沿途的流民安葬其身，同时在各个乡村开设集市，方便乡民做生意，确保民生活路。关中大儒李锦先生说薛敬之"邹鲁渊源，河岳耿光。进二郡守，民富而康"，真如是也。

《应守薛君德政碑记》说他"莅任来廉以律己，公以存心，敬以处事，而动师圣贤"，这绝非溢美之词，在古代官当得好不好，不是朝廷说了算，而是百姓的功德碑说了算，能给一方官员树立功德碑，足见其在百姓心中的分量之重。他施政一如做人、做学问，磊落而光明，以诚敬之心处生民之事。据弟子吕柟在《薛先生墓志铭》中记载，当时应州南山有虎常出没，伤及百姓，薛敬之作祭文说："吾无虐政及民，虎何食吾赤子？"数日之后，虎死于沟壑之中。应州萧家寨暴发洪水涝灾，先生作祭文说："是将没吾民乎？吾恶在其为民父母也？"深刻自责自己的过错，洪水肆虐却没有伤及百姓。时应州城内有一口老井，常年水咸臭，无人能食，先生执政期间，井水一日突然变为白水，其味甘甜，乡民们皆认为这是先生仁政爱民所致。先生主张做事心诚不务虚名，将圣贤之学在实践的过程中反求诸己，体察于心，然后反躬实践。

弘治九年（1496），薛敬之升任金康府同知，在任两年后辞官。明正德三年（1508）二月二十七日，薛敬之归隐十年后在家中逝世，终年七十四岁。他的学生吕柟为他撰写了碑文。葬于渭南韩马里胡村先茔，南大吉记述说："思庵以浙江金华府同知，进阶朝列大夫，卒，葬此。"（《渭南志》卷十一）其铭曰："渭河之南，华岳之北，思庵先生，有黯其宅。"（黯宅：指坟墓）后迁回官底镇下薛村北薛氏祖茔重新安葬。

师承河东学派

也许是冥冥之中的安排吧，同时与薛敬之在太学学习的陈献章创立了江门学派，而薛敬之则传承了薛瑄的河东学派衣钵。高攀龙认为，孔子、朱熹、薛瑄和孟子、陆象山、王阳明是古今学术之两路——由是观之，在明代，薛瑄与王阳明是两个学派，薛瑄继承了程朱理学，创立了河东学派。

陈献章是明代心学的开创者，是一位具有原创力的思想家。他虽然和薛敬之一样科场屡屡失意，却专心学问，努力钻研程朱理学，正如上述诗中所说："吾道有宗主，千秋朱紫阳。说敬不离口，示我入德方。"孔子把学习分为两种：一种是"为人之学"，这种人学习是为了达到某种功利目的；一种是"为己之学"，这种人是为了提高自己。陈献章是"为己之学"，便不以科场为意，投师于名儒吴与弼先生门下。一日，他读《孟子》

至"有天民者,达可行于天下,而后行之",慨然叹道:"大丈夫行己当如是。"

吴与弼,字子傅,号康斋,抚州崇仁(今属江西)人。他是明代与薛瑄齐名的大儒。青年时代,也曾走过科举之路,有一次读到《伊洛渊源录》,体会到"圣贤之学"或"为己之学"才是儒家思想的根本,于是放弃举业,专门学习四书五经、程朱理学。他认为"人需整理心下","人心不死而天理常存","心本太虚",主张为学"敬义夹持,诚明两进",强调理在心中,主张静以涵养本心,把天人合一的圣贤境界作为人生修行的最终目的,提出"裁断日新"的观点,崇尚做一个自强不息、顶天立地的"大丈夫"。景泰二年(1451),陈献章到江西临川跟随吴与弼学习。吴与弼甚是赏识陈献章。在吴与弼的指导下,陈献章进一步明确了治学方向,他在《龙冈书院记》中回顾自己走过的道路时说,年轻的时候,没有师友帮助,治学很不得法,而今跟吴与弼先生学习,才有了新的觉悟,"实迷途其未远,觉今是而昨非"。正是在吴与弼先生的指导下,他才放弃了"为人之学"转而投身于"为己之学"。尤其是吴与弼"尊师道,勇挑担,不屈不挠,如立千仞之壁",使他感到由衷的佩服。虽然,陈献章跟随吴与弼先生仅仅从学一年多的时间,却获益不浅,对他踏上治学道路至关重要——当代著名作家柳青在《创业史》里写道:"人生的道路虽然漫长,但紧要处常常只有几步,特别是当人年轻的时候。"是的,"走错一步,可以影响人生的一个时期,也可以影响一生"。这话真说得透彻,说得精辟,在治学的关键时刻,也是人生的关键时刻,陈献章得到吴与弼先生的指教,没有"走错一步",而是踏上了"由涵养以及致和，先据德而后依仁"的治学康庄大道，陈献章何其幸也。

辞别先生，陈献章回家读书，"筑阳春台，静坐其中，数年无户外迹"。后以《和杨龟山〈此日不再得〉韵》诗名震天下，四方来就学者日多。后又经广东布政使彭韶、总督朱英推荐，又被召至京师，令就试吏部，辞以疾病，不赴。后上疏乞准还乡，终养老母，被授以翰林院检讨。此后以讲学终身，世称白沙先生。万历初，"从祀孔庙，追谥文恭"。

陈献章著述不多，有《白沙子》八卷，前四卷为文，后四卷为诗。在心学的发展中，他在陆九渊和王阳明之间，起到了中间环节的作用——这在学术传承史上，具有承前启后的作用。

他为学的独特地方是讲求"舍彼之繁，求吾之约"，所谓的"繁"，是指研读经典，记诵章句，他认为，这不是为学的主要方法，至于亲身实践，接触外物，那就更不用说了。而"约"，简单明了的解释就是"静坐"。他说，"为学须从静中坐"。他认为"静坐"的作用是"久之，然后见吾此心之体隐然呈露，常若有物，日用间种种应酬，虽吾所欲，如马之卸御勒也。体认物理，稽诸圣训，各有头绪来历，如水之有源委也。于是，涣然自信曰：作圣之功，其在兹乎！"这实际上是要教人在静坐中用"圣训"对自己的思想活动加以检查，把"天理"放在心里。他将这个为学方法教给前来求学的学生。他在《复赵提学佥宪》中说："有学于仆者，辄教之以静坐。"不过，他教人以静坐，并不是不要读经，而是读经时要用经中的道理来检束自己。他说："《六经》夫子之书也，学者徒诵其言而忘味，《六经》一糟粕耳！"读经，只背诵章句是不行的，一定要"求诸吾心"，省察自己。他的经验是："以我而观书，随处得益；以

书博我，则释卷而茫然。"(《道学传序》)

薛敬之和陈献章一样，有幸得到名师的治学指导。他师从周蕙先生，据马理在《明渭南薛思菴先生入陕西会城乡贤祠记》中记载，他听到周蕙先生讲学："闻而悦之，即裹粮而往，师事两月而返。自是以道自任。"从学周蕙先生后，薛敬之常告诉弟子："学必希圣，如食者求饱，行者赴家。食而不饱则馁死，行不赴家则老无归宿所矣。"把师从周蕙先生看作是学问之路上的回家之路，可见周蕙先生对薛敬之影响之深。

周蕙，字廷芳，号小泉，山丹卫（今甘肃山丹县）人，徙居秦州（今甘肃天水市），二十岁时，"听讲《大学》首章，奋然感动"，从此"始知读书问字"。其时，周蕙为兰州戍卒，闻知段坚回故里讲学，"时往听之"。久之，"诸儒令坐听"，"既而与之坐讲"。段坚曰："非圣弗学。"周蕙答曰："为圣斯学。"于是，"坚大服，诲以圣学"，对他倍加器重。他更加努力向学，"笃信力行，以程朱自任"。天顺四年（1460）后，薛瑄门生李昶出任清水县教谕，周蕙又求学于李昶，"从之久，学益邃"，达到了较高的造诣。成化四年（1468），段坚曾前往秦州探望周蕙，不遇，留诗而去，其中有句云："小泉泉水隔烟萝，一濯冠缨一浩歌。""细细静涵洙泗脉，源源动鼓洛川波。""养道不干轩冕贵，读书探取圣贤心。""欲鼓遗音弦绝后，关闽濂洛待君寻。"从中可以看出周蕙对孔孟儒道和对宋代理学四大学术流派钻研之深和参悟之透彻。

段坚虽然没有得到薛瑄先生亲炙，却是"自齐、鲁以至吴、越，寻访学问之人，得阎禹锡、白良辅，以溯文清之旨"。他非常认同河东大儒薛瑄的学术观点，黄宗羲在《明儒学案》之

第八章　长川胜气苍：继承河东学派的薛敬之

《郡守段容思先生坚》里说："先生虽未尝及文清之门，而郡人陈祥赞之曰：'文清之统，惟公是廓。'"

薛瑄（1389—1464），字德温，号敬轩，谥文清，山西省河津县南薛里（今万荣县平原村）人。永乐十九年（1421）进士，官至通议大夫、礼部左侍郎兼翰林院学士。明朝"以理学开国"，薛瑄是明代前期程朱理学的主要人物，清代学者称他是"明初理学之冠""开明代道学之基"。其著作有《薛文清公全集》四十六卷。隆庆五年（1571），从祀孔庙。

他开创了河东学派，门徒遍及山西、河南、关陇一带，渭为大宗，被称为"北方的朱学"，与当时"其教大行"的王阳明心学学派旗鼓对垒，这两个学派是构成明朝理学思潮的两大主要流派。《四库全书总目》写道：

大抵朱、陆分门以后，至明而朱之传流为河东，陆之传流为姚江，其余或出或入，总往来于二派之间。

明河东一派，沿朱之波，姚江一派，嘘陆之焰，其余千变万化，总出入于二者之间，脉络相传，一一可案。

过去，我读中国哲学史时就十分关注薛瑄，尤其是对河东学派非常有兴趣。一是空间距离很近，薛瑄是过去的河津县人，距离渭南不远，若是前去拜谒，大约一天的时间就可以往返；二是读他的名著《读书录》及诗歌，总觉无论是对其语气和描写到的景观、人物，还是文化遗存，甚至原野、村落都十分熟悉，在情感上容易得到共鸣——于是在2021年的深秋，决意横跨黄河，专程前去万荣县平原村拜谒先生。

行走在中条山北麓汾河平原之间绿树掩映的公路上，空旷的四野上疏落的村庄,以及远处雾霭迷蒙的山地,令人不由得想起四百多年前名震遐迩的关中学者马理,也曾风尘仆仆地踏上河东之地,前去拜谒他心目中最为敬仰的一代大儒,路途几经打探询问,才来到薛瑄的故居,他的心头蓦然一动,顺口吟道:

先生汾水河边住,我访先生过水涯。

北抵平阳八十里,几回立马问人家。

——《谿田文集》卷十《访薛文清公》

马理先生心地虔诚,访贤若渴,不顾一路鞍马颠簸,跋山涉水到此间,目的全在于"访先生",瞻仰其屋宇,想象其为人,表达敬仰之心,灵魂也就有了家。有了家的灵魂就不会孤单了。

平原村的村口,建有高大精美的青砖雕刻而成的纪念碑楼,书曰:"真儒里"。这是1989年为纪念薛瑄先生诞辰六百年移建于此的。村里仍然保留着完好的薛夫子家庙,红墙青瓦,甚是严正。大门两边开有边门,右边横额上题"清师百世",左边横额上题"文缵千古",进得院落,幽静而宽敞,最里是"真在堂",端坐着薛文清公戴着官帽,身穿官服的塑像,青烟袅袅,庄严肃穆。两边的厢房,陈列着薛瑄的书籍,还有不知道是仿制还是真品的薛瑄的官服和上朝用的笏板等陈列物。

出家庙,继续向北面的广场走去,西边的一座院落,就是薛瑄的故居。深色的青石台阶进去,便是主房,主房进门紧挨着一间隔离出来的小房间,据说是薛瑄的卧室,卧室靠着里墙是土炕,土炕上立着一块木牌,上面书写着薛瑄临终前写的七言绝句:

第八章 长川胜气苍：继承河东学派的薛敬之

土床羊褥纸屏风，睡觉东窗日影红。

七十六年无一事，此心惟觉性天通。

薛瑄是优秀的诗人，一生共创作了一千五百七十首诗歌。这首诗通脱清新，表现了作者坦然的心情，结句"此心惟觉性天通"最是有力，按照黄宗羲的话说："先生晚年闻道，未可量也。"黄宗羲的学术门派偏向于王阳明，自然对秉持程朱理学尤其是朱子学说的薛瑄先生评价欠公允，他所理解诗中的"性天通"大约倾向"知行合一""致良知"的内涵，其实，薛瑄一直提倡"以复性为宗"的心性论，他认为追求"复性则可以入尧舜之道"（《读书录续》卷八），何谓复性？即回复本性之善。唐李翱在《复性书》中具体解释说："妄情灭息，本性清明，周流六虚，所以谓之能复其性也。"通过"弗思弗虑""动静皆离"的修养办法，去掉不善之情，就可以恢复本善之性，达到"本性清明"，这就是复性。薛瑄的复性，也无非是教人复还"吾心"所固有的天命之性或者仁义礼智之性，在他看来，"圣人之所以为圣人，全此性而已"（《读书录续》卷五）。如何能达到复性呢？他提出"居敬穷理""下学上达"的方法，实现"遏欲存理"的境界，这就需要有向内的"持敬"的功夫。他在《读书录续》卷六里说："涵养须用敬，存此性耳。""存此性"也就是"遏欲存理"或"复性"。此性，是指纯粹至善之性、天命之性或仁义礼智之性。还有向外的"下学"或"下学上达"的功夫。薛瑄阐发孔子在《论语·宪问》所说的"下学而上达"，他说："下学学人事，上达达天理也。"这里的"人事"是指封建伦理道德，这是"上达天理"的基础，按照封建伦理道德的要求，躬行践履，而且"处之各得其宜"，自然可以"克尽私欲，复还天理",改变气质之恶,复还本性之善,也就有了"与天地合德"而"无物欲之私"的"天地之气象"或"圣人之气象"(《读书录》卷四)。这就是薛瑄提倡的"复性"的大致内容。

薛敬之求学于周蕙先生,周蕙先生求学于段坚先生,而段坚先生应该是薛瑄先生的"私淑弟子",这些学人就像传递接力棒一样,发扬光大了薛瑄先生河东学派。

"心气"论

在理学思想中,"心"与"气"是最基本的哲学概念。在甲骨文里已有"心"字,基本义指人和动物的心脏。心,又是我国古典哲学中的一个特殊范畴,心还是思维器官,人的思想、感情、认识、心理、善恶等等与心有着密切的联系,以至到了宋代哲学家陆九渊建立起"心学"体系,心是其哲学的最高范畴,其本体论、认识论、修养论等皆围绕心而开展。明代王阳明继承了陆九渊的心学体系,更有所创新发展,他的心学始创于"龙场悟道",其"悟道"的理路,与陈献章的"静养端倪"相一致。朱维铮先生说:"陈献章,是王阳明学说的真正教父。"不过,薛敬之的"心气"论,与陆王心学有很大的区别。他的"心气"论,是从朱熹的有关思想中受到启发而产生的。他讲:

朱子曰"心者气之精爽",此一句万世之下论心者径捷。

——薛敬之《思庵野录》卷上

朱子这里所说的心,是"操存舍忘之心",指人的知觉功

第八章　长川胜气苍：继承河东学派的薛敬之

能，然而，先有"知觉之理"，可是"知觉之理"本身不能知觉，须与"气"结合才能知觉。(《朱子语类》卷五)这样看来，朱子所说的"心"不单是"理"，也不单是"气"，而是介于"理"与"气"、形而上与形而下之间的中间层次。正如《陕西通史·思想卷》中论述到薛敬之时所指出，朱熹论"心"，主要讲"心"与"性"、"心"与"性情"的关系，没有深入到"心"与"气"的关系。薛敬之从朱子出发，但是，他立论与朱子不同，认为："一身皆是气，惟心无气。"(《思庵野录》卷上)这个命题使"心"脱离了"气"，把"心"提升为形而上者，使"心"具备了与"气"构成范畴的基础。他又认为，"心本是个虚灵明透的物事"，因为它"虚灵明透"，所以具有"神明"的功能。所谓"神明"就是直觉和思维能力。薛敬之论述"心"与"物"的关系时说：

心之本体，本无一物，但有动则有物。

天地无万物，非天地也；人心无万事，非人心也。

天地无物而自不能物物，人心无事自不能事事。

——薛敬之《思庵野录》卷中

人心"动则有物"，是指它的知觉反映。所谓"动"，是与外物接触的认识活动。认识活动的过程，便有事物的客观影像进入人的意识之中，"心"中就有了事物。人心中不但能有事物，而且还能"事事"，具有认识事物的动能性。《陕西通史·思想卷》在论述"关中理学发展"时，这样介绍薛敬之的"心"与"气"的关系：

他(指薛敬之——笔者注)从"心""物"关系推论"心""气"关系。

"心"有认识事物的能动性，自然具有认识"气"这种事物的能动性。他说："心乘气以管摄万物，而自为气之主；犹天地乘气以生养万物，而自为气之主"（《思庵野录》卷中）这个说法形式上援用了朱熹论理气关系的程式……朱熹所说的"理"、心学家所说的"心"是整个宇宙的主宰，不单对人而言。薛敬之论证"心"主"气"，则将范围限定在人身。他讲"心乘气"与"天地乘气"对举，说明"心乘气"专指人心人身之"气"具有支配作用。

　　依他所说，人"一身皆是气"，人应该受"心"的支配；如果不发挥"心"的支配作用，"心"就会受制于"气"，人就会违背道德要求。

　　这里可以看出，薛敬之的"心气"论，主要是一种道德修养理论。他所说的"气"不仅指一种物质形态，往往把人的某些精神状态也包括在内。其"心气"论，把"心"与"气"相对起来，把一切不符合封建伦理道德的情绪欲望都归之于"气"，而"心"却有了道德的含义。所以，他要求"心主气"，反对"气役心"，实质是要求加强道德修养，克服违背道德准则的情绪欲望。他说："心或生欲，便需远虑，不然即是纵，一纵而心遂亡矣。"心有时候会被气所遮蔽，遮蔽了便会生出欲望，应该及时遏制，不能放纵，一旦放纵，也就是过去保持的伦理道德准则彻底沦落了，此心便是死去了。这心呢，始终保持应有的道德警惕，即就是"于砌隙荒僻处"，也不能丝毫有所放松，因为，这"砌隙荒僻处"，"最可见天地之心"（《思庵野录》卷中）。他还讲："圣人胸次真如莹雪，万里灿然。"

为了达到这样的精神境界，薛敬之提出伦理道德修养的方法是"节气"和"养心"。所谓"节气"，就是节制"近名慕外"的欲望情绪，而"养心"就是"从心地做功夫"，这是道德修养的根本。他很是欣赏邵子的"不作风波于世上，自无冰炭到胸中"，不作"风波"于世上，也就是"不欺心"，"但是有一言欺心处，便觉自有不安。"以此达到"心"如"天明渊澄""光风霁月"的正大气象。

学生吕柟

吕柟是薛敬之的学生。

吕柟（1479—1542），字仲木，号泾野，高陵人。七八岁启蒙，跟随邑人周尚礼先生学习《小学》。《小学》是朱熹在《童蒙须知》外，又一部精华之作，也是影响久远、价值最受世人认可的启蒙教本。在朱熹看来，人的教育有"小学"和"大学"之分。"小学"即八至十五岁儿童和少年应该学习掌握的知识，主要以涵养德行和生活实践为主。《小学》分为"内篇"和"外篇"。"内篇"有立教、明伦、敬身和稽古四篇，"外篇"有嘉言、善行两篇。《四库全书（总书目）》评价曰："是书所录，皆宋儒所谓养正之功，教之本也。"又说："儒者为学之基，实备于此。"

明代重视教育，启蒙教育的办学机制种类齐全，一般有私塾、社学和义学，还有冬学，开办于农闲的冬季，起源比较早，陆游的《秋日郊居》诗记载了当时的冬学：

儿童冬学闹比邻，据案愚儒却自珍。

授罢村书闭门睡，终年不著面看人。
　　　　　　　　　——《剑南诗稿》卷二十五

　　诗后自注："农家十月乃遣子入学，谓之冬学；所读《杂字》《百家姓》之类，谓之村书。"这首诗，是陆游绍熙三年（1192）秋季所作，给我们提供了南宋时期乡村教育的真实情况。明代规定："民间子弟八岁不就学者，罚其父兄。"（《明史》卷一百五十九）估计吕柟在跟随邑人周尚礼先生读书前，早就读过《百家姓》之类的识字课本，而直接学习《小学》，接受"去诱全纯"，蒙以养正的教育。十二岁，吕柟进入高陵县学，受学于教谕高俌先生，在高俌先生的帮助和教导下，开始有志于圣贤之学。他学习刻苦认真，常常在一矮屋中危坐诵读，即使盛夏酷热，也绝不出屋。冬天，脚太冷了，便在鞋子里垫上麦草，仍旧孜孜以读。十七岁或者十八岁的时候，有一次他梦见程颢和吕祖谦两位哲人，并向其就正所学，醒来后，更加勤奋，学问日益进步。十九岁，吕柟受到当时陕西提学副使杨一清的赏识，到西安正学书院读书，杨一清赞叹道："康（海）之文辞，马（理）、吕（柟）之经学，皆天下士也！"

　　弘治十一年（1498），二十岁的吕柟在西安东大街西头、钟楼东南处的开元寺遇到了刚从金华府同知任上致仕不久的薛敬之，他后来在《明奉政大夫金华府同知进阶朝列大夫薛先生墓志铭》里深情回忆道：

　　初，先生致仕家居，以事入长安，柟获遇先生于长安之开元寺，柟由是知先生也，因叩先生而师焉。
　　　　　　　　——《薛敬之集〈思菴薛先生行实〉》

　　薛敬之接受吕柟为学生，并向他介绍自己的老师周蕙"躬行孝弟，其学近于伊、洛，吾执弟子礼事之"。并继续说，"周年四十，出求父四方，死矣"，言罢，"泣下沾裳"。吕柟为之深受感动，"柟为之感怀者久之，乃信先生之学异乎常人也"。师徒初次会面，话就说得如此坦诚深入，也许是双方的精神气质互相接近引起强烈的心灵共鸣吧。南大吉评价其师生关系云："尤得其心印。"（《渭南志》）

虽然说薛敬之蛰居乡村故居，年逾七十，仍然"日夜读书手不释卷"，觉得《礼记》"非圣人所定经，破碎杂乱，欲辨注成书"，"沉潜者十年"，可惜书未成而人已逝世……《明史·吕柟传》说："柟受业渭南薛敬之，接河东薛瑄之传，学以穷理实践为主。"从学于薛敬之是吕柟为学过程中最为重要的一件事，他从薛敬之那里继承了薛瑄的河东之学，从此在理学上形成了以程朱为宗的特点。

弘治十四年（1501），吕柟考中举人，第二年会试却意外落第，随即进入北京国子监读书。正德三年（1508）会试，吕柟得中第六名，廷试中，他的文章受到武宗的嘉赏，遂赐状元及第，授翰林院编修，不久又为经筵讲官。五年（1510），因拒刘瑾，为了躲避迫害，告病引退。刘瑾被诛后复职。九年（1514），应诏言事，劝武宗去义子、番僧、边军，撤回各地的镇守宦官，疏入不报，再次引退。居家期间，致力于授徒讲学，其《泾野内篇》中的《云槐精舍语》和《东林书屋语》，即是这一时期的讲学语录。

嘉靖元年（1522），被召回京师；三年（1524），因礼仪触怒世宗下狱。出狱后，被贬为解州（今山西省解县）判官。到任以后，他在解州建解梁书院，政事之余，讲学授徒，《泾野子内篇》里的《端溪问答》《解梁书院话》等，即是他在此地的讲学语录。六年（1527），由解州转官南京吏部考功郎中。冯从吾先生在《关学编》之《泾野吕先生》中，比较详细地介绍了吕柟在南京的学术活动和讲学盛况，他说：

> 先生在南都几九载，海内学者大集。初讲于柳湾精舍，既讲于鹫峰东所，后又讲于太常南所，风动江南，环向而听者前后几千余人。

又说：

> 先生犹日请益于甘泉湛先生，日切磋于邹东廓、穆玄庵、顾东桥诸君子。

吕柟把在南京的讲学语录收入《泾野子内篇》里，其中有《柳湾精舍语》《鹫峰东所语》《太常南所语》等。十四年（1535），调北京，升国子监祭酒，讲学成为职业，"益以师道自任，自讲期外，尤日进诸生，谆谆发明，使人人知圣人可学而至"，同时，整顿和建立国子监规章制度，表彰孝廉，闻病恤丧，使国子监面貌一新。大家称赞吕柟是"真祭酒""海内硕儒，当代师表"。《太学语》是他在国子监的讲学语录。十五年（1536），升南京礼部右侍郎，仍然在公余讲学，有《春官外署语》《礼部北所语》等讲学语录。十八年（1539），致仕归家。"归而讲学北泉精舍。"（《关学编》之《泾野吕先生》）他为官建树不多，历官南北各地及首都，"所至讲学"却赢得了很高的声誉，与王阳明、湛若水等齐名，堪称一代宗师。

吕柟在长期的讲学过程中，他的学术脉络鲜明，尤其是在理学的基本理论问题上形成了自己的看法。在理气关系上：

> 他坚持"理气不可分"，修正了朱熹的"理生气"

的观点——当然，这是秉承了他老师薛敬之的"理气无先后，无无气之理，亦无无理之气"(《明儒学案》之《卷七》)。不过，他没有像薛敬之一样，接着论证"气有聚散，理无聚散"，而是从中引出"理在事中"的看法。他说："除了人事，焉有道理！"(《泾野内篇·卷二十七》)道理在人事之中，只有悉心探究人事，才能明白道理……"不能外人事而求天理"。所以，吕柟讲"理气不可分"和"理在事中"，是两个命题论证了同一个问题。

在吕柟看来，"只在人事上做，则天理自随"(《泾野内篇·卷十七》)，认为儒学的精神不是理论，而是道德实践，如果用思辨的方式，从推理的途径去把握，那就是"异端"。这就是他说的"圣人之道极平易近人情，只在日用间见得，凡谈高妙，念高远，俱是异端"(《泾野内篇·卷十九》)这样的观点，具有强调实践的意义，也限制了他在理论上的认识深度。

——《陕西通史·思想卷》

与他的理气观相关联的，还有他的性气相即的思想，认为"性从气发出"，求性只能在气上求，在日用"行事"实践中体验，才能认识"性"。吕柟在理论问题上保持了自己的主张。他与王阳明的弟子邹守益几次争论知行关系，反对"知行合一"之说。他认为"知行合一"是"以知为行"，抹杀了"行"的地位，也就是用认识吞没了实践。吕柟强调"必先知而后行"(《泾野子内篇》卷十)，并借用"非知之难，行之惟艰"的古训说明行的重要性，目的就是为实践争地位。在明代的儒学中，吕柟以“尚行”著称，冯从吾在《关学编》之《泾野吕先生》里说：“盖先生之学，以立志为先，慎独为要，忠信为本，格致为功，而一准之以礼。重躬行，不事口耳。”“教人因材造就。”“不为玄虚高远之论。”这些话确实概括了吕柟为学的特点。吕柟写过《仰止亭记》，形象、具体、生动地表达了与王阳明之学的不同之处，饶有兴味，录之如下：

仰止亭者，青阳祝尹之所构也。

正德末年，阳明王公与其徒讲学九华山中，一时青衿之士，如云滃雾集，而“致良知”之说，以行为知之论，由此其发也。其徒守之如父母之命、蓍龟之告而不敢易焉，然亦有得者焉，亦有不得者焉。故天下之士，是阳明之学者半不是阳明之学者亦半。

他日，弘斋陆子伯载、东郭邹子谦之，固蚤从阳明游者也，数以难予。予曰：“予敢以阳明之学为是乎？予敢以阳明之学为不是乎？”二子曰：“如子之言，不几于持两端乎？”曰：“不然。昔者先正以一言一字发人，而况阳明之学，痛世俗词章之繁，病仕途势利之争，乃穷本究源，因近及远，而曰行即知也，知本良也，亦何尝不是乎？但人品不同，受病亦异，好肉者不可与言禁酒也，好奕者不可与言禁财也。故夫子讱牛之躁言，色商之直义，达师之务外，惧由之好勇，故德无不成，材无不达。如人之病疮，有在手者，有在足者，有在肩背者，有在面目者，皆足以滞一身之气而壅百骸之肿。所病去，则全体无不安矣，故受药亦易，而起其病亦不难。故有知而后能行，未有不知而能行也，犹目见而后足能走，未有不见而能走者也。若曰见守齐举，知行并进，此惟圣人能之。故阳明之学，中人以上虽或可及，中人以下皆茫无所归，故《论语》不道也，亦曷尝尽是乎？虽然，自夫俗儒而言，忘其良知而又不知以行之为急也，其弊至于戕民而病国，则阳明之学又可少乎哉？"

去年，阳明已逝矣，其徒江学曾辈思之不置，祝尹曰："某初欲建仰止亭于九华山，阳明虽不在，岂可以生死而易其心哉！"学曾遂以伯载问记于予。然则尹真贤达，而若曾亦可谓真得阳明之学者矣！斯其贤亦不易得也。他日振阳明之学于九华山，其在斯人乎！

——《泾野先生文集》卷十七

吕柟认为，王阳明"痛世俗词章之繁，病仕途势利之争，乃穷本究源，因近及远"，提出了人生来就具有的致良知本心，并以此为安身立命之所，强调躬行实践，反对知而不行，值得肯定。但是，王阳明之学也存在着两个大问题：其一，人的性格、才能和资质都不相同，缺点和不足也不一样，"人品不同，受病亦异，好肉者不可与言禁酒也，好奕者不可与言禁财也"，却笼统教用"致良知"，从而使学者不知道何处下手做功夫，恐怕不能达成预期的效果；其二，吕柟认为，王阳明的"知行合一"，强调的行即是知，这只有圣人才能做到，"中人以上虽或可及，中人以下皆茫无所归"，显得有点高远了。吕柟的学术宗旨是"尚行"，他说：

学者虽读尽天下之书，有高天下之文，但不能体

> 验见之躬行，于身心何益？于世道何补？
> ——《泾野子内篇》卷十

这里所谓的"躬行"，主要是指日常行事恪守礼教，他平时"一切准之以礼"，对学生也要求在"应接上下"、穿衣、住房等方面践履礼教，在《泾野子内篇》卷十中，他说："若有一等人，所讲者是一样，看他穿的衣服、住的房屋又是一样，这便不可信他，若所讲者如此，著的衣服、住的房屋也是如此，这个人一向这等去，何患不成！"在日常行事方面能注重躬行，恪守礼教，言行一致，没有干不成的事情。

吕柟的"尚行"思想，在当时有着重要的现实意义，空谈"性命"而轻视行事是理学长久以来的积弊，尤其是在王阳明的心学已经兴盛，"知行合一""致良知"的学说从南到北风起云涌，为学空疏以至于言行相违成为有害的学风，吕柟倡导躬行，坚持"尚行"，与王学思潮抗衡，其思想基础是与其老师薛敬之"接河东薛瑄之传，学以穷理实践为主"的为学主张息息相关，并恪守不渝。更重要的是，吕柟没有辜负老师薛敬之的殷切希望，尤其是以他的讲学活动影响了南北各地大批的学人，使得当时关中地区成为北方程朱理学思想重镇，同时，他还继承了张载"躬行礼教""崇尚气节"的关学宗风，正如黄宗羲的《明儒学案》中的《吕泾野柟》中所说：

> 关学世有渊源，皆以躬行礼教为本，而泾野先生实集其大成。观其出处言动，无一不规于道，极之心术隐微，无毫发可疑，卓然闵、冉之徒无疑也。异时阳明先生讲良知之学，本以重躬行，而学者误之，反遗行而言知。得先生尚行之旨以教之，可谓一发千钧。

时先生讲习,几与阳明氏中分其盛,一时笃行自好之士,多出先生之门。

这个评价是正确的。清初关学大儒李颙先生也说:"关学一脉,张子开先,泾野接武,至先生(指冯从吾——笔者注)而集成,宗风赖以大振。"(《二曲集》)那么,吕柟是怎样"接武"关学的呢?首先,搜集校勘刻印张载的遗著,这是振兴关学的前提。嘉靖五年(1526),他在解州,刻《东铭》《西铭》《正蒙》《理窟》《语录》,并《文集》(十二卷);嘉靖十七年(1538),刻《横渠易说》(三卷),为张载关学传承提供了文本。其次,吕柟"非程、朱不以传","非张(载)吕(祖谦)不以授"(胡瓒宗《泾野先生别集序》),使得"横渠以至伊洛之学赖以复续"。最后,重构张载关学的新仁学体系。著名关学学者陈俊民先生指出:

> 秉承张载"究其一气"的《正蒙》大旨,以《西铭》为理论架构,运用"一人己,平物我""体用一源""通人则通天地"的思维模式创建以"仁"为核心的哲学体系,标志着吕柟重构关学的完成。
> ——《关学经典导读》

这就是吕柟振兴关学的主要作为。当然,要完整了解吕柟的哲学思想与学术体系,应该下苦功夫阅读他的著作,然而,吕柟真是著作齐肩,主要有《泾野先生五经说》(《周易说翼》《尚书说要》《毛诗说序》《礼问》《春秋说志》)以及《四书因问》《泾野子内篇》《外篇》《泾野先生文集》等三十八种。最好读的是他的《泾野子内篇》,这部共二十卷的著作,收录了他几乎所有的讲学语录,有问有答,活泼有趣,其思想和学术观点尽在此中蕴含，东林学者高攀龙说：

> 薛文清、吕泾野语录中无甚透彻语，后人或浅视之，岂知其大正在此。他自幼未尝一毫有染，只平平常常，脚踏实地去做去，彻始彻终，无一差错，既不迷，何必言悟？所谓悟者，乃为迷者而言也。
>
> ——《明儒学案》卷五十八

高攀龙到底学术眼光敏锐，从文风的角度与薛瑄和吕柟具有相似的艺术风格。薛瑄的《读书录》带着汾河的清亮水色，吕柟的语录则奔腾着泾河的清风细浪，滋润着几百年来一代又一代学人的心田，营造出一道又一道美丽的思想学术风景……当年在太学齐名的陈献章与薛敬之，前者开创的江门学派是王阳明心学学派的先声，后者传承了薛瑄的河东学派并再次振兴关学，推动了我国哲学思想史前进，是偶然还是必然呢？

吕柟还有《晋游杂记》《十四游记》等散文集，文笔优美，感情充沛，譬如，他的《云槐精舍记》：

> 邑郊东后土宫，槐树匝陈溢塘，老者一二百岁，少者九十岁、七八十岁，孙槐蓬生不算，虬枝蟠干，蠹入穹窿。二月迤徂，肆发叶稠，昼盖日，夜映星月，时与泾云渭雾萦绾绸缪，接秋花开十里，外望之黄如金山。长夏居之，不知酷暑，风雪交零，宛非人世，时有奇羽灵禽，栖鸣其上，如鼓笙簧。
>
> 殿西有屋，荫当其下，聚徒结庐，曰云槐精舍。屋凡三楹，萧然面渭，讨论古经，言萃于斯，曰讲经堂。堂含二室，东室曰仰华轩，西室曰望河庵。华，秦华也。河，大河也。翼堂西面而列者，十五橡陋室

也。室卑浅，伛偻而进，成以十五橡也。邑士不得居，有异地者，去来续居之，又曰广居。广居西徂二仞，古有砖井，甃而汲之，用给乎砚颖，洒扫洗沐，曰文艺井。井薄南序，弃地二寻，纵横划畦，种以诸色菊本，秋来花发，红白碧紫，烂然幽香，坐读其塍，舍书吟哦，执友访谈，多椠于斯，曰菊畦。

——《泾野先生文集》卷之十四

这篇"记"，不到四百字，文笔凝练，意境饱满。开笔交代云槐精舍的地理位置，只一句"槐树匝陈溢塘"，便把人带进情境之中，再写四季槐林迥然各异的景致，尤其是"时与泾云渭雾萦绾绸缪，接秋花开十里"，其意境堪与柳永《望海潮》"重湖叠巘清嘉。有三秋桂子，十里荷花"媲美，在写实里透出无限美妙的诗意。结尾写"菊畦"一段文字，同样非常优美："秋来花发，红白碧紫，烂然幽香"，从视觉和嗅觉诸方面来写菊花之色之味，一等求学士子，"坐读其塍，舍书吟哦"，真是一幅恬静的读书图。吕柟写了不少的"序"和"记"，仅仅后者，在《泾野先生文集》中，从卷十四至卷十九，整整六卷，篇幅不少。我国古代把"序"和"记"，一般都归入散文文体，但因为吕柟是哲学思想家，掩盖了他的文学才华。我忽然想到：河东学派以及关中学派的中坚力量，他们绝大部分人也都是诗人或者散文家，其作品往往较之其他以文名冠世的作家作品，更显得真实和内容充实，薛瑄、薛敬之、吕柟、马理、韩邦奇等等，如果单从诗赋方面来看，也都是优秀的文学家。

嘉靖二十一年（1542）六月，吕柟左臂忽然"患痈"，至七月一日卒。享年六十四岁。马汝骥《行状》云："卒之日食时，复有大星流光震陨之变。""远迩吊者以千计，大夫士及门人悲痛如私亲，皆走巷哭，为罢市三日。解梁及四方弟子闻讣，皆为位哭。"隆庆元年（1567），追赠礼部尚书，谥文简。

第九章　华岳压地尊：心学北传的南大吉

在宋明哲学史上，王阳明是与朱熹并列的大思想家，他所开创的心学思想体系，使得明代中晚期的思想与学术界呈现出一种新的思想活力。正如法国学者程艾兰在《中国思想史》里所指出的："无论如何，离开王阳明，就无法谈论十六世纪和十七世纪的思想史。"确实是这样。但是，在推广王阳明的心学尤其是促使其北传以及出版王阳明著作方面，却有一位异常坚定的人物，这就是南大吉。

寻踪南大吉故居

行走在渭河北岸的东部关中平原上，或者说行走在北纬34—35度这个地理空间，一种强烈的历史意识始终缠绕在心头。我在想，为什么我国波澜壮阔的历史演进过程中，发生的巨大事件几乎都在这个神秘的地理空间，或者都与这个神秘的地理空间相关联？这也许是历史地理学家应该关注的现象。渭河北岸的东部关中平原上，诞生了不少的历史文化人物，以唐代的下邽县为中心，就有唐代诗人白居易，宋代名相寇准，还有河东学派的传人薛敬之以及推动王阳明心学北传的一代大儒南大吉等等，这些历史文化人物跨越了千百年的历史空间，丛状产生在这块土地上，那么，这块土地上又蕴含着该如何解释的内在的不可知或者可知的成因呢？

春光明媚的季节，驱车沿着乡间平坦的公路，专程去临渭区官道镇南家村，寻访一代大儒南大吉故居。南家村地处渭河北岸辽阔的平野上，村子犹如一座孤岛，淹没在一望无际的碧绿的麦海之中，绿树、农舍组合成恬静而富有诗意的田园风光……村子的西头，有南家村修建的"明南大吉家族纪念馆"，洁净而宽敞，图文并茂地介绍以南大吉为中心的南家历史上众多的优秀历史人物。

我是几年前，从阅读西北大学出版社2015年出版的"关学文库"之《南大吉集》，开始熟悉南大吉的。这本集子收录了南大吉遗留的几乎所有的诗歌与文章，以及他编写的《渭南志》节选。令我惊叹的是，南大吉的诗歌非常优秀，无论是律诗还是绝句、古风，在明代应该属于上乘之作。他少年就抱负远大，曾赋《十五言怀》，诗云：

> 黄穹何穆穆，大化互流行。
> 谁谓予婴小，忽焉十五龄。
> 志学因所愿，含精殊未灵。
> 独念前贤训，尧舜皆可并。
> 中怀转激烈，仰思奋以兴。
> 复礼良由己，反身乃自成。
> 所贵闻天道，华章但秋萤。
> 毋徒拾青紫，赫耀日相乘。
>
> ——《瑞泉南伯子集》卷一

从这首诗来看，南大吉的胸襟和追求已然不凡，"独念前贤训，尧舜皆可并""中怀转激烈，仰思奋以兴""复礼良由己，反身乃自成"，表明了他的远大志向。冯从吾在《关学编》之《瑞泉南先生》里说他"幼颖敏绝伦，稍长，读书为文，即知求圣贤之学"，又说他"弱冠，以古文辞鸣世"，信然。

南大吉的家世与青少年时代

南大吉在《渭南志》中，写有自叙传云："南氏之先，河东中条山人。"（河东：指山西省，因在黄河之东，故称；中条山：在今山西省西南部）接着，他叙述道："盖今平阳之解梁也。当宋建炎初，金人娄宿入河东，河东失守。南氏去晋适秦，至于蒲城之贾曲里居焉。其后，金元光初，元人木华黎入关中，南民分散，或在渭南，先后不一，或在罗纹桥，或者商州。""其在渭南者，即今田市里秦村也。"以此可知，南氏由于战乱，几经迁徙，最后定居现在的临渭区官道镇南家村。

南大吉（1487—1541），字元善，号瑞泉。他的父亲渭阳公"生有奇资，少贫，读书能刻苦，尝兼艺黍以供养"。其父在耕种之余，喜爱读书，"初受《四书》于从兄、诸生睿，既受朱氏《诗》于同官李教谕，既后又受《小戴礼记》于从父参政公"。南大吉的父亲"属文不事绮曼，超然遐览，有古风烈"，也就是说写文章不追求华丽的辞藻，意境高远，有古文的风格，"是以与时不合，是以八入乡试而竟弗偶于考官"，没有通过举人的考试，他有点小失望，"乃后竟以岁贡，授河南新野训导"（《渭南志》)，因为年资而进入国子监学习，后来，被朝廷任命去今河南新野做"训导"。在任上，他"恳恳剧据，惟以变化士习为务"，由于工作出色，"始升资县教谕，乃遂告归"（资县，今四川省资中县），"归而撰《渭南志》，未成而卒"（同上）。

南大吉出生在这样一个书香门第，自然深受父亲立身谨严和勤苦治学精神的影响，幼小时候，即认真学习，他在明武宗正德五年（1510）中举人，名列陕西乡试第四。正德六年（1511）进士。先是在刑部实习办事，正德七年（1512），授官户部湖广司主事。正德八年（1513）以后，先后札理黄土仓、天津，任户部江西司主事，札理保定粮储、入易州。因表现突出，升任浙江司员外郎，札理下粮厅及清查京营诸食粮军士，不久，又升福建司郎中，再调任云南司郎中，升授奉政大夫。其间，正德九年（1514），父亲渭阳公去世，他丁忧居家三年，在家乡修建了庄居堂，四方学子慕名前来求教。

师从王阳明

明世宗嘉靖二年（1523），南大吉升任浙江绍兴府知府。这时候，王阳明也回到了绍兴。嘉靖元年（1522），王阳明的父亲王华病故，他要为父弃官守丧，时间大概二十七个月。王阳明一边守丧，一边讲学，"四方学子慕名而来，以至寺庙道观无处容纳"（《明儒学案》卷二十九）。

王阳明辛未（1511）二月为会试同考官，也就是主考官，南大吉登二甲进士第，与王阳明因此有门生之称。现在，又适逢王阳明在故乡为其父守丧期间讲学，南大吉听讲之后，遂折服。冯从吾说：

第九章　华岳压地尊：心学北传的南大吉

> 王文成公倡道东南，讲"致良知之学"：王公乃先生辛未座主也。先生既从王公学，得实践致力肯綮处，乃大悟曰："人心果自有圣贤也，奚必他求？"于是时时就王公请益焉。
>
> ——《关学编》卷三《瑞泉南先生》

拜师王阳明，可以说是南大吉一生的转折。南大吉早年喜善诗文，为人豪宕，不拘小节，擅长诗赋，热衷文学，思想上接受的是程朱理学。据万历《绍兴府志》："当时是王文成公讲明理学，大吉初以会试举主称门生，犹未能信，久之乃深悟，痛悔执贽请益。"接受阳明心学后，南大吉在思想和行动上开始发生转变，"慨然悼末学之支离，将进之以圣贤之道"，他开始反省程朱格物穷理支离之学，对阳明心学渐有所悟，以后则执着地向王阳明"请益"。黄宗羲在《郡守南瑞泉先生大吉》中，有一段绘声绘色的描写，甚有趣味：

一日质于文成曰："大吉临政多过，先生何无一言？"

文成曰："何过？"先生历数其事。

文成曰："吾言之矣。"

先生曰："无之。"

文成曰："然则何以知之？"

曰："良知自知之。"

文成曰："良知独非我言乎？"先生笑谢而去。

居数日，数过加密，谓文成曰："与有其过而悔，不若先言之，使其不至于过也。"

文成曰："人言不如自悔之真。"又笑谢而去。

居数日，谓文成曰："身过可免，心过奈何？"

> 文成曰："昔镜未开，可以藏垢，今镜明矣，一尘之落，自难住脚，此正入圣之机也。勉之！"
>
> 先生谢别而去。
>
> ——《明儒学案》卷二十九《北方王门学案》

此段对话，循循善诱，思想的机锋全在语言之中，蕴含王阳明"致良知"的丰富内涵，而南大吉几经思考，终于"悟道"，从此，他跳出程朱理学的"窠臼"，转而信奉心学，成为王阳明学说的积极建设者和推广者。其主要作为包括：

其一，王阳明在绍兴讲学，深受欢迎，以至于"寺庙道观无处容"，南大吉为此"辟稽山书院，身亲讲习，而文成之门人益进"（同上）。并在书院后修建"尊经阁"，"聚八邑彦士，身率讲习以督之，而王公之门人日益进"。

其二，南大吉亲自主持刊刻《传习录》。之前，王阳明的学生徐爱编成王阳明讲学的语录，正德十三年（1518），徐爱不幸去世，门人薛侃把徐爱所整理的语录，以《传习录》为名刊刻，就是我们现在看到的《传习录》卷上。在《传习录》卷中《序》里，钱德洪说："昔南元善刻《传习录》于越，凡二册。"其时在嘉靖三年（1524）。南大吉重新刊印的《传习录》，在徐爱等人的文本上，附加了王阳明于正德十五年（1520）至嘉靖五年（1526）间，写给不同的收信人的八封信，进一步完善了王阳明的《传习录》。南大吉对《传习录》推尊有加，由衷地说：

> 是《录》也，门弟子录阳明先生问答之词，讨论之书，而刻以示诸天下者也。某也从游宫墙之下，其于是《录》也朝观而夕玩，口诵而心求，盖亦自信之

第九章　华岳压地尊：心学北传的南大吉

笃。而窃见夫所谓道者，置之而塞乎天地，溥之而横乎四海，施诸后世而无朝夕，人心之所同然者也。故命逢吉弟校续而重刻之，以传诸天下。天下之于是《录》也，但勿以闻见梏之，而平心以观其意，勿以门户隔之，而易气以玩其辞，勿以《录》求《录》也，而以我求《录》也，则吾心之本体自见。而凡斯《录》之言，曾其心之所固有，而无复可疑者矣。是故大道之明于天下，而天下之所以平者，将亦可俟也已。

——《瑞泉南伯子集》卷十《刻〈传习录〉序》

由此可见，南大吉对王阳明的《传习录》痴迷如此，达到了"朝观而夕玩，口诵而心求""自信之笃"的地步，《传习录》所阐发的"道"，"置之而塞乎天地，溥之而横乎四海，施诸后世，无朝夕人心之所同然者也"，具有"大道之明于天下，而天下之所以平者，将亦可俟也已"的巨大作用。钱德洪还说：

元善当时汹汹，乃能以身明斯道。卒至遭奸被斥，油油然惟以此生得闻斯学为庆，而绝有纤芥愤郁不平之气。斯录之刻，人见其有功于同志甚大，而不知其处时之甚艰也。

——《王阳明全集》卷八十五《年谱三》

当时朝廷贬抑王学，此举是逆潮流而行，南大吉全然不顾当局之压迫，大义凛然，深明师道，即使遭遇排斥，也在所不辞，终于刻印乃师之大著，使之流传天下。

其三，南大吉不但在学术上信奉王阳明心学，而且遵行其"政学合一"的主张，浚通府河，造福乡里。嘉靖四年（1525）的春天，南大吉在绍兴开浚大运河江南运河浙东段，因为此地豪势之家多占用河道搭设违章建筑，导致河道阻塞，舟楫不利，他遂下令"不便民者，悉罢之"。虽然受到地方权贵和势力的诋毁诽谤，仍毫不动摇。此举得到王阳明的坚决支持，他在《浚河记》中评价道："未闻以佚道使民，而或有怨之者也。记其事于石以诏来者。"河道重新浚通以后，商旅往来畅通便利，绍兴的老百姓皆交口称赞：

> 旱之燠也，微南侯兮，吾其焦矣。
> 霖之弥月也，微南侯兮，吾其鱼鳖矣。
> 我输我获矣，我游我息矣，长渠之活矣，维南侯之流泽矣。
>
> ——康熙《山阴县志》卷十二

南大吉有效地实践了王阳明"政学合一"的主张，这个主张实质上也是其"知行合一""致良知"学说的一个侧面。他在为官绍兴时兴利除弊、整顿社会秩序、积极进行公益活动，赢得了老百姓的称颂。在绍兴为政三年，南大吉还修复了因飓风而半圮的城墙楼堞、女墙，使绍兴城面貌一新。他崇尚治水英雄大禹，筹资修葺了禹庙、禹陵，亲题"大禹陵"碑，并建立碑亭。然而，由于他"当官任事毅然有执"，开罪于地方权贵和势利，"竟由是罢归"，从此离开官场，返回秦川故乡。

南大吉的心学特征

嘉靖五年（1526）二月，南大吉在绍兴任职期满入觐，因推崇王阳明心学，触动权贵利益，被罢官返乡。船泊钱塘，王阳明专程渡江至杭州圣果寺送别。路途漫漫，长夜难眠，往事

第九章 华岳压地尊：心学北传的南大吉

如烟，南大吉伏案修书，继续与王阳明探讨圣贤之道。据钱德洪、王汝中所辑《王阳明年谱》记载："大吉入觐，见黜于时，致书先生，千数百言，勤勤恳恳，惟以得闻道为喜，恐卒不得为圣人为忧，略无一字及于得丧荣辱之间。"王阳明收到来信，读之叹曰："此非真有朝闻夕之志者，未易以涉斯境也！"于是，提笔回信，除过肯定南大吉的话而外，还深情地寄望于他：

> 关中自古多豪杰，横渠之后，此学不讲，或亦于四方无异矣。自此有所振发兴起，变其气节为圣贤之学，将必自吾元善昆季始也。今日之归，谓天为无意乎？

王阳明对南大吉充满了殷殷的学术期盼，希望他能传承张载的学说，再起关学余脉，鼓荡起南大吉"变气节为圣贤之学"的精神。南大吉不负其师"为圣贤之学"的期望，践行王阳明心学，形成了自己的心学思想，关学研究学者刘学智在《南大吉的心学思想》（《关学思想史》第七章）里，概括为：

其一，"以致良知为宗旨"。前边已经说过，南大吉为绍兴知府时，时常向王阳明请益问学，并整修稽山书院，以为阳明讲学之所，南大吉本人也常亲临听讲。他在嘉靖三年（1524）十月所写《传习录·序》中，强调天下之人，"勿以《录》求《录》也，而以我求《录》也，则吾心之本体自见，而凡斯《录》之言，皆其心之所固有，而无复可疑者矣"（《传习录·序》）。其所说"以我求《录》"，"吾心之本体自见"，以及认为阳明《录》中所阐发之思想"皆其心之所固有"等，说明南大吉对王阳明的"良知，心之本体"（《传习录》之《答陆原静书》），以及"心外无事，心外无理，故心外无学"（《紫阳书院集序》）等思想深有所悟，且"自信之笃"（《传习录·序》）。此后，他对早年所学始有反省，并视朱子格物穷理之学为"支离"，而优入王学之"圣道"，故王阳明说他"慨然悼末学之支离"，而"将进之以圣贤之道"（《稽山书院尊经阁记》）。王阳明于嘉靖四年（1525）在写给邹守益（字谦之）的信中称赞道："南元善益信此学，日觉有进。"（《文录》二《与邹谦之》二）。故冯从吾概括南大吉其学"以致良知为宗旨"，确为的论。正因为此，黄宗羲《明儒学案》将他列入北方王门学案。

其二，"以慎独改过为致知工夫"。南大吉在为政之任上，能时时反省自己，颇有"自诲之真"，以慎独改过为其为学致知之工夫。正因为此，他不为功名利禄所动，不为贫贱忧戚所移，能把贫贱、忧戚、得丧等置之度外，其心"惟以得闻道为喜，急问学为事"。

其三，"相忘于道化"的境界追求。南大吉说："道也者，人物之所由以生者也。是故人之生也，得其秀而最灵，以言乎性则中矣，以言乎情则和矣，以言乎万物则备矣，由圣人至于途人一也。"（《传习录·序》）在南大吉看来，天地之间，有大道存焉。人与物虽皆由道而生，而惟人得其秀。人皆有其性与情，性、情又以"中和"为最佳境界。在大道行于天下之古代，人之性、情皆能守"中和"之道，于是天下之人则"相忘于道化之中"。到了这种"道化"的境界，邪恶不再产生，人们皆能"率性以由之，修道以诚之"，圣人也都"恭己"而"无为"。显然，使心与大道为一，正是南大吉追求的"视天地万物，无一而非我"的天人合一境界。相反，如果道不行于天下，则天下之人"相交于物化之中"，人们就会"失其性而不知求，舍其道

第九章　华岳压地尊：心学北传的南大吉

而不知修"，醉心于物欲和功名利禄的追求，甚至"日入于禽兽之归而莫之知"，于是就必然"邪慝兴"。他认为圣贤之言其目的就在于"明道"。只要能以大道示诸天下，则"庶民兴"，"邪慝息"，"万物序"，"天地官"。但是，真正的圣贤之言是什么？在南大吉看来，此乃"求其是""求其明"之言。这种"是"与"明"乃是"天下之公是""天下之公明"，而不是那种固"执闻见"的"自是"以及门户之见的"自明"之言。要说明的是，只有能使"吾心之本体自见"的王阳明心学，才是最直接明快的简易之言，这与他推崇王阳明心学的主张相一致。南大吉追求"道化"境界，而告诫人们要警惕陷于"物化"之中。

此外，南大吉的心学还有一个明显的特征，就是"政学合一"。说到"政学合一"，这是王阳明的学生王畿的思想。王畿（1498—1583），字汝中，浙江山阴人。王阳明在绍兴讲学时，王畿才二十多岁，即前往求学。因为王阳明"门人益进"，不能普遍授书，因命他与钱德洪两人担任诸生讲学。后来他出任南京职方主事，迁武选郎中。以忤宰相夏贵溪，未几即罢官。遂专事讲学，四十年如一日，著有《龙溪集》。他认为："学也，政在其中。""政也，学在其中。"（《龙溪集》卷八《政学合一》）一方面阐明政与学的依存关系，一方面阐明为学即是为政的基本工作。可以推断，南大吉在跟随王阳明为学期间，也听过王畿等人的讲学，王畿"政学合一"的观点，深得南大吉的认可，所以，南大吉的心学思想自然吸纳了王畿的看法，而王阳明与他的对话中，也鼓励和肯定了南大吉在治理绍兴的作为，从而使这种思想成为南大吉心学的特征之一。

推动心学北传与再兴关学

南大吉为推进王阳明心学在北方的传播付出了毕生的精力。冯从吾《关学编》谈及他在关中传扬阳明学的情况："先生既归，益以道自任，寻温旧学不辍。以书抵其侣马西玄诸君，阐明致良知之学。构湭西书院，以教四方来学之士。"这对关学心性化走向是有较大影响的。这段话，明确说出了关学发展经历了由张载之学而洛闽程朱之学而阳明之学的转变历程。冯从吾还在《越中述传序》中说：

> 昔王文成公讲学东南，从游者几半天下，而吾关中则有南元善、元贞二先生云，故文成公之言曰："关中自横渠后，振发兴起将必自元善昆季始。"
> ——《冯少墟集》卷十三

正是由于南氏兄弟的努力，心学得以在关中传播，并对关学发生了重要的影响。

南大吉卒后六年，冯从吾（1557—1627）出生。冯从吾生活的明万历、天启年间，阳明心学已经在全国得以广泛传播，不过王学末流的空疏之弊也已经明显暴露出来。冯从吾既接受了阳明的"致良知"之说，同时又在新的历史条件下从儒佛之辨、心性之辨入手，自觉地担负起在关中清算王学末流空疏学风之弊的历史任务。自他之后，李二曲更以"悔过自新""明体适用"的心学义趣和躬行实践、崇尚气节的关学宗风，促进了关学与心学的融会，使关学融入明清之际的实学思潮中。这是关学在继与洛学、闽学融会之后，其学术发生的又一次思想转向。南大吉在这次思想转向中所起的作用不可低估。《关学编》之《柏景伟小识》中云：

> 关中沦于金、元，许鲁斋衍朱子之绪，一时奉天、高陵诸儒与相唱和，皆朱子学也。明则段容思起于皋兰，吕泾野振于高陵，先后王平川、韩苑洛，其学又微别，而阳明崛起东南，渭南南元善传其说以归，是为关中有王学之始。
>
> ——《关学编》（附一《关学续编》）

这段话，说明了南大吉对王阳明心学的北传功不可没。

南大吉的诗与文

大凡历史上的杰出人物，一般来说，既具有政才，也具有文才。王阳明是这样，南大吉也是这样。南大吉在晚年回顾自己一生求学与求道的过程，在《示弟及诸门人十五首之一》中表述得具体而翔实，诗云：

> 昔我在英龄，驾车词赋场。
> 朝夕工步骤，追踪班与扬。
> 中岁遇达人，授我大道方。
> 归来三秦地，坠绪何茫茫。
> 前访周公迹，后窃横渠芳。
> 愿言偕数子，教学此相将。
>
> ——《瑞泉南伯子集》卷四

他既是阳明心学在关中的第一位传人，更是关学崇尚气节、敦伦叙礼思想的忠实追随者和实践者。同王阳明一样，他早年

"驾车词赋场","朝夕工步骤,追踪班与扬",这是当时文人一般的人文追求。王阳明也是自幼爱好诗文,十一岁即曾表现诗才,二十一岁时,与文人魏瀚等同结诗社,并与其时文坛"四杰"——李梦阳、何景明、徐祯卿和边贡相游,同学古文诗词,遍读先秦与汉代文章。王阳明散文尽享盛誉,谪居龙场时所作《瘗旅文》,尤称杰作。后来,他终于认识到:"吾焉能以有限精神,为无用之虚文?"(《王阳明全书》之《年谱》)从此转移方向而求道。南大吉在这首诗里,说自己"中岁遇达人,授我大道方",就是指他在绍兴为官的时候,遇见了"达人"——王阳明,传授他"大道方"即心学,使他走上新的为学道路。南大吉目前遗留的著作不多,"关学文库"所辑录的《南大吉集》,收集了他不少的诗歌,平心而论,其诗确实优秀,无论是状物还是抒情,都有可观之处。比如,乙卯(1495)所写的《经三川望杜子美故宅》:

> 银章赤绾曾供奉,南北东西绝可怜。
> 万里窜身登蜀道,全家寄食旁秦边。
> 空山怅望溪云绕,遗址荒凉野蔓缠。
> 应是苍天深有意,故令诗史至今传。
>
> ——《瑞泉南伯子集》卷十二

诗风遒劲,生动有力,寓情于景,尤其是结尾两句,点出了正是由于生活的苦难,才成就了具有"诗史"之誉的伟大诗人——是的,诗人因为艰难困苦的际遇,才有了深切的感受,故而所创作的文学作品才能深刻而感人。

南大吉在诗歌创作上,追踪唐诗脚步,意境深邃而开阔,气势雄壮。再如,他的《关内二首为对山康子德涵作》(其一),

第九章　华岳压地尊：心学北传的南大吉

诗云：

> 海内文章称独步，沜东泉石且娱心。
> 台临清渭迎红屿，楼背黄山涌翠岑。
> 菊圃气熏书馆静，杏园花积史坛深。
> 金声肯托长门赋，玉韵唯传梁甫吟。
>
> ——《瑞泉南伯子集》卷十三

对山，是明代文学家康海的号，他字德涵，陕西武功县人。弘治十五年（1502）进士第一，授翰林修撰。与李梦阳等提倡文学复古，为"前七子"之一。尤工散曲，与王九思并称大家。有《对山集》《沜东乐府》《中山狼》等著作。南大吉这首给康海的诗，是在己丑（1529）年写的。正德年间，李梦阳下狱，血书求救于康海，康海为之不得不求助于他曾婉言谢绝不与交往的权宦刘瑾，梦阳因此得免。正德五年（1510），刘瑾被诛，忌者借机诬陷康海为刘瑾奸党，使其罢官归里，赋闲在家。嘉靖五年（1526），爱婿张之渠卒，康海闻讯，匍匐至华州，"哀痛彻五内，欲哭声还吞"。接着，嘉靖八年（1529），儿子康栗又病故，政治上的失意与屡遭亲人亡故之痛，使康海陷入人生的最低谷，而这时，南大吉却不避时嫌，挺身而出，写诗慰问正在难处的乡贤康海，高度评价他的文学成就，"海内文章称独步"，这话是符合明代文坛实际的，康海在明"前七子"之中，应该居其首位，何景明在所作《六子诗》之《康修撰海》里早就说：

> 娇娇龙头上，腾跃在明时。
> 群游慕豪放，栖志固有期。
> 赤骥鸣烟霄，不受黄金羁。
> 挥毫御清宴，浩思随风飞。

……………

良史久无称，斯文当在兹。

这是公正客观的评价。不过，在康海门前冷落车马稀的时候，南大吉的重新评价和鼓励，对康海来说确实是空谷足音，难得的知己之言，多少可以振奋起其精神，给其人生的夕照里点亮希望的光芒——从这首给康海的诗里，可以看出南大吉的人品和特立独行的精神操守，他不仅仅是看重乡情乡谊，更重要的是敢于仗义执言，充分肯定康海在明代文学史上的地位，比起当时某些势利之人，品质高下不能以道里计。

南大吉在学术上，一旦认定要求的道——王阳明的心学，便不遗余力发扬光大，刻印其书籍，且恪守不渝。回到故居秦村，致力培养学生，传承师道，有诗曰："仰思遗编在，清清耀性灵。白日如西坠，红颜安可停。"勉励学生珍惜时间，深入学习《传习录》，体会实践"知行合一""致良知"的学说，"愿言同此佩，永为盘上铭"。

南大吉的诗歌情感真挚，打动人心，他的《悼亡三首》（其一），夹叙夹议，一唱三叹：

> 我昔游华岳，陟彼白云岑。
> 玉女从西来，遗我紫琼琴。
> 金徽何错落，中含旷世音。
> 挥手一鼓之，泠泠龙凤吟。
> 青丝鲜且洁，飘风壮难任。
> 音声中断绝，颓响不可寻。
> 空余瑶轸在，令我伤肺心。
>
> ——《瑞泉南伯子集》卷二

第九章 华岳压地尊：心学北传的南大吉

在第二首诗里，他抒发自己的怀念伤感之情："玄庐一何深，幽隔不可见。""天命良有常，结发情何限。""况思南涧蘋，青青凭谁荐。"悼亡，是古典诗歌主要题材之一，唐代诗人元稹的悼亡诗算得上是优秀之作，他怀念妻子韦丛的《遣悲怀三首》，情真义重，令人读后唏嘘不已。南大吉与张氏结缡十五年，时间是元稹与韦丛之倍，夫唱妇和，忽然阴阳相隔，南大吉自然念念不忘，哀伤不已，故有如此深情怀念之作。

南大吉还有不少的描写景观的诗，亦写得雅正清新，别有趣味，例如写于嘉靖二十年（1541）的《望华岳》：

华岳岧峣压地尊，西堂终日坐相吞。
晴峰夜拂星辰动，云壑朝嘘草木昏。
河涌青莲悬玉井，关通紫气落金盆。
掀髯如蹑仙人掌，挥手应排帝子阍。
——《瑞泉南伯子集》卷十三

既实写华岳风貌又想象绮丽，并不见衰年暮气，却见胸怀磊落气象光明。南大吉的诗歌题材广泛，时令转换、故址遗迹以及交游见闻等等，皆能入诗，常常有精彩的句子。他写与弟弟逢吉相遇，"回首共看今夜月，白云低绕华山西"；写午后花园的风光，"孤村近入花园里，一径斜通石涧中"；写陕北榆林的红石峡，"一径遥回边涧水，诸天高入洞门云"；等等。无论是刻画风景或者表达情感都隽永深刻，韵味深长。

南大吉的散文也十分漂亮，譬如《刻〈传习录〉序》，开篇即云："天地之间道而已矣，道也者人物也之所由生者也。是故人之生也，得其秀而最灵。"起句横空而来，摄人魂魄，有强烈的艺术感染力。在《赠丁少参序》里，善于使用对话，文章云："郎中原德出为湖广参议，谓诸僚友曰：'何以赠我？'"接着大家纷纷回答，各抒己见，而南大吉曰：

> 嘻！是未足为原德道也。夫原德之初，吾不得而详之矣。其官于吾部也，恪乃位著有敬而无慢，其谁谓弗共。夙兴夜处以经纬，其政久弥殷，其谁谓弗勤。事不避难，与人议辄出高论，人莫能之及，其谁谓弗能。三进其秩而一守弗更，其谁谓弗廉。弘而有容，不校细过，众乃德，其谁谓弗宽。九载三考政，咸有义，其谁谓无劳。博学宏文，乐与诸人以为善，获重誉焉，其谁谓无名。由是观之，内署外省一运焉耳。是何以足为原德道哉！
>
> ——《瑞泉南伯子集》卷十八

这段文字从几个方面高度评价了原德其人，语气活泼，层层推进，逻辑严密，确实是一篇极好的议论文。我以为，南大吉最好的散文是《寄答阳明先生书》，尊师重道之心跃然纸上，结尾云：

> 所念者远归渭北，博约之训不能常领，且居寡良朋而砥砺无赖，虽不至离矩叛教，而子夏索居之过，恐或不能免也。秦越山川固为辽邈，而商旅往来未尝绝岁，是故大吉请教之启，赖此犹可常达，遏而尊师赐教之言，亦幸毋因（不）便而吝也。南望会稽日远一日，怅仰之怀又奚翅饥渴云哉！唯尊师其永念之。
>
> ——《瑞泉南伯子集》卷十九

散文是要讲求思想和情感的，没有思想和情感的散文是没有艺术生命力的。南大吉无论是序、赋，还是论，或者其他文

第九章 华岳压地尊：心学北传的南大吉

字，都具有鲜明的思想，也具有浓厚的感情，这篇文章即是其代表作。他的《先大夫渭阳公太宜人焦氏行实》也是一篇令人动容的好散文，在文章中南大吉先介绍了南氏的家世以及迁移的历史过程，接着深情地回忆了其母亲的生活细节，塑造出深明大义且有识见的女性形象，字字句句，饱含着无限思念……南大吉文字简练，讲求章法，文气灵动，没有做作和滞涩的感觉。

还要说的是，南大吉完成了其父开始编撰的《渭南志》，李宗枢在《叙》中说，此志有"图二卷，表四卷，考五卷，传七卷，凡一十八卷"。他认为，"夫志，宣隐阐微，稽物垂轨，以贻永者则也"，从这个要求来看，"兹编也，图以宣隐，表以阐微，考以稽物，传以垂轨，不奢而悉，不迂而理"，是一部很好的志书。

李宗枢言之不虚，此志叙事头绪分明，条理清楚，文辞典雅，尤其是收录了不少乡贤的诗文，对于研究黄河太华间的历史文物和人文景观，有重要的史料价值。秦地诞生了伟大的史学家司马迁、班固，《史记》《汉书》彪炳千古。南大吉的《渭南志》虽然是直录县域的历史，亦能达到"其文直，其事核"的修史境界。

第十章　顾炎武在太华山的朋友圈

著名学者赵俪生先生的《顾炎武与王山史》中收录的《王山史年谱》，有嵇文甫先生为之而作的序，序中说，他"想写一部《清初北学考》，以夏峰和二曲为两大宗"，还说，"清初关中学者中最虎虎有生气"——北学范围比较广，学者如群星灿烂，思想成果丰硕，确实是这样。梁启超在《中国三百年学术史》里极力称赞为"不但是经师，而且是人师"的顾炎武，晚年定居太华山，这与关中有这些"虎虎有生气"的学者以及非常良好的思想哲学和学术氛围有很重要的关系。

顾炎武定居太华山，与关中李因笃、王弘撰、李颙等建立起来阵容庞大的学术朋友圈。我不知道往返多少次了，每当驱车关中平原东部辽阔的田野上，远远望见耸入云霄如莲花盛开的太华山，便想到这个学术朋友圈，于是，产生了强烈探求的想法……

顾炎武的身世与读书

顾炎武是在康熙二年（1663）步入关中的。在此之前，他的主要历程在这里简略述说。顾炎武生于明万历四十一年（1613），卒于清康熙二十一年（1682）。本名绛，字忠清，又字宁人。明亡后，改名为炎武。学者称其为亭林先生。江苏省昆山千墩人。

顾炎武出身于官绅世家，其高祖、曾祖、祖父三辈中，出过四位进士，担任过地方或朝廷的高官。他一出生，就被过继给叔祖父顾绍芾为孙，顾绍芾之子顾同吉早卒，因无子嗣，故将顾炎武过继为嗣子。而顾同吉的未婚妻王氏自愿到顾家为其守节，王氏是顾炎武的嗣母。王氏的祖父王宇是明朝的太仆寺卿，父亲王述是国子监的太学生。王氏是一位受过严格的传统道德教育的女性，也是一位有良好文化教养的女性，尤好《史记》《资治通鉴》和明代政纪诸书。她对待顾炎武如同己出，非常慈爱，给顾炎武讲授《大学》以及刘基、方孝孺、于谦的故事。崇祯十年（1637），顾炎武将嗣母王氏未婚而嫁、断指疗亲（曾割下自己的一根手指作为药引为婆母治病）的事，写成一篇《贞孝事状》，由巡按御史代奏朝廷，崇祯皇帝下旨表彰王氏"贞孝"，并给予"建坊旌表"的嘉勉。

嗣祖父顾绍芾"性豪迈不群"（《亭林文集》卷二《抄书自序》），"天才俊发，下笔数千言"（陈济生《启祯诗选》之《太学顾先生绍芾传略》），与著名的"公安派"诗人袁宏道诗文酬唱，志趣相投。其"书法盖逼唐人"（《亭林文集》卷二《抄书自序》），喜欢读《邸报》，并把其中重要的内容抄录下来，装订为二十五册，有《廷闻记述》《梦庵诗草》等著作。他以自己的学问和见识教导顾炎武：

> 士当求实学，凡天文、地理、兵农、水土及一代典章之故不可不熟究。
>
> ——《亭林余集》之《三朝纪事阙文序》

这个治学观点，对顾炎武影响巨大。顾炎武十四岁取得诸生资格后，与同窗归庄成为莫逆之交。到十八岁时，二人前往南京参加应天乡试，共入复社。二人个性特立耿介，时人号为"归奇顾怪"。自二十七岁起，顾炎武断然弃绝科举帖括之学，遍览历代史乘、郡县志书，以及文集、章奏之类，辑录其中有关农田、水利、矿产、交通等记载，兼以地理沿革的材料，开始撰述《天下郡国利病书》和《肇域志》诸书。

投身抗清

崇祯十七年（1644），李自成农民起义军攻进北京，明崇祯帝朱由检在煤山自缢而死。继而，清军入关，攻占北京。顺治二年（1645），清军大举南下，五月，破南京；七月，破昆山。为了征服汉族人士，清军采取了血腥屠戮、大肆掳掠镇压手段，制造了"扬州十日""嘉定三屠"等惨案。顾炎武与归庄等好友一起，毅然积极投身抗清斗争。不久，昆山失守，死难者多达四万余人。顾炎武生母何氏右臂被清兵砍断，两个弟弟被杀，顾炎武本人则因城破之前已往老家语濂泾，而侥幸得免。九天后，常熟陷落，其嗣母王氏闻变，绝食殉国，遗言曰：

我虽妇人，身受国恩，与国俱亡，义也。汝无为异国臣子，无负世世国恩，无忘先祖遗训，则吾可以瞑于地下。

——《亭林余集》之《先妣王硕人行状》

当时，顾炎武三十三岁。反清斗争一再受挫，但是，顾炎武并未因此而颓丧。他以填海的精卫自比：

万事有不平，尔何空自苦。
长将一寸身，衔木到终古。
我愿平东海，身沉心不改。
大海无平期，我心无绝时。
呜呼！君不见，
西山衔木众鸟多，鹊来燕去自成窠。

——《亭林诗集》卷一《精卫》

此后，顾炎武一直在江南江北一带从事隐秘活动，经常改名换姓，或打扮为商人，游走于苏州、南京、淮安等地，结交了一批从事抗清活动的志士，据说，还与在福建沿海一带的郑成功等部的南明军队有秘密联系，意图继续举义抗清。

怒杀家奴

顾氏本来是昆山世家巨族，然而，从他的祖辈起，便逐渐家道衰落，经过明清更替时期的丧乱，家室几遭抢掠，被纵火，经济上日趋拮据。参与抗清斗争的失败，又使其家族在政治上处于劣势。在这种背景下，顾炎武遭到乡里豪强的欺凌。事情原委与经过，顾炎武的同学归庄在《送顾宁人北游序》中备述周详：

宁人故世家，崇祯之末，祖父蠡源先生暨兄孝廉捐馆，一时丧荒，赋徭猬集，以遗田八百亩典叶公子，券价仅当田之半，仍靳不与。阅二载，宁人请求无虑百次，仍少畀之，至十之六，而逢国变。

公子者，素倚其父与伯父之势，凌夺里中，其产逼邻宁人，见顾氏势衰，本畜意吞之。而宁人自母亡后，绝迹居山中不出，同人不平，代为之请，公子意弗善也。适宁人之仆陆恩得罪于主，公子钩致之，令诬宁人不轨，将兴大狱，以除顾氏。事泄，宁人率亲友掩其仆，执而棰之死。其同谋者惧，告公子。公子挺身出，与宁人讼，执宁人囚诸奴家，胁令自裁。同人走叩宪副行提，始出宁人。比刑官以狱上，宁人杀无罪奴，拟城旦。宪副与公子年家，然心知是狱冤，又知郡之官吏，上大下小，无非公子人者，乃移狱云间守，坐宁人杀有罪奴，拟杖而已。公子忿怒，遣刺客戕宁人。宁人走金陵，刺客及之太平门外，出之，伤首坠驴，会救得免。而叛奴之党，受公子指，纠数十人，乘间动宁人家，尽其累世之传以去。

——《归庄集》卷三

崇祯末年，顾炎武嗣祖顾绍芾及兄长顾缃（字遐篆）先后去世，又逢吴中大旱，"一时丧荒，赋徭猬集"——"丧"指顾炎武接连有祖父、兄长二人去世；"荒"指吴中大旱；"赋徭"是各种苛捐杂税。无奈，顾家将祖产八百亩地，贱价典给昆山豪族叶方恒（字嵋初）。但是，两年过去了，顾炎武多次讨要典田的欠款，叶方恒"仍少界之"，一直拖延不给结清。而叶方恒素来就依仗他父亲和其伯父之势，"凌夺里中"，横行乡里，本来"畜意吞之"。叶方恒后来在顺治年间还中了进士。现在，他要想方设法吞掉顾家田地以为己有，便勾结顾家的家奴世仆陆恩，唆使他叛顾家而归叶家，最恶毒的是叶方恒指使陆恩揭发顾炎武"通海"，这在当时是最大的罪名，即勾结郑成功

第十章　顾炎武在太华山的朋友圈

从东南沿海反对清廷，也就是归庄所说的"诬宁人不轨"。如果陆恩告发的罪案成立，顾炎武必是家破人亡，叶方恒便可以白白攫取顾家田地。眼看要发展到将酿成大狱"以除顾氏"的局面，顾炎武返回故乡，"率亲友掩其仆，执而棰之死"，并将其丢到塘里去了。叶方恒也不好惹，抓住顾炎武，囚禁在家奴陆恩的家里，逼令他自杀偿命。归庄径直给叶方恒写了一封言辞激烈的信，规劝他不要杀害顾炎武，否则将成为被人唾骂的罪人，他说，你叶方恒明明知道顾炎武"无亲子弟，料死后必无与申冤者，即有兄自有以待之，固知杀宁人万万无害，独不畏清议乎"？归庄说："宁人腹笥之富，文笔之妙，非弟一人之私有，而灌老诸公皆击节称赏。四方之士见其古文者，往往咨嗟爱慕，兄能杀宁人之身，能并其生平之著述而灭之乎？使天下后世读其诗古文者，以为如此文人而杀之者叶眉初也。"归庄的这封信，也表达出当时群众的舆论，应该说相当有分量，迫使叶方恒不得不认真考虑一下严重的恶果。幸亏归庄等朋友大力营救，甚至一度动用过钱谦益的社会影响力，才把案子挪到司法机关，初审为"杀无罪奴"，再审为"杀有罪奴"。叶方恒当然不服，在南京纠集数十人，将顾炎武从驴背上撕扯下来殴打，致其颅脑受伤。此后，顾炎武在《答原一公肃两甥书》中谈到此案，说："已而奴隶鸱张，亲朋澜倒，或有闻死灰之语，流涕而省韩安；览穷鸟之文，抚心而明赵壹。终凭公论，得脱危机。"（《亭林文集》卷三）此后，为了不再与这件事纠缠下去，顾炎武离开故乡去山东，开始北游。

北 游

顾炎武于顺治十四年（1657）告别了故乡，渡长江，过淮河，前往山东。行前，江南的朋友纷纷前来送行，为他饯别，归庄说："宁人之学有本，而树立有素，使穷年读书山中，天下谁复知宁人者？今且登涉名山大川，历传列国，以广其志而大其声施。焉知今日困厄，非宁人行道于天下之发轫乎？"（归庄《送顾宁人北游序》）到底是知音！途中，经过淮北，遇上连日大雨，顾炎武在后来的回忆中写道："丁酉之秋，启涂淮北，正值淫雨沂沐，下流并为巨浸。跣行二百七十里，始得干土，两足为肿。"（《蒋山佣残稿》卷二《答人书》）并有《淮北大雨》诗云：

> 秋水横流下者巢，逾推百里即荒郊。
> 已知举世皆行潦，且复因人赋苦匏。
> 极浦云垂翔湿雁，深山雷动起潜蛟。
> 人生只是居家惯，江海曾如水一坳。
> ——《亭林诗集》卷三

在顾炎武看来，江海也不过是一凹水而已，由此可见其北游意志之坚定。好在他几乎每到一处，大都有诗作记述游览的名川大山或结交朋友诸种记录。顾炎武抱有"登摄名山大川，历传列国"的志向，足迹遍布齐、鲁、晋、陕、豫等北国大地。

初到山东，首先到达的地方是莱州府的掖县（今山东省莱州市），而当年山东参加复社者，莱州最多。顾炎武沿着复社组织的线索，落脚此地，作《莱州》诗云："海右称名郡，齐东亦

第十章　顾炎武在太华山的朋友圈

大都。……登临多感慨,莫笑一穷儒。"他在此结识了不少的朋友。任唐臣家藏有宋儒吴棫著的《韵补》一部,顾炎武利用做客之便,得以借读,成《韵补正》,这是他重要的古声韵著作。然后顾炎武到即墨,住在明朝锦衣卫都指挥使黄培家中……这件事,后来被人向清廷告发,后文将详细叙述,暂且不提。顾炎武游崂山,不久到济南。在济南,结识了终身好友山东大儒张尔岐。张尔岐,字稷若,济阳人,著名经学家。

著名学者赵俪生先生认为,顾炎武北游,从时间上大致可以分为两段。其中顺治十四年(1657)至康熙六年(1667)这十一年为第一阶段。他说:

> 我们要观察,在这一段落中,他做了一些什么活动?——包括反清复明的遗民活动和科学研究以及实地调查的活动。现在我们回答说,首先,从迹象上看,实际调查活动比重,较前明显地加重了;遗民活动不能说没有,但更隐蔽了,更诡谲了。实际调查包括:(一)对山东半岛中部(主要是青州)一些历史地理情况,结合文献碑碣,进行了一些落实;(二)对明朝蓟辽、宣大"三边"的历史地理形势以及用兵攻守成败的经过,做了一些检查落实;(三)对太行山(包括北岳恒山)做了"反复"的旅行考察,有时自井陉口入,有时自飞狐口入,并且对山西有时自北而南,有时自南而北地进行调查。以上这些活动的收获,他考虑情况,分别纳入他的《肇域志》《天下郡国利病书》《日知录》等大型专著之中。有时写成专题小册或其他另种著作如《山东考古录》《谲觚》《金石文字

记》《营平二州史事》(已轶，仅余《地名记》)，以及《北岳辨》等单篇文章。

——《顾炎武与王山史》之《顾炎武新传》

赵俪生先生长久以来研究顾炎武，他的看法符合事实，也表述得非常简洁准确。顾炎武进行这种工作是十分艰苦的，他自己记述说："以布衣之贱，出无仆马，往往怀毫舐墨，踯躅于山林猿鸟之间。或褊于闻见，窘于日力，而山高水深，为登涉之所不及者，亦岂无挂漏？"(《亭林文集》卷二《金石文字记序》) 之所以能艰苦备尝而孜孜不倦做这项事情，关键是要有宏大的志向，也就是他一再强调的"明理"与"救世"，这是他为学的根本出发点，也是为学不畏艰辛的思想动力所在。

顺治十五年（1658），顾炎武入都，至蓟州，游历遵化等地。

顺治十六年（1659），出山海关，返永平之昌黎，至昌平，初谒天寿山。此后，顾炎武花去一年的时间回到南方，但并未归乡，而是到了苏州和太湖沿边的几个地方，远到杭州和绍兴。这次南归的目的是什么呢？顾炎武遗留的诗文中不曾流露出来，据赵俪生先生推测："有可能是到故乡一带料理过去的不动产与动产去了，因为他对老家语濂泾的老友（很可能是陈鼎和的孙子陈芳绩）大要叙述北去后生活的一封信里说，'寄食三齐，明年客北平，又明年客上谷，一身孤行，并无仆从，穹边二载，藜藿为飧。庚子南涉江淮，辛丑薄游杭越，乃得提挈书囊，赍从估客。壬寅以后，有仆从三人，马骡四匹'，这是说，回南一趟，挂上了商人的钩，此后生活明显有所改善。"赵俪生先生继续举证说："更为明显的是，他在五十三岁上一次典进了山东章丘大桑庄的一千亩土地，假如不是江南的动产与不动产通过估客的汇寄络续转移到北方来的话，他的一千亩地如何典得到手？"我觉得赵俪生先生的推测符合生活的逻辑性，也可能这是顾炎武南归的主要任务与目的。

康熙元年（1662），顾炎武由山东入都，三月，至昌平，三谒天寿山。出古北口，往蓟州，仍至昌平，再至新乐，抵曲阳，谒北岳恒山，至井陉。

顾炎武在山西，结交傅山、戴廷栻诸位朋友……

康熙二年（1663），顾炎武由山西入关中。

学术思想与著述

学者阮元在《儒林传稿》之《顾炎武传》中说他"自少至老，无一刻离书，国朝称学有根柢者，以炎武为最"。这是正确的评价，梁启超先生在《中国近三百年学术史》中推崇道："论清学开山之祖，舍亭林没有第二人。"

梁启超认为："顾炎武学术之最大特色，在反对向内的——主观的学问，而提倡向外的——客观的学问。"约略来说，他提倡"博学于文""行己有耻"，这个观点是对王阳明"明心见性"心学的批驳。所谓"博学于文""行己有耻"后边还要说到，此处从略。

顾炎武在学术上力求"博学于文"，他切实地践行了这个学术主张，因此，他的治学，涉及面非常广而深刻，广览群书，多闻博学，于经义、史学、文字、音韵、金石、考古、天文、历算、舆地、军旅等方面都做出了开创性的研究。《四库全书总目提要》中说:"炎武学有本原,博赡而能通贯,每一事必详其始,参以证佐而后笔之于书。"这其实也是顾炎武的治学方法。

顾炎武一生著述丰硕,上海古籍出版社2011年出版的《顾炎武全集》(含一卷附录)二十二卷本,收录了他现存的全部著作,计有《音学五书》《肇域志》《天下郡国利病书》《日知录》《顾亭林诗文集》等二十七种之多。赵俪生先生在《顾炎武新传》中,对顾炎武的主要代表作《音学五书》《日知录》《天下郡国利病书》以及其诗歌做了甚为详尽的介绍与分析,颇有见地。

对顾炎武的学术路径的概括,还是梁启超先生的评价简略而精当:

> 亭林在清学界之特别位置,一在开学风,排斥理气性命之玄谈,专从客观方面研察事务条理。二曰开治学方法,如勤搜集资料综合研究,如参验耳目闻见以求实证,如力戒雷同剿说,如虚心改订不护前失之类皆是。三曰开学术门类,如参证经寻史迹,如讲求音韵,如述地理,如研精金石之类皆是……至于他的感化能力所以能历久常新者,不徒在其学术之渊粹,而尤在其人格之崇峻。

斯言极是,这是他称赞顾炎武不但是"经师",也是"人师"的原因。多年以前,我对顾炎武产生强烈的兴趣,是从阅读他的《肇域志》开始的。这部书,购置于西安后宰门一家兼营古旧书籍的书铺里。后来陆续阅读《日知录》。客观地说,阅读这两部书,还没有感觉到有多少困难,觉得文字雅致而简洁,知道了不少的历史知识,然而,在阅读《顾炎武诗文集》的时候,才知道了归庄"宁人腹笥之富,文笔之妙"的话,并非虚言，而是由衷地赞叹，除过诗文里难以遏制的激情与势不可挡的气势之外，几乎每一字俱有来历与出处。顾炎武熟读经史并运用于诗文之中，简直到了出神入化的地步，在语言上，骈散结合，营造出既幽远而又优美的美学意境，说顾炎武出入唐宋之间，不如说他秉承了先秦诸子的笔法，不仅在当时有"诸公皆击节称赏。四方之士见其古文者，往往咨嗟爱慕"，而且胜出晚明与清初之诸文学大家多多。至于他坚持孔夫子"博学于文"和朱子"格物致知"的观点，主张先努力掌握社会科学与自然科学知识，加上"行己有耻"，这是治学与伦理道德修养的正途，可以给人不少有益的启示。

顾炎武晚年的主要学术活动与生活以关中为据点，并很快在太华山建立起他的朋友圈，这与他的人格影响与关中学者的学术思想倾向有内在和深刻的联系……

顾炎武与李因笃

代州定交

康熙二年（1663），顾炎武入山西，在大同拜见其时兵备大同的山西按察副使曹溶，访傅山于太原松庄，游五台，在代州认识李因笃，遂定交。所谓定交，就是互相结为朋友。

朋友是"五伦"之一，《孟子·滕文公上》云："圣人有忧之使契为司徒，教以人伦。父子有亲，君臣有义，夫妇有别，长幼有叙，朋友有信。"此为"五伦"，并且揭示出"五伦"遵守的行为规范的内涵。朋友之间必须"有信"，信者，可靠、诚实之谓也。唐代诗人白居易《感旧》诗云："平生定交取人窄,屈指相知唯五人。"可见古人把定交看得很重很严肃,一旦定交,终生不渝。还有清代学者汪士慎在《渔洋诗话》中,谈到自己与费密定交时,说："余在广陵,偶见成都费密诗,极击节……密遂来定交,如平生欢。"费密号称清初"蜀中三杰"之一。顾炎武与李因笃在代州定交,成为有情义讲信义的至交。顾炎武在《富平李君墓志铭》开首云,"关中故多豪杰之士……大抵崇孝义,尚节概,有古君子之风",就是证明。

顾炎武与李因笃是在此年的五月二十八日首次相见。其时李因笃在陈上年家当家教。陈上年,字祺公,直隶清苑(今属河北)人,清顺治六年(1649)中进士,先授陕西巩昌府(治今甘肃陇西)推官,政绩突出,顺治十六年(1659)出为陕西固原兵备道,次年,移山西雁平兵备道,康熙十三年(1674),乱军破梧州,迫上年叛投,上年誓死不从,遂殉难。列入《清史列传》之《忠义传》。

李因笃生于明崇祯四年(1631),字天生,更字孔德,又字子德,号中南山人。祖籍山西省洪洞县,"金元间,避乱关中美原县韩家村居焉,洪武初县废,为富平人"(吴怀清《关中三李年谱》之《天生先生年谱》)。其父孝贞先生,是明代关学大儒冯从吾的门生,英年早逝。母亲田孺人(富平县董村人)抚养因笃及其弟迪笃。当时因李自成起义,关中大乱,李氏一门死者八十余人,其时,母亲田氏领李因笃弟兄两人去外祖父家,苟免于难。此后,即从外祖父就学于塾。

李因笃"生而歧异,聪悟绝伦"(朱树滋《李文孝先生行状》)。五岁时,跟随外祖父田时需就学,受读《大学》《中庸》

第十章　顾炎武在太华山的朋友圈

《论语》《孟子》《尚书》《孝经》诸书，过目成诵。李因笃有《旅夜追思外祖》诗：

> 忆我方褓襁，呱呱失所天。举家依外氏，衔恤荷翁怜。
>
> 膝下亲授读，会心亦偶然。解颐道我颖，嘉誉为之延。
>
> 五岁就小塾，携诗行相联。竹窗伴夜诵，汤饼尝满前。
>
> 未夕来促作，中星屡移躔。
>
> ——《绥祺堂诗集》卷之二

诗中叙述了儿时外祖父亲自教授他读书的情景，外祖父非常溺爱他，常常笑着夸奖他聪明，读书领悟有得，在竹影满床的夜晚，陪伴他到深更，甚至给他端来美味的夜宵……七岁的时候，母亲取出父亲的遗书以及冯从吾先生的肖像，流着眼泪告诉幼小的李因笃："此孔孟真传，若父畴昔之所以潜心从事者也，小子以此自勖，若父为不亡矣！"他"呜咽受命"，也就是，答应了母亲的要求和希望。十一岁，李因笃应县试，被邑侯崔允升拔置为第一。十三岁即入"庠而食饩"，即享受官府的廪膳补贴。这年是崇祯十六年（1643），李自成起义军占领西安，逼迫诸生应试，李因笃"遂弃衣冠，屏举子业，一意经学，旁通左、国、史、汉暨唐宋诸大家，专力古文辞，尤好为诗歌"（《关中三李年谱》之《天生先生年谱》）。十四岁那年，他于二月间出潼关，渡河入山西，开始游学。三月，回归富平故里。十七岁，遍游长安，触目抒怀，"仿杜少陵作《秋兴》八首"，描写了曲江池、芙蓉苑等汉唐胜地的乱离情景，抒发故国之思，情感沉郁，意境凄美，寓意深远，深得好评。这时候，汾州太守苏东柱、伏羌令赵志忭奉檄入关，读到这组诗，赞叹不已，特意通过郭民止与李因笃相见，自此结为好友。

顺治十六年（1659），李因笃二十九岁。此年春天，外祖父田时需去世，料理完丧事之后，他往返于长安、三原、礼泉之间。此间，他的人生进入了新的阶段，据《关中三李年谱》之《天生先生年谱》记载，"时清苑陈祺公上年赴泾固道任"，因为"苏生紫、赵一鹤均素契先生，又与祺公同年"，所以"荐先生授两公子直、立读，迎之署"。当时的情景是：

> 时上谷陈公上年备兵固原，为子延师访及苏、赵二公，二公举公（指李因笃）姓名应曰："李君，少陵后身也，师无谕此人者。"出公《秋兴》示陈公，陈公击节而叹赏曰："吾师乎！吾师乎！"遣其子具车马奉书币至公家，先起居太夫人，徐陈赞仪，公怒，挥之使去，太夫人勉之，不获已受聘，抵固原，陈公郊迎三十里，遂定昆弟交。

应该说这是李因笃人生的重要转折，他从此走出关中……

固原（今宁夏固原），据说是"北魏以此置原州，以其地险固因名"，是明朝弘治年间（1488—1505）在北部边境沿长城防线设立的九个军事重镇之一，地处黄土高原西北边缘的六盘山地区，较为荒凉。李因笃在固原约有一年的时间。顺治十七年（1660）深冬，陈上年擢升为山西雁平道兵备使，李因笃便道归省，于是在雁门遇见了非常赏识他的恩主陈上年。陈上年曾在康熙三年（1664）官员考核中获山西第一，李因笃作有长诗《伏喜祺公考绩晋大夫第一恭赋七言排体五十韵》以示祝贺。

第十章　顾炎武在太华山的朋友圈

据青年学者高春艳、袁志伟所著的《李因笃评传》说，陈上年与李因笃相处八年，数度派人去探望李因笃的母亲，多有馈赠，还允许李因笃每年回陕西省亲两次，康熙二年（1663），又将李因笃妻子张孺人接至代州，在道署内安家落户。陈上年能文工诗，尊重人才，获"一过信陵君，下士色无倦"的称誉。李因笃居雁门数年，"益发愤读六经及濂、洛、关、闽诸大儒书"（朱树滋《李文孝先生行状》），其所作诗文更加高古精邃，名播海内，"一时骚人词客趋雁门如鹜"。就在此年，顾炎武在代州与李因笃结识并定交，并一直延续到晚年，乃至顾炎武离开人世之后的若干年，李因笃依然珍存这一旷世的朋友之情。相识以后，顾炎武开始了与李因笃、王弘撰、李颙等关中学者的交往，建构了他在太华山的朋友圈。

李因笃与顾炎武相识之后，情不可遏地挥笔写出了长诗《雁门邸中值宁人先生初度制二十韵以代洗爵诗》，诗云：

海内求遗逸，如君气自豪。名成郎位晚，地阔少微高。
已往长孤愤，相逢遽二毛。客身霜露浃，岁事豆笾劳。
宿卫惟占斗，晨征遂渡濠。故宫歌黍稷，九庙达焄蒿。
入世深肥遁，同群识劲操。尚怀游岳计，不问过江艘。
车马随书局，乾坤到彩毫。丁年无旷日，乙夜有燃膏。
独树三吴帜，旁窥两汉涛。经邦筹利病，好古博风骚。
负版悲天堑，班荆慰塞壕。乱离途迥别，今昔首重搔。
暑雨留前席，昏镫对浊醪。落花余满袖，逝水各沾袍。
白雪吹炎夏，丹经照蟹螯。幽贞恒坦坦，穷达任嚣嚣。
莫讶声闻阔，曾知宠命褒。纻衣如可赋，堪比吕虔刀。

所谓洗爵，这是周时礼节，主人敬酒，取几上之杯先洗一下，再斟酒献客，客人回敬主人，也是如此操作。在李因笃眼里，顾炎武虽然背井离乡风霜旅途，仍然致力于学问，"车马随书局，乾坤到彩豪。丁年无旷日，乙夜有燃膏。""独树三吴帜，旁窥两汉涛。经邦筹利病，好古博风骚。"表达了李因笃衷心地向顾炎武致敬与崇高的赞美："纻衣如可赋，堪比吕虔刀。"顾炎武与李因笃在代州分别后，又至汾州，收到李因笃这首诗，心情颇为激动，立即作了《酬李处士因笃》这首长诗，诗云：

三晋跨山河，登览苦不畅。我欲西之秦，潜身晚霸王。
一朝得李生，词坛出飞将。扐呵斗极迥，含吐黄河涨。
上论周汉初，规模迭开创。以及文章家，流传各宗匠。
道术病分门，交流畏流宕。朋党据国中，雌黄恣腾谤。
吾道贵大公，片言折邪妄。论事如造车，欲决南辕向。
观人如列鼎，欲察神奸状。稍存俞咈词，不害于赓唱。
君无曲学阿，我弗当仁让。更读诗百篇，陡觉神采壮。
先我入深岩，欲鉴破重嶂。高披地络文，下挚竺乾藏。
大气橐山川，雄风被边障。泚笔作长歌，临岐为余贶。
自咍同坎壈，难佐北溟浪。惟此区区怀，颇亦师直谅。
窃闻关西士，自昔多风尚。豁达冠古今，然诺坚足仗。
如君复几人，可惬平生望？东还再见君，床头倒春酿。

顾炎武在诗中首先表达了欲往"西秦"即关中想法，因为历代据关中者非王即霸，故此想潜身一往窥之。如今结识了词坛如同"飞将"李广一样的"李生"，他极赞"李生"的诗文，"扐呵斗极迥，含吐黄河涨。上论周汉初，规模迭开创。以及文章家，流传各宗匠"。再说，李因笃与"吾道"相同，遵循孔子之道。"贵大公"，系隐引《礼记》里的话"大道之行，天下为公"，大公与私党异，言大公之外，皆邪妄也。李因笃宗朱子，所以顾炎武以他为同道。他接着称誉李因笃的论事与观人，"君无曲学阿，我弗当仁让"二句，意思是既见同道，也可以互相勉励。"更读诗百篇"，李因笃在顺治十八年（1661），曾经游五台山三日，得诗百首，读来令人"陡觉神采旺"，让人称道不已，他以鲲鹏比喻李因笃，说其"豁达冠古今，然诺坚足仗"，为人豁达慷慨。期望从陕西回来后，再会面"床头倒春酿"。

李因笃深于经学，著有《诗说》《春秋说》，而《十三经注疏》尤极贯穿，长律得少陵家法，这些都为顾炎武所欣赏。李因笃还有《咏怀五百字奉亭林先生》赠顾炎武，以诗写己之感叹与远志。当时，还有山西的著名学者傅山自太原而来，番禺的屈大均自粤东来，邸舍有时不能容，"自有名士以来，以布衣声动四方，未有如公之盛也"（朱树滋《李文孝先生行状》）。由此可见李因笃之才学与为人之豪爽。

是年，顾炎武与李因笃在代州分别后，取道蒲州，首次入关中，实现了欲潜身一往观之的想法，踏上秦土，心情格外爽朗，游过西岳华山，诗情焕发，作《华山》诗云：

四序乘金气，三峰压大河。巨灵雄赑屃，白帝俨巍峨。
地劣窥天井，云深拜斗阿。夕岚开翠巘，初月上青柯。
欲摘星辰堕，还虞虎豹诃。正冠朝殿阙，持杖叱羲和。
势扼双崤壮，功从驷伐多。未归桃塞马，终负鲁阳戈。
山鬼知秦帝，蛮王属赵佗。出关收楚魏，浮水下江沱。
老尚思三辅，愁仍续九歌。唯应王景略，岁晚一来过。

——《亭林诗集》卷四

这首诗，由下而上，由夕而夜，极状太华山之高峻，继写华阴古迹借以表达自己的情怀，高古典雅，用典极为精当。顾炎武的诗，最大的特点是以史入诗，不但拓宽了诗的意境，也增加了诗的思想含量，且音节铿锵有力，语言幽深，诗风沧桑沉郁。流传至今的诗有四百余首，篇篇皆为精品。

顾炎武下山后，专程前往华山北麓距离华阴县城不远的潜村，访问称誉四方的关中学者王弘撰，从此相定交。此次相见，匆匆而别，顾炎武继续西游长安，路途中游骊山，依然有诗，即《骊山行》：

> 长安东去是骊山，上有高台下有泉。
> 前有幽王后秦始，覆车在昔良难纪。
> 华清宫殿又何人，至今流恨池中水。
> 君不见天道幽且深，败亡未必皆荒淫。
> 亦有英君御区宇，终日忧勤思下土。
> 贤妃助内咏鸡鸣，节俭躬行迈往古。
> 一朝大运合崩颓，三宫九市横豺虎。
> 玄宗西幸路仍迷，宜白东迁事还沮。
> 我来骊山中哽咽，四顾徬徨无可语。
> 伤今吊古怀坎轲，呜呼其奈骊山何。
>
> ——《亭林诗集》卷四

骊山，在今临潼东南，与蓝田县之蓝田山相连，相传古骊戎居之，故名骊山。有意思的是，骊山见证了古代历史，西周幽王末，犬戎入寇，杀幽王于此山下。秦始皇建阁道于骊山，死后葬之此山北侧。山上有温泉，名华清池，唐玄宗建华清宫，率杨贵妃浴于此……

这首古风，怀古吊今，无限感慨，尤其是提出"君不见天道幽且深，败亡未必皆荒淫"的观点，令人深思。古来亡国之君，或因为庸懦，或因为荒淫，而明思宗呢？《明史·庄烈帝本纪》说："在位十有七年，不迩声色，忧勤惕厉，殚心治理。"然而仍然不免亡国，故顾炎武有此质疑之句。后四句，可见其心声。顾炎武乃明之遗民，深恋故国，终生不渝，令人敬佩不已。

顾炎武至长安后，继续西行至楼观，一路访古寻幽，都有诗作，后又折返至长安东北方向的富平。李因笃此时已经由代州归家，静候顾炎武的到来。八月，顾炎武如约到达，心情自然万分喜悦。虽然不久前才分别于代州，但由于思想与学术追求相一致，加之秦人热情好客，自然免不了彻夜交谈，交换彼此治学的心得体会，说到投契处，不仅相视一笑。再次相见，更加深了顾炎武与李因笃的情感。

八月正是明月山下辽阔平原的美好季节，想来在李因笃家，顾炎武暂歇旅途之累，品尝李家精心操办的关中"秦馔"，将会留下深刻的味觉记忆吧。之后，顾炎武告别了李因笃，乘着秋凉，游历乾州。乾州地处关中平原中段北侧，渭北高原南缘，长安之西北，唐高宗李治与女皇武则天的合葬墓——乾陵即在此地。顾炎武游谒乾陵，作《乾陵》诗，结句是"至今寻史传，犹想狄梁公"，赞扬了狄仁杰存唐之功。

十月，顾炎武去盩厔（今作周至）过访李颙，遂订交。接着又往长安青门里，访明宗室存杠，有《将去关中别中尉存杠于慈恩寺塔下》诗。后出关，往山西太原。

再会与雁北垦荒

顾炎武与李因笃再次相会是在三年之后的康熙五年（1666）。这年六月，顾炎武与曹溶至雁门，访李因笃于陈上年署，并作《重过代州赠李处士》，这是一首古歌行，诗云：

雁门春草碧，且复过滹沱。
为念离群友，三年愁绪多。
鲁酒千钟意不快，龟山蔽目齐都隘。
却来赵国访廉颇，还到关中寻郭解。
陈君心事望诸侔，吾友高才冠雍州。
玉轴香浮铃阁晓，彩毫光照射堂秋。
人来楚客三闾后，赋似梁园枚马游。
句注山边余旧垒，五原关下临河水。
青冢哀筇出汉宫，白登奇计还天子。
穷愁那得一篇书，幸有心期托后车。
又逐天风归大海，好凭春水寄双鱼。

——《亭林诗集》卷四

要理解这首诗，须先稍加解释。鲁酒，鲁国之酒，鲁国之酒味薄。龟山，今山东泗水县东北。孔子曾登之作《龟山操》："予欲望鲁兮，龟山蔽之。手无斧柯，奈龟山何！"郭解，汉代游侠。解入关中，关中贤豪知与不知，皆交欢之。司马迁在《史记》中有文记述。射堂，古代习射受学之处。比喻因笃才高。枚马，枚，指枚乘；马，司马相如。句注，句注山，即雁门山。李因笃曾游寓此山。五原关，代州有五原关，关临黄河。

白登，汉高祖曾被匈奴围困此山。山在大同西。陈平六出奇计以解围。大海，代指山东。双鱼，互通音讯。其主题是写李因笃，所谓"高才冠雍州"，是说李因笃名高陕西，陕西乃古雍州也。

此行，顾炎武是与曹溶一起而来。曹溶（1613—1685），字秋岳，一字洁躬，亦作鉴躬，号倦圃、锄菜翁，浙江秀水（今嘉兴）人。明崇祯十年（1637）进士，官御史。尝劾辅臣谢升，又熊开元参周延儒遭廷杖，曹溶疏白其冤。清顺治元年（1644）清兵入北京后，仕清任顺天学政，为清王朝献策，疏陈定官制，定屯田、盐法、钱法规制，禁兵丁将马践食田禾等，皆被采纳实施。又就有关科举、荐举隐逸、访旌殉节者等问题向朝廷建议。顺治三年（1646）二月充会试监考官，三月迁升为太仆寺少卿。不久，被发现在学政任上所举贡生中有明代受世袭职和中武举者，降两级调用。接着又因选拔贡生超额被革职回籍。顺治十一年（1654）官复原职，迁左通政。次年（1655）三月擢左副都御史，旋擢户部右侍郎，接着又授广东布政使。顺治十三年（1656），以举动轻浮，降一级改任山西阳和道。康熙三年（1664）裁缺归里。康熙十三年（1674），三藩举兵，阁臣以边才荐，随征福建。康熙十七年（1678）诏举博学鸿词，大学士李霨等荐曹溶，未试。康熙十九年（1680），学士徐元文荐曹溶佐修《明史》，未赴。溶长于经济，未竟其用，乃独肆力于文章。家富藏书，朱彝尊纂《词综》，即多从其家藏宋人遗集中录出。其故宅在金陀坊，筑有园林倦圃，周之恒绘《倦圃图》，朱彝尊为之记，园有"山泉鱼鸟蔬果花药"诸胜，共二十景。曹溶工诗词，其诗源本杜甫苍老之气，一洗妩柔之调，与龚鼎孳齐名，世称"龚曹"。填词规摹两宋，无明人之弊，浙西词风为之一变，朱彝尊受曹溶影响颇深，少时曾从曹溶游。著有《静惕堂诗词集》等。又精于小简，有《静惕堂尺牍》四卷，时称江东独步。

李因笃与曹溶早就相识。先是曹溶以广东布政使谪山西观察使，李因笃以故人子相从。顾炎武与曹溶在代州陈上年署相会李因笃，故人再遇，自然心情格外舒畅。

还应说明的是，李因笃也是才从陕西老家过河，携好友屈大均一块回到代州的。屈大均于当年五月至长安，与李因笃定交，一同至富平，登堂拜母。此次际会，新朋旧友，把酒言欢，他们共同商议：一起筹资在雁门北部垦荒。顾炎武在《与潘次耕书》里云："近则稍贷资本，于雁门之北，五台之东，应募垦荒。同事者二十余人，辟草莱，披荆棘，而立室庐于彼。然其地苦寒特甚，仆则遨游四方，亦不能留住也。彼地有水而不能用，当事遣人到南方，求能造水车、水碾、水磨之人，与夫能出资以耕者。大抵北方开山之利，过于垦荒，畜牧之获，饶与耕耨，使我有泽中千牛羊，则江南不足怀也。"（《亭林文集》卷六）其实，顾炎武与李因笃等人筹资垦荒，这是顾炎武早就有的想法，大约在顺治元年（1644）至顺治六年（1649）这段时期，他曾经作有《常熟县耿侯橘水利书》诗，就流露出这一想法，诗中有云："自非经界明，民业安得静。原作劝农官，巡行比陈情。畎浍遍中原，粒食诒百姓。"顾炎武学在经世，不幸生于易代之际，平生志业但托之著述而已。他在这首诗里，主张划经界，兴水利，使民安业，期望"畎浍遍中原，粒食诒百姓"，且正当官府号召垦荒，据史料记载，从顺治到康熙，都鼓励推行实施此项政策，据《清文献通考》卷二之《田赋考》记载，当时把垦荒作为考核地方官员政绩的重要内容，"有田功者升，无田功者黜"。既然有此要求，顾炎武与李因笃等朋友筹资在雁门垦荒是正当的事情，还可以获取一定的经济来源，也许能实现顾炎武早期的济农主张。著名学者赵俪生先生认为，"看起来这是政府放口，私人承包，招雇农工，还准备从先进地区引进手工业技术条件，并且经营开矿和畜牧"，然而，这件事后来却未见结果……

这年秋八月，顾炎武与李因笃、屈大均等依依相别，出雁门，至大同。当时，曹溶署在大同，当与其一同前往。顾炎武随后又过汾阳，二度入陕。

三千里赴友人之急

转眼到了康熙七年（1668）。这是颇不平静的一个年头。顾炎武的人生里，又发生了一件大事情。顾炎武有牢狱之灾，而李因笃三千里奔赴相助。所谓患难见真情，言之不虚也。事情的来龙去脉是这样：二月，顾炎武在北京慈仁寺（寺在斜街西广宁门大街之北）寓中，忽闻山东有案株连，遂于六日出都，前往济南。《亭林佚文缉补》之《与人书》叙述道："康熙七年二月十五日，在京师慈仁寺寓中，忽闻山东有株连案，即出都门，于三月二日抵济南，始知为不识面之人姜元衡所诬。"另外，顾炎武在《蒋山佣残稿》卷二《上国馨叔》也说："二月十五日报国寺寓中见徐廉生兄，备知吾叔近履，其时侄已闻蜚语，即以次日出都，而五六日前于元放侄处先寄一函，遂不复更具启。行至德州,始知有咨文至原籍逮证。"

此案案情比较复杂,还是摘录著名学者赵俪生《顾炎武新传》关于此案的叙述:

> 这是受了文字狱的牵连。这件案子,必须从即墨说起。顾初到山东,先来掖县,继到即墨。即墨有个黄家,是缙绅之家,他们的老人黄宗昌在明朝当过御史。其后代,已经出来替清朝做官了。黄培,明末做过锦衣卫都指挥使;黄坦在清朝任浦江县知县;黄贞麟任清朝凤阳县推官。本来好好的,可是发生了"奴变"。正如顾家发生过陆恩事件一样,这家的家奴原姓姜,投靠以后随了主姓,黄宽、黄瓒、黄元衡祖孙都是家奴世仆身份。可是到了黄元衡,借了高密县籍考上了举人,中了进士、入了翰林,做了大官。做了大官,要求归宗姓姜。是否由于"主""奴"之间有什么"名分"上的纠缠,不得而知;但这姜元衡则立意要翻这主仆的名分之案。他的办法,就是讦告(揭发)黄家曾刻过、藏过"悖逆"书籍。案子已经审理了三年,忽又生出枝节,说其中一种叫《忠节录》(原名《启祯录》),苏州陈济生所辑。按:
>
> 陈济生字皇士,是亭林的姐夫。曾编著《启祯两朝遗诗录》八卷,以阉祸死者为一类,乙酉殉难者为一类,有诗有传。后经讦告,姜元衡出首一百二十余页,沈天甫出首三百十六页。据说顾炎武到即墨黄家时曾发刻此书,其中有《顾推官传》一首,内有"晚与宁人游""有宁人所为《状》"等语。这就把顾炎武

牵连在内了。这姜元衡专有《南北通逆》一禀，大体揭发"故明废臣与招群怀贰之辈，南北通信，书中确载有隐叛与中兴等情，或宦孽通奸，或匹夫起义，小则谤讟，大则悖逆"，"北人之书，曰斩虏首、拥胡姬、征铁岑、杀金微……又有悬高皇帝像恸哭等事"。这件案子奉旨审理。自然要发文到江南昆山追捕顾炎武归案。这时他正在北京三个外甥家里，三个外甥都是大官，为了他们的亲母舅、也为了保自己官位不动摇，他们当然商量对策，决定由顾主动向济南山东巡抚衙门投案。于是顾在德州李家把一些会惹是生非的信札焚毁掉、并建立了狱内狱外的通信线路之后，就住进监狱，"日以数文（钱）烧饼度活"。兼以是年阴历六月十七日戌时又遭遇了以郯城为震中的特大地震，我们传主的这段生活可够艰苦的了。

这件案情，本来可以不必扩大化到顾炎武身上，但事实却是牵连到了。姜元衡之以仆告主，乃是受谢世泰（长吉）的唆使。《蒋山佣残稿》卷二《与原一甥》书云："衅起章丘谢生，千金被坑（笔者按：谢曾向顾炎武先生借贷千金），偿以庄田十顷，主唆出此一事，遂占收其田。"——这是谢长吉唆使姜元衡揭告黄培之缘由和动机所在。

案件审理过程中，当年因欠债而抵押田亩给顾炎武的地主谢世泰企图夺回田产，便乘机兴风作浪，到章丘县衙状告顾炎武霸占财产，同时暗中挑唆姜元衡诬告顾炎武谋反。在康熙七年（1668）正月的"黄案会审"中，姜元衡的矛头直对顾炎武，诬陷其"逆诗"内还有《忠节录》一书，"系昆山顾宁人到黄家搜辑发刻"。其实《忠节录》一书原为沈天甫以陈济生之名搜集明代天启和崇祯两朝遗诗辑成，与顾炎武丝毫无关。审讯中顾炎武讲明事实，据理力争，坚决否认曾到过卧墨，使得许多受株连的人得以解脱。到这年十月，这场冤狱方才暂告一段落，顾炎武始得取保出狱。而后他回到章丘与谢世泰对簿公堂，结论是"虽陷害之情未明，而霸占之律已正"，他总算打赢了官司。

蒙受这场无妄之灾时，顾炎武想到了他最信任的好友李因笃，致信求助。之前，李因笃与顾炎武在京都慈仁寺相会，并至昌平，拜谒怀宗攒宫。六月，出都，过代州，返家。收到顾炎武自山东狱中所致求助信后，他立即冒暑入京，多方活动。旋复驰济南省视。其实，顾炎武在德州时，已有书信往关中向李因笃通报情况，《亭林先生佚文》之《与人书》有云："若天生至晋，可为弟作书促之入京，持挚上一二函至历下，必当多有济，弟已别有字往关中矣。"

由此可见顾炎武与李因笃交情之深、之笃实。后来，李因笃在诗中记叙了这件事情。其《绶祺堂诗集》有《旧年宁人先生以无妄系济南，走书报余，辄驰往视之，既而余以疾作还里，承寄赠行三十韵，今春相见保州，重会蓟门，奉答前诗广二十韵》诗，说明李因笃接到了顾炎武从德州发出的信，其诗云："草莽虚炎月，云高隐暮旌。罢呼燕市酒，遣决蓟门程。戍角迷丹峰，河阴护绿蘅。崩堤频淖马，废坞剩闻莺。"又云："驰闻瀛隰尽，颇喜岱岚迎。"顾炎武也有诗《子德李子闻余在难，特走燕中告急诸友人，复驰至济南省视。于其行也，作诗赠之》，诗云：

第十章　顾炎武在太华山的朋友圈

急难良朋节，扶危烈士情。平居高独行，此去为同盟。
抚剑来燕市，扬鞭走易京。黄埃随马涨，黑水系船横。
救宋裳初裹，囚梁狱未成。盈庭多首鼠，中路复怔营。
已涉平原里，遄驱历下城。云浮泉气活，日丽岳林明。
夜树蝉初引，晨巢鹊亟鸣。喜犹存卞璞，幸不蹈秦坑。
劳苦词难毕，悲欢事忽并。橐饘勤问遗，寝息共论评。
发愤皆公正，姱修自幼清。君贤关羽弟，我愧季心兄。
将伯呼朝士，同人召友生。诗书仍烬溺，禹稷竟冠缨。
颇忆过从数，深嗟岁序更。川岩句注险，池馆蓟邱平。
每并登山屐，常随泛月舠。诗从歌伎采，辩使坐宾惊。
禄位扬雄小，囊钱赵壹轻。与君俱好遁，于世本无争。
史论悲钩党，儒流薄近名。材能尊选懊，仁义怵孤茕。
自得忘年老，聊存处困贞。不才偏累友，有胆尚谈兵。
坎窞何当出，虞机讵可撄。殷勤申别款，落莫感精诚。
禽海填应满，鳌山扚岂倾。相期非早暮，渭钓与莘耕。

——《亭林诗集》卷四

这首诗有必要稍微解释一下。康熙七年春，顾炎武赴东投狱，紧急致书友人，包括李因笃在内。诗中的"良朋节"是指急人之难乃良朋之品节之谓。"同盟"即所谓盟友，是顾炎武自指。"易京"指河北。"救宋"用墨子救宋典故，以墨子比喻李因笃。"囚梁"是说汉代的邹阳下狱，上书梁王，求救得解的故事。诗中"橐饘勤问遗，寝息共论评"这两句，是说李因笃不仅探监慰问，而且与他一起寝息饮食，一起讨论《日知录》。"发愤皆公正，姱修自幼清"，意思是李因笃能辩，生性洁。季心乃季布之弟。先生自喻季布。顾炎武以"兄""弟"相称者，唯李因笃一人。"将伯"，将，请求。伯，长也。请长者助我。"同人召友生"的意思是李因笃号召友朋共同救助。"禹稷"，相传大禹治水，稷焚山泽，皆能救民于水火。此以禹、稷比喻李因笃。"颇忆过从数"叙述康熙二年（1663），与李因笃初识于代州，五年再晤，六年同居慈仁寺，今春甫别，入夏又于济南相见，多次过从，而六易春秋矣。"句注"指雁门山。"蓟邱"是旧燕都。"囊钱赵壹轻"，《后汉书·赵壹传》："文籍虽满腹，不如一囊钱。"意谓李因笃轻钱财。整首诗中，顾炎武感激之情溢于言表。

据《清朝野史大观》卷五《李天生之豪侠》说："亭林在山左被诬陷，天生走三千里至历下，泣诉当事而脱其难。"全祖望在《亭林先生神道表》也叙述道："讼系半年，富平李因笃自京师为告急于有力者，亲历历下解之，狱始白。"这两则记叙，虽然有夸大虚饰之处，但是，两人之间的情缘却使人感慨不已。

后来，顾炎武在《蒋山佣残稿》卷二《与人书》中说："富平李天生因笃者，三千里赴友人之急，疾呼辇上，协计橐饘，驰于济南，不见官长一人而去。"李因笃《春怀》诗中，有句咏及是年赴济驰救事云：

历下东湖青溟洲，历山东望白云楼。
深知邹子系非罪，敢谓鲁连排众谋。
欲陟岱宗俟他日，将观沧海难久留。

后一句，谓其原拟留山东以待时机为先生排忧解难，但因故而未能久留——实在是因为"苦疾作"也。李因笃看到顾炎武这首诗后，奉答诗云，即《旧年宁人先生以无妄系济南走书报我触暑驰视苦疾作辞还先生寄赠行三十韵诗春日晤保州重会

第十章　顾炎武在太华山的朋友圈

蓟门奉答前诗广五十韵》，诗云：

卧病三秋色，怀人五岳情。凉飚吹梦起，啄雀唤愁生。
客返关中路，书传历下城。倒衣初罢枕，垂涕复沾缨。
巷伯诗难读，梁园狱已平。长吟归黯淡，别绪郁纵横。
忆折前津柳，同炊古寺羹。有孚谋且室，无角兆先成。
远道蒹葭隔，周行坎窞并。苢莱矜野语，虞芮乱嚣声。
欼棹江波大，潜扬海汐轻。群疑纷所出，众口漫多惊。
智勇微夫子，艰危讵此行。奋身甘下吏，微服耻为氓。
易象繇斯昉，骚歌比类明。经旬喧地圾，举国丐天晴。
节至通蘋藻，愁来忆弟兄。曾要肝胆契，况叅雪霜盟。
草莽虚炎月，云高隐暮旌。罢呼燕市酒，遄决蓟门程。
戍角迷丹嶂，河阴护绿蘅。崩堤频淖马，废坞剩闻莺。
水旱忧兼剧，诛求惨自鸣。此邦哀琐尾，何室献香橙？
触目难俱述，惊时已渐更。驰闻瀛隰尽，颇喜岱岚迎。
膏沐谁遑理，壶飧欲就倾。畏途晨上谒，羁邸夜班荆。
续烛探行笥，联床敞外楹。年华穷不减，日录老逾精。
恨失登山约，嗟为抱瓮贞。徘徊违鲁赗，邂逅合秦筝。
阁访沧溟峻，泉怜灼突清。狂涛终砥柱，直道益峥嵘。
旅食悲寒及，归舟阻潦盈。依然垂橐去，率尔采薪婴。
左次才弥拙，西还意若酲。贫非荒竹径，渴岂慕金茎。
急难睇良友，端居惕远征。寸心如濩落，中夜几屏营。
自得分雨素，空教怨鹿苹。川原仍独往，伏腊互相衡。
甫定他乡榻，俄从上日觥。好音随杖屦，佳会足公卿。
律转坚冰解，春回早卉荣。敛才期近物，逃俗励修名。
忽复追鞭弭，还来过帝京。每询邝邑树，谁荐寝园樱？

进履耽逢石，将诗悚报琼。雍田关华好，为耦待躬耕。

——《绥祺堂诗集》卷十二

这首诗情真意切，叙述有致，感人甚深，沈岱赠于楼贤里馆专门书写下来，有小纪记叙此事："先生（指顾炎武）初脱吴中陈济生启、祯两朝诗选之狱，复遭山左黄培诗狱株连之诬。时同志奔驰相急，于子德、山史为初。此诗子德坐作，而山史书之以遗先生。其诗与字皆足宝重于世。余曾摹存其迹于学古斋法帖中，今复录诗于此，俾后之君子，读之不徒赏其文翰之工，将必钦其友谊之隆为莫及也已。乾隆二十九年甲申秋八月二十五日。"可见此诗流传之广，与得人之心甚矣。

欧阳修在《朋党论》里论及友情，说："同心而共济，终始如一，此君子之朋也。"这话说得好。顾炎武在危难之际，立即想到给李因笃通音信，请他急速救助，说明他们的友情确实如欧阳修所说的这样。尽管李因笃后来因病返乡，未能见到顾炎武出狱，但是顾炎武还是非常感激他能"三千里赴友人之急"，乃知其师友兄弟之情实在不同于寻常君子之交，重于友情的李因笃因此也"义声振天下"（朱树滋《李文孝先生行状》）。李因笃不仅为顾炎武冤狱四处疾呼奔走，多方解救之外，还不忘与顾炎武共同探讨学问，他奉答顾炎武的长诗里说"年华穷不见，日录老逾精"，由此可见一斑。

同谒思陵

康熙八年（1669）正月，顾炎武入都，旋出都。二月一日，与李因笃会于保定。李因笃为了与顾炎武相会，特意从霍州经

第十章 顾炎武在太华山的朋友圈

灵石赶来，相见自是别有一番情谊，但是，顾炎武因事要赶往山东，俩人约定在北京相会。三月，二人如期在北京相会，遂于清明节同至昌平，谒怀宗欑宫。顾炎武有《三月十二日有事于欑宫同李处士因笃》诗记载此事：

余生犹拜谒，吾友复同来。筋力愁初减，天颜伫一回。
岩云随驭下，寝仗夹车开。未得长陪从，辞行涕泗哀。
——《亭林诗集》卷四

这是顾炎武五谒思陵。思陵，位于陵区西南隅的鹿马山（又名锦屏山或锦壁山）南麓，是明朝最后一帝崇祯帝朱由检及皇后周氏、皇贵妃田氏的合葬陵墓。李因笃也有诗相酬，题曰《三月十二日有事于欑宫同顾征士炎武赋用来字》：

再出松楸路，初将洒扫杯。百神春转肃，孤寝墓同哀。
渚雁依灵藻，峰霞拂绣苔。葱葱桥岳气，日向五云来。

由此可见顾炎武与李因笃对故国深深眷恋之情。顷之，顾炎武与李因笃相偕出都，李因笃住在保定陈上年家。要说明的是，陈上年已经在康熙六年（1667）裁缺归里。李因笃也借此机会探望他，一叙契阔。顾炎武则返山东与谢长吉对簿。秋，顾炎武返京，途经大名，再过保定，而李因笃已先一月经大同西归关中。顾炎武访李因笃不遇，赋《自大名至保定子德已先一月西行赋记》诗云：

念尔西归日，嗟余望路岐。殊方频邂逅，千里各差池。
木落燕台早，霜封华掌迟。秦郊须置驿，莫后郑当时。
——《亭林诗集》卷四

诗中的"殊方频邂逅"句，殊方，异地，异乡。邂逅，顾炎武与李因笃屡年在代州、京师、保定、济南乡晤，皆异乡邂迩也。差池，相左或失误。燕台，指北京。而"秦郊须置驿"，似乎是在预告李因笃，他即将赴陕相见。然而，顾炎武再次赴陕，却要等到八年之后。秦郊，国外曰郊，郊外曰甸。李因笃收到顾炎武的诗，感怀万千，奉答《答顾征君保州见怀之作》，诗云：

雁绕行峰侧，鱼传渭水湄。翻愁先凤驾，不及共临歧。
夜雪怀人迥，春堂入梦迟。躬耕千载事，努力赴同期。

——王冀民《顾亭林诗集笺释》卷四

虽然至此别后，顾炎武与李因笃不曾会面，却鱼雁往来频繁，康熙十一年（1672），李因笃寄信在山西的顾炎武，康熙十二年（1673），李因笃得顾炎武信，有诗相赠。时间如流水，却冲刷不掉他们的互相萦怀的思念之情。

康熙十五年（1676）正月，顾炎武由山西至山东。二月，入都，住外甥徐乾学家。其外甥徐乾学、徐秉义和徐元文三兄弟，"皆以鼎甲致位通显"，在京为官。顾炎武此前来北京，大多入住慈仁寺或者其他寺院，很少住宿外甥家。其原因，大致有三：一是顾炎武处处时时不忘学业，需要清静之处专心著述，比如，他康熙六年（1667）入都，从孙恩仁处皆得《春秋纂例》《春秋权衡》《汉上易传》等书，陈上年资其薪水纸笔，誊抄传写，而寺院一般很少受外界干扰，可以专心为之；二是，虽然顾炎武与"三徐"是舅甥关系，但是，顾炎武不忘故国，而"三徐"却是清朝的大员，政治立场相异；三是，顾炎武也不愿意把时间浪费在亲人之间的俗务应酬之中，据《觚賸续集》卷二《严拒夜饮》记述，顾炎武在京都，适逢生日，"两学士设宴，必延之上座，三醑既毕，即起还寓。学士曰：'甥尚有薄蔬未荐，舅氏幸少需，畅饮夜阑，张灯送回何如？'先生怒色而作曰：'世间惟淫奔纳贿二者皆于夜行之，岂有正人君子而夜行乎？'学士屏息肃容，不敢更置一词"。表现出纯粹的学者风度。这恐怕是顾炎武很少住其外甥家的主要原因吧。然而，这次例外，他入都住徐乾学家，估计与在济南冤狱之时，其外甥出手相救有关，他在情感上有所转变，愿意住宿外甥家。三月间，顾炎武又返山东，五月，复入都，仍然住徐乾学家。

李因笃这年四月出关，经代州抵京，住宿张云翼家。张云翼这时升迁为廷尉。补充一点，张云翼是靖逆侯张勇的儿子。张勇（1616—1684），字非熊，陕西咸宁（今西安市）人，清朝名将，河西四汉将之首。张勇原为明朝副将，后投降清朝，康熙二年（1663）任甘肃提督，三藩之乱时，被封为靖逆将军、靖逆侯。张云翼，字又南，袭封靖逆侯，康熙二十五年（1686）授福建陆路提督，著有《式古堂集》。张云翼与李因笃关系甚笃。在北京的这些日子，顾炎武与李因笃相处的时间比较长，因为李因笃有三千里相助的情谊，顾炎武与他更亲近了许多，在学问上自然"如切如磋，如琢如磨"，互相探究，一直到黄叶飘零的秋天，李因笃出京返乡。临别之际，顾炎武与李因笃依依不舍，顾炎武作《蓟门送子德归关中》诗赠行：

与子穷年长作客，子非朱颜我头白。

燕山一别八年余，再裹行縢来九陌。

君才如海不可量，奇正纵横势莫当。

弹筝叩缶坐太息，岂可日月无弦望？

为我一曲歌伊凉，挈十一州归大唐。

奇材剑客今岂绝,奈此举目都茫茫。
蓟门朝士多狐鼠,旧日须眉化儿女。
生女须教出塞妆,生男要学鲜卑语。
常把汉书挂牛角,独出郊原更谁与?
自从烽火照桑干,不敢宫前问禾黍。
子行西还渡蒲津,正喜秋气高嶙峋。
华山有地堪作屋,相与结伴除荆榛。

——《亭林诗集》卷五

"行縢"指绑腿。"九陌"的"陌"指东西向的街道。顾炎武在诗中,感叹时光如梭,"子非朱颜我头白",是啊,顾炎武已经六十四岁了,进入人生的暮年,而李因笃则四十六岁,没有改变的是"与子穷年长作客",一直在流寓中过活。不过,李因笃的学问却是日益成熟,所以顾炎武有"君才如海不可量,奇正纵横势莫当"的赞誉。同时,也严厉地指出"蓟门朝士多狐鼠,旧日须眉化儿女。生女须教出塞妆,生男要学鲜卑语",这些人早已经忘却故国,表达出顾炎武亡国之哀。值得注意的是,他再次有定居秦地的想法:"华山有地堪作屋,相与结伴除荆榛。"这与此前在《子德李子闻余在难,特走燕中告急诸友人,复驰至济南省视。于其行也,作诗赠之》诗中提出的"相期非早暮,渭钓与莘耕"意思一样,可见,顾炎武早有此念了。他俩相约,次年在关中相会。

让齿忝为兄

康熙十六年(1677)中秋,李因笃按照约定前往华阴迎接

第十章　顾炎武在太华山的朋友圈

顾炎武，顾炎武因雨受阻未至。秋雨连绵，雨雾中的太华山显得格外清秀，然而，在阴沉的天幕下，李因笃踯躅徘徊在疏阔有致、园林一般的山麓下，怅然作《承闻先生中秋抵华下阻雨尚稽省视怅然有作四首》(《绶祺堂诗集》卷十八)，还是排解不了思念的焦虑，又作《寄赠顾亭林先生四绝句》，诗云：

其一
八月闻君西入关，行行寓目尽名山。
春河安稳桃花水，却阻东西稚子斑。

其二
汾上愁云接汉宫，千年词赋自秋风。
著书何似文中子，下榻兼知太史公。

其三
西汉如无马郑群，六经何处叩羲文？
师古箕裘归索隐，皇朝复见顾征君。

其四
谁言凄壮本秦风，肯舍周南学小戎？
君从鄜鄀观王化，旧迹还留渭水东。

因为秋雨的耽搁，李因笃没有等到顾炎武，只好怏怏返回富平明月山下的韩家村老家。直到九月三日，顾炎武才从山西入关。他迟迟未到，还有一个重要的原因，是顾炎武这次将自己的全部书籍移至华阴，这些书籍原来都存放在祁县戴廷栻家里，他一生最为重要的家产就是这些相依为命的书籍，为了迁移，需要稳妥地安排好行程，不似往日旅行无有辎重的拖累。待安排好住宿之所，已经是冬天了。

这年冬，顾炎武才离开华阴，前往富平，一是探望关中大

285

儒李颙先生，二是与李因笃相会。顾炎武先访李颙于富平东南军寨之北。军寨，地处今富平县流曲镇，因南宋名将张浚抗金时在此安营扎寨而得名。此地距离县城不远，北边是流水潺潺、岸边树木葱郁的温泉河，再远即是盘龙原，地势平坦，沃野平畴。康熙十四年（1675）八月，李颙先生携家避兵富平，当时，郭九芝升宰富平。郭九芝在军寨有别墅，特为李颙先生另构一斋，题曰"拟山堂"，安顿其居住。拟山者，以先生喜静厌嚣，谢人事，绝应酬，无异深山穷谷也。顾炎武访李颙先生于此。据清吴怀清所著的《关中三李年谱》之《李二曲年谱》记载，"顾宁人自山左来访，因寓军寨之北密迩，先生时至卧室盘桓，语必达旦"，其亲密程度可以想象得来。这时，李因笃来李颙家迎顾炎武，顾炎武相随至明月山下韩家村李因笃家中，登堂拜其母。这是顾炎武第二次来李因笃家了，"拜其母"的行为，别有深意存焉，说明顾炎武至此与李因笃结为兄弟，情同金兰。顾炎武行走南北，与人鲜有结拜，而独与李因笃称兄道弟，此为特例也。顾炎武有《过李子德》四首，诗云：

其一

忆昔论交日，星霜一纪更。及门初拜母，让齿忝为兄。
树引流泉细，山依出月明。相看仍慰藉，均不负平生。

其二

积雨秋方涨，相迎到华阴。水惊龙斗驶，泥怯马蹄深。
尚阻东轩仁，多烦濑口寻。白云清渭色，聊足比君心。

其三

拜跪烦儿女，追陪有弟昆。云开王翦庙，风起魏公原。
侠气凌三辅，哀思叫九阍。向来多感激，不觉倒清樽。

其四

拟卜南山宅，先寻北道邻。关河愁欲遍，缟纻竟谁亲。
异国逢矜式，同人待隐沦。便思来岳顶，挥手谢风尘。

——《亭林诗集》卷五

注意：诗中"让齿忝为兄"是说与李因笃相结为兄弟事。"让齿"，谦辞，谓年长而受尊也。李因笃少顾炎武十八岁，初次在代州相见，李因笃曾提出拜顾炎武为师，顾炎武不可，乃为友。而这次呢，即"拜其母"，也就是结为兄弟了，顾炎武在《与李湘北书》里，为李因笃陈情说："……而以生平昆弟之交，理难坐视"（《亭林文集》卷三），可证其事。这组诗，其一，言说叙述初见；其二，谢相迎；其三，赞扬李因笃才气纵横；其四，流露出拟卜邻而居的意思。主要是因为"异国逢矜式"，也就是说在异地遇到了"矜式"（模式之意）的同人，古语说，知音千载难逢，顾炎武与李因笃算是"逢"见了。李因笃才思敏捷，也有诗相酬，作《亭林先生肯访山村留宿见赠四诗用韵奉答》四首：

其一

忽枉轩车辙，曾叨缟带盟。秋阳生里巷，暮霭接柴荆。
入座风威转，褰帘月影清。慈亲亲剂荐，仆马效将迎。

其二

步屧曾徒往，旌骈乃惠临。水澄图史色，村静薜萝阴。
卜筑何时定？烧灯此夜深。华岚迎渭野，端足慰追寻。

其三

马首河山阔，春光几席温。出郊驰邑乘，联榻拥朋尊。
渚雁寒俱起，篱花晚自存。披囊频太息，绩学为中原。

其四

契托金兰重，诗贻白雪新。有材追二雅，微尚在三秦。
日抱关烽发，霜吹戍角邻。永言随杖履，情洽和歌晨。

——《绶祺堂诗集》卷十八

李因笃的这组诗，除过描写迎接顾炎武的情景外，其中有"卜筑何时定"问句，推想顾炎武应该和李因笃就晚年定居何处的问题进行过深入的探讨，表示"永言随杖履，情洽和歌晨"，反映了顾炎武与他的深厚情谊。顾炎武与李因笃的情谊是经过患难校验的"金兰重"之友情。所谓"人生得一知己足矣，斯世当以同怀视之"，大概就是这种学友、战友和朋友吧。顾炎武题李因笃家之庭柱曰："文章来国士，忠厚与乡人。"看来，李因笃深得乡里爱戴。在韩家村住李因笃家的时候，顾炎武与李颙同富平当地的朱树滋等数位学者，聚会于朱树滋父亲朱廷璟修建的镜波园，不过，朱廷璟此时已经去世，他们在温泉河岸边这座花木茂盛的园子里把酒言诗，讨论学问，留下了文坛佳话。我曾经专程考察过镜波园遗址，昔日的风华早就湮灭在历史的尘埃之中，只留下一棵苍老的皂角树至今仍然屹立在土埝边，枝干遒劲，依然茂盛。听当地的老人讲，这处地方，由于临近河边，是通往河北的要道，镜波园对面，就有一家专门酿酒的作坊，想来当年亦甚繁华……朱廷璟，字山辉，据乾隆五年（1740）编撰的《富平县志》载，他是顺治六年（1649）的进士，捡之其他史料，知其曾授检讨，著有《循寄堂诗稿》。其子朱树滋乃著名学者。

十一月，顾炎武与李因笃在韩家村道别，顾炎武返回太华山下，重游太华山，之后重访王弘撰于潜村，休歇于明善堂。

关于"卜筑"的事情，他也应该与王弘撰郑重商议过，之后，渡河去山西祁县。陈上年幽死梧州，棺椁归乡，李因笃亲往保定凭吊不提。

应试鸿儒博学科

康熙十七年（1678）春天，顾炎武由太原入关，至富平，富平县令郭传芳迎接先生于二十里之外。他在《亭林余集》之《与潘次耕札》里记述道："频阳令郭公既迎中孚而侨居其邑，今复遣人千里来迎，可称重道之风。"吴怀清在《关中三李年谱》之《李天生年谱》里说，是年"春，在里门，邑令郭九芝传芳迎顾宁人自晋至"。推测顾炎武从太原来富平，应该先至韩家村。闰三月，顾炎武遣李因笃家人至曲周接衍生及其老师李既足，期会于富平李颙家。四月，郭令邀先生至署，寓南庵，旋移至朱公子树滋斋中。朱树滋藏书甚多，给顾炎武读书作文带来了极为便利的条件，且朱树滋是李因笃的表弟，生活上也能提供诸多方便。顾炎武此时作《与潘次耕札》，除谈到他的行程与生活安排外，极称赞李因笃，"天生之学，乃是绝尘而去，吾且瞠乎其后，不意晚季乃有斯人"，并谈到近来读李因笃所撰的"《解易录》一卷，吾自手录之，学问亦日进"。又说，他自己的"著述诗文，天生与吾弟各留一本，不别与人以供其改窜也"。他在另一札中，提到其甥徐氏处亦藏有他的作品，但"凡在徐处旧作，可一字不存"（《亭林余集》之《与潘次耕札》）。由此可见，顾炎武对自己的亲外甥并不十分信任，而与潘耒和李因笃关系密切，信任有加。

这年的夏秋之交，关陇一带酷暑久旱，顾炎武在《与公肃甥书》里说："陇西、上郡、平凉皆旱荒，恐为大同之续。"（《亭林文集》卷三）眼见明月山下田地里大片大片的庄稼在炎炎的烈日下干枯，农民焦急万分，此境况引起顾炎武的关注，他作《夏日》诗云：

渴日出林表，炎风下高山。火旻云去微，谷井泉来悭。
晨露薄不濡，夕氛横空殷。百卉变其姿，蕉萃俦榛菅。
深居废寝兴，无计离人寰。而况蚩蚩氓，谋食良已艰。
眷此负耒勤，羡彼濯流还。素月方东生，易忍桑榆间。
乃悟处乱规，无营心自闲。讵如触热人，未老毛发斑。
坐须爽节至，一尊散襟颜。

——《亭林诗集》卷五

在干渴的夏日里，刚刚走出树林的边沿，就觉得炎炎热风从山上吹来，凉爽的秋云纹丝也没有，深深的水井里流不出清爽的泉水……"而况蚩蚩氓，谋食良已艰"，何况那些忙忙碌碌的老百姓，谋食求生异常艰难；"坐须爽节至，一尊散襟颜"，让我们等待凉爽的季节早早到来，再端起一杯酒，清散这烦闷的心怀。这首诗，前半部分以诗人亲身体会的角度，写关中酷暑旱荒，形象而深刻，后半部的抒情咏志，写出顾炎武对劳动人民的看法，又极为真切。明月山下的这段日子，顾炎武接触到真实的农村灾年生活，表示出深切的忧虑以及对农民的同情，这是难能可贵的情感转变。

早在这年的正月二十一日，康熙谕内阁召博学鸿词科考试。二十三日，内阁奉谕昭告内外，命在京三品以上及科道官员、在外督抚布政按各举所知，征聘学行兼优、文辞卓越、无论已

第十章　顾炎武在太华山的朋友圈

仕未仕之人，并定于明年三月考试。内阁大学士项景襄、大理少卿张云翼荐李因笃，李因笃以母病辞，不许。九月，郭九芝为李因笃具装，偕茹紫庭明府北上，入都，住宿在张云翼家。当时的情况，顾炎武在《与李星来书》中说，关中三友，山史辞病，不获而行；天生母病，涕泣告别；中孚至以死自誓而后得免。

顾炎武牵挂着北上的李因笃，致书与他，为其赴京陈情筹划安排，书云："此番入都，不妨拜客，即为母陈情，则望门稽首，亦不为屈，虽逢人便拜，岂有周颙、种放之嫌乎？梁公（清标）有心人若，若不得见，可上书深切恳之。外由托韩元少（韩菼）于馆中诸公前赞成，亦一拜。旁人佞谀之言，塞耳勿听。凡见人但述危苦之情，勿露矜张之色，则向后声名，高于征书万万也。又同年二字，切不可说，说于布衣生监之前犹可；说于两榜之前，此恨将不可解。此种风气相传百余年矣，亦当知之。至都数日后，速发一字于提塘慰我。"又云："一入都门，情辞激切，如慈亲之在涂炭，则君不能留，友不能劝矣。"（《蒋山佣残稿》卷三《又答子德书》）真是具体而周详。同时，作《与李湘北书》云：

> 关中布衣李君因笃顷承大疏荐扬，既征好士之忱，尤美拔尤之鉴。但此君母老且病，独子无依，一奉鹤书，相看哽咽，虽趋朝之义已迫于戴星，而问寝之私倍悬于爱日。况年逾七十，久困扶床，路隔三千，难通啮指，一旦祷北辰而不验，回西景以无期，则瓶罍之耻奚偿，风木之悲何及！昔者令伯奏其愚诚，晋朝听许；元直指其方寸，汉主遣行。求贤虽有国之经，

291

教孝实人伦之本。是用溯风即路，沥血叩阍。伏惟执事弘锡类之仁，悯向隅之泣，俯赐吹嘘，仰徼俞允，俾得归供菽水，入侍刀圭，则自此一日之斑衣，即终身之结草矣。若炎武者，黄冠屦，久从方外之踪，齿豁目盲，已在废人之数，而以生平昆弟之交，理难坐视，辄敢通书辇下，布其区区。

——《亭林文集》卷三

继而作《与梁大司农书》，直接为李因笃陈情，言辞恳切，说理充分，不失为优美之散文。李天馥（1635—1699），字湘北，号容斋。合肥人，河南永城籍。顺治十五年（1658）进士，授检讨。官至吏部尚书，拜武英殿大学士。为官期间，扬清激浊，学行俱优，深受康熙器重。著有《容斋千首诗》《容斋诗余》等。梁清标（1620—1691），字玉立，号蕉林，正定人。崇祯十六（1643）年进士，官至保和殿大学士兼兵部尚书，著有《蕉林集》等。李因笃抵京师，数次陈情于通政司，不纳。

十月七日，顾炎武返富平。因为他倡议修建的朱子祠即将动工，诸事有待解决，未几，又回到华阴。这年的十二月十七日，驻兰州提督张勇遣其子张云翼来聘先生往兰州，顾炎武坚辞之。同时，潼商道胡犿庵来访，惊叹顾炎武的学问精博，欲聘至署，亦辞不往。从这些迹象来看，顾炎武已经决心在太华山下定居，不想再继续漂泊了。他曾在《与潘次耕》中说："频年足迹所至，无三月之淹，友人赠以二马二骡，装驮书卷，所雇从役，多有步行，一年之中，半宿旅店。"（《亭林文集》卷六）应该安居下来了。

关于康熙召博学鸿词科考试，顾炎武当然出现在清廷的视野之内。据全祖望在《鲒埼亭集》之顾炎武《神道表》中说："戊午大科，诏下，诸公争欲致之，先生豫令诸门人之在京者辞曰：'刀绳具在，无速我死。'"此段话中有作者自注："穆按：先生之辞大科，乃二徐之力。"穆，是指张穆，著有《亭林先生年谱》。二徐，指顾炎武在京为官的外甥徐乾学、徐秉义。事实也是如此，顾炎武之所以未能被荐，得二徐以及顾炎武的门人等友人之力不少。他作有《春雨》诗，可以看作明志之言：

平生好修辞，著集逾十卷。本无郑卫音，不入时卷选。
年老更迂疏，制行复刚褊。东京耆旧尽，嬴瘵留余喘。
放迹江湖间，犹思理坟典。朝来阅征书，处士多章显。
何来南郡生，心期在轩冕。幸得比申屠，超然竟独免。
春雨对空山，流泉傍清畎。枕石且看云，悠然得所遣。
未敢慕巢由，徒夸一身善。穷经待后王，到死终黾勉。
——《亭林诗集》卷五

这首诗显露出他的文化自信，也贯穿了顾炎武一生学而不倦的精神，即就是"放迹江湖间"，也"犹思理坟典"，其愿望在最后之结句："穷经待后王，到死终黾勉。"还在李因笃等人没有北上之际，他预作《寄同时二三处士被荐者》诗，以相砥砺，诗云：

关塞逾千里，交游更几人。金兰情不二，猿鹤意相亲。
邺下黄尘晚，商颜绿草春。与君成少别，知复念苏纯。
——《亭林诗集》卷五

李因笃有《春日得宁人书敬佩韦弦辄酬短句》应和，差可窥见诸人的初衷，诗曰："春水沿洄双鲤鱼，为修珍重数行书。幽芳出谷原多事，劲竹同根迥自如。北海翔鸿怀远道，南风采葛恋吾庐。兼闻绵上传经约，莫遣关门步屦疏。"表达了坚贞的情操。

康熙十八年（1679）正月，顾炎武往延安，抵同官县（今铜川），拜寇公（山西按察司副使寇慎之）墓，二月，携衍生移居华下王弘撰所构新斋。三月，出关，作嵩山之游。

十一月，回华阴新斋。

这时候，发生了一件令顾炎武十分不愉快的事情。去年，他把存放在山西祁县戴枫仲为他所筑的南山书堂中的所有书籍，转移至华阴，然而，存放在戴家行囊里的五百金却不翼而飞，这究竟是怎么回事呢？顾炎武在《与三侄书》书中，细述其原委云："山右行囊五百金寄戴枫仲者，为其子窃去，纳教谕之职。"（《蒋山佣残稿》卷三）顾炎武对窃金事件非常生气，决心讨回被窃之金——这里需要简略叙述顾炎武与戴枫仲的交往及戴枫仲其人。戴廷栻，字枫仲（1618—1691），山西祁县人。贡生。官曲沃教谕。曾建丹枫阁，有《半可集》传世。戴枫仲热衷于收藏和藏书，据记载，"祁县戴廷栻枫仲，博学好古，家多藏书，所居丹枫阁，图书鼎彝，罗列左右"，"顾宁人乙卯至祁县，住宿其家，将筑室祁之南山，枫仲力任之"（《雪桥诗话续集》卷三）。事实也如是，康熙十四年（1675）八月，顾炎武从山东历河南，抵山西祁县，住宿戴枫仲家，戴枫仲深佩顾炎武，并为之于祁县之南山置书堂，顾炎武"取所藏经史，暨明累朝《实录》插签于架"，朱彝尊为之在堂柱上题联，曰："入则孝出则弟，守先王之道，以待后学；诵其诗，读其书，友天下之士，尚论古人。"（《静志居诗话》卷二十二）我想，顾炎武之所以愿意住宿戴枫仲家，是因为这里能提供他著述所需的丰富资料，况且，按照王弘撰的说法，戴枫仲乃"天下倜傥高妙之士，不得与时，其志郁而莫伸，类有所遇"（《砥斋集》卷二《书宋元人画册后》），与顾炎武有相同的价值观，另外，傅山与戴枫仲更是交情深厚的朋友，而傅山与顾炎武也在此前于太原松庄定交，所以他才在戴家欣然安居下来。不想，现在却出了这档子事情，真是出乎意料！按说，以戴枫仲的经济实力，其子"纳教谕之职"不至于拿不出这笔钱，何至于"窃"去客人顾炎武之金？不管怎么说，这件事就是发生了。

既然发生了，就应该妥善处理，以戴枫仲事顾炎武之殷勤与周全，且是"其子"为了自己的前程犯了此错，身为长辈，应该度量大点。然而，顾炎武一再追索，还写信给李因笃期以帮助，说："老弟此时居高之呼，稍易为力，而愚行李萧然，何以为计？"并说："分外之物，我必不取，惟求其固有者而已。"（《蒋山佣残稿》卷三）看起来有点不近人情，其实，应当如此。顾炎武出身江南经济发达地区，早在明朝中后期，商业经济开始活跃，遵守市场规则是起码的常识，这种常识也是顾炎武判断经济是非的潜意识，并不为人情所障，他提出的要求也正当有理，无可厚非。再说，顾炎武由于长期流寓北方，加之济南之"冤狱"，还有与山东章丘谢长吉庄田纠纷的彻底解决，都需要经济实力支撑，而他又不愿意受人赠与，以保持人格的独立，存储的积蓄已经不多了，这些私底的话，他只能给老弟李因笃诉说："知老弟为我用情无不周之，然此中别无所入，如愚今日谨身节用，可谓至矣，而来此十月，费八九十金，不为长策，何以善后？鄙意又不欲当人之惠，然则祁县之物，岂能置之勿问？"这是主要的原因。因此，他告诉李因笃："承教今春必完，今将亲往以验此言之信否。彼札云：'其中曲折，已面白之天翁先生矣。'寓谓此事老弟能管即管，不能管须亟推开，无徒与彼为藉口躲闪之资也。"信中最后一句的口气，似是责备，实际是促使老弟来"管"一下此事，非有手足之情不能出此语。为了舒缓"捉襟见肘"的经济困境，他听说山东今年粮食价格上扬，估计田地价格也能抬高，便想把章丘的田产出售。《清朝野史大观》之《顾亭林严拒夜饮》称其"善于治财"，在我看来，是不得已而为之。然而，从这件顾炎武非常不愉快的事情，可以看出他与李因笃确实属于"响必应之与同声，道固从至于同类"（骆宾王《萤火赋》），不虚结拜一场。

顾炎武对李因笃也有不满和批评。是年，叶方蔼受诏出任明史馆总裁，他又一次劝请顾炎武入史局修《明史》，顾炎武作《与叶汋庵书》，以"一生怀抱，敢不直陈之左右"的胆识，向举荐者也向朝廷宣示了一个终生以"行己有耻"为旨的士人最后的抉择，文内有语云："七十老翁何所求？正欠一死！若必相逼，则以身殉之矣！"（《亭林文集》卷三）真乃铁骨铮铮，毫无妥协。正在此际，接到李因笃书信，其中也谈到将聘顾炎武修《明史》的事情，还说"外有两人"。顾炎武认为，清府此举，与李因笃有关，其客北京时常"挂朽人于笔舌之间"，"欲播吾名于今日之大夫"，这使得顾炎武处于非常不利之境地，对此，顾炎武大为不满，在《答李子德书》中说："愿老弟自今以往，不复挂朽人于笔舌之间，则所以全大矣。"又说："足下身蹑青云，当为保全故交之计，而必援之使同乎己，非败其晚节，则必夭其天年矣。"此话隐含讥讽，对知心朋友的批评几乎到了口不择言的地步。顾炎武表示，"他人可出而不孝必不可出"，并要求李因笃"若果有此举，老弟宜力为我设阻止之策，并驰书见示，勿使一时仓卒，而计出于无聊也"（《蒋山佣残稿》卷二）。在绝不事清朝的原则问题上，顾炎武态度鲜明，立场何其坚定！

康熙十八年（1679）三月一日，博学鸿词科于体仁殿举行考试，应试者有一百三十四人。三月二十九日榜出，这次考试获得一等的有二十名，二等的有三十名，而李因笃名列一等第七名。五月十七日，授翰林院检讨。从另一方面说，李因笃参加鸿儒博学科考试，能获取一等第七名，也证明了顾炎武对他学问和见识的推崇，而李因笃的学问和见识确属一流，是毋庸置疑的。李因笃旋即请乞养，呈具吏部与布政司，都没有获得批准。据吴怀清《关中三李年谱》之《李天生年谱》说："不得已，冒封事上之，帝鉴其诚，许之，不以违制罪也。"《年谱》引清代学者钮琇所著的《觚賸》的话说："本朝两大文章，叶方伯映榴《绝命疏》与因笃《陈情表》也。"（按：此表为《乞终养疏》）有真情有实感才能有好文章。叶映榴，顺治十八年（1661）进士，曾官陕西提学，后署布政司。康熙二十七年（1688），湖北因裁减督标兵引起兵变，他临危不惧，从容安排好后事，写就《绝命疏》，自刎而死。

相会天宁寺

李因笃在初秋时分，出京西还。朱彝尊等友人在慈仁寺设宴饯行。顾炎武已于该年三月离开太华山下，有书告知李因笃，书云，"频阳之来，恃老弟为主人耳。老弟去，则自不能留"，又说，"今虽暂居华下，未为卜筑之计，且俟过江、淮，再与亲知筹之"，"愚已于三月十日出关，先向陕、洛矣。既足与小儿寓山老（按：指王弘撰）斋中，驾果归来，幸留书与此"，并说"秋以为期，晤言或可待也"（《蒋山佣残稿》卷三）。这次出游，他在书信里告诉李紫澜说："……域中五岳得游其四，不惟遂名山之愿，亦因有帅府欲相招致，及今未至，飘然而去，鸿浩之飞，意南而至于南，意北而至于北，此亦中材而处末流之一术矣。"（《蒋山佣残稿》卷二《与李紫澜书》）所谓"因有帅府欲相招致"，是说甘肃提督张勇命其子张云翼聘他往兰州之事。他数说自己"历肴、函，观洛、汭，登太室，游大騩"……此处的"肴"，指崤山，为秦岭东段支脉，西南—东北走向，分东西两崤，延伸在黄河和洛河间；函，指函谷关；洛，指洛河，古称雒水，黄河右岸重要支流；汭，《说文》谓"水相入貌，一曰小水入大水也"，推测应该是渭河、北洛河与黄河交汇之处；太室，即嵩山；大騩，指河南禹州之具茨山，环连禹、密、新三县市境域。顾炎武从太华山下出发，出函谷关，观洛水，登崤山、游嵩山、具茨山，一路作有《洛阳》《少林寺》《嵩山》《测景台》《梁园》等诗，到达睢州，本想过淮河，因为"资斧告匮，复抵西河"（《蒋山佣残稿》卷二《与王山史》）。四月，至曲周，五月，在林虑，到黎城，既而到汾州，过太原，此时，李因笃也西归至此，他们相会于天宁寺。顾炎武有《子德自燕中西归，省我于汾州天宁寺》诗曰：

一载燕台别，频承注问书。天空乌鸟去，秋到雁行初。
共识班衣重，偏怜皂帽疏。轻身骑款段，一径访樵渔。

——《亭林诗集》卷五

第十章　顾炎武在太华山的朋友圈

天宁寺在汾州（今汾阳）东。汾阳，因位于汾河西北，按水之北曰阳而得名，是汾酒、竹叶青酒的产地，经济繁荣，交通发达，文化底蕴深厚。顾炎武去年因李因笃北上科考而与之分别，正如诗中谓"一载烟台别"，虽然"频承注问书"，然而，重逢自然令人格外高兴。王冀民先生在《顾亭林诗笺释》为此诗作"笺"云："先生友朋至好，南推归庄，北数李因笃"，二人皆曾脱顾炎武于危难，是在患难中建立起来的不渝的友情。李因笃无奈参加康熙博学鸿词科考试，顾炎武为之设计，说："鸿都待制，似不能辞，然《陈情》一表，迫切号呼，必不可已。即其不申，亦足以明夙心而谢浮议，老夫所惓惓者此也。"（《蒋山佣残稿》卷三《答李子德书》）李因笃授检讨，顾炎武叹道："昔朱子谓陆放翁能太高，迹太近，恐为有力者所牵挽，不得全其志节，正老弟今日之谓也。"（《亭林文集》卷四《答子德》）王冀民先生叙述说：

> 其时，清廷定怀柔前明士大夫，于是上征下荐，促成鸿儒博学科，李因笃试而授官，不是本意，其不得如李颙之携刀自裁（李颙未赴京），及傅山之望门仆地（傅山免试），徒以老母在耳。先生（按：指顾炎武）曾经疑因笃强李颙同出，又私荐先生参修《明史》，因甚怒之；及知其事乃莫须有，怒始解。其后《答子德书》曰："但与时消息，自今以往，别有机权。公事之余，尤望学《易》。吾弟行年四十九矣，何必待之明岁哉……次耕叨陪同事，原加提携……同榜之中，相识几半……以目病不能多作字，旅次又无人代笔，祈为道念。"先生于朱彝尊、吴任臣诸"同榜"

犹然存问，于潘耒犹望"提携"……先生晚岁责己如夷之清，待人如惠之和……

——《顾亭林诗笺释》卷五

王冀民先生据实分析，娓娓道来，揭示出顾炎武晚年的心态已经趋于平和，也回答了有人说顾炎武与李因笃因为博学鸿词科考试而有了"隙末"，这是不了解真实的情况臆测而已。

顾炎武曲沃去世

康熙十九年（1680），顾炎武已经六十八岁，上天留给他的生命岁月已经不多了……正月，顾炎武从华阴至富平。五月二十八日，顾炎武诞辰，富平县令郭九芝准备亲来致祝，顾炎武力止之。他的《与郭九芝辞祝》中说："顷见子德则云：明府将以贱辰光临赐祝，窃惟生日之礼，故人所无……况鄙人生丁不造，情事异人，流离四方，偷存视息……而又以此日接朋友之觞，炫世俗之目，岂不与我心有戚戚乎？知我者当闵其不幸而吊慰之，不当施之以非礼之札，使之拂其心而夭其性。"（《蒋山佣残稿》卷二）顾炎武平生低调为人，前文曾说到外甥徐乾学在家中设宴为他贺寿，遭到斥责事，今又辞富平县令郭九芝致祝，事情虽然不同，但可以看出顾炎武不张扬、不肯麻烦人的品性。

随后，顾炎武返回太华山下。华阴县令迟维城造访，因与谋建朱子祠堂事，迟欣然以捐俸为倡。迟维城，字屏万，据《陕西通志》："迟维城，广宁人，康熙十九年（1680）任华阴令，历任五载，严禁刁奉，奖拔善类，建朱子祠堂，春秋奉祀。"

第十章　顾炎武在太华山的朋友圈

以此来说，迟维城非庸碌之辈，为了地方教化，规矩风俗，能捐俸修建朱子祠堂，是有想法和有作为的县令。其实，这是迟维城第二次拜访顾炎武，首次是在去年，据顾炎武给其《三侄书》中所说："新正已移至华下……华阴本邑令君（自注：迟维城）亲来，我仅差人叩头而已。"其后，顾炎武与迟维城有书信来往，在书信中，对其人品和政绩给予了高度评价，并赠其所刻《日知录》《下学指南》等书。

顾炎武在华阴，接待了从郃阳（今合阳）来访的康乃心。据著名学者赵俪生先生在《清初关中二李—康诗之比较分析》文中介绍，康乃心"是一个多方面发展的人，既是诗人，又是方志谱牒学家，又是理学家"（《顾炎武与王山史》之《附录》）。据康纬、康端《莘野先生年谱》记载："亭林与兄谭甚合，以所著《昌平山水记》示兄，兄不移时阅毕，先生深异之，赠以诗句联语，并所刻《日知录》《生员论》《钱粮论》《北游诗》《下学指南》、令大父《梦庵集》诸书。"（周可真《顾炎武年谱》）顾炎武有诗《送康文学乃心归郃阳》曰："子夏看书室，临河四望开。山从雷首去，浪拂禹门回。大道疑将废，遗经重可哀。非君真好古，谁为埽莓苔？"王冀民先生《顾亭林诗笺释》说，顾炎武"不过取其读书好古，有异乎遗老之苟苟而已，诗称子夏、赞禹门、惜大道、哀遗经，莫不寄意在此"。然而，我以为并非完全如是，这是顾炎武看重康乃心的学识的由衷之言。要比较全面地了解康乃心，可以参阅著名学者赵俪生所著《清初关中二李—康诗之比较的分析》，收录在其专著《顾炎武与王山史》中。

第二年，即康熙二十年（1681），顾炎武二月间去汾州，往曲沃，又到解州运城，盐运使黄斐延请他入署讲学。四月，黄斐丁内忧，顾炎武旋即出署，其间，作《与李子德书》云："愚以祁人一事留滞汾州，而家中忽报亡室之讣。"书中谈到明年将南归的打算，谓："今将以明年四月一往吴下，春暮先至华阴，恐匆匆不能叩宅。"（《蒋山佣残稿》卷一）李因笃北返回家之后，再未出关，在家侍奉老母，谨记顾炎武让他读《易》的话，终日潜心穷究，学问日进。因他无子，老母命其弟李因材次子李渭为嗣，他每日督导嗣子学习，自己也诗作不断，且臻上乘。细思顾炎武的话，大有深意存焉。《论语》云："子曰：加我数年，五十以学《易》，可以无大过矣。"翻译成白话文，就是说："给我增加几年的寿命，让我在五十岁的时候去学习《易经》，就可以没有大过错了。"看来，顾炎武对李因笃还是隐隐约约有点批评，以其性格有点张扬，如挥老拳痛殴毛奇龄就是典型的表现，还有顾炎武指责他的"不复挂朽人于笔舌之间"的话，如今行年五十，应该学习孔夫子"以学《易》"来涵养自己的性格，无使再有"过错"，而学《易》会更加明白世事，使自己的认识或者说哲学思想更加成熟。李因笃听从顾炎武的教导，"与时消息"。虽然分隔两地，李因笃还是十分挂念顾炎武，顾炎武也挂念着他。

　　四月间，顾炎武从运城入关至华阴访王弘撰，其时王弘撰先于二月南游吴越，不遇。七月十日，朱子祠破土动工。顾炎武拿出解州运城盐运使黄斐等人资助之费，用于建朱子祠堂。黄斐，字篆园，浙江鄞县人。康熙九年（1670）翰林，与徐乾学同年。在华阴，顾炎武在《与熊耐荼书》中云：返回华下，"茂林间馆，起看仙掌，坐拥百城，足以忘暑"（《蒋山佣残稿》

第十章 顾炎武在太华山的朋友圈

卷一），心情十分欣然。八月，顾炎武从华阴出游山西，据张穆《顾炎武年谱》载："八月二日，自华阴俶装至山西，由运城抵曲沃县，县令熊耐荼闻先生至，命舆至侯马驿相迎，入城，寓玄帝庙。十一日，先生患呕泄。九月，移寓上坡韩氏镜家。十月，又移下坡韩旬公宣之宜园。""俶装"意思是整理行装。熊耐荼，据张穆在《年谱》中按，江西新淦人，进士。康熙十八年（1679），顾炎武在《答迟屏万》里云："弟至曲沃三日而大病，呕泄几危，幸遇儒医郭自狭三五剂而起。"（《蒋山佣残稿》卷一）十月，李因笃得顾炎武书，心急如焚，有《亭林先生寓曲沃卧病小愈走书相闻即遣使起居奉诗五首》诗云：

双屐遥怜扫径疏，朵云欣奉杖藜初。
虽空药物频辞馈，不苦呻吟减著书。
鸿雁分飞声远及，雪霜高卧岁将除。
诘朝河外图传史，斋宿中庭拜所如。

涧树东连岳树深，相思北接太行岑。
蒹葭倘触居关兴，蟋蟀偏工入冀吟。
世易繁霜应有道，天留硕果定何心。
晨星落落长蒿目，肯使寻盟负断金。
王路风流缟带长，霸图聊托晋初乡。
遗音西国思千里，老眼中原泪数行。
春逼梦随池草绿，腊残清引阁梅芳。
曾论徼祀虚笾豆，许傍新宫自筑堂。

水冻河梁客未还，教人雨雪怨空山。

难同受性松根劲，更羡从飞稚子班。
到处青藜恒照夜，何时紫气复临关。
耦耕不忘临岐约，南亩桑阴尽日闲。

五十知非似醉醒，柴门寂寞昼常扃。
古人何可欺毛义，吾道将无愧管宁。
豳俗好风吹举趾，汉时明月照传经。
鸣车整旆西归日，户外寒融柳色青。

——《绥祺堂诗集》卷二十三

诗中"涧树东连岳树深，相思北接太行岑""水冻河梁客未还，教人雨雪怨空山"，表达出对顾炎武强烈的思念之情，更盼望他病愈康健，回到寓居之地，"到处青藜恒照夜，何时紫气复临关"，也从心底里坦诚"五十知非似醉醒"，也许，这是顾炎武让他不必年到五十再读《易》而是现在就读，他所得到的深刻的反省吧。结句"鸣车整旆西归日，户外寒融柳色青"，想象顾炎武当在春天"柳色青"时归来，殷殷之情跃然纸上。

冬天，朱子祠建成，顾炎武作《华阴县朱子祠堂上梁文》，他总算了却心头一桩大事，他赞美朱子："惟绝学首明于伊洛，而微言大阐于考亭，不徒羽翼圣宫，亦乃发挥王道，启百世之先觉，集诸儒之大成。"（《亭林文集》卷五）为什么顾炎武、王弘撰等人要在华阴修建朱子祠堂呢？因为南宋淳熙十二年（1185）的四月，朝廷任命朱熹主管华州云台观，此时，陕西已经属于金朝统治之地，朱熹并未赴任，却很看重这个职务，他的别号有"云台子""云台真逸""云台外史"，都源于此。修建而成的朱子祠堂"右带流泉，来惠风之习习；前凭岳麓，状盛

第十章　顾炎武在太华山的朋友圈

德之峨峨",可见择地之妙,修建之华美。

顾炎武为什么突然由华阴前往山西曲沃,他不是一直计划在华阴定居以度晚岁吗?他在《与熊耐荼书》中说:"三峰之下,弟所愿棲迟以卒岁者,而土瘠差繁,地冲民贫,非所以为后人计……故东向而思托足耳。"难道顾炎武放弃了原先的想法,产生了移居曲沃的念头?从这段话里,顾炎武似乎表露出自己的真实思想。关内秦地"土瘠差繁,地冲民贫",也就是说,经过他近几年在华阴的切身感受,这里多为山地,并不肥沃,加之各种差役和赋税繁重,人民不堪负担。王弘撰在《复施愚山侍讲》里说:"而今每为徭赋所迫,不免拮据。"(《砥斋集》卷八)就连王弘撰这样的世家大族也在经济上陷入"拮据"困境。再说,顾炎武曾经想在华阴买水田四五十亩,估计也难以落实。还有,李因笃的表弟曾一再对他说:"长源(按:指朱树滋)谓秦俗最薄,劝吾归吴,至于再四。"(《蒋山佣残稿》卷三《与子德书》)这些,应该是顾炎武最后下决心远走曲沃的主要原因,结合他的《病起与蓟门当事书》,顾炎武本着"君子仁以为己任,死而后已"的精神,立足于"拯斯人于涂炭,为万世开太平,此吾辈之任也"的责任感,向清廷提出了一条在他看来可以"活千百万人之命的"建议,即"请举秦民之夏麦米及豆草一切征其本色,储之官仓,至来年青黄不接之时而卖之,则司农之金固在也。且一岁计之不足,十岁计之有余,始行之于秦中,继可推之天下"(《亭林文集卷》卷三,《蒋山佣残稿》卷一)。联想到顾炎武与李因笃诸友在雁北垦荒之举,这个建议符合他一向兴农与储粮的思想,也可见其对陕西农村、农民的深切关注。这里,稍微说说,有学者认为顾炎武之所以离开太华山，是因为此时正值"三藩之乱"，他受到清廷的警惕与监视，举例有前年即康熙十八年（1679）十二月二十七日，"张廷尉云翼半夜告访"，"访问是假、搜查是真"。我觉得不大符合情理。甘肃提督张勇与其子廷尉张云翼一向与李因笃交好，也向来求学重道，请顾炎武来兰州讲学应该出于真心，再说，没有证据表明顾炎武与"三藩之乱"有联系，张云翼千里迢迢独来"搜查"恐不能成立。至于顾炎武在给张云翼的书信里，有表示自己在华阴"亦非敢拥子厚之皋比，坐季长之绛帐""以为自立坛坫，欲以奔走天下之人"的话，然而，他笔锋一折，直接说"则东林覆辙目所亲见，有断断不为耳"（《蒋山佣残稿》卷二《复张廷尉书》）。此段文字，看起来是向张云翼解释和剖白自己并无以上心思，然而，假如张云翼有监视并搜查之意，而没有爱戴顾炎武之心，那么，在康熙年间，他为顾炎武出资刻《左传杜解补正》这部书稿，又当何解？这封书信，反映出顾炎武一向做事周密，也说明他能及时去人之疑，一是自保，二是以他的政治主见恐为对方带来非议而故意厘清。况且，在《华阴县朱子祠堂上梁文》里，他列举共襄此举的人中，有"廷揆张君"，并列之为首，凡此种种，我以为顾炎武去太华山而之曲沃的主要原因还是他《与熊耐荼书》中的理由充分可信。

虽然顾炎武得到儒医郭子狭的精心医治，但这只是暂时的回光返照而已。康熙二十一年（1682）正月初四，韩宣设宴招待宾友，顾炎武与大家一起欢乐，并无不适，到了初八日，他早早起床，预备趋府答谢曲沃县令熊耐荼，不料，上马坠地，正月初九去世……去世前作《酬李子德二十四韵》绝笔诗云：

戴雪来青鸟，开云见素书。故人心不忘，旅叟计何如。

上国尝环辙，浮家未卜居。康成嗟耄矣，尼父念归与。
忽枉佳篇赠，能令积思摅。柴门晴旭下，松径谷风舒。
记昔方倾盖，相逢便执袪。自言安款段，何意辱干旄。
适楚怀陈轸，游燕吊望诸。讵惊新宠大，肯与旧交疏。
不磷诚师孔，知非已类蘧。老当为囹日，业是下帷初。
达夜抽经笥，行春奉板舆。诛茅成土室，辟地得新畬。
水跃穿冰鲤，山荣向日蔬。已衰耽学问，将隐悔名誉。
客舍轻弹铗，王门薄曳裾。一身长瓠落，四海竟沦胥。
契阔头双白，蹉跎岁又除。空山清浍曲，乔木绛郊余。
不出风威灭，无营日景徐。但看尧典续，莫畏禹阴虚。
地阔分津版，天长接草庐。一从听七发，欲起命巾车。

——《亭林诗集》卷五

顾炎武这首五言诗，可以分为五节，起句至"柴门晴旭下，松径谷风舒"为一节，皆由"见素书""赠佳篇"引出，故不免客中作客，老倦思归之感；后至"讵惊新宠大，肯与旧交疏"为第二节，追忆旧情旧事，以证因笃虽背初衷而不疏旧交；至"水跃穿冰鲤，山荣向日蔬"为第三节，顾炎武勉励李因笃耕读奉母，是酬诗寄意实在处；至"但看尧典续，莫畏禹阴虚"此为第四节，意在自励其中"耽学""无营"四字，最能体现先生晚年心迹；末四句为第五节，"分""接""听""命"，十分紧凑，最是答人问病之体。全篇笔随意转，开合自如，气势之畅，不类绝笔。此虽出自学问功力，亦烈士暮年壮心不已之证。先生入关定居，倏忽二年，富平华下先后作客，然不意关中之客，竟客逝于河东。读此诗末联，似乎顾炎武并不知道自己会"哲人其萎"，他在《赠卫处士嵩》(《亭林诗集》卷五)一诗中，还非常乐观地说自己"抱疾来河东，息此浍水旁"，念念不忘"著书陈治本，庶以回穹苍。遥遥千载心，眷眷桑榆光"，准备抓紧时间，收拾整理自己的著述，没有想到就此离开人世，真是应了他曾经说过的话："而沦落不偶，况硁鄙如弟，率彼旷野，死于道塗，固其宜也。"（《蒋山佣残稿》卷二《答曾廷闻书》）顾炎武在宜园逝世后，据张穆《顾炎武年谱》之记载，韩宣公、熊县令、卫蒿等人"为经纪棺敛，并典邑人秦氏室停柩其中"，"三月，先生从弟岩自昆山来，偕衍生扶柩归"，葬"千灯浦右"，漂泊半世的顾炎武终于回到故土，安歇其不朽的灵魂……

哀伤的思念

李因笃得到顾炎武在曲沃去世的消息后，悲痛满怀，写作了著名的长诗《哭顾亭林先生诗一百韵》，诗云：

朝菙初零露，浮云忽障天。史无正月纪，星脱少微躔。
一代摧梁木，千春恨杜鹃。典型今顿坠，文献尔俱全。
际剥哀吾道，瞻仰失大贤。浑思焚著述，未忍没周旋。
劲节堪追溯，名家敢溢传。门详吴郡后，望庇武陵前。
画省基藩牧，彤毫珥御钿。钟灵簪绂第，比美孝廉船。
阅阅窥芳矩，词宗起卅年。友兼乡国盛，声挟俊厨骈。
胜地频交轸，留都几著鞭。衔杯才最逸，搦管赋谁先？
吐纳苍江丽，招寻紫陌连。同过遵石渚，独步采香荃。
竞睹潜修洽，徐教懿绪延。遭时伤失路，振翼爽乘权。
上客逍遥久，佳人契约偏。徒劳殷密勿，莫与救迍邅。
海涸龙虚碎，山颓凤不还。难求雏翙好，漫惜颔珠圆。

第十章　顾炎武在太华山的朋友圈

剖血探危踦，攀髯少并肩。鼎湖仍问渡，乔岳远怀仙。
信宿寒郊址，恭图寝庙壖。装潢勤更肃，拂拭对增虔。
沐发尝辞舍，佣身偶就廛。北来驰险阻，南向洒潺湲。
坏邸询遗迹，荒圻拜故阡。汤孙昭穆萃，汉祖壁墉坚。
历历扪松櫄，兢兢执豆笾。金楹澄有赫，碧瓦秀含烟。
洒扫甘从事，勋华耻让镌。特书森具体，凡例发流泉。
古兆原分立，斯文实创编。班扬愁觍甚，左马色苍然。
自此淹羁旅，余龄肯弃捐。经搜坟典阔，世谱伫提挈。
似欲超吟咏，何曾叩偓佺。雄心灰弗已，绩学励相宣。
逮夜随烧烛，长征亦费研。驱车携竹笈，入肆展霜笺。
叠案皆亲注，盈床益勉旃。纤瑕攻琬琰，细字炳丹铅。
取志惟征邑，遗闻迥汇川。订误周利病，往册赖删诠。
屡易犹藏稿，通行且待缘。昌言昭日录，暇力正诗篇。
转叶音何陋，葩骚韵累迁。爱稽三颂始，尽洗六朝悷。
愤乐忘头白，遂游任足穿。观恒趋裔塞，践澶涉层渊。
磧雪贞珉皎，崖藤侧蔓缠。谓宜轻櫂楫，翻喜跨鞍鞯。
到处逢迎备，临岐指顾牵。公卿虽倒屣，荜窦每安弦。
邺架抽签数，郇厨领味专。晴暾装澹澹，素魄坐娟娟。
桂辣宁知老，松疏那受怜。刊垂资祖籍，把赠解囊钱。
晚结茇裘计，将除蕴藻田。鵩苓聊近采，关阜尽高搴。
甸服群推首，邦衢旧象乾。王风留黍稷，伯略杳鹰鹯。
遂逆洪河浪，因穷太华巅。台祠洵旷举，县宰得循员。
浊俗多崇墨，豪耆半杂禅。迷津烦拯助，出谷仗陶甄。
渐觉嘤鸣侈，俄开霁景鲜。盍簪要奋激，倾盖及狂颠。
缟带曾贻晋，清觞再集燕。愚蒙沾善诱，等列荷区铨。

谬许私盟牒，允期轶草玄。深恩鸿雁并，暂别鲤鱼联。
卜宅推中表，披帷共醉眠。颇耽亭水洁，迟眺径花妍。
匣剑舒悲啸，堂琴写静便。纵谈衷曲尽，遐寄物情镌。
鬼徼喧飞檄，神州满控弦。萦肠弥怅望，叱驭复翩翾。
积岁兵机稔，中宵客虑煎。匿形乖辟谷，觇梦罢回眈。
忆昨登嵩少，凄其俯涧瀍。凌晨谋税驾，决意谢归舷。
抵绛依重郭，诛茅假数椽。泣麟微旨在，衰凤托终焉。
腊杪才呼走，冰严薄馈绵。报章惊绝笔，幽怨屈空拳。
耿介标孤性，忠诚冠八埏。末繇赍志展，畴使抱疴痊。
彼网欣逭鹤，维巢讶类鸢。心休沿板荡，目视为戈铤。
恐逸阳秋撰，须存即次毡。外甥俱隽哲，犹子已腾骞。
幸接旁阴茂，当提主器僎。圣途湮岂断，儒术众疑悛。
镜具睽峰崿，生刍布几筵，輀旌悲浩漫，墓树想葱芊。
直拟歌黄鸟，真应驾白莲。招魂称至德，陟降蒋山边。

——《绶祺堂诗集》卷二十四

李因笃冒着刺骨的寒风，孤单单地站立在明月山下，怅望黄河彼岸的曲沃方向，不胜悲哀，深切地回顾了他与顾炎武相交过程，表述了对其治学特点和学术成就的由衷敬佩，刻画出顾炎武孤高不阿的骨气与品格，隐约揭露出社会现实对他的压迫，哭诉顾炎武之情感深沉哀痛，令人唏嘘不已。

顾炎武突然去世，中国文化顿失栋梁，而对李因笃来说，再也没有如此的良师益友和可以互吐心音的千古知音了，古人云"悲歌可以当泣，远望可以当归"，李因笃此时此际何尝不是如斯呢！

从康熙二年（1663）至康熙十一年（1672），十年之间，顾

第十章　顾炎武在太华山的朋友圈

炎武与李因笃交往之密、情感之笃，鲜有其匹。李因笃有一首《春日得宁人书敬佩韦弦辄酬短句》，写他得到顾炎武书信时的愉快心情，诗云：

> 春水沿洄双鲤鱼，好修珍重数行书。
> 幽芳出谷原多事，劲竹同根迥自如。
> 北海翔鸿怀远道，南风采葛恋吾庐。
> 兼闻緜上传经约，莫遣关门步屧疏。
> ——《绥祺堂诗集》卷十六

虽说顾炎武最后几年多在太华山下，然而，用他自己的话说："频年足迹所至，无三月之淹，友人赠以二马二骡，装驮书卷，所雇从役，多有步行，一年之中，半宿旅店……"（《亭林文集》卷六《与潘次耕》）确实如此，有人说顾炎武是"以游为隐"，他先是在长江以南漂泊，中年以后足迹往来于齐鲁秦晋豫等北方大地，除过在山东章丘和太华山下寓居时间较为长久之外，其余各处均是来去匆匆，当然，这与他到处考证收集撰写历史地理方面的著作有关，也与他喜欢浪游的天性有关，他席不暇暖，奔波于旅途，结交了众多的朋友，清初的著名学者至少半数与其有交情，其中影响比较大的如孙夏峰、傅山、朱彝尊、屈大均、张尔岐等人，他们在一起共同探讨学问，诗文酬答，其乐融融。《论语》之《卫灵公》曰："道不同，不相为谋。"以此来看顾炎武与李因笃，他们的道相同，也相为谋。主要表现在强烈的眷恋故国的政治立场和以程朱为宗的哲学思想上，他们也同属于清初诗坛足以彪炳史册的大家。他俩之间的友谊，超出其他朋友，当然，这与顾炎武非常看重李因笃的学识有关，尤其是在古声韵学上，二人学术观点基本相同。

311

顾炎武与李因笃的古声韵学

顾炎武与李因笃在古声韵学上，都造诣颇深，做出了不容小觑的功绩。顾炎武的《音学五书》是他所有著作中最具代表性的作品。这是一部关于古声韵学的专著。古声韵学是研究古代汉语各个历史时期声、韵、调系统及其发展规律的一门专门学问，是古代汉语的重要组成部分，如同现代汉语语音是现代汉语的重要组成部分一样。按照学者胡安顺在《音韵学通论》里的解释，"所谓声、韵、调系统，简单地说，就是指某个历史时期汉语声、韵、调的种类及声母、韵母的配合规律"；而"汉语音韵学是我国研究汉语历史语音的一门传统学问"，它"不仅与汉字学、训诂学、语法学关系密切，而且与考古学、校勘学、中国古代文学、古代历史、古代文献学以及古籍整理等学科有广泛的联系"。因此，这是一门比较窄狭的学问。但是，顾炎武是"这一学问的主力开辟者"，这句话是当代著名历史学家赵俪生先生在《顾炎武新传》里说的，而顾炎武的"这部《音学五书》，又是一部精严的科研成果"。赵俪生先生继续说，旧时代的知识分子，一上来就要读"经"，因为，"'经'就是圣贤之书。它在意识形态界，具有绝对权威"，经的种类不断"孳多"：五经、九经、十三经。经文之外，还有注疏。他说："古人比近代人，更喜欢用韵语"，并举例道："《春秋左传》中进行外交谈判、进行宴会，都少不了韵语"，"《尚书》中有韵语，《易》中韵语更多一点，《诗》三百篇中处处都是韵语"，"但是古经传到当代，历二千年。有些韵语，当代依然上口；有另外一些韵语，当代人读起来就不对头了。于是，发生了'改经'的事"。这就是顾炎武发现的问题——从这里看，顾炎武在读书过程中，还真有现在所说的"问题意识"，至于"改经"，赵俪生先生举例说，唐玄宗改过经，朱熹也改过经，他们感到不对头就改，可是，顾炎武又感到他们改得也不对头，例如，《尚书》之《洪范》篇有个句子："无偏无颇（po）遵王之义（yi）"，后代人读起来不协，唐玄宗就以诏令方式宣告，改"颇"为"陂"。这样，"无偏无颇（pi），遵王之义（yi）就协韵了"，"顾炎武从体会古书的经验中感到'义'字古读若'我'。'无偏无颇（po），遵王之义（o）'很协韵，很上口，这就是《音学五书》的起点"。于是，顾炎武进入第二个程序。最现成的对象是《诗》三百篇，古今治古声韵者大都是自《诗》三百篇开始：

> 明朝的陈第追查了四百四十多个字的脚韵，顾进而追查了一千九百多个脚韵。于是他发现中世纪齐、梁至唐宋，人们的读自、发声、调韵，是自成一套；而秦、汉、魏、晋又不同于齐、梁、唐、宋，又是一套；再向上推三代（夏、商、周），又自成一套。三套之间有其同，也有变异，这样，在我们传主（按：指顾炎武）的脑中，就形成了一套由三段构成的中国历代声韵衍变史。他看到了这些，是他的高明，但是他感到有必要动用极充足、极雄厚的证据力量，来证明他的看法，于是他动意写一部《唐韵正》出来。
>
> ——《顾炎武与王山史》

顾炎武的《音学五书》由五种著作组成，而《唐韵正》是其中坚。以此中坚为据点，上溯到《诗本音》和《易音》，然后综合为作为总论的《音论》，和便于别人付之应用的《古音表》。按照赵俪生先生的说法，"《五书》之所以成为中国声韵学上不可摇撼的里程碑，就是由于它是古今声韵现象衍变迹象的科学的反映"。确实如此，对顾炎武的古代声韵研究，当年李因笃同样给予了高度的评价，他在《古今韵考题辞》里指出："不知古韵久矣，宋吴才老《韵补》始疑而辨之，至陈季立《毛诗古音考》《屈宋古音义》出，盖畅其说。先是，友兄顾征君亭林潜心声韵几五十年，作《音学五书》，而古音乃大明于天下。"（转引自周可真《顾炎武年谱》）

李因笃在古声韵学上亦颇有建树。我曾经认真阅读过李因笃的《汉诗音注》，这部著作收集了两汉诗歌、谣谚近四百首，详叙来历，逐篇赏评，并根据《诗经》《楚辞》，对汉诗的用韵情况做出分析，自谓四十年专心并力于此书。李因笃数易其稿，晚年才交付门人王梓。他去世后，王梓不负所托，邀请了十数位知名学者担任校阅，于康熙三十五年（1696）刻印出来。此书版行后，一纸风行，后世习汉诗者得其沾溉不少。该书体例为题下有解题、字下有音注、诗间有评说，他运用古声韵学知识，首次对汉诗进行了系统的音韵注解，标明了诗的正确读音和押韵规律，比如，《鸿鹄歌》里面"鸿鹄高飞，一举千里。羽翼已就，横绝四海"，"里""海"这两个韵脚，李因笃注释为"里、海古今通用，不必叶"，而此诗最后一句"安所施"的"施"，他注音为"古音式何反"。李因笃对汉诗的音韵究根问底，正本清源，对于后人学习和理解汉诗很有帮助。荆南胡在恪在其《序》里认为："李太史子德先生专辑汉诗，以《汉诗音注》名篇，所重在音注也。其中如所谓古今通用不必叶者、古今某韵不通其乱之则自此始者、某字某因《毛诗》有此体者，又有云古音例无定音者，缕缕未易悉举。"可见李因笃在古声韵学上下了很大的功夫，成就斐然。

汉诗是继《诗经》《楚辞》之后，又一个诗歌发展的黄金时代，下启建安诗风，情感发乎胸臆，风格高古，向为诗家尊奉，受到历代研究者的关注和研究。其中的《陌上桑》等名篇，是历来语文教材的必选篇目。还有《古诗十九首》至今仍然是值得研究的"宝藏"，早在唐代就有李善与"五臣"之注，元代刘履著有《古诗十九首旨意》，此书属于专书注释之始，清代笺注之学兴起，有朱筠《古诗十九首注》，还有关学学者刘光蕡《古诗十九首注》、张庚《古诗十九首解》等诸家之说，现代以来，研究者也不少，有影响的著作有朱自清的《古诗十九首释》、马茂元的《古诗十九首初探》、隋树森的《古诗十九首集释》等。

李因笃的《汉诗音注》是他"精研四十余载"的心血结晶，他还著有《古今韵考》等书。李因笃经常与顾炎武交流切磋，顾炎武曾经致书李因笃，专门谈到古声韵研究的重要性，说："读九经自考文始，考文自知音韵始，以至诸子百家之书，亦莫不然。"（《亭林文集》卷四《答李子德书》）确实如此，读书首先得识字，识字离不开声韵，不识字，焉能读书？

对于顾炎武声韵学研究，当代语言学家王显《清代的古音韵创始人顾炎武》（《中国语文》1957年第6期）论《音学五书》中指出，顾炎武的《音学五书》主要是在陈第的基础上写成的。陈第在古音韵上的最大功绩在于他阐明了语音随着时间、地点的不同必然发生变异，并且主要用诗韵本身证实了诗韵韵有定界，字有定音，本很和谐，并不需要随文读成各种不同的音。陈第充分论证了古无叶音，树立了语音上的时地观念，给古音研究铺平了道路。王显先生认为，顾炎武在古音学上的贡献主要有两点：一是把《诗》韵《易》韵同谐声结合起来，并且根据谐声的系统把《广韵》的"支、麻、庚、尤"和入声"沃、觉、药、铎、麦、昔"等韵分为两支，入声的"屋"韵分为三支，给后人提出了离析切韵以求古音的方法；二是变更《广韵》入声的分配系统，从而揭示了上古入声跟阴声的关系。这个评价是很科学的。

李因笃提到了宋代吴才老的音韵研究，有必要简单介绍此人。学者李思敬发表在1983年第二期《天津师范大学学报》上的《论吴棫在古音学史上的光辉成就》一文中，对吴才老其人和其音学研究这样说："吴棫字才老，《韵补》自题武夷人，约生于北宋哲宗元符三年（1100），死于南宋高宗绍兴二十四年（1154）。关于他的身世，文献记载不详。他的同乡徐蒇说他'登宣和六年进士第，尝召试馆职，不就，除太常丞。忤时宰，斥通判泉州'。""时宰"，指的是秦桧。关于吴棫忤秦桧的事，朱熹曾经有很生动的描述（《朱子全书》卷六十二）。他接着说："吴棫的著作，据徐蒇说有《书裨传》《诗补音》《论语指掌考异续解》《楚辞释音》《韵补》五种。五种之中讲音的占了三种，说明他把主要的精力放在音韵学研究上。可惜流传到今天的只剩下《韵补》一种了。"《韵补》共分五卷，是一部综合运用《诗》《易》《楚辞》等五十种作品的韵文韵语材料来考求古韵的专著。凡古人用韵与今韵不合的，吴氏都分别做了自己的解释，或者叫"通"，或者叫"转"，从而把古韵分为九类。在吴氏心目中，这九类就是古人大致的押韵规范。对于吴才老的音学，李思敬指出，顾炎武说："念考古之功实始于宋吴才老……后之人如陈季立、方子谦之书，不过袭其所引用别为次第而已。今世盛行子谦之书而不知其出于才老，可叹也。然才老多学而识矣，未能一以贯之，故一字而数叶，若是其纷纷也！"顾氏一方面肯定其创作之功，一方面撰《韵补正》纠正他的错误。吴棫在《韵补》后记中希望后人纠正他的错误，继承他开创的事业，以求学术的不断发展。顾炎武所言所行表明他是非常理解先辈这番遗言的。毕竟，后人的一切成就都是建立在前人打下的基础之上的。直到今天，如果我们某些见解高出吴棫许多，那是因为我们站在他肩上的缘故。

陈第又是何人呢？陈第（1541—1617），字季立，号一斋。福建福州府连江县人，明代名将、古音韵学家、旅行家，后人称之为"南方徐霞客"。著作有《毛诗古音考》《屈宋古音考》等音韵学著作。

到了明朝，逐渐有南京焦竑等人对"叶音说"提出不同观点。但真正全面系统地用大量例证解开《诗经》"不押韵"之谜的，还是陈第。他经过长年的读书钻研，并在父亲及焦竑的启发影响下，提出了学术史上振聋发聩的观点："时有古今，地有南北，字有更革，音有转移。"意思是说，由于时代的变迁，汉字的读音跟字形一样，都发生了变化，古音与今音是不同的。这个观点之所以石破天惊，是因为在明朝之前，读书人普遍缺乏字音存在古今演变的意识。

陈第指出，《诗经》各篇是基于《诗经》时代的古音而写的，本身是完全符合古音韵律的。至于后世的人读《诗经》觉得不押韵，是因为那些字音在后来发生了变化。不能用后世的语音来评判《诗经》的押韵情况，然后随意"叶音"，而应该努力考证出汉字本身的古音，尽量还原《诗经》的本来面目。

经过数十年细致而艰巨的案头工作，陈第完成了其划时代的古音专著——《毛诗古音考》。在书中，他在前人研究的基础上，通过"本证"和"旁证"两种途径，排比归纳，比较分析，来推测论证《诗经》数百个韵脚用字的发音情况。

本证，就是用《诗经》本身的例子来论证古音。旁证，就是用临近年代的其他有韵文献材料来侧面论证《诗经》古音。同时代的韵文旁证虽然只是侧面证据，但它的说服力非常强，将其与《诗经》本证摆在一起，某韵字的古音面貌就大致可知了。除了本证、旁证相结合，陈第还运用了谐声偏旁、声训材料、古籍异文、南北方言等辅助方法来论证《诗经》古音，其中容易引起我们共鸣的是方言例证。

陈第在历史上第一次系统论证了《诗经》的押韵情况，初步解开了古音之谜，牢固树立了"古有古音、今有今音"的正确语音发展观，彻底颠覆了流传千年的"叶音说"。尽管陈第的研究也有着审音不够精准等缺点，但他的古音观念与考证方法皆具有里程碑的意义，启发了后世顾炎武、戴震等一大批著名学者。

顾炎武对李因笃的古声韵学研究多有褒奖，甚至将他比作东汉文字学大家"康成（郑玄）、子慎（服虔）之辈"。顾炎武写成《音学五书》之后，对李因笃说："故吾之书……非托之足下，其谁传之？"（《亭林文集》卷四《答子德书》）认为李因笃是他学术上的至交与知音，也希望李因笃能承继他的古声韵研究成果。在《音学五书后序》里，顾炎武着重写上一笔："李君因笃每与予言诗，有独得者，今颇采之。"也就是说，顾炎武借鉴和采纳了不少李因笃关于古声韵的研究观点。而李因笃更是从顾炎武处获益匪浅，他的古声韵研究，大都遵循顾炎武的思路展开，他在《古今音韵》中，多处直接引用顾炎武《音学五书》的内容，继承和光大顾炎武的古声韵思想，如在古音研究上，李因笃坚持《诗》本音，认为四声一贯，古无叶音，在古韵分部上遵照顾炎武的古韵十部说，赞同离析唐韵，均得顾炎武古声韵学精髓。而且难能可贵的是，李因笃对顾炎武在古声韵学研究中未曾注意到的地方，有拾遗补阙之功。如对"叶音"说，李因笃坚决反对，这在当时以毛奇龄为代表的"古音通转"说盛行学术界的时代，无疑是具有科学进步的意义。他反对毛奇龄的古声韵学观点，还有一则传闻，据清代学者吴怀清撰写的《李天生年谱》附录引《鲒埼亭集》之《毛西河别传》记述：

> 西河（按：毛奇龄）雅好殴人，其与人语，稍不合即骂，骂甚继以殴。一日，与富平李检讨会与合肥阁学座，论韵学。天生主顾氏亭林韵说，西河斥以邪妄，天生秦人，故负气，起而争，西河骂之，天生奋拳殴西河重伤。合肥素以兄事天生，西河遂不敢校。闻者快之。

需要解释的是文中的"合肥"，是指李湘北（1635—1699），名天馥，合肥人，康熙十六年，由少詹事擢内阁学士。毛奇龄为人恃才傲物，曾谓："元明以来无学人，学人之绝于斯三百年矣。"口气之大如此。不过，此人确实腹有诗书，能治经、史和音韵学，擅长骈文、散文、诗词，在清初备受推崇。《四库全书》收录其著作达五十二种之多。然而，其古声韵学却与顾炎武意见不同，所以，李因笃怒挥老拳，演绎出一场互相争闹的趣事。

李因笃对古声韵研究做出了一定的贡献，他不但对汉魏六朝乃至唐人诗文用韵方面有见解，而且首次用韵读的形式来厘清汉诗的用韵特点，揭示出汉诗音韵的使用规律，以古本音注为汉诗注音，跳出了叶韵以今律古的窠臼，其对文献训诂的水平令人惊讶不已，体现出顾炎武开辟的清代朴学的治学风格。

还要说的是，顾炎武与李因笃在学术上，既有互相认同之处，也避免不了争议。据《清朝野史大观》卷九"文人习气"中说，李天生"与顾宁人讲韵学不合，加以声色"，为了辨明自己的学术观点，甚至动了情绪，而治学就是在互相启发互相争议中才能辨出真伪，取得共识。

余 声

康熙二十七年（1688），李因笃由于长期著述及奔波劳累，身体状况日趋衰颓。这年的除夕，他作《除日书即事》诗云：

男儿发白眼昏成衰翁，蹒跚只足左耳聋。
掉头时序疾于箭，高卧不知星斗东。
日月其除倏复届，纷纭酬酢随乡风。
终年搦管半人事，欲补桑榆无寸功。
岁稔仁妻免流涕，山深车服稀异同。
含饴弄孙绕吾膝，大者学语心颇聪。
小者数月初解笑，朝晖骞窗色融融。
眼前浮沉且放意，春色已照樽醪红。
　　　　——吴怀清《关中三李年谱》之《天生年谱》

开篇虽然还以"男儿"自称，然而已是白发苍苍，眼花耳聋，行路蹒跚，好在儿孙绕膝还能给人带来许多快乐，他劝"仁妻"不要暗自流泪为自己的身体担忧，篇末表达出从容乐观的心情。是年的春节过去不久，李因笃"早起为人作记，觉右臂舒缓不能屈，遂患痪"（吴怀清《关中三李年谱》之《天生先生年谱》），朱树滋前来看望李因笃，"先生执其手曰：'吾一生作诗文，不下百万语，无一字不从心中刻画出，血枯矣！岂能久乎？'"但是他仍然"终日凭几读书，或改正旧稿，无异平时"。李因笃已经预感到生命正在逐渐枯萎，上苍留给自己的时间不多了，得抓紧"改正旧稿"，编定诗歌为三十五卷。他写有《病居承杜姻家方叔整辑诗稿感赋古体五百字》，回忆一生作诗的经历，期盼诗集能早日付梓。

康熙三十一年（1692）冬天，李因笃病情加重，十一月二十二日，将移箦，子渭请后事，先生正色曰：

> 吾年逾六十，不为夭，汝辈勿过哀。吾虽列缙绅，家无余财，丧葬勿逾礼。汝奉母安贫，强学问，勿旷废。孙同吾钟爱，善教之。
>
> ——吴怀清《关中三李年谱》之《天生年谱》

李渭是李因笃的嗣子，李同是其孙。"再问不语，少选索水，浴讫瞑目，遂卒"，令人惊奇的是，这天，"大风拔邑庠殿前树"……真是"梁木其坏"，一代学人，就此离开人世间。

李因笃著有《绶祺堂文集》《绶祺堂诗集》等著作，2015年出版的"关中文库"有《李因笃集》及高春艳、袁志伟等学者所著的《李因笃评传》。

顾炎武与王弘撰

与顾炎武订交前的生平简述

王弘撰（1622—1702），字无异，号山史，又署鹿马山人。陕西华阴人。其父王之良（字虞卿，又字邻华），曾游学冯从吾门下。王弘撰说："先司马为学宗考亭（按：指朱熹），尤重实践，不事表露。"（王弘撰《山志》卷一《庭训》）明天启五年（1625）中进士，官至虔州南赣巡抚，兵部左侍郎。

王弘撰十三岁，随父居北京，"好为古文辞，手抄《左》《国》《史》《汉》皆成帙"（康乃心《王贞文先生遗事》）。

明崇祯十一年（1638），其父自御史出为虔州南赣巡抚，十七岁的王弘撰随父读《左氏春秋》，其父又为他聘师教读。二十一岁，尝拟作《法戒录》，"依司马光《资治通鉴》断自威烈王以后，取其事之可法者，大书于篇；而以其类相反者，小注于下，以存戒"（《砥斋集》卷一《法戒录序》）。

二十二岁那年，其父自虔州南迁南京，谒告归。冬天，殁于途中。王弘撰与其三兄弘嘉护丧归华下。这年，李自成起义大军至关中，因为"王氏以司马裔"，"索饷不赀"，王弘撰挺身入营，"说以大义"，起义军"不肯加刃"，"约输而还"（南廷铉《砥斋集序》）。

此后，王弘撰奉母率家人等避乱入山，居穹岩邃谷之中，历八年。

顺治二年（1645），王弘撰二十四岁，在长安与李因笃订交。其订交过程颇有戏剧性,"予昔邂近于长安茶肆,隔席遥接,各以意拟名姓。及询之,皆不谬,遂与订交"(《山志》卷三《李天生》),王弘撰在长安,又与明宗室朱子斗相交接,他在《山志》卷二《青门七子》里说,"青门七子"皆"宗室之贤而笃学者也,各有诗文集,卓然成家。伯明尤善书画。余所及与之游者,子斗翁而已"。

顺治七年(1650),因为"土寇窃发,遗赀摽掠殆尽"(《续陕西通志稿》之《王弘撰传略》),王弘撰"乃纵游,之淮阴,抵健康,至吴门,与江左高士,流连诗酒"。他后来追忆此番出游,说:

忆辛卯春,予始游吴门,所与交者陆履长、姚文初、瑞初、周子佩、子洁、顾云美、朱彦兼、沈古乘、叶圣野、胡雪公、邹鹤引诸君。时姜如须、张草臣皆病甚,亦为予强起。同寓虎丘者,则吴梅村、陈阶六、韩圣秋也。

——《山志》初集卷六《纪游》

南游期间,王弘撰的才学受到江南众多名士的推崇。他在《题自注华山记稿》里记述说:"辛卯春,舟次金、焦之下,谈子长益迟余于百尺楼头。酒半,谈子出(李)于鳞《华山记》属注……余生长山麓,知山之状,而余又好游,每岁中秋,辄问月其巅,故自谓知山之状者莫若余也。谈子因请谈,随谈随笔,酒毕而注竟。"(《砥斋集》卷一)可见其才思敏捷,谈笑间一篇而成。谈长益(1596—1666),名允谦,字长益,镇江人。明末诗人。生平作诗数千首,对明末时政多所咏叹。所著有《树萱草堂集》《山海经注》《三山志》等。王弘撰后来还记

323

述了会面吴梅村的情景："忆辛卯与梅村同寓虎丘，尝相聚谈。有卞姬敏者能画兰，梅村携之游，绝未有出山之志。余意其饮醇酒、近妇人，类信陵之所为。相别无几，闻有荐者，余不以为然，亦曾寓书言之。及余归，而梅村已起官矣。"（《山志》二集卷三之《吴司业》）感慨吴梅村之民族气节若此！途中，王弘撰写了不少的文章，且文笔精美，可谓佳作，如《寿丘申之先生七十序》《辛卯见闻录序》等篇。

在江南，王弘撰曾遭遇构陷，受到官府吏卒的相迫，几蹈不测，他在《复临川周业师书》里说："门生素性狂憨，遭忌构陷，吏卒见迫，几蹈不测。赖里中士庶，不忘先人之泽，声义公堂，使沉冤获雪，此门生所以发奋于邹阳，而坠涕于江淹者也。"（《砥斋集》卷八）周业师指在虔州时期父亲为他所延请的老师，看来是在江南一带的陕西乡党及时相助，才使他脱开沉冤，但沉冤的缘由，却未见说明。

顺治十五年（1658），王弘撰过安陵，逗留月余，与韩石华、刘博仲等文友相会。他早听说过韩石华的名字，说其"流离险阻，扶祖母榇归葬事"，这次会面，"始挹其风采，接其谈论，奕奕岳岳，映发四座，则固翩翩诗人也"，论诗，"翱翔汉、魏，驰骋中、初、盛，而必源之《三百》，矩之'六义'"（《砥斋集》卷之一上《雪舫近诗序》）。而刘博仲也非等闲，"自弱冠好学，博极群书……以文豪"（《砥斋集》卷一上《霍庵近稿序》）。王弘撰这次游安陵，应该是应约而至。此年，他的好友高陵田雪崖以治《易》成进士。

次年，王弘撰家居。友人润生赠他一鹤，他于是构"独鹤亭"。"独鹤亭"建立在太华山北麓距离王弘撰潜村家不远的地方，面对仙掌，虽非雕梁画栋，却也别具匠心，山岚云雾萦绕其间，几声鹤唳，更惹诗情无限，成为文人骚客、雅士遗民聚会的场所。"谈笑有鸿儒，往来无白丁"，南北名士王士禛、李因笃、王岩文等均曾在此留下足迹。屈大均在七言古诗《题王山史独鹤亭》里，极尽描绘，其中说："华山三峰削青天，白帝金精育大贤。黄河万里入胸臆，文章一泻如云烟……闻君好鹤鹤亭居，九皋清泪为君娱。携持杯杓来相就，骖驾烟霞遂共驱。共驱直向华山巅，鹤兮起舞何翩翩。衣裳皎若玉井莲，何殊玉女临樽前。"既称誉了"独鹤亭"主人，也以瑰丽的想象写出了他们于此如"兰亭""群贤毕至，少长咸集"的盛况。

顺治十七年（1660），王弘撰不幸痛失两位兄长。先是正月，伯兄弘学离世，十一月初四，四兄弘赐又殁。王弘撰在《祭伯兄石渠先生文》中陈述道："大兄天资醇厚，好学笃行，少从我父游冯恭定之门，履规蹈矩，惟濂洛关闽是程，勤以立业，俭不负德。"在《祭四兄酒臣先生文》里，也有"幼负至性，聪敏迈伦，长而涉猎古籍，意娇娇不肯下人"的评价，因为甲申之变，四兄"遂裂衣冠"，"遂自废，寓情杯斝"，"概其怀才莫展之概"（《王弘撰集》之《砥斋集》卷之十一），如今遽然以亡，令人悲痛不已！王弘撰与其兄手足情深，此番他抱幽忧之疾，哀伤几乎不起。

顺治十八年（1661），王弘撰寓长安，与李叔则论书法。在《书临〈玄秘塔〉帖后》中，他谈论道："书法钟、王，尚矣。继莫妙于颜、柳，要其忠义正直之气，溢于笔墨之际。今人舍颜、柳而学吴兴，无怪乎世道之日下也。辛丑秋日寓长安，与李岸翁共晨夕，简论及此，岸翁深以为然。"（《王弘撰集》之

《砥斋集》卷之二）王弘撰是书法大家，有"风逼云收霞催月上"之称誉。

订交后王弘撰的重要活动

康熙二年（1663），顾炎武由山西入潼关，访王弘撰于华阴西岳庙南小堡内的待庵（即砥斋），遂与王弘撰订交，两人一生的友谊就此展开。

从康熙三年（1664）至康熙十六年（1677），这十三年间，王弘撰与屈大均在三原相识，并陪其游历太华山，继而出掌关中书院，受聘撰修《陕西通志》，游燕、赵，过祁县与戴廷栻订交，在保定识陈上年，旋入都。于康熙八年（1669）春三月至昌平，祭告思陵，归家后，九月，李颙来游太华山，三兄弘嘉病逝……

值得注意的是，康熙九年（1670），王弘撰四十九岁，此年元旦，他自焚诗稿，且痛自悔过，不敢为一切逾分违理之事。在《山志》卷一《自励》中，有这样的话："予昔日好声妓，三兄尝以为戒。今每忆及，不禁泣数行下。悔过之诚，有如皦日，不独如吾家右军所云，恐儿辈觉，损欣乐之趣也。"方光华等先生在其所著《关学及其著述》中，即列题为"放荡不羁王弘撰"。至此，他要"羁"住自己了，要"羁"，先要有认识，王弘撰坦白道："予少攻举子业，时有酒色之失。后遭寇乱，狂堕自废，德业靡成。"今后，"所以养身，非独自励，亦王我弟子，共识此举"。是岁，他开始读周敦颐之书，并为之付刻。康熙十二年（1673）冬天，李颙过王弘撰家，留五日，论学之道。

康熙十五年（1676），王弘撰重要的哲学专著《正学隅见述》写成。

再会及寓居太华山

康熙十六年（1677），顾炎武第二次入关中，住宿在王弘撰家中。他俩具有相近的家世，其前辈都是明王朝的官宦，他们二人又博学多才，精通经典，且有共同的思想志向和深深的故国情结。二月，顾炎武与王弘撰同至昌平，谒天寿山及怀宗欑宫。怀宗即明朝最后一位皇帝朱由检，甲申之变中自缢于北京煤山，怀宗是清廷为他所上的庙号。朱由检死后葬于思陵，地处十三陵之西南隅的鹿马山南麓。此行，顾炎武作有《谒欑宫文》和《二月十日有事于先皇帝欑宫》诗，诗云：

青阳回轩邱，白日丽苍野。
封如禹穴平，木类湘山赭。
不忍寝园荒，复来奠樽斝。
仿佛见威神，云旗导风马。
当年国步蹙，实叹谋臣寡。
空劳宵旰心，拜戎常不暇。
贼马与边烽，相将溃中夏。
颓阳不东升，节士长喑哑。
及今揽甲兵，无复图宗社。
飞章奏天庭，謇謇焉能舍。
华阴有王生，伏哭神床下。
亮矣忠恳情，咨嗟传宦者。

遗臣日以希，有愿同谁写。

——《亭林诗集》卷五

诗中之"当年国步蹙"之"蹙"，是紧迫的意思。"贼马"隐喻李自成农民起义军。"边烽"，指九边烽火，以指清兵。诗中"华阴有王生，伏哭神床下。亮矣忠恳情，咨嗟传宦者"句，"宦者"指吕太监。原本这两句诗下有自注云："吕太监言，昔年王生弘撰来祭先帝，伏哭御座前甚哀。""亮"，忠正坦白之意。顾炎武六次谒思陵，这次与王弘撰结伴晋谒，尤见其孤忠之心耿耿。

顾炎武与王弘撰谒思陵后即分别。三月，顾炎武出都去山东章丘，然后，又去山西，深秋，他过介休，至霍州、灵石，接着返回太华山下。行进在霍州道上，顾炎武在秋雨中，怀念关西秦地的王弘撰、李因笃、李颙诸位朋友，作诗曰："苦雨淹秋节，屯云拥霍州。虫依危石响，水出断崖流。驿路愁难进，山亭怅独留。遥知关令待，计日盼青牛。"这次入关，顾炎武一路兼程，过龙门，看见秦晋峡谷壁立，黄河自天而来，至禹门时撞击而下，急流汹涌，势不可当，有《河上作》诗：

龙门下雷首，自古称西河。

入自积石来，出塞复逶迤。

吕梁悬百仞，孟门高峨峨。

远矣大禹功，山泽得所宜。

灵迹表华岩，金行镇西垂。

黄虞日已远，爰怒寻干戈。

去年方斗争，掘壕守朝那。

车骑如星流，衣装兼橐驼。

第十章 顾炎武在太华山的朋友圈

狼弧动箭镞，参伐扬旍麾。
嗟此河上军，来往何时罢。
今年暂寝兵，逻卒犹讥诃。
手持一尺符，予钱方得过。
追惟狄泉陷，地底生苍鹅。
窦窨来攫人，遂路横长蛇。
寰区恣刀俎，飞走穷网罗。
万类不足饱，螻蚁其奈何。
仰希神明眷，下戢阳侯波。
行将朝白帝，一诉斯民瘥。
猿鸟既长吟，穷人亦悲歌。
歌止天听回，勿厌辞烦多。

——《亭林诗集》卷五

全诗可以分为三解，起句至"金行镇西垂"，叙述西河地理形势；以下至"予钱方得过"为第二解，专门写了由于"三藩之乱"，去年两年间军旅战事对河上交通的影响；后为第三解，诉说自从国变以来"寰区"之内饱受战乱之苦。秋季的关中，正值雨季，顾炎武一路风尘仆仆，终于到达太华山下。

王弘撰在《频阳札记》里记述道："丁巳秋九月三日，顾宁人先生入关，止于予明善堂。"这次入关，顾炎武"将筑山居老焉"，也就是说，将在这里安居以度晚年岁月了。这件事，顾炎武思谋已久，想必在北京晋谒鹿马山的日子里，他曾与王弘撰有过深入交流，终于下定决心来完成。王弘撰长子王宜辅《刻砥斋集记》云："大人夙多疾，乙卯（按：康熙十四年）春构学易庐，书朱子语于门曰'闲中古今''静里乾坤'，又书座右曰'养身中之天地''游物外之文章'，遂谢人事，弃去一切，朝夕讽绎，惟四圣之《易》而已。"明善堂或即"学易庐"吧。顾炎武比较满意"明善堂"的居住条件，安顿好后，作《雨中至华下宿王山史家》诗云：

> 重寻荒径一冲泥，谷口墙东路不迷。
> 万里河山人落落，三秦兵甲雨凄凄。
> 松阴旧翠长浮院，菊蕊初黄欲照畦。
> 自笑漂萍垂老客，独骑羸马上关西。
> ——《亭林诗集》卷五

顾炎武十年前到过太华山下造访王弘撰，这是第二次见访，故曰"重寻"。因为王弘撰也是"以游为隐"，不常在家，所以，诗中引陶渊明《归去来》之"三径就荒"之典。"冲泥"，雨中践泥而行。"谷口"，东汉郑朴隐居处。"墙东"，隐者居宅，庾信《和乐仪同苦热诗》有"寂寥人事屏，还得隐墙东"诗句。"落落"，指王弘撰疏旷不苟合。"兵甲"，干戈。此诗表现出称誉王弘撰和表述自己心怀的主题。

顾炎武在山东章丘，曾置产，几为小人所构，故出济南狱后，就有了移居之想。他饱读天下郡县地理之书，又有巨著《肇域志》，熟思再三，确定入关中，在太华山下借重挚友王弘撰以定居，其理由，顾炎武在给《三侄书》里说："秦人慕经学，重处士，持清议，实与他省不同"，"然华阴绾毂关、河之口，虽足不出户，而能见天下之人，闻天下之事。一旦有警，入山守险，不过十里之遥；若志在四方，则一出关门，亦有建瓴之便。"（《亭林文集》卷四）秦地文化氛围好，尊师重道，这里的地理位置也好，不但"绾毂关、河之口"，各路消息灵通，而且是"三秦要道，八省之衢"，出潼关，便至中原；越秦岭，可以南下江淮；出萧关，出至荒漠，西别大散关，路通西域，再说即使果真"有警"，也能够立即入山避匿，有王弘撰在乱中入山八年得以保全的先例。再说，他"笃于朋友"，礼数周全，热情好客，还有李因笃、李颙等同道朋友，可以互相质疑研讨，所以，顾炎武以为此地确实乃理想的卜居之地，于是，是年秋，便把原来祁县戴廷栻为他所构之书堂的书籍，尽数移迁华阴，又遣祁县之妾。

所谓祁县之妾，是这么回事：顾炎武在《与王山史》书里，曾经细说过，"及辛亥岁，年五十九，在太原遇傅青主，俾之诊脉，云尚可得子，劝令置妾，遂于静乐买之。恃其筋力尚壮，亟于求子"，不意，"不一二年而众疾交浸，始思董子之言而瞿然自悔。会江南有立侄衍生之议，即出而嫁之"（《蒋山佣残稿》卷一）。

富平论辩及其王弘撰的理学思想

王弘撰刚安顿好顾炎武，"频阳郭九芝明府使来，附朱山辉太史之讣"（《砥斋集》卷四《频阳札记》）。是月十九日，他专程前往富平，吊朱山辉之丧。其间，与郭九芝及李颙在一起共同论学，出所著《正学隅见述》相质证。李颙非常重视王弘撰的到来，隆重予以接待，"具鸡黍"，并与之"为竟日之谈"（《砥斋集》卷四《频阳札记》）。但是，尽管是情谊深厚的朋友，然而，在学术观点上，他们却是毫不相让、针锋相对。王弘撰在《频阳札记》里，记录了这次与李颙、郭九芝就"格物致知"

的论学，表现出他的理学思想。

王弘撰与顾炎武崇尚朱熹的思想与学术观点，这是他的理学思想的基础。

而李颙则信奉王阳明的哲学思想。王弘撰此行富平，自然与其有比较激烈的哲学思想交锋。王弘撰到富平之后，先与郭传芳论辩。郭传芳敬佩王弘撰的学识，说："闻先生迩年潜修，十倍曩昔，德进名藏，甚得古处乐道之益，私衷甚为耸悦。"又说："今闻顾宁人先生已抵山居。宁人命世宿儒，道驾俨然，非无所期而至止。关学不振久矣，斯其为大兴之日耶？"王弘撰复其云："《尊经阁记》，大要是衍'六经注我'之绪，茅鹿门谓程朱所不及，弟谓程朱正所不为耳。"他上来就指出，王阳明先生的《尊经阁记》只是延续陆九渊先生提出的"六经注我"观点而已，茅坤认为程朱不及，王弘撰却认为，不是不及，而是不为也。再说，"今幸宁人先生不弃远来，正欲策励驽钝，收效桑榆"，"先生（按：指郭九芝）誉过其实，只增赧悚耳"，主客对答很有水平呵！

郭九芝提出"庶物"与人伦之理及知与行的关系问题，他认为人伦即是庶物之则，并引经文"舜明于庶物，察于人伦"为证，否定"庶物"之理与人伦之理的区别，主张"庶物与人伦皆此一理"，在知行问题上主张"知行原不相离，亦断无行在知内之理"，可见郭九芝基本属于王阳明心学学派。

王弘撰则认为人伦与庶物固然在最高层次上同为一理，但是庶物与人伦还是各有其自身的规则的，"庶物有庶物之则，人伦有人伦之则"，在这点上，他表明"弘撰之说与文成颇异，唯先生（按：指郭九芝）更察之"；至于知行问题，他赞同朱子知有先后的主张,知在行之前,"朱子有轻重先后之别,为不易之言",继而说,"有知而不行者也,未有行而不知者也,岂真谓行在知外在哉?亦言其序如此耳",表示不认同郭九芝的观点。

在与李二曲的讨论中,仍然在"格物致知"这个问题上争论激烈。李颙谓"格物乃圣学入门第一义",而"入门一差,无所不差",这是关键问题。李颙认为古之"欲明明德于天下"节与"物有本末"节原相连,只因章句(按:指古籍的分章分段和语句停顿)分作两节,"后儒不察,遂昧却物有本末之'物',将格物'物'字另认另解,纷若射复,争若聚讼,以成古今未了公案",又说,"欲物物而究之,入门之初,纷纭胶葛,坠于迷魂,陈此玩物,非是格物"。对此,王弘撰回答说:"以弘撰愚鲁之资,固守考亭之训,于先生'内外本末一齐俱到'之旨,实未信及。"接着说:"如以欲物物而究之为玩物,则《易》所云'知周乎万物','远取诸物',孟子之'明庶物''备万物'皆何以解免耶?"他认为:"且格物'物'字为物欲,乃与物有本末之'物'异耳。如云物欲既格,而后渐及于物理,则又合二说而一之,是欲致其知者,先诚其意矣,于经文不合,皆心所未按也。"王弘撰指出,如果仅将"格物"之"物"释为"物欲",于经文不合,不能以偏概全。李颙倒也虚心,对于王弘撰的批评,他承认须对外物有渊博的知识,他说:"承教,谓知周乎万物妙妙,盖必知周万物,始能经纶万物,物物咸处之得其当,而后可以臻治平之效,然物皆备于我,何乐如之?兹因有感于大教,而弟之《格物说》不可以不改也。"此前,郭九芝曾将李颙的新作《格物说》送给王弘撰阅读过,但是,李颙质疑王弘撰"内外本末一齐俱到"的观点,对其提出的"必以为先博文而后约礼，理穷而始可主敬"不认同。他说，要是这样，"则文与理浩然无际，将终其身无有约敬之时矣"，其理由是"夫博文穷理而不约礼主敬，则闻见虽多，而究无以成性存存，便是俗学"。他继续论述："徒约礼主敬而不博文穷理，则空疏无用，而究不足以经世宰物，便是腐儒"，结论是："故必主敬以穷理，使心常惺惺，方能精义入神，随博随约，庶当下收敛，不至于支离驰骛，德业与学业并进，此内外本末之贵于一齐俱到也。知行合一，其在斯乎？"他依然坚持自己"博学于文""穷理"须要"约于礼""主敬"，即以伦理修养为首要地位的观点。对此，王弘撰仍然从经典出发，说："然绎颜渊循循善诱之训，固谓必先博文而后约礼也。又证之以博学而详说之，将以反说约之言，益信圣贤为学之序，穷理主敬如此而已，然所谓先后者，岂真截然分为二事？盖理即在文之中，约亦在博之际，即朱子所云'非谓穷理时便不主敬也，其间有深浅之别'。朱子于《或问》(按：即《论语或问》一书)中言之已详，今具载鄙著中，后人不察耳。"他批驳李颙说："先生俗学腐儒之论，正符此旨。今以格物致知为穷理诚意，正心为主敬，本末不离，始终有序，自可斩断葛藤，何必舍确有可循之诣，外生枝节，以滋纷纷乎？"又说："至文理无涯之说，似无庸虑。孟子云'知者无不知也，当务之为急'。今如此，则只存'当务之急'一句，而'无不知也'四字竟可删去，恐非圣贤立教意也。"王弘撰还是引用经典立论，作为先博文而后约礼的证明，同时也承认"博文"与"约礼"应同时并进，但有深浅先后之别，顺序正与李颙相反，他引用朱子的著作指出："以格物致知为穷理，诚意正心为主敬"，这是为学的正确途径，穷理为先为本，主敬为后为末。至于李颙逐物、玩物的担心，可用孟子"当务之急"的方法来解决，与时势有无关系、关系密切程度正是穷理的次序与标准。

《频阳札记》虽然篇幅不长，却是王弘撰理学思想展现最为充分的著作。他与李颙的质疑辩驳实质上是程朱与王学的争辩，王弘撰赞成格致即穷理，反对王阳明将格致解释为"正心"的观点，李颙也将格物解释成"格去物欲"，而王弘撰不同意李颙将"物"字解释为"物欲"，很明显，李颙所谓的"物"，是主观化了的"物"，而王弘撰则认为"物"就是客观存在的事物，可以理解为被人认识的对象，或者就是客观存在的诸种事实，但不能扩大到"物欲"的层面，即不能认为"物"是主观化了的东西。李颙宗阳明心学，特别强调伦理本体，主张舍去程朱一派格外在之物的曲折，而径直进行伦理修养。在进行知识学习和积累上，即所谓"约礼"而后"博文"。因此，他对经典中格物之物即有了不同的解释，"六经注我"的特点更为突出。朱子学则主张在学习知识、行为规范中体认和掌握儒家伦理，以做到有条可循、循序渐进，故云"博文"而后"约礼"。修养方法、修养层次是王学与朱学分歧的关键所在，故而李颙与王弘撰皆持之甚固，各不相让。

在理气问题上，王弘撰主张"理气合一"，在《北行札记》之《示门人蔚起》里，记录了他与门人耿蔚起的对话：

问：何谓太极？

曰：太极是理。理气合一，混合无联，名曰太极。道家以无极为理，太极为气，故谬。

问：太极是理，理何以能动静？

曰：动静是理，不是理也能动静。

问：理气先后？

曰：理不可与气言先后，言先，则先是理。言后，理在；不言理，理亦在。

如谓理能生气，是不明也。

王弘撰认为，理气是混沌无间的，但是理比气更为根本，所谓"盈天地间皆理也。理本实，而其位则虚"（《山志》二集卷四《理气合一》），意思是说，理作为法则是实有的，然而法则不能独存，只有借着对象才能表现出来，举例说，"即如天地间有润下之理，水得之。然有水而润下之理见，即无水而润下之理亦自在。是润下之理水得之，非有水而始有润下之理也"，而"火"的"炎上"之理也一样。这里将水、火、人性并论，以说明理是客观存在的，反驳了当时以理为本、以气为末的理学观点。

王弘撰的哲学思想，在对于程朱与陆王两派的认识上，能辩证地看待问题，他在《正学偶见述》自序中说：

弘撰愚不知学，唯读古人之书，以平心静气自矢，惘敢逞其私德；而久之，有是非判然于吾前辈者。盖有见于格物致知之训，朱子为正；太极无极之辩，陆子为长。贤者之异，无害其为同也。

王弘撰"以平心静气"、科学公正的学术态度，来评析程朱与陆王哲学观点。他认为，在思想上，关于格物致知的论述，朱子的看法是值得肯定的。在关于太极无极，即世界的演化进程，陆九渊的见解更为深刻。因而，不能因为他们的思想有分歧，就加以完全肯定或彻底否定，应该取其长而弃其短。

顾炎武为王弘撰家族宗祠作记

记，是一种古代文体，可以通过记人、记事、记物、记景，来抒发作者的感情和主张。古人历来把为文，尤其是作记看得非常慎重，轻易不肯下笔为之。尤其是碑文与宗祠之记，更是如此。被列为"唐宋八大家"之首的韩愈，喜欢写此类文字，甚至为了讨好人家，不乏溢美之词，被人嘲讽为"谀墓"。当然，写碑文与宗祠记之类文章，所得润笔自然非常丰厚，《旧唐书》之《李邕传》说："邕长于碑颂，朝中衣冠及天下闻人多赍持金帛，以求其尔。前后所制，凡数百首，受纳馈遗亦至百万。时议自古鬻文获财，未有如邕者。"相比之下，顾炎武却不这样，有人再三请求，他也不为所动，即是告罪于朋友也不执笔为文。然而，好友王弘撰请求他为华阴王氏宗祠作记，他却欣然命笔，作《华阴王氏宗祠记》，文曰：

> 昔者孔子既没，弟子录其遗言以为《论语》，而独取有子、曾子之言次于卷首，何哉？夫子所以教人者，无非以立天下之人伦，而孝悌，人伦之本也；慎终追远，孝弟之实也。甚哉，有子、曾子之言似夫子也。是故有人伦，然后有风俗，有风俗，然后有政事，有政事，然后有国家。先王之于民，其生也，为之九族之纪，大宗小宗之属以联之；其死也，为之疏衰之服，哭泣殡葬虞附之节以送之；其远也，为之庙室之制，禘尝之礼，鼎俎笾豆之物以荐之；其施之朝廷，用之乡党，讲之庠序，无非此之为务也。故民德厚而

礼俗成，上下安而暴慝不作。自三代以下，人主之于民，赋敛之而已尔，役使之而已尔，凡所以为厚生正德之事，一切置之不理，而听民之所自为，于是乎教化之权常不在上而在下。两汉以来，儒者之效亦可得而考矣。自二戴之传，二郑之注，专门之学以礼为宗，历三国、两晋、南北、五季干戈分裂之际而未尝绝也。至宋程、朱诸子卓然有见于遗经，而金元之代，有志者多求其说于南方以授学者。及乎有明之初，风俗淳厚，而爱亲敬长之道达诸天下。其能以宗法训其家人，而立庙以祀，或累世同居，称之为义门者，亦往往而有。十室之忠信，比肩而接踵，夫其处乎杂乱偏方闰位之日，而守之不变，孰劝帅之而然哉？国乱于上而教明于下。《易》曰："改邑不改井。"言经常之道，赖君子而存也。呜呼！至于今日而先王之所以为教，贤者之所以为俗，殆澌灭而无余矣！列在搢绅而家无主祏，非寒食野祭则不复荐其先人；期功之惨，遂不制服，而父母之丧，多留任而不去；同姓通宗而不限于奴仆；女嫁，死而无出，则责偿其所遣之财；昏媾异类而胁持其乡里，利之所在，则不爱其亲而爱他人，于是机诈之变日深，而廉耻道尽。其不至于率兽食人而人相食者几希矣！昔春秋之时，弑君三十六，亡国五十二，而秉礼之邦，守道之士不绝于书，未若今之滔滔皆是也。此五帝三王之大去其天下，而乾坤或几乎息之秋也。又何言政事哉！吾友华阴王君弘撰，邻华先生之季子，而为征华先生后者也。游婺州，二年而归，乃作祠堂以奉其始祖，聚其子姓而告之以尊祖敬宗之道。其乡之老者喟然言曰：不见此礼久矣，为之兆也，其足以行乎？孟子有言："恻隐之心，仁之端也。"夫躬行孝弟之道，以感发天下之人心，使之惕然有省，而观今世之事若无以自容，然后积污之俗可得而新，先王之教可得而兴也。王君勉之矣。

——《亭林文集》卷五

顾炎武这篇"记"，实际上是一篇犀利的政论文。在此文中，顾炎武认为，"孝悌，人伦之本也；慎终追远，孝弟之实也"，"是故有人伦，然后有风俗，有风俗，后有政事，有政事，然后有国家"。这个观点，在《亭林文集》卷四《与人书九》里就有所表露：所谓"目击世趋，方知治乱之关在人心风俗，而所以转移人心，整顿风俗，则教化纪纲为不可阙矣"。顾炎武在《华阴王氏宗祠记》里，全面论述了自己的政治思想。他非常怀念明初的社会状况，说："有明之初，风俗淳厚，而爱亲敬长之道达诸天下。其能以宗法训其家人，而立庙以祀，或累世同居，称之为义门者，亦往往而有。"其原因在于"能以宗法训其家人"，也就是讲究"孝悌"这个"人伦之本"，才有了如此之"风俗淳厚"。他认为，明朝灭亡的根本原因是名教衰落、道德沦丧，所以他深刻地批评道："至于今日而先王之所以为教，贤者之所以为俗，殆澌灭而无余矣！""于是机诈之变日深，而廉耻道尽。其不至于率兽食人而人相食者几希矣！昔春秋之时，弑君三十六，亡国五十二，而秉礼之邦，守道之士不绝于书，未若今之滔滔皆是也。此五帝三王之大去其天下，而乾坤或几乎息之秋也。又何言政事哉！"在"廉耻道尽"的情况下，政事就无从谈起,历史的经验如是。

此"记"写法上也颇有新意,直到最后快要结尾的时候,他才盛赞王弘撰修葺宗祠之举:"吾友华阴王君弘撰,邻华先生之季子,而为征华先生后者也。游婺州,二年而归,乃作祠堂以奉其始祖,聚其子姓而告之以尊祖敬宗之道。其乡之老者喟然言曰:'不见此礼久矣,为之兆也,其足以行乎?'孟子有言:'恻隐之心,仁之端也。'"接着又是一段议论:"夫躬行孝悌之道,以感发天下之人心,使之惕然有省,而观今世之事若无以自容,然后积污之俗可得而新,先王之教可得而兴也。"对王弘撰的孝行给予了高度评价,也可以看出,顾炎武与王弘撰的情谊超出一般朋友,这是非常难得的。

王弘撰应试博学鸿词科

康熙十七年(1678),王弘撰应召入京,应博学鸿词科试。此前他曾以病辞,不获,只得入京。他在《山志》卷五《陈蔼公》里记叙道:"戊午秋,予入都,遣童寻一幽僻僧房作寓,乃至昊天寺。"他应试的人往往借此求售于达官贵人,交游不绝。而王弘撰则闭门不出,即使有慕名来访者,他也只以书信来往答酬。比如,他在《答阮亭太史》书,有云:"病夫不出寺门,左右所知,既忝宗谊,自可垂谅。即不允辞,弘撰亦终不至也。勿罪。"(《王弘撰集》下《北行札记》)赴京之前,顾炎武还在山西,他未能相见,然而却时刻挂念不已,秋深时分,王弘撰作《对菊有怀》诗云:

御水桥边秋叶黄,一枝寒菊度重阳。

第十章　顾炎武在太华山的朋友圈

临风每忆陶元亮，恐负东篱晚节香。

——《王弘撰集》之《附录》

以此诗遥寄顾炎武，一表重阳佳节对友人的思念，二则自比陶潜归隐田园抱节不屈。顾炎武收到此诗，自然也有诗相勉，以《和王山史寄来燕中对菊诗》遥和之：

雪满河桥归辔迟，十行书札寄相思。

楚臣终日餐英客，愁见燕台落叶时。

——《王弘撰集》之《附录》

诗中的"十行书札"是顾炎武比喻自己给王弘撰的复信，信中说："接来书与诗，并悉近况，甚慰。今又以诗奉和。孟子曰'是求无益于得也。'况有损乎？愿执事之益坚此志也。"勉励他"益坚此志"，即保持陶元亮的气节。王弘撰得顾炎武书信与诗，立即再作《寄亭林先生》诗曰：

衰晚幽栖十载余，行藏到此岂堪疏。

故人自寄当归草，何处能容却聘书？

——《王弘撰集》之《附录》

这首诗表露出王弘撰"却聘"确非容易的无奈，然而，他却能既保全自己又不坠"东篱晚节香"。又作《梅》诗云：

清香绝不染缁尘，别有孤山一段春。

回首故园方信香，柴门空锁月如银。

——《王弘撰集》之《附录》

表达了同样的心态与信念。王弘撰写给《吏部告病呈》里说："疾势日增，将不保微躯，终必负乎大典，故敢哀泣上控，恳祈俯察真情，准赐代题，俾得回籍调理，苟延余生。"（《王弘撰集》下《北行札记》）王士祯在《居易录》中说："华州宗人弘撰（山史），博物君子也。康熙己未，以鸿儒博学至京师，居城西昊天寺。不谒贵游，以老病辞，不入试，罢归。"（《王弘撰集》下《居易录一则》）王弘撰北上入京，有《北行札记》，乃"王山史先生应召赴京之日，所札记者也"（《重刻北行札记序》），静心阅读，可以窥见王弘撰此行之行状与情景。

古道相砥

康熙十八年（1679），王弘撰离京返回陕西，顾炎武听到这个消息甚是高兴，作《与王山史》书，对王弘撰提出了殷切的希望，书中说："四月杪自曲周遣人入都，至贵寓，言驾已西行数日，甚慰。自今以往，以著书传后学，以勤俭率弟子，以礼俗化乡人，数年之后，叔度、彦方之名，翕然于关右，岂玉堂诸子之所敢望哉？"同时，告诉王弘撰自己的出游情况："弟今年涉尹阙，出轘辕，登嵩山，历大伾，将有淮上之行，而资斧告匮，复抵西河暂憩，未获昕夕一堂，奉教左右，良为怃然。"（《王弘撰集》附录二《同志赠言》）对没有在太华山下等待王弘撰归来，表示了歉意与不安。顾炎武写给王弘撰这封书信的背景是，他在三月已经出游在外，而行前，曾作《留书与山史》书云：

弟以淮上刻书未竟，须与力臣面相考订，而晋中亦不可不一往，故于明日东行，不能□先生归里。此去计须半载……考亭祠堂，原一字来言当事视为迂腐之举，当更作区画，今候驾回与子德合力经营……家计渐窘，世情日薄，而乌衣子弟，若染寻常百姓之习，则从恶如崩，不可复振矣。恃在知己，敢以肝鬲之言，陈诸左右，不必向人道也。郎君辈甚推敬，并谢惓惓。

——《蒋山佣残稿》卷三

顾炎武在书中交代自己离开太华山的原因有二：一是淮上刻书还没有完成，需要亲自考订校雠；二是祁县的事情还没有处理到头。最后，他嘱咐王弘撰归家后与李因笃合力建好朱子祠。要说的是，是年，顾炎武还写了《规友人纳妾书》，以自己纳妾之后"不一二年而众疾交倾"为例劝诫王弘撰不要纳妾，这是情逾手足般的亲切劝导，可见二人关系甚笃。

顾炎武出陕西后，至河南的睢州，将去淮上而不果，四月至曲周，又至汾州。十一月，又从山西入关中，归太华山下。顾炎武与王弘撰此次的重逢，格外亲切，二人朝夕相处一起论学的情形，王弘撰在《复施愚山侍讲》中说："家茂衍至，再捧手教，草茅衰病，而先生笃志不忘，乃尔耶？"又云：

自分一丘一壑，可毕余生，而今每为徭赋所迫，不免拮据。唯是与顾亭林先生共数晨夕，得日闻所未闻，差足自娱。而亭林明道正谊，弟实奉若神明蓍蔡，不第服膺其问学之精博已也。

——《砥斋集》卷之八上

《复汤荆岘侍讲》的信中，他亦写道：

弘撰以不才，又衰病侵寻，西归以来，益复愈甚。唯是与顾亭林先生朝夕同处，以古道相砥，优游山水之间，差足娱耳。

——《砥斋集》卷之八下

所谓"古道"，泛指古代的制度、学术、思想、风尚等。顾炎武著述的目的甚为明确，他说："所著之书，皆以拨乱反正，移风易俗，以驯乎治平之用。"（《亭林文集》卷六《与友人论学书》）在《初刻日知录自序》里也表达了同样的意思："其所欲明学术，正人心，拨乱世以兴太平之事。"（《亭林文集》卷二）以此观之，顾炎武与王弘撰"以古道相砥"，就是探讨明道救世经世致用的学问，而绝不谈无益之事。为什么呢？因为顾炎武"感四国之多虞，耻经生之寡术"（《亭林文集》卷六《天下郡国利病书序》），他抱定"拯斯人于涂炭，为万世开太平，此吾辈之任也。仁以为己任，死而后已"（《亭林文集》卷三《病起与蓟门当事书》）的决心，以"保天下者，匹夫之贱，与有责焉耳矣"（《日知录》之《正始》）的责任与担当，展开他一生的治学与著述活动。这些，都该是他与王弘撰"朝夕同处"所讨论的重大主题吧。

顾炎武与王弘撰商讨最为频繁的当是金石学，因为王弘撰精于金石学，也是著名的书画鉴赏家和名震关中内外的书法家，顾炎武则著有《金石文字记》，这是他搜集汉代以来的碑刻三百余通，考其本末、源流，并与史书相印证，以辨其正误的一本专著。顾炎武在《金石文字记序》里说，"余自少时，即好访古人金石之文"，"及读欧阳公《集古录》，乃知其事多与史书相证明，可以阐幽微，补阙正误"，所以，"比二十年间，周游天下，所至名山、巨镇、祠庙、珈蓝之迹，无不寻求，登危峰，探窈壑，扪落石，履荒榛，伐颓垣，畚朽壤，其可读者，必手自抄录，得一文为前人所未见者，辄喜而不寐"（《亭林文集》卷二）。其用心用功可谓至矣。王弘撰在《山志》里，专门考证碑刻、书画的论述比比皆是，如《禹碑》《淳化阁帖》《圣教序》等文章。《砥斋集》卷之二中也收录了他不少关于书画方面的题

第十章　顾炎武在太华山的朋友圈

跋，如《题王雨公华山图册》《题品泉图》《天下名山图跋》《东阳兰亭跋》等等。他亦有专著《十七帖》，《十七帖》是王羲之草书的代表作，因卷首有"十七"二字而得名。王弘撰对其见解精辟而深刻。他出游江南，结交了众多的书画界朋友，《砥斋集》卷四《竺坞草庐记》说，"南云……尝为写《独鹤亭图》"，他评价是"妙得家法"，文南云乃明书画大家文征明后裔。如此这般，想来顾炎武与王弘撰在这方面必定有说不完的话头。

二人也常常谈到诗文，顾炎武主张"文须有益于天下"（《日知录》卷十九《文须有益于天下》），这个为文的主张，与北宋王安石类似，王安石曾经在《上人书》里提出，"且所谓文者，务为有补于世而已矣"，即把文章看作经国之大业，不朽之盛事。顾炎武执笔为文非常慎重，"止为一人一家之事，无关于经术、政理之大，则不作也"（《亭林文集》卷四《与人书》十八），但是，对于令人敬佩的节义之士，褒扬其生平之节操，可传之后世为训的，他不但不拒，而且不惜笔墨，浓墨重彩地书写，如为贞孝的继母写了《先妣王硕人行状》，为殉难于昆山保卫战的挚友吴同初写了《吴同初行状》，文笔深沉而感人至深。这符合他在《日知录》所说的为文的意见："文之不可绝于天地间者，曰明道也，纪政事也，察民隐也，乐道人之善也。若此者，有益于天下，有益于将来，多一篇，多一篇之益矣。若夫怪力乱神之事，无稽之言，剿袭之说，谀债之文，若此者，有损于己，无益于人，多一篇，多一篇之损矣。"简要来说，顾炎武所秉持的正是传统的诗文观点，刘勰在《文心雕龙》之《附会篇》中说："夫才童学文，宜正体制，必以情志为神明，事义为骨髓，辞采为肌肤，宫商为声气。"《颜氏家训》之

《文章篇》中也说:"文章当以理致为心肾,气调为筋骨,事义为皮肤,华丽为冠冕。"

还是在二十世纪八十年代初期,我就非常喜欢读顾炎武的诗文,尤其是他的短文《复庵记》,曾经反复阅读,一则此记文采斐然,二则寥寥几笔便交代清楚人物的身世与际遇,三则是描写太华山独有的自然风景。文曰:

> 旧中涓范君养民,以崇祯十七年夏,自京师徒步入华山为黄冠。数年,始克结庐于西峰之左,名曰复庵。华下之贤士大夫多与之游,环山之人皆信而礼之。而范君固非方士者流也,幼而读书,好楚辞诸子及经史,多所涉猎。为东宫伴读。方李自成之挟东宫二王以出也,范君知其必且西奔,于是弃其家走之关中,将尽厥职焉。乃东宫不知所之,而范君为黄冠矣。
>
> 太华之山,悬崖之巅,有松可荫,有地可蔬,有泉可汲,不税于官,不隶于宫观之籍。华下之人或助之材,以创是庵而居之。有屋三楹,东向以迎日出。
>
> 余尝一宿其庵。开户而望,大河之东,雷首之山苍然突兀,伯夷、叔齐之所采薇而饿者,若揖让乎其间,固范君之所慕而为之者也。自是而东,则汾之一曲,绵上之山出没于云烟之表,如将见之,介子推之从晋公子,既反国而隐焉,又范君之所有志而不遂者也。又自是而东,太行、碣石之间,宫阙山陵之所在,去之茫茫,而极望之不可见矣,相与泫然。作此记,留之山中。后之君子登斯山者,无忘范君之志也。
>
> ——《亭林文集》卷五

复庵是明遗民范养民于明亡后隐居太华山时所建的三间居室。顾炎武这时也流寓于此地。这篇文章，先写范养民的为人和复庵的创建，再写复庵的自然环境，极尽太华山人情与风景之淳朴之优美，顾炎武借"伯夷叔齐采薇"的历史典故，抒发眷恋故国的无限感慨。顾炎武强调："君子之为学，以明道也，以救世也。徒以诗文而已，所谓'雕虫篆刻'，亦何益哉！"（《亭林文集》卷四《与人书》二十五）

顾炎武的诗文，无论是论述、书信还是诗歌，大都凸显出鲜明的"明道"与"救世"的主题思想。他一直强调"博学于文"（《亭林文集》卷三《与友人论学书》），所谓"博学于文"，是指"经纬天地曰文"，从"自身而至于家国天下"都属于"文"的范围（《日知录》之《博学于文》），包括了全部的人文知识如制度、政纪、道德、伦理、历史及天文、地理、数学、技艺、诗歌、乐章等内容，这些都是博学的对象。"博学于文"出自《论语》之《颜渊》等篇中，顾炎武以"博学于文"为治学的准则。

作文须先做人。顾炎武力行"行己有耻"的行为规范，所谓"行己有耻"是说对自己的言行、举止要有辨耻之心，绝不可无耻，做到矜守节操，耿介不苟，坚拒污浊，永葆正气。后代学者认为"博学于文，行己有耻"是顾炎武一生治学和为人的纲领性主张和学术精华，也是顾炎武诗文的筋力所在。

他不仅精通经学、史学，而且对即文字学、古声韵、训诂学，还有天文、地理、水文、兵防与地方志、金石碑帖等等，都涉猎之广之精旷世鲜见，他说"君子之学，死而后已"（《亭林文集》卷四《与人书》六），这是顾炎武读书与治学的精神体现，因为他"博学于文"如斯，所以，顾炎武各种文体的文章及诗歌，既精深而又语言幽美典雅。"博学于文"，不是一味做"书橱"，而是善于从中摄取新的思想，获得创新的能力。顾炎武说："古人采铜于山，今人则买旧钱，名之曰废铜，以充铸而已。所铸之钱既已粗恶，而又将古人传世之宝，舂剉散碎，不存于后，岂不两失乎？"（《亭林文集》卷四《与人书》十一）也就是说，读书与治学要吮吸典籍之精髓，如是，才能具有真知灼见，在诗文上而言，必见"灼灼之华"，基于此，顾炎武在与友人谈到诗歌创作时指出："君诗之病在于有杜，君文之病在于有韩、欧。有此蹊径于胸中，便终身不脱依傍二字，断不能登峰造极。"（《亭林文集》卷四《与人书》之十七）为诗学杜，为文学韩、欧，这没有错，错在"依傍"，顾炎武的这些话，实际上是要求能够"推陈出新"，这是很高的艺术要求，确实须要"采铜于山"的精神才行。

顾炎武努力提倡诗文的美学风格是质朴无华、言之有物和注重真情流露。他在《作诗之旨》中说："舜曰：'诗言志。'此诗之本也。《王制》：'命太师陈诗以观民风。'此诗之用也。《荀子》论《小雅》曰：'疾今之政以思往者，其言有文焉，其声有哀焉。'此诗之情也。故诗者王者之迹也。建安以下洎乎齐、梁，所谓'辞人之赋丽以淫'，而于作诗之旨失之远矣。"强调抒情言志是诗文之本，感人之作都出自诗人的真情流露。顾炎武自己的诗作，沉郁苍凉、刚健古朴，沈德潜在《明诗别裁》里誉其"肆力于学……无不穷极根底，韵语其余事也。词必己出，事必精当，风霜之气，松柏之质，两者兼有。就诗品论，亦不肯作第二流人"。这个评价是准确的。

第十章 顾炎武在太华山的朋友圈

王弘撰赞同顾炎武关于诗文"明道"与"救世"的主张，他认为，要体现这个鲜明的主题思想，诗文就应该走以"简"为贵的艺术途径。王弘撰出掌关中书院，作《关中书院制义序》，其中谈道："窃谓人品不一，以诚为主；文格不同，以简为贵"（《王弘撰集》之《砥斋集》卷一下），并引杨维斗的话："文章莫妙于简，亦莫难于简"。接着说："国家以制义取士，使明道也，时诸先达皆尚简，清真典雅，卓然称盛，嘉、隆稍纵，万末斯靡，启之乙丑，矫之以子，降而滥矣。故维斗辈出，亟亟尊经，盖救弊之术，不朽事也。"王弘撰在这段话里，表达出自己对明代文学流变的一些看法。在他看来，何谓"简"呢？他说："不蔓不杂，故清；不饰不倍，故真；不凑不佻，故典；不俗不野，故雅。唯清、唯真、唯典、唯雅，故简也。"怎样为文才能简呢？他继续论述道："然则为简有道乎？曰道在力学。读书明理之人，识乎中肯，言必居要，故求之以博，守之以约，欲其自得之也。"这里，他提出了为文"简"的艺术标准是"清""真""典""雅"，而要达到这个艺术标准，有路径可循，即在力学，也就是说，用力治学，明白了其中的道理，有了正确的认识，就能简明扼要地表达出来，所以先要"博学"，再"守之以约"，就能达到为文"简"的艺术境界——确实是一种艺术境界，能用简单的语言反映出深刻的道理，是思维科学的表现，也是思想能力的体现，更是语言表达的水平。在《文稿自序》里，王弘撰又论到为文的要求，他说："文，君子之言也，以明理，以晓事，以宣情，取其达而已矣。故贵淡，行乎其所当行，止乎其所不得不止，斯善为淡者也。所谓绚烂之极尔，浮荡艰深，绮靡蝉缓，失其淡也，文斯下矣。"接着，求证于经典论证:"《中庸》曰:'淡而不厌',君子之道且然,而况文哉?"在"清""真""典""雅"四字之外,又提出个"淡"来,说明王弘撰不断思考不断完善为文的艺术标准,指出"文"的功能和作用,不外乎"以明理""以晓事""以宣情",具体而言,就是议论、叙事和抒情而已,能达到这几项目的就可以了。王弘撰引苏东坡《自评文》"其与山石曲折、随物赋形而不可知也。所可知者,常行于所当行,常止于不可不止,如是而已矣"(《苏轼文集》卷六十六)做论据,支撑自己的观点,这无疑是非常有力的。诗文应该像山泉流水一样自然从胸中倾泻而出,是久久在怀的思想与情感势不可遏的呈现,而不是强硬做作出来的,表现在语言及文章的整体风格上,他反对文字的佶屈聱牙,主张通晓明白,生动形象。王弘撰无论是《山志》也好,还是《砥斋集》也好,都是情有所动、意有所为而形之于笔墨,流畅而涩滞。如《梦游浮玉山记》这篇记叙文,语言犹如天籁,清风流水,飘然而来,韵味十足,如写浮玉山景色:

> 岭石如美玉,其色璀璨,宽才盈尺,入搦岭,骑行,以手代足,左右皆绝壁,深不见底,而右云烟窈冥,变徙无定,时闻有水声,云其下即沧海也。予颇心恐,回顾从子不见,乃奋勇而前,肃然悄然,弗敢睥视。复三四里许,顿履平地,其地广可百亩,林木青葱,花叶俱别,幽香习习袭人,禽鸟各异色,翔鸣上下,亦不类常产,有一字朴而遂虚无人。
>
> ——《砥斋集》卷四

浮玉山即天目山,地处浙江省杭州市西北部临安区境内。此文文字简洁,意境优美,细细读来,有"清""真""典""雅""淡"

的艺术特点。

顾炎武在黄河太华间的游踪

自从康熙二年（1663）至康熙十九年（1680），顾炎武四次入关中，他非常热爱黄河太华山之间的这块土地，在太华山的日子里，他两次登临华山，游历了不少的秦中遗址古迹，留下了优美的诗文，其《潼关》诗云：

> 黄河东来日西没，斩华作城高突兀。
> 关中尚可一丸封，奉诏东征苦仓卒。
> 紫髯岂在青城山，白骨未收渑澠间。
> 至今秦人到关哭，泪随河水无时还。
> ——《亭林诗集》卷四

顾炎武首次入关，行经潼关而有此诗。潼关在太华山东约四十里，关在县城东南（今之潼关县城之北），倨山临河，《水经注》载："河在关内南流潼激关山，因谓之潼关。"始建于东汉建安元年（196）。康熙年间，学者杨端所编撰的《潼关志》云："关之南秦岭雄峙，东南有禁谷之险，禁谷南设十二连城以防秦岭诸谷，北有洛、渭川会黄河，抱关南下；西则华岳三峰耸还诸山，高出云霄。"又引《山海关志》说"畿内之险，惟潼关与山海关为首"，"势壮三辅门而扼九州之地"，潼关是历代兵家必争之地，发生过许多战争，如周武王自潼关"出于河"，率大军与商的军队在牧野（今淇县南、卫河以北，新乡市附近）进行的决战；东汉建安十六年，曹操与马超的潼关之战（今潼关县博物馆藏有马超刺曹操误中的古槐）；唐安史之乱哥舒翰兵败安禄山的潼关之役等。顾炎武诗中"奉诏东征苦仓卒"是指崇祯末年，李自成农民起义军与官兵连战潼关的史实，直言明廷不应该逼孙传庭仓卒出征，以致潼关之败，遂有"至今秦人到关哭，泪随河水无时还"的感叹。

顾炎武入关中，自然要登览太华山。"自古华山一条路"，古人游山，不似现在有缆车，瞬间可达山顶，而是拾路缓缓而上。顾炎武一边攀缘，游览景观，一边把主要精力放在遍访山间摩崖石刻上，后来与王弘撰编辑成册。顾炎武登临太华山，自然是要赋诗的。其诗极写太华山之雄奇之壮丽及地理位置之关键之重要，还放开笔墨，延伸至写华阴和整个关中，并放眼天下，也写出了自己"老尚思三辅"，即留居此地的想法。

康熙十九年（1680）正月，顾炎武至富平，未多逗留，旋返太华山下。四月，王弘撰父亲侧室张氏卒，顾炎武有免服之议，朝邑王建常与他辩论。王建常（1615—1701），字仲复，人称渭野先生，是明清之际关中著名学者，沉潜刻苦，"凡六经、子、史、濂、洛、关、闽之书，无不详究"（冯从吾《关学编》之《附编》之《复斋王先生》）。著有《书经要义》《复斋录》等著作。王弘撰在《山志》卷三里专门有《王仲复》篇，谓"关西高蹈，当推独步"顾炎武曾专程往朝邑拜访过王建常，有《过朝邑王处士建常》诗云：

　　黄鹄山川意，相随万里翔。

　　谁能三十载，龟壳但支床。

　　　　　　　　　　　——《亭林诗集》卷五

王建常如同顾炎武、王弘撰一样，宗朱子学，他隐居黄河渭水之间，教授学生，足不履城市，就是本村的乡邻也很少见其面，所以顾炎武有"谁能三十载，龟壳但支床"的话。"龟壳支床"，典出司马迁《史记》卷一二八《龟策列传》："南方老人用龟支床足，行二十余岁，老人死，移床，龟尚生而不死。龟能行气导引。"顾炎武用此典故入诗，用来比喻王建常身处困境，而守志不移。新编《大荔县志》文化人物王建常篇，有"年近八旬，家贫常不举火，而他仍泰然自若……晚年造诣精粹，有飘洒儒士风度"的记载，可证明顾炎武是有根据的赞扬。

顾炎武游览太华山周围风光的时候，专门寻找陈抟的遗迹，作有《云台观寻希夷先生遗迹》诗：

> 旧是唐朝士，身更五代余。
> 每怀淳古意，聊卜华山居。
> 月落岩阿寂，云来洞口虚。
> 果哉非荷蒉，独识太平初。
>
> ——《亭林诗集》卷五

他还有《华阴古迹》诗两首，其一《平舒道》：

> 何处平舒道，西风卷夕云。
> 空留一片璧，为遗滈池君。

其二《回谷》：

> 回溪非故隘，九虎失西东。
> 惟有黄金匮，依然又省中。
>
> ——《亭林诗集》卷五

《平舒道》诗里的"平舒"，指古代的平舒城，在华阴县西南十里。"道"，是道路。"璧"，司马迁《史记》之《秦始皇本纪》："三十六年有人持璧遮使者，曰为吾遗滈池君。"又据

《水经注》之《渭水》:"昔秦之将亡也,江神送璧于华阴平舒道。""滈池君",指水神。顾炎武行走在古代平舒城外的道路上,联想由此展开,想到秦朝灭亡前有滈池的水神在此送璧给秦始皇的历史传闻,起兴衰之叹,引人深思。

《回谷》诗之"回谷",古水名,《后汉书》之《冯异传》李贤注:"回谷,今俗所谓回阬,在今洛州永宁县东北,其谷长四里,阔二丈,深二丈五尺也。"今地在河南洛宁东北。冯异曾与赤眉军激战于此,大败。后又收集散卒,大破赤眉军于崤底。光武帝刘秀说:"始虽垂翅回谷,终能奋翼渑池,可谓失之东隅,收之桑榆。"回谷因之著名。"九虎",《汉书》之《王莽传》载:"莽拜将军九人,皆以虎为号,号曰'九虎',将北军精兵数万人,内其妻子宫中以为质。""黄金匮",《汉书》之《王莽传》:"时省中黄金万斤者为一匮,尚有十六匮,黄门、钩盾、藏府、中尚方处处各有数匮。"而且"长乐御府、中御府及都内、平准藏钱帛珠玉财物甚众",却只"赐九虎士人止四千钱。众皆重怨,无斗意"。又据《邓晔传》,更始初,晔与析县人于匡等起兵应汉军,败王莽虎士于回谷,遂开武关,引军至长安,共诛王莽。九虎东失于回谷,西失于华阴,是东西两失也。从地理区域来看,平舒道属于华阴,而回谷不属于华阴,顾炎武之所以有此诗,应该所赋不在其地而意在述其事,暗喻明秦王拥重金而不恤其兵士,西安破,藏金为李自成所有,重蹈王莽九虎之辙!

顾炎武从太华山一路西向,每到一处,必有诗作,除前文提到的《骊山行》等诗外,还有《长安》《楼观》《乾陵》等诗,其中的《关中杂诗》前四首云:

其一
文史生涯拙，关河岁月劳。幽情便水竹，逸韵老蓬蒿。
独雁飞常迅，寒鸡宿愈高。一窥西华顶，天下小秋毫。

其二
皇汉山樊久，兴唐洞壑馀。空嗟衣剑灭，但识水烟疏。
寥落三都赋，栖迟万卷书。西京多健作，傥有似相如。

其三
谷口耕畲少，金门待诏多。时清尊笔札，吾道失弦歌。
夜月辞鸡树，秋风下雀罗。尚留园绮迹，终古重山阿。

其四
徂谢良朋尽，雕伤节士空。延陵虚宝剑，中散绝丝桐。
名誉荪兰并，文章日月同。今宵开敝箧，犹是旧华风。

——《亭林诗集》卷五

这些诗，一是反映了关中的名胜古迹，二是吊古喻今，寄意深远。

恨不能"抚柩一哭"

康熙十九年（1680）十月，顾炎武携衍生前往山西汾州，汾州守周于漆延请入署，次月，讣至，顾炎武原配王氏卒于昆山。他在《与李子德》书里说："愚以祁人一事留滞汾州，而家中忽报亡室之讣，病弟稚孙悬望殊切。幸既足与衍生相从在此，即命衍生设位成服，朝夕祭奠，于礼无阙。"（《蒋山佣残稿》卷一）自从丈夫顾炎武顺治十四年（1657）北游之后，夫人王氏再未与他谋面，想到夫人常年孤灯寒窗，独守在家，他不由悲从心起，作《悼亡》诗，一口气连写四首："独坐寒窗望藁砧，宜言偕老记初心。谁知游子天涯别，一任闺芜日夜深。""北府曾缝战士衣，酒浆宾从各无违。虚堂一夕琴先断，华表千里鹤未归。""廿年作客向边陲，坐叹兰枯柳亦衰。传说故园荆棘长，此生能得首丘时？""贞姑马鬣在江村，送汝黄泉六岁孙。地下相烦告公姥，遗民犹有一人存。"这四首诗，写出了顾炎武悼亡之痛楚，他内疚自己出久游不归致令深闺独守未能偕老，追念亡妻事姑（王氏是顾炎武继母的侄女）、相夫之德及坚持抗清守志之义，也在诗中感伤自己二十年漂泊，难得归乡，尤其是"地下相烦告公姥，遗民犹有一人存"令人深为感动，表达出不负母教，坚守情操的信念。

在寄给李因笃的书信里，顾炎武还特别提到，当时汾州、大同一带正在遭遇饥荒，"汾州米价每石二两八钱，大同至五两，人多相食"。这场饥荒从夏至冬，颗粒无收，又奇寒，顾炎武"终日煤炭中坐"，甚是后悔有此山西之行。他在《冬至寓汾州之阳城里中尉敏浮家，祭毕而饮，有作》诗中，有"枯畦残宿雪，冻树出初暾"，当是写实。好在顾炎武善于交游朋友，得大家关照，才得以顺利度过此段艰难日月。

康熙二十年（1681）二月，顾炎武由汾州阳城往曲沃，又至解州，三月，入盐运使黄斐署，四月，黄斐丁母忧，顾炎武遂于四月十日返回太华山下。王弘撰已经在年前出游苏、杭，两人不曾相会。在汾州经历了严重饥荒的顾炎武，在初夏的太华山下，心情颇为舒畅，"茂林间馆，起看仙掌，坐拥百城，足以忘暑"（《蒋山佣残稿》卷一《与熊耐茶书》）。八月，复至曲沃。

第十章　顾炎武在太华山的朋友圈

康熙二十一年（1682）正月初九，顾炎武卒于山西。彼时王弘撰正在江南游历，直至夏天才接到噩耗，他在《山志》二集卷二《顾亭林征君卒》里专门记载了此事：

> 辛酉秋，予至嘉兴访曹秋岳司农，相见即致亭林之殁为文献之惜。予曰："亭林无恙，尚在予家。予来时，亭林亦有山西之行。"秋岳且惊且喜。逾年壬戌夏，予在海州接阎百诗手札云："亭林于春初殁于曲沃。"予为位而哭之恸。秋，予西归，取道扬州，将往昆山。过淮安，见张力臣云："亭林之柩尚未归，不知何以淹滞于彼。"深以不获抚柩一哭为憾。又怪亭林未殁，江南何以遽有此问。搁管偶记，涕下沾衿。

他"深以不获抚柩一哭为憾"，"涕下沾衿"，悲痛万分。次年，王弘撰将读易庐更名为顾庐，以寄托对顾炎武离世的哀思。李因笃在《题无异先生顾庐三首》的题序中写道："无异先生初辑是庐，学《易》其中，因以颜之。顾亭林先生至华下，借居之。亭林先生既殁，山翁改署今名。"而后的几年间，王弘撰对顾炎武思念不已，过往的交谊历历在目，康熙二十七年（1688），作《哭亭林先生六首》，字字带血，句句泣泪，字里行间都是对故友的思念和悲痛：

> 海内推明德，江东溯世家。经传忆刘向，博物邈张华。
> 倚剑天之外，挥戈日已斜。蒋山松柏路，颢气不胜嗟。

> 先帝宾天日，孤臣誓墓时。攀髯悲不逮，仗策计何之？
> 入鲁聊为稼，游秦共赋诗。蓟门回首处，今昔寸心知。

霜露空萦思，行藏只自怜。祭无王氏腊，书有晋年家。
古殿中宵月，寒林几处烟。何曾恋山水，洒血记芊眠。

卷迹嚣尘表，韬光野水滨。无求追大隐，不器是先民。
气以艰难壮，怀因诵读新。重逢面黧黑，垂老惜征尘。

天将兴礼乐，世已诵文章。一代才难尽，千秋恨正长。
山空啼鸟寂，江渺暮云黄。披发琼楼侧，翻然下大荒。

晚计同栖隐，春风忽弃捐。空留安石屐，竟罢祖生鞭。
问字亭犹在，衔杯榻遽悬。乾坤浑阒寂，吾泪日潸然。
——《王弘撰集》之《附录》

顾炎武归葬故土昆山县千墩镇。千墩镇在县城东南三十六里千墩浦西岸。因松江自吴门东下至此，江南北凡有千墩，故名。此后，王弘撰曾三过顾炎武墓，焚香浇酒，祭奠先生，并有《再过亭林先生墓下作》诗云：

三年客江东，两度抚君墓。野日滋宿草，秋花湿零露。
缅维同心交，明誓金石固。稽古启愚昧，敏求祛冥悟。
朝昏恒不遑，患难行我素。重访伯起市，更寻公超雾。
惠然止吾庐，一似形影附。同泣鹿马石，手攀神烈树。
倏更四十春，戚戚不忘故。畴昔梦云阙，白衣从玉辂。
连蜷下大荒，偃蹇问天步。叹惜桑榆景，徘徊崦嵫暮。
幽明事已非，生死情一诉。洒泪归山去，长辞西州路。
——《王弘撰集》之《附录》

诗中说自己"三年客江东，两度抚君墓"，这次过顾炎武墓，当是在深秋季节，墓的四周秋花开放在萋萋野草中，先生长眠于此。王弘撰回忆起顾炎武与自己"明誓金石固"一般的"同心交"，"稽古启愚昧，敏求祛冥悟"是说顾炎武在悟道与学问方面对他的启发与帮助，还提到他俩同谒鹿马山的往事……其《三过亭林先生墓下作》诗曰：

> 与君长别九年矣，白马重来千里路。
> 独拜荒邱凄宿草，更挥老泪问遗书。
>
> 为忆神期恒若存，莫将封禅比文园。
> 当年羊傅徒轻爵，何似龙门有外孙。
>
> ——《王弘撰集》之《附录》

自从康熙十八年（1679）年底，王弘撰与顾炎武分别而出游江南，"与君长别九年矣"。在这漫长的岁月里，他时刻思念着顾炎武，起首的这句诗初读如突兀而来，却是王弘撰哀伤的呼叫，饱含无限悲痛与生死两隔的无奈，迢迢千里，只为"独拜"顾炎武湮没在荒草里的坟墓……"羊傅"指西晋的政治家羊祜，"龙门"指司马迁，"外孙"指杨恽。《汉书》之《司马迁列传》载："宣帝时，迁外孙平通侯杨恽祖述其书，遂宣布焉。"王弘撰的悼亡诗，诗句凄然，深切怀念顾炎武，寄托着对挚友的无限哀思，长歌当哭，一哭再哭以至于三。顾炎武在《广师》篇里谓，"好学不倦，笃于朋友，吾不如王山史"（《亭林文集》卷六），信然。王弘撰不但有诗怀念顾炎武，还把他写入自己的专著之中，在《山志》初集卷三里列《顾炎武》专篇记述，以垂永久：

> 顾亭林，古所谓义士不合于时，以游为隐者

也。风姿不扬，而留心经术。胸中富有日新，不易窥测。下笔为文，直入唐、宋大家之室。至讲明音韵，克传绝绪。他所为《日知录》《金石文字记》《天下利病》诸书，卷帙之积，几于等身。朝野倾慕之。行谊甚高，而与人过严。诗文矜重，心所不欲，虽百计求之，终不可得。或以是致怨，亭林弗顾也。居恒自奉极俭，辞受之际，颇有权衡。四方之游，必以图书自随。手所抄录，皆作蝇头行楷，万字如一。每见予辈或宴饮终日，辄为攒眉，客退必戒曰："可惜，一日虚度矣。"其勤厉如此。所著《昌平山水记》二卷，巨细咸存，未见不爽，凡亲历对证，三易稿矣，而亭林犹以为未惬。正使博闻强记，或尚有人，而精详不苟，未见其伦也。

王弘撰在短短的三百余字里，以自己的认识与切身感受，不啻写出真实的顾炎武之容貌气质与性格特征，亦高度评价了顾炎武勤苦于学的精神及其学问、文章和著作，非挚友不能为此文，非知音不能道此之真实。

倦归太华山下

康熙二十一年（1682），王弘撰还在江南，据《山志》二集卷首《黄州叶封序》："康熙壬戌岁暮，余客扬州，山史亦来，则先是出游将盈二稔，闻亭林之殁，且周岁矣。同寓萧寺，朝夕过从。"人在旅途，就是与江南文友诗文诗酒相酬之间，也没有忘怀顾炎武。小年时节，他过访巢民先生，有寄赠诗二

第十章 顾炎武在太华山的朋友圈

首,其中"浩浩乾坤内,巢居有逸民""四海推簪盍,千秋托简编""不作寻常事,而垂七十年。感时思俎豆,家国总凄然"等诗句,表达出王弘撰崇敬顾炎武的深厚感情,也表现出深沉的故国感叹。次年,改太华山下的"读易庐"为"顾庐"。由于时间久远,当时的顾庐早已不复存在,今天的华阴市华山中学美丽的校园内,有一座彩绘的亭子,名曰"顾庐",就是为了纪念顾炎武而特意修建。

李因笃认为王弘撰之接连南游,有"通隐"之誉,这是李因笃复补撰王弘撰六十岁寿序里的话,所谓"通隐"是指旷达的隐士,确实如是。王弘撰性情潇洒,游迹所到之处,均受朋友们的欢迎与爱戴,自不必言。譬如,康熙二十八年(1689)的秋天,他在南京与曲阜孔门之后孔尚任订交。孔尚任是清初诗人、戏曲家,著有《桃花扇》等剧本。他在《湖海集》卷七《过王山史乌龙潭寓舍》中,有诗句云:

买山钱少家虽累,著易年多道自传。
一顷残荷秋剩藕,几层荒寺晚多烟。
游人每日潭边望,谁识茅亭寓大贤。

孔尚任高度评价王弘撰,谓之为"大贤",并几次叩门访问,在《与王山史聘君》里说:"两访清凉山下,门径寂然,不知先生何往也,怅立久之!"也写道中遇见王弘撰的欣喜:"同客金陵,如水萍风絮……前有拙诗求教,先送旧寓而不遇,再送新寓而不遇。以为必不遇矣,岂料反遇先生于座上?"王弘撰整天忙于为这些文朋诗友的诗集或者画集作序,朋友中间有新建亭阁楼台者,也往往争相以王弘撰为之作记而为荣。

王弘撰中年以来，四游江南，远至闽中，这次南游，竟栖迟十余年之久。康熙三十五年（1696）始西归。他在《西归日札》中有《丙子元日将西归感述》云："老夫年垂七十五，饱历丧乱心常苦。泉台父母宁知否？"李夔龙在此书的《序》中说："山翁，予妻之世父也。携笈游吴越间者十余载，丙子春始西归。"王弘撰在《留别白门友人》诗中云，"有梦常依桃叶渡，寄书应到碧云溪"，思乡之情跃然纸上。回到家中，有《抵潜村旧居》诗云：

> 犹是向山路，依然流水村。
> 荒墟遗败灶，宿莽翳颓垣。
> 不见桑麻长，何知雨露存。
> 迟徊拜家庆，洒泪到黄昏。

诗间有注释说，旱荒之后，几于井灶有遗处，桑竹残朽株矣。翁之所以凄怆多所悲也。

> 少陵悲道路，元亮即园田。
> 凉月四松下，疏风五柳前。
> 心苏灵武事，诗记义熙年。
> 希迹怀之子，余生枕石眠。
>
> ——《王弘撰集》下《西归札记》

倦游归来，看见家乡故居荒败一片，心里怅然许久，虽然有至亲们的"家庆"，也一时难以摆脱灰暗的情绪。灵武事，指唐安史之乱发生后，太子李亨在灵武即位，是为唐肃宗。义熙（405—418），是东晋安帝司马德宗的第四个年号。希迹，是希望所到之处有自己的足迹。这两首诗，前为纪实，后谈感慨，甚为感人。康熙四十一年（1702）春，王弘撰卒，终年八十一岁。临终前有《绝笔诗》曰：
> 负笈江南积岁年，归来故里有残编。
> 自从先帝宾天后，万事伤心泣杜鹃。
>
> 八十衰翁沮溺徒，祖宗积德岂全孤。
> 平生不作欺心事，留与子孙裕后谟。
> ——《王弘撰集》之《附录》

王弘撰去世后，门人私谥曰"贞文"。两年后，康乃心又来太华山，有回忆先生七言绝句一首，诗云：
> 一别征君怅索居，松花石径冷庭除。
> 不知子曾吹笙去，何处重逢有道车。
> ——《王弘撰集》之《附录》

门人赵善昌等为王弘撰所作的《祭文》说："先生足迹半天下，交游多遗逸，一时宇内知名之士……论文往来甚密。亭林顾先生结庐三峰，先生与之，上下千古，考论得失。"并说他"作述等身"，"钟秀关西，名齐三李，学者宗之，号四夫子"，云云，甚为确当。王弘撰除过易学研究、金石书画以及独特的理学思想外，他还有在当时具有进步意义的带有批判性质的观点，例如，对那些违背人性的贞节与孝道，他敢于予以激烈地抨击，在论及"二十四孝"之"郭臣埋儿"时指出"郭臣养母，恐其子分母之甘旨，而遽埋之"，还有"丁兰刻木为母像，因邻人侮其像而遽杀之"，他斥责说："予谓此二人皆凶人也，其悍恶无赖，岂但不可称之为孝子哉！"（《王弘撰集》之《砥斋集》卷二《书刘孝子册后》）在《论女节》文中，批评未嫁之女殉未婚夫而死的现象，"于礼则越，于情则拂，必非其父母之心所安也"(《山志》卷二)。这些体现出王弘撰尊重生命，具有比较清醒的反封建的人道主义精神，这是他思想中的亮色。

王弘撰有《周易图说述》《周易筮述》《十七帖述》《山志》《砥斋集》《待庵日扎》《北行日札》《西归日札》等著作。顾炎武称誉王弘撰是"关中声气之领袖"(《王弘撰集》下《亭林佚文辑》之《送韵谱帖子摘录》)。

顾炎武与李颙

严格来说，顾炎武与李颙不属于同一个学术流派，顾炎武崇尚程朱理学，而李颙恪守陆王心学，但同时，他又偏重张载的关学，在这一点上，与顾炎武所秉持的程朱理学有相同的学术内质，所以，李颙也属于顾炎武在太华山的朋友圈的主要学者。

顾炎武三访李颙

顾炎武和李因笃在代州相识，应该询问过关中学者的一些情况，李因笃自然要谈起李颙与王弘撰诸位先生。不过，顾炎武一直关心北方学界的情况，对李颙与王弘撰必然有所了解，不然，随后顾炎武入关，不会贸然登门访问李颙。

据吴怀清《关中三李年谱》之《李二曲年谱》记载，康熙二年（1663），十月间，暑热消退，蓝天白云，逶迤横亘于关中南部边缘的秦岭依然幽深葱郁，顾炎武前往盩厔访李颙——盩厔，是历史文化悠久的名邑，有道教圣地楼观台，传说老子骑青牛入关曾在此写就影响我国思想哲学二千多年的《道德经》，还有唐代诗人白居易写作流传千古的名作《长恨歌》的仙游寺，如果继续西行，进入眉县境内的绛帐镇，这儿是北宋关学大儒张载的故乡……

李颙并未居住在当时的盩厔县城，而是在县城之北约十几里地的二曲堡（今周至县府所在地）。这块地方，地势开阔，土地肥沃，村舍俨然，李颙家属于典型的关中农村农家院落的模样，绿树掩映，土墙房屋，但却"门虽设而常关"，因为李颙苦读成名，"不惟士绅忘贵忘年，千里就正，即农工杂技，亦仰若祥麟瑞凤，争以识面为快"（吴怀清《关中三李年谱》之《李二曲年谱》）。他闭门在家，"敛迹罕出，谢绝应酬"。顾炎武的到来，是否依照关中汉俗"拥彗迎门"，不得而知，大概延之上屋，以为上客是不错的。《年谱》记述云："顾博物宏通，学如郑樵，先生与之从容盘桓，上下古今，靡不辩订。"既而叹曰：

  尧舜之知而不遍物，急先务也。吾人当务之急，原自有在，若舍而不务，惟骛精神于上下古今之间，正昔人所谓"抛却自家无尽藏，沿门持钵效贫儿"也。

  顾为之怃然。

顾炎武"为之抚然"，而李颙有此叹，是因为他们所宗学派不相同。赵俪生先生曾经分析道："二曲是王学派，他所使用持钵贫儿两句，恰好就是王阳明本人常说的话，所以顾可能听不进去，而露出'怃然'的感情。但他二人在当时的民族矛盾问题上是志同道合的，所以友谊不至于为了辩论程朱和陆王，为了辩论经验主义和理性主义而受到伤害。的确，二曲对顾的治学方法，一直是有意见的。他说'不求于本而求于末，非圣

365

人之学也。何谓求之乎？'可见二曲一直批评考据派。"(《顾炎武与王山史》）这个分析是正确的，指出了顾炎武与李颙在思想上与学术上的分歧。然而，固然有分歧，却也不影响他们之间的学人友谊。

三年后的康熙十一年（1672）春天，顾炎武由山西入京，五月，至济南，秋，往德州，冬，由井陉至山西，与阎若璩相遇于太原，共商《日知录》若干条，在此期间，顾炎武阅读了李颙所写的《襄城纪事》，作《读李处士颙襄城纪事有赠》诗，诗云：

> 踯躅荒郊酹一樽，白杨青火近黄昏。
> 终天不返收崤骨，异代仍招复楚魂。
> 湛阪愁云随独雁，颍桥哀水助啼猿。
> 五千国士皆忠鬼，孰似南山孝子门。
>
> ——《亭林诗集》卷四

顾炎武在诗中赞扬李颙赶赴湖北寻觅父亲遗骨及为之"招魂"的孝行——孝，依据《尔雅》的解释为："善父母为孝"；《孝经郑注疏》之《郑序》中云："孝为百行之首"，孝是古代提倡的主要的伦理道德规范之一。《孝经》"开宗明义一章第"里，记录孔子论孝，曰："夫孝，德之本也。"可见古人把孝视为"德"的根本。顾炎武对李颙之孝，给予了肯定。康熙十四年（1675），顾炎武闻知李颙卜居富平，乃寓书问候，书云：

> 先生龙德而隐，确乎不拔，真吾道所倚为长城，同人所望为山斗也。今讲学之士，其笃信而深造者惟先生。异日九畴之访，丹书之授，必有可赞后王而垂来学者。侧闻卜筑平阳，管幼安复见于兹。弟将策蹇

第十章 顾炎武在太华山的朋友圈

渭上，一叙渴惊也。

——《亭林佚文辑补》之《与李中孚手札》

吴怀清《关中三李年谱》之《李二曲年谱》说：是年"八月初六日，先生挈家避兵富平。是时，云贵构乱，蜀、汉尽陷，周至密迩南山，敌人盘踞于中，土人往来私贩者，传敌营咸颂先生风烈，先生闻之大惊，亟拟渡渭远避"，"时郭丞（九芝）升宰富平，请栖所居之军寨别墅，又特构一斋题曰'拟山堂'。拟山云者，以先生喜静厌嚣，谢人事，绝应酬，无异深山穷谷也"。所谓"云贵构乱"是指三藩之一的吴三桂之乱。顾炎武在信里告诉李颙，已经从别人处得知李颙"卜筑平阳"这个消息，又说，"弟将策蹇渭上，一叙渴惊"，也就是说，他要入关中，希望再次与李颙相会。

康熙十六年（1677）的冬季，顾炎武第二次于富平访李颙，"因寓军寨之北密迩。先生时至卧室盘桓，语必达旦"（吴怀清《关中三李年谱》之《李二曲年谱》）。"语必达旦"，估计顾炎武与李颙大多是互相讨论思想哲学等学术问题，从夜色初降一直说到天亮，可能有一致也有分歧，所以彻夜不眠，可以推测出是比较深入的讨论吧。

次年的春天，顾炎武从太原至富平，县令郭九芝在城外二十里地迎接，延请至李颙在富平军寨的家中入住。闰三月，顾炎武派遣李因笃的家人至曲河北曲周接李云沾、衍生，期会于军寨。这是顾炎武与李颙第三次相会。这次相会，未见史料有详尽的记述。顾炎武写给李颙的《梓潼篇赠李中孚》诗云：

益部寻图像，先褒李巨游。

读书通大义，立志冠清流。

367

忆自黄皇腊，经今白帝秋。
井蛙分骇浪，嵎虎拒岩幽。
譬旨鸿胪切，征官博士优。
里人荣使节，山鸟避车骝。
笃论尊尼父，清裁企仲由。
当追君子躅，不与室家谋。
独行长千古，高眠自一丘。
闻孙多好学，师古接娇修。
忽下弓旌召，难为涧壑留。
从容怀白刃，决绝却华辀。
介节诚无夺，微言或可投。
风回猿岫敞，雾卷鹤书收。
隐痛方童卯，严亲赴国仇。
尸饔常并日，废蓼拟填沟。
岁逐糟糠老，云遗富贵浮。
幸看儿息大，敢有宦名求。
相对衔双涕，终身困百忧。
一闻称史传，白露满梧秋。

——《亭林诗集》卷五

诗中特意点出李颙"从容怀白刃，决绝却华辀"，坚决拒绝应清廷博学鸿词科考试，赞扬他"介节诚无夺"的高尚情操，极言李颙之忠。在军寨没有多久，顾炎武与李颙、郭九芝分手，和李云沾、衍生前往太华山下。

康熙二十年（1681），七八月之交，顾炎武将去华阴而往山西，临行之前，作《与李中孚书》曰："目下暂往河东，奉主有日，仍当至此，倘遇春融，当一览杜曲、终南之胜，并叩精庐，足下其勿以阔别为悲也。"此书主要内容是关于朱子祠堂的事："先生向在富平与顾宁人语及宋鉴，谓朱子尝列衔主管华山云台观，则云台观宜为祠以祀。至是，宁人移寓华下，倡修祠堂肖貌，以书询先生朱子冠服之制。先生为之图，详列其说以贻"云云。

李颙比顾炎武小十四岁，顾炎武三次见访，可见他对李颙的尊重和推崇，然而，因为道不尽相同，故有"怃然"情绪的表露，所以仅仅从孝与忠方面旌表李颙。在这里，有必要对李颙的生平与思想予以陈述。

我甚是喜欢读李颙的《二曲集》，敬仰其为人，几次专程沿着秦岭北麓的环山公路，到达周至县，拜谒李颙。李颙的墓在二曲中学大门前边，墓前有他手执书卷的雕像，表情严肃，目光坚毅，面向东方。

李颙是我国十七世纪中期至十八世纪初期著名的学者，其一生的精力在于专心研究体察程朱理学，特别是发扬光大了王阳明的心学，也可以说，李颙把王阳明的心学推向了极致；同时，李颙还继承了自从北宋张载创立、延绵元明的关学传统，是当时和黄宗羲、孙奇逢齐名的哲学家。

历史是有自己的选择原则的。这个原则就是不断地在实践的检验中淘汰，而经过历史实践的检验，确实能保留下来的大多是具有生命力的东西。经过三百多年的历史实践检验，或者说学术嬗变，成为显学的只有黄宗羲一家而已，孙奇逢和李颙逐渐走入了历史帷幕的深处。

这就是历史，这就是学术嬗变史。

但是，不能说走入帷幕深处的人物就没有重新挖掘的价值，就丧失了学术研究的价值。确实不是这样的，而应该是相反：重新挖掘这些历史人物的学术价值，有助于更全面和深刻地认识当时的哲学和文化，有力地还原当时的学术环境和学术现实，帮助我们来认识学术发展规律，重新整理古典哲学和文化，吸纳其先进的科学的部分，融合于当代的哲学和文化，从这个意义上讲，认识李颙的学术思想和品格，是很有必要的。

李颙的身世和志向：天地间第一等人与事

明末清初是一个"天崩地解"的时代。也就是说，这是一个阶级矛盾、民族矛盾极端尖锐的历史阶段。李自成农民起义动摇了将近三百年的大明基业，一路摧枯拉朽势如破竹攻占了北京，崇祯帝自杀标志着明王朝的解体。可是，一直在山海关外虎视眈眈的清军此时长驱直入，农民起义军败走溃散，顺治元年（1644），大清帝国建都北京。面对异族开始其血腥统治的社会现实，人们不得不思考大明究竟为什么亡国这个沉重的问题。当然，反思是多方面的，除了明代后期连续不断的自然灾害诸如地震、大旱等，还有严重的政治经济以及土地、吏治等问题，终于激发了不可调和的社会矛盾，酿成了大明王朝的土崩瓦解。不过，这些矛盾都是非常鲜明地存在着的矛盾，更重要的内在矛盾根源是什么呢？有的人开始从思想文化的角度进行思考，顾炎武、黄宗羲、王夫之等先进的知识分子，认为是理学带来的负面影响，特别是王阳明的"致良知"的心学，已经丧失了先前进步的思想色彩，片面夸大主观精神的作用，逐渐走向禅宗化的道路，学者清谈之风泛滥，于国计民生等实学一窍不通，也就是说，心学越来越脱离了时代和社会实际，也脱离了儒家学说的根本。为此，这些先进的知识分子开始提倡实学，力求弃绝虚浮无根的心学，提倡回到原始的儒家精神上去。

这是一种进步的思想观念。在这大的思想背景下，李颙出现了。李颙的出现是清初思想界的大事件，因为在李颙身上，闪烁着一种别样的思想色彩。

李颙（1627—1705），字中孚，号二曲。陕西盩厔人。他生于明，长于清，其经历的最大人生变故就是明清政权的易手。就在这个变故之中，李颙失去了父亲。他的父亲是在河南襄城参加对李自成起义军围剿的战斗中阵亡的。此后，李颙和寡母相依为命，过着极其清贫的乡村生活。李颙热爱读书，虽然他正式在学校读书的时间只有短短几天，但是，读书的种子一旦在渴望知识的心田里发芽，便不可遏制地生长起来，以至于成为参天的大树。

李颙在求学过程中，有一次巨大的思想转变。这个思想转变改变了他的整个人生和思想倾向：十七岁时，李颙读了明代著名理学家冯从吾的文集，受到很大启发。他觉得冯从吾的书不仅使他了解了儒家学说发展的源流，而且使他懂得只有这种学说才有益于个人身心的修养，有益于移风易俗。从此以后，李颙便一心一意地研究儒家经典著作，并且努力掌握其中的要领。

李颙在读了《尚书》《易经》之后，读《周钟制义》，见其发理透畅，言及忠孝节义则慷慨悲壮，遂流连玩摹，非常赞赏；既而闻周钟失节不终，则气愤不已，感叹"文人不足信、文名不足重"(《二曲集》之《历年纪略》),自是绝口不道文艺,厌弃俗学,一意寻求圣贤所以为学之道。

也许绝口不道文艺是李颙为了收束自己的心思,不无旁骛,集中精力致力于儒家经典的研修所采取的一种有点绝对化的治学态度,这样的好处是能提高治学的效率,很快在自己选定的治学领域有所收获,但是,弃绝文艺却在一定程度上窒息了自己的思维活力。以朱熹为例,他绝不是不涉猎文艺,相反,朱熹的许多诗虽然充满了枯燥的理学思想,却也不少清新活泼的佳作。李颙在周钟身上得到的教训应该是"心性"方面不能臻于"善",而不是文艺之过。李颙后来在理学上确实体味深刻,可是,治学视野确实不宽也是事实。

当时名震天下的还有王弘撰、李因笃和李柏等人。王弘撰不但有深厚的经学基础,而且在书画和金石方面的造诣也是独秀一时的,且为人潇洒、豪迈不羁。李因笃、李柏是和李颙齐名,号称"关中三李"。却在治学方面和李颙大不相同,李因笃的音韵学研究,颇得顾炎武看重,其诗大有李白的神韵,为清初著名诗人之一。而李柏不仅经学精湛,还旁及佛家和道教,给人飘然云烟之外的感觉。

李颙整日神情严肃,岩壑很深,殊不近人。不过,治经学日久,所虑均为齐家治国平天下的大事,浩荡于内而神思凝重于外,也是人的"内容与形式"相统一所呈现出的相貌特征吧。

他潜心钻研《小学》《近思录》《程氏遗书》《朱子大全集》《九经郝氏解》《十三经注疏》《资治通鉴》《大学衍义》等儒家典籍,以期有大的收获。读过《春秋》三传、《性理大全》《伊洛渊源录》等书,对周、二程、张、朱言行深以为契合:

第十章　顾炎武在太华山的朋友圈

此吾儒正宗，学而不如此，非夫也！

——《二曲集》之《历年纪略》

盩厔县令樊侯辛对李颙的学识甚为惊叹，为了表彰他，在他二十岁的那一年，亲自题了一块"大志希贤"的匾挂在李颙家的大门上。更加坚定了李颙专心向儒的决心，也更加激励他刻苦治学。

李颙是通过自学而成为一代卓著的学者的。没有师承的好处是在学术上没有门户之见，思想很少藩篱的束缚，其弊端是治学的道路曲折艰难，不能迅速进入当时社会的学术核心，始终处于边缘地带。李颙读书非常刻苦，其学不博而在于精深。他专注儒家经典，日积月累，不断体悟。他确立的人生追求是：

立志，当做天地间第一项事，当做天地间第一等人，当为前古后今着力担当这一条大担子，自奋自力。

——《二曲集》卷六《传心录》

所谓"天地间第一项事"，就是拯救人生，改造社会。因此，成贤成圣，经邦济世，才是李颙的人生向往与追求。据他的弟子骆钟麟记载：

甫弱冠，即以康济为心，尝著《帝学宏纲》《经筵僭拟》《经世蠡测》《时务急着》诸书，其中天德王道，悲天悯人，凡政体所关，靡不规画。

——《二曲集》卷十二《匡时要务》

这些著作虽然后来被他所焚毁，但从这些书目可以看出李颙早年的经世关怀。后来，李颙的思想有了变化，"雅意林泉，无复世念"（同上）。这表明李颙在治学上逐渐走上陆王心学的道路。

康熙九年（1670），李颙在母亲三年丧服期满后，专程去河南襄城，为父亲"招魂"。此时，已经从盩厔县令改任常州知府的挚友兼门人骆钟麟，派人迎请李颙前往常州讲学。常州的士绅名儒争相听讲。后来骆钟麟把李讲学的内容汇集起来，名为《匡时要务》。随后，李颙又相继在武进、无锡、江阴、靖江和宜兴等地讲学，所讲内容被记录下来，整理为《两庠汇语》《锡山语要》《靖江语要》。

李颙南游讲学的这些讲义，经过门人学生的整理，刊布于世，流传天下。

康熙十二年（1673），李颙返回陕西，次年，受邀担任关中书院教习。

关中书院建立于万历三十七年（1609），由当时的陕西布政使汪可受、按察使李天麟等人筹建，由著名学者冯少墟主讲，四方从学之人达四五千人，关中之学蔚为大观。天启五年（1625），也就是在李颙出生的前两年，魏忠贤尽毁天下书院，关中书院也毁于阉党王绍徽之手。刚刚复兴起来的关中学风，又遭受摧残，一蹶不振。

崇祯元年（1628），关中书院复建。

康熙三年（1664），历史已经进入清代，其时陕西巡抚贾汉复檄西安府叶承祧、咸宁知县黄家鼎对关中书院进行了扩建；康熙十二年（1673），陕西总督鄂善重修。鄂善是一位注重文教事业的地方官吏，他很欣赏李颙的学问，聘李颙主讲关中书院。

李颙相当看重在书院讲学，除了认真梳理自己要开讲的课程，还制定了《关中书院会约》。这也许是李颙南游讲学，于东林书院会讲时，抽暇仔细读过东林书院的有关规约条文，以昌明学问和促进学生道德修养为目的书院纪律，给他留下了深刻的印象。李颙制定的《关中书院会约》非常详细而且实用，具有鲜明的特征。洪琮这样评价道：

> 二曲先生仰承上台图化民成俗之意，而以学为先，于是述古圣贤教人为学之要，以为具存于经，乃首儒行、次会约，而终以学程揭其条目，俾学者触目惊心，有当于古人铭戒箴规之义焉。
>
> ——《二曲集》卷十三《会约序》

为了激励学生刻苦钻研儒家经籍，李颙愿意学生和他面对面进行质疑问难，他甚至在《会约》里公然标明这一举措，倡导开明的学习风气：

> 先辈大堂开讲，只统论为学大纲，而质疑晰惑，未必能尽。盖以大堂人士众多，规模宜肃；不肃不足以镇浮嚣，定心志。私寓则相集略少，情易孚，意易契，气味浃洽，得以畅所欲言。吾辈既效法先觉，不可不循其渐次。大堂统论之外，如果真正有志进修，不妨次日枉顾颙庐，从容盘桓，披衷相示。区区窃愿谬竭愚悃，以效曚瞽之诵。
>
> ——《二曲集》卷十三《关中书院会约》

李颙学富五车，才华横溢，登台讲学，"德绅名贤、进士举贡、文学子衿之众，环阶席而侍，听者几千人"（《二曲集》之《行年纪略》），甚至总督鄂善和陕西巡抚阿席熙也前来听讲。这是关中书院自冯从吾讲学之后的再度复兴。李颙认为，讲学是很重要的事情：

> 立人达人，全在讲学；移风易俗，全在讲学；拨

375

乱反正，全在讲学；旋乾转坤，全在讲学。
——《二曲集》卷十二《匡时要务》

教学相长，此言不虚。李颙南游讲学和关中书院讲学，使得他的学问大进，关中一些学者也慕名前来求教，互相研讨，各有所得。特别是在和著名学者顾炎武的学术交往中，李颙精湛的学术、深刻的思想和崇高的德行，得到顾炎武的由衷赞赏。顾炎武流寓华阴，在被誉为"陕西声气领袖"的著名学者、书画金石家王弘撰的帮助下筑庐读书。李颙建议顾炎武借此机会重修云台观朱子祠，顾炎武亲自筹集资金，在当地读书人和老百姓的支持下，朱子祠落成，一向"述而不作"的李颙破例作了《重修云台观朱子祠记》，认为"斯举所以维风教、正学术"，是很有意义的事情。

李颙淡泊名利，追求完美的道德情操，不为任何外在的东西羁縻自己。康熙十二年（1673），也就是李颙主讲关中书院之后，总督鄂善以"山林隐逸"举荐其入朝，被李颙八次上书以疾力辞；后又诏举博学鸿词科，礼部又以"海内真儒"推荐，太史亲到李颙家，一再催逼他起身赴京。而李颙对这些诏举极为反感，力辞不就。前来威逼的官吏将李颙连同卧床一并抬往省城，行至南郊雁塔，李颙坚不从命，拔刀自刺，血流如注，全然不顾，这些清朝官员只好作罢。李颙以自己的行为，验证了"富贵不能淫，贫贱不能移，威武不能屈"的高贵品质。其实李颙除了不事清廷不为贰臣的坚定信念外，还有一个极大的信念，这就是读书人应该永远持有的高贵气节，也就是他说的："古之学者，君就则见，君召则不往见，非是自高其身分，道固如是耳。"（《二曲集》之《反身续录》）这实质上说明了李颙看重的不是权柄，而是以"救正人心"为己任的儒生所遵循的"道"，是"不受百镒，不受万钟，非其义一毫不以假借"（同上）的"安贫乐道"的精神情操，这是李颙长期的道德自修所达到的高度。

正当李颙名震学林如日中天之际，他却突然宣布归隐山林，闭关养病读书，一直到晚年离开人世。其间，康熙四十二年（1703），康熙西巡，路经陕西，想召见一代大儒李颙，李颙依然称病不见，地方官员多方催逼，他只好派遣大儿子李慎言前去接受康熙召见，同时，向康熙奉上自己的著作《二曲集》和《反身录》二书。康熙称赞李颙纯粹的儒学精神，赐匾予以褒扬。李颙把自己闭关养病读书的心得，整理为《垩室录》。

康熙四十四年（1705），李颙去世。

李颙一生，是纯粹的书生的一生，他几乎整日闭门思过以图自新，努力提升自己的心性道德，不断追求至善至美的人格，质地凛凛端庄，脚跟不移，终于成为一代大儒，实现了自己当"做天地间第一项事，当做天地间第一等人，当为前古后今着力担当"的志愿，实现了儒者最大的宏愿：

> 主持世道，救正人心者，责不在圣君贤相，即在吾儒。
>
> ——《二曲集》之《四书反身录》

> 吾人立志发愿，须是砥德砺行，为斯世扶纲常，立人极，使此身为天下大关系之身，庶生不虚生，死不徒死。
>
> ——《二曲集》之《四书反身录》

检点李颙的一生，他庶几完成了这个大心愿。

当今之世，需要的依然是这样的心愿，这就是李颙的价值所在。

李颙的学术核心：悔过自新与明体适用

顺治十三年（1656），李颙经过多年对儒家经典，特别是程朱理学的研习，终于提出了自己的治学主张，这就是悔过自新说。他说：

古今名儒倡导道救世者非一：或以"主敬穷理"标宗，或以"先立乎大"标宗，或以"心之精神为圣"标宗，或以"自然"标宗，或以"复性"标宗，或以"致良知"标宗，或以"随处体认"标宗，或以"正修"标宗，或以"知止"标宗，或以"明德"标宗。虽各家宗旨不同，要之总不出"悔过自新"四字，总是开人以悔过自新的门路，但不曾揭出此四字，所以当时讲学，费许多辞说。愚谓不若直提"悔过自新"四字说，庶当下便有依据，所谓"心不枉用，功不杂施，丹府一粒，点铁成金也。"

——《二曲集》卷一《悔过自新说》

李颙认为理学各家虽然宗旨不同，但运用的功夫却是一致的，这个功夫就是"悔过自新"。因为人的本性是"至善无恶，至粹无瑕"的，但因受"气质之性"的剥蚀、迁转，以致丧失了"至善本性"，出现了种种的"过"，甚至沦为"卑鄙乖谬"的小人。因此，人就必须做一番"悔过自新"的功夫，力改"气质之性"所造成的种种"过"。具体来说,"悔过自新"就是要求人们"加刮磨洗剔之功",在这里,李颙用擦拭宝镜上的尘土来解释这一功夫:"心也性也,其犹镜乎!镜本明而尘溷之,拂拭所以求明,非便以拂拭为明也。"(《二曲集》卷十一《东林书院会语》)可见,这一功夫的实质就是"惩忿窒欲,遏恶扩善,无所容乎人欲之私,而有以全乎天理之正"(同上)。不断地实践"悔过自新",就能"存天理,灭人欲",就能复归人的至善本性。所以,他又说:

> 杀人须从咽喉处下刀,学问须从肯綮处着力。悔过自新,乃千圣进修要诀,人无志于做人则已,苟真实有志做人,须从此学则不差。
>
> ——《二曲集》卷一《悔过自新说》

正是在这个意义上,郑重在给《二曲集》作序时才对"悔过自新"作过这样一个评价:

> 李先生以理学倡关中,以躬行实践为先务,自人伦日常、语默动静,无一不轨于圣贤中正之说,而尤以"悔过自新"一语,为学者入德之门,建瓴挈纲,发蒙起聩。

骆钟麟也认为李颙之学是"以悔过自新为作圣入门"(《二曲集》卷四十五《历年纪略》)。虽然"悔过自新"是其学术思想的功夫学,但是,在这一学说中也蕴含着李颙康济时艰的现实关怀。李颙在《悔过自新说》中指出:

> 经书垂训,实具修齐治平之理,岂专为一身一心,悔过自新而已乎?
>
> ——《二曲集》卷一《悔过自新说》

他又说：

> 天子能悔过自新，则君极建而天下以之平；诸侯能悔过自新，则侯度贞而国以之治；大夫能悔过自新，则臣道立而家以之齐；士庶人能悔过自新，则德业日隆而身以之修。
>
> ——《二曲集》卷一《悔过自新说》

由此可见，李颙是在社会群体的意义上提倡"悔过自新"的。这样，就将自己康济时艰的现实关怀涵括在儒学修身、齐家、治国、平天下的外王事业之中。正是在这个意义上，樊巉在给《悔过自新说》作序时才说：

> 余知李子者，必不以一己之过为"过"，一己之新为"新"。"悔过自新"之时义大矣哉！
>
> ——《二曲集》卷一《悔过自新说》

这里的"时义"就是二曲从改造人入手改造社会，要求人们通过"悔过"来"复其无过之体，而归于日新之路耳"（《二曲集》之《悔过自新说》）。当然，李颙自己说得更为明白：

> 或曰："从上诸宗，皆辞旨精神，直趋圣域，且是以圣贤望人；今吾子此宗，辞旨粗浅，去道迂远，且似有过待人，何不类之甚也？"愚曰："不然。皎日所以失其照着，浮云蔽之也，云开则日莹矣。吾人所以不得至于圣者，有过累之也，过灭则德醇矣。以此优入圣域，不更直捷简易耶？"
>
> 疑者曰："六经、四书，卷帙浩繁，其中精义，难可殚述'悔过自新'宁足括其微奥也？"殊不知易著"风雷"之象，书垂"不吝"之文，诗歌"维新"

之什，春秋微显阐幽，以至于礼之所以陶，乐之所以淑，孔曰"勿惮"，曾曰"其严"，中庸之"寡过"，孟氏之"集义"，无非欲人复其无过之体，而归于日新之路耳。正如素问、青囊，皆前圣已效之方，而傅之以救万事之病，非欲于病除之外，别有所增益也。曰："经书垂训，实具修齐治平之理，岂专能悔过自新，则侯度贞而国以之治；大夫能悔过自新，则臣道立而家以之齐；士庶人能悔过自新，则德业日隆而身以之修，又何弗包举统摄焉！"

——《二曲集》卷一《悔过自新说》

李颙的这段话阐明了自己提出的"悔过自新"说的内涵，不外乎儒家学说提倡的齐家治国平天下的内圣外王的主体思想，只不过李颙是通过"悔过自新"这个途径来实现儒家的理想。

究竟怎样才能切实做到"悔过自新"呢？或者说，达到"悔过自新"的途径是怎样的呢？郑重在给《二曲集》作序时，是这样理解"悔过自新"的：

"悔过自新"一语，为学者入德之门，建瓴挈纲，发蒙起聩。

——《二曲集》之《附录四》

这里的"入德之门"实际就是成贤成圣的关口。如何能成贤成圣呢？李颙要求人们必须立成贤成圣之志：

悔过自新，乃千圣进修要诀，人无志于做人则已，苟真实有志做人，须从此学则不差。

——《二曲集》卷一《悔过自新说》

前边说过，李颙的"立志"的内涵是："立志，当做天地间第一项事，当做天地间第一等人，当为前古后今着力担当这一条大担子，自奋自力。"因而，做圣人的志向是认识"过"的前提。然而，要认识自己之"过"，还必须做功夫，他认为，在读书人之中讲究这一学说，必须在念虑上体察，如果一念不合于理，就是一种"过"，就要立志用功改"过"，使念虑端正；在未尝学问之人中讲究这一学说，必须先检"身过"，次检"心过"。他说：

> 过在隐伏，潜而未彰，人于此时最所易忽；且多容养爱护之意，以为鬼神不我觉也。岂知莫见乎隐，莫显乎微，舜跖人禽，于是乎判，故慎独要焉。
> ——《二曲集》卷一《悔过自新说》

因此，做"悔过"的功夫又是认识"过"的保证。识"过"的目的是改"过"。改"过"须做"加刮磨洗剔之功"：

> 惩忿窒欲，遏恶扩善，无所容乎人欲之私，而有以全乎天理之正，皆所以养其中也；其见之于外也，足容重，手容恭，头容直，目容端，口容止，气容肃，声容静，立容德，坐如尸，行如蚁，息有养，瞬有存，昼有为，宵有得，动静有考程，皆所以制乎外以养其内也……喜怒哀乐中节，视听言动复礼，纲常伦理不亏，辞受取与不苟，造次颠沛一致，得失毁誉不动，生死患难如常，无入而不自得。
> ——《二曲集》卷一《悔过自新说》

做到这种功夫，就能"存天理，灭人欲"，就能复归人的至善本性。为了具体说明"悔过自新"，李颙还列举了古今许多有"过"之人，通过"悔过"达到恢复人的至善本性的典型事例，来为大家树立"悔过自新"的榜样，劝勉人们实践"悔过自新"。在李颙的眼里，不论人们以往有何种"过"，只要立志做这种功夫，就能成学，进而成贤成圣。在这个意义上，"悔过自新"就是儒学的"修己"学。他进一步对"悔过自新"阐释道：

> 我这里论学，却不欲人间讲泛论，只要各人回光返照，自觅各人受病之所在，知有某病，即思自医某病，即此便是入门，便是下手。

各人自觅己"过"，自思改"过"之方，这最易初学，最便下手：

> 最上道理，只在最下修能，不必务高远。说"精微"，谈"道学"，论"性命"，但就日用常行，纲常伦理，极浅极近处做起。
>
> ——《二曲集》卷一《悔过自新说》

李颙认为"悔过自新"不是一次便能完成，而是要不断地进行，因为人即使不会"贰过"，但人毕竟生活在错综复杂的社会里，会受到各种干扰和引诱，也会出现新的"过"，那么，就要针对这个实际，时常保持警惕。李颙强调，"悔过自新"是需要"必悔之又悔，新而又新，以至于尽性至命而后可"(《二曲集》之《悔过自新说》)。"悔过自新"的根本目的是"诚识本体"，本体在这里是什么呢？就是人的先天固有的至善的本性。人的原初的本性是善的，是纯洁无瑕的，之所以会产生各种各样的"过"，是因为各种各样的外在的或者自身产生的"病"蒙蔽了原初的本性，遮挡住了善的光芒，而"悔过自新"就是要去掉这"病"，恢复人原初的本性：

> 性，吾自性也；德，吾自得也。我固有之也，曷言乎新？新者，复其故之谓也。
>
> ——《二曲集》卷一《悔过自新说》

这里的"新"就是"复故"，就是复归人固有的本来的东西：

> 人也者，禀天地之气以成身，即得天地之理以为性。此性之量，本与天地同其大；此性之灵，本与日月合其明。本至善无恶，至粹无瑕。
>
> ——《二曲集》卷一《悔过自新说》

李颙认为人的本性"至善无恶，至粹无瑕"，那么，人的本性到底是怎样的呢？李颙从另外一个角度继续探讨这个问题，在《学髓》里，他把人的本性更换成"人生本原"这个概念，并以为"人生本原"是一个中空的大圆圈，他说，人生本原的特点是：

> 无声无臭，不睹不闻。虚而灵，寂而神，量无不包，明无不烛，顺应无不咸宜。
>
> ——《二曲集》卷二《学髓》

这就是说，作为本体的至善之性是无形无象、无声无臭的；言其量，则无所不包；言其明，则无所不烛："虚若太空，明若秋月，寂若夜半，定若山岳。"（《二曲集》卷二《学髓》）因而，人的本性可以说是"虚明寂定"的：

> 譬如明镜蔽于尘垢，而光体未尝不在；又如宝珠陷入粪坑，而宝气未尝不存。
>
> ——《二曲集》卷一《悔过自新说》

人性不仅是常在的，而且是常新的，"辟如日之在天，夕而沉，朝而升，光体不增不损，今无异昨，故能常新"(《二曲集》卷一《悔过自新说》)。这就是李颙的人性观或者人生本原观。为了达到"悔过自新"，他提出了"慎独"，即是在别人未见之时尤其要注意默识己失。有意思的是，李颙对"慎独"还做了具体的形式规划：

虚明寂定

鸡鸣平旦，与此相近。起而应事，易于散乱。

先坐此神明，昧爽香一炷以凝之。

斋戒

其德一

静坐，中午香。自朝至午，未免纷于应感，急坐一炷，以续夜气。

要务也，戌亥香。日间语默动静，或清浊相乘。须坐一炷以验之，果内外莹澈脱洒不扰否？

李颙解释道：

水澄则珠自现，心澄则性自朗。故必以静坐为基，三炷为程，斋戒为功夫，虚明寂定为本面。静而虚明寂定，是谓"未发之中"；动而虚明寂定，是谓"中节之和"。时时反观，时时体验。一时如此，便是一时的圣人；一日如此，便是一日的圣人；一月如此，便是一月的圣人，终其身常常如此，缉熙不断，则全是圣人，与天为一矣。

——《二曲集》卷二《学髓》

这种斋戒静坐的方法，源于孟子的"养气"理论，与理学家带有神秘性的修持方法是大体一致的，可是，李颙提倡斋戒的用意在于：通过斋戒这个形式来"悔过"，进行心性修养，使人的修持更加有效，以利于"自新"，也就是说通过"慎独"达到"心澄"，也就是达到人性的本原，重新获得性善的目的。

李颙学术的另外一个核心是"明体适用"，这和他的"悔过自新"有着极其重要的内部联系，不能孤立地去认识，更不能分割开来。

"明体适用"最早见于1656年骆钟麟对李颙之学以"明体适用"经世实义的表彰，当时"明体适用"只是李颙的一个初步设想；以后又见于康熙八年（1669）李颙的弟子张敦庵录其讲学答语的《体用全学》，此时"明体适用"已成为一种完整的学说；在《盩厔答问》中，李颙对"明体适用"做出了全面的解释：

> 儒者之学，明体适用之学也。秦汉以来，此学不明，醇厚者梏于章句，俊爽者流于浮词，独洛、闽诸大老，始慨然以明体适用为倡，于是遂有道学、俗学之别。
> ——《二曲集》卷十四《盩厔答问》

后来，他进一步论述道：

> 明体适用，乃吾人性分之所不容已，学而不如此，则失其所以为学，便失其所以为人矣。
> ——《二曲集》之《四书反身录》

什么是"明体适用"呢？李颙解释说：

> 穷理致知，反之于内，则识心悟性，实修实证；达之于外，则开物成务，康济群生。夫是之谓明体适用。
> ——《二曲集》卷十四《盩厔答问》

李颙提倡"明体适用"的真实意图是什么？这是需要认真回答的。前边说过，大明王朝灭亡之后，一些知识分子在反思，认为是理学已经丧失了先前的革新气象而坠于空谈心性，不重视形而下的知识、技能的研求，不追求事功，把理学推向了禅宗化的道路，以至于误国，这个教训实在是惨痛不堪的！所以，他提出"明体适用"，并解释这是程朱理学的核心之一，也是传统的儒学的核心部分。王阳明理学末流之所以走向空谈误国的道路，就在于他们不明白"明体适用"这一核心学说，这是现在应该大力提倡并身体力行的，这也是回归儒家学说的重要举措。"明体适用"的内涵，李颙是这样回答的：

问：何为明体适用？

曰：穷理致知，反之于内，则识心悟性，实修实证；达之于外，则开物成务，康济群生，夫是之明体适用。明体适用，乃人生性分之所不容已，学焉而昧乎此，即失其所以为人矣！明体而不适用，便是腐儒；适用而不本明体，便是霸儒；既不明体，又不适用，徒灭裂于口耳记诵之末，便是异端。

——《二曲集》卷十四《盩厔答问》

由此可知，"明体适用"先是"明体"，其次是"适用"。"明体"是指理学家的心性修养；"适用"是指在此基础上进行齐家治国平天下的社会实践，做出一番有益国家百姓的事业来。二者是统一的，"明体"必须"适用"，要用"适用"表现出来，而"适用"也必须以"明体"为依据，不能违背这个原则。李颙认为这是一个完善的人所应该依循的立身准则，不能有所偏颇。

康熙八年（1669），李颙为门人张珥开列的书目即"明体"和"适用"两类：前者的书目是《象山集》《阳明集》《龙溪集》《近溪集》《慈湖集》《白沙集》《二程全集》《朱子语类大全》《吴康斋集》《薛敬轩集》《胡敬斋集》《吕泾野集》《冯少墟集》等；后者的书目是《大学衍义》《衍义补》《文献通考》《吕氏实政录》《衡门芹》《经世石画》《经世絜要》《武备志》《经世八编》《资治通鉴纲目大全》《大明会典》《历代名臣奏议》《律令》《农政全书》《水利全书》《泰西水法》《地理险要》等。从以上书目来看，李颙的治学始终是以"明体适用"为旨归。李颙绝非腐儒抑或霸儒和俗儒，而是颇有见地的杰出学者，他既强调"明体"，又把"适用"放在很重要的位置。"明体"，李颙提倡"悔过自新"的途径，以达到内圣的境界；而"适用"则是落实儒家外王事功，实际上，也就是通过不断修养完善自己的心性，并能对国家对天下负起责任，对百姓建立功业。"明体"是根基，是基础；"适用"是把"明体"外化于实践活动中去。在某种意义上，李颙的"明体适用"是在强调个人只有服务于整个国家、服务于整个天下的百姓，才能映照出人性原初的无瑕与纯洁，才能胸怀磊落、心地澄澈，彰显出人性的善。李颙以此来补救理学末流空谈无根的弊端，无疑是正确的。这也和他"康济时艰"的远大抱负相一致，并不是整日闭门专注于心灵的修养，而是放眼世界投身社会实践。

李颙提倡的"明体适用"，在一定意义上是强调把个人的心性修养以及学业进修和社会实践活动结合起来，这是对明末以来的理学空谈心性，不关心国计民生的虚浮学风的有力纠正，也是对北宋张载开创、后经冯少墟等学者弘扬壮大的关学精神的回应。关学一个显著的特点是强调实学,注意把经学的理论研究和现实社会紧密地联系起来,并不是一味死读经典不知变通地去治学,而是强烈地关注现实生活和地方的政治经济建设。例如,张载曾经在自己的故乡横渠一带推行新的"井田制",力图解决当时农村土地分配严重失调的局面,虽然收效和理想有着一定的距离,但是这种敢于实践,敢于把儒家理想落实在现实生活中的求实精神,确实应该予以肯定。蓝田吕氏兄弟跟随张载求学以图获得自我道德修养和学业的精进,也是善于把儒家的道德思想转化为具体的可以操作的"乡约",成为规范乡村的个人和群体的道德准则和行为要求,促进乡村社会的治理与和谐,收到了极其明显的作用,以至于流传天下,得到后世学者的重视和研究。朱熹对《吕氏乡约》就表现出很大的兴趣,并且亲自修订完善和提倡推行,虽然由于社会政权更迭而未达到预期的效果,但至少说明,无论是张载、吕氏兄弟,还是朱熹,他们都力图探索一条把儒家学说和现实社会联系起来的道路,借以推行儒家的政治蓝图,实现儒家理想化的国家和社会治理模式。不过,社会历史进入明代的时候,王阳明"龙场悟道"之后致力于"致良知"的心性探究,对于当时程朱张扬的烦琐的枝节横出的新理学,确实是有力地拨乱反正,其目的在于正本清源,直抵儒家学说的核心——关于自我心性的修养和提升。然而,任何事物的发展都会出现始料未及的结果。估计王阳明也没有料想到自己全力悟出的"无善无恶是心之体,有善有恶是心之动,知善知恶是良知,为善去恶是格物"的心学竟至流落到迹近禅宗化的地步,甚至要对大明王朝的灭亡负起责任来。李颙在哲学思想上虽然没有逃离王阳明的心学藩篱,但是，李颙也绝不是亦步亦趋地仅仅局限在王阳明的心学之中，他有自己的哲学观点和思想，经过长期的思考和求索，李颙把阳明心学与关学中最为契合自己的东西抽取出来，从而形成了既强调心性修养的提升、又强调康济时艰地面向社会实践的"悔过自新"和"明体适用"思想，从而把学术旗帜高悬于自己的门户之上。这就是李颙学术的核心，也是他对我国哲学思想的贡献。

李颙的学术旨归：匡正人心、救正天下

李颙是纯粹的学者，除了东游华山和南游讲学之外，基本上固守地处秦岭北麓的故乡，甚至足不出户。他的治学是不断地向心性开掘，即"致良知"，主要形式是静坐，通过静坐来澄清心性，所以他常常闭关自守，谢绝一切世俗人事干扰。其治学思路是：重新诠释儒家的经籍，不再开辟新的学术天地，在对儒家经籍的诠释中发挥自己的学术见解，渗透自己的思想。

我国先秦有过一段"百家争鸣"的学术繁荣的黄金时代，各种学术思想和学术流派竞相发展。而自从大秦帝国诞生，一直到清代灭亡，国家的统治者采取同一手段，对学术的发展不是放而是收，是禁锢，是压迫，是打击迫害，而且在人文学术上只能走诠释儒家经籍的道路，很少有原创的思想出现。在如此的学术传统下，特别是清代更是加强了对人文学术思想的钳制，李颙能在陆王理学泛滥的情况下，坚守自己的精神领地，面对异族统治者以及横行乡里的无赖的摧残和压制，保持清纯独立的道德品质，努力实践"为天地立心，为生民立命，为往圣继绝学，为万世开太平"的宏伟志向，已经是难能可贵的了！再说，我国传统的学术一向推崇辩证思维，而极少进行鸿篇巨制的逻辑论证，其思想空间和学术空间是非常广阔的。由此来看，李颙的哲学思想也确实不能小觑，而应该给予科学的评价。

李颙几乎一生固守故乡，独坐自己狭小的"垩室"来"悔过自新"，一是澄明心性，去伪存真，反本求源，排除蒙蔽心性的杂物，使自己的心性呈现出最初的善；二是不放过心性中一丝一毫恶的念头，斩草除根，使自己的心性保持澄明的状态；三是反复研修儒家经籍，结合自己"悔过"而提升至"新"的心性来认真体味，在诠释中获得新的思想。这体现在他的《四书反身录》这部不刊之论里边。

我非常喜欢读《四书反身录》，那随处闪烁着思想光芒的精彩话语，给人带来无穷无尽的欣喜和思索。李颙的论述，没有按照科学哲学要求的那样，从概念到判断到推理，也就省略了枯燥无味的论述语言，而是跃动着不竭的思想活力，况且，在优雅的语言背面还有着广阔无垠的学术田野，这是西方哲学著述难以达到的一种论述思想的文体境界。

李颙一生乐此不疲地研修儒家经籍，并从中获得一种内在的精神的快乐和满足。李颙关于读书治学的论述，确是真正的读书心得、真正的治学格言。他终生读书不辍，甚至长时间闭关静心"格致"，其著述虽然不多，但句句着实，字字皆有出处，不是散漫无章任意铺排之作，而是求之于儒家学说，经过自己的反复研修和斟酌推敲，并验证于自身实践，觉得能站得住脚了，经得起来自各个方面的质疑问难了，这才研磨成章。

其《悔过自新说》，就是李颙遍读儒家经籍，特别是王阳明"贵于改过"的思想之后逐渐形成的。王阳明认为："不贵于无过，而贵于能改过"（《王文成公全书》卷二十六）；"悔悟是去病之药，然以改之为贵"（《王文成公全书》卷一）；"一旦脱然洗涤旧染，虽昔为寇盗，今日不害为君子"（《王文成公全书》卷二十六）。这些论述，表达了王阳明关于"改过"的教育思想，但是，王阳明并没有把这一思想系统化，更没有提升到李颙的理论高度。由此可见李颙治学之扎实。

观览李颙的著作，其中关于治学的精彩论断犹如春日行于山阴道上，令人赏心悦目。仅从他的《四书反身录》，试摘几则：

> 古人为学之初，便有大志愿、大期许，故学成德就，事业光明俊伟，是以谓之"大人"。今有大志愿、大期许者，不过尊荣极人世之盛，其有彼善于此者，亦不过硁硁自律，以期令闻广誉于天下而已。
>
> 学问之要，只在不自欺，无为其所不为，无欲其所不欲。
>
> 学者全要涵养性情，若无涵养，必轻喜轻怒，哀乐失节。
>
> 凡人学道无成，皆由名根未断，浅之为富贵利达之名；深之为圣贤君子之名，浅深不同，总之是病。
>
> 人之立身，言与行而已。言慎则不招尤，行慎则不招悔，无忧无悔，品始不差，一有玷阙，他长莫赎。
>
> 世人多事，多起于争：文人争名，细人争利，勇夫争功，艺人争能，强者争胜，无往不争，则无往非

病。君子学不近名，居不谋利，谦以自牧，恬退不伐，夫何所争？惟是见义争为，见不善争改，君子之为君子，如斯而已。

严义利，振纲常，戒空谈，敦实行。

有大学问、大识力、大气骨，方足以当大任、应大变。

不遇盘根错节，无以别利器；不遇重大关头，无以别操守。居恒谈节义，论成败，人孰不能？一遇小小利害，神移色沮，陨其生平者多矣。惟遇大投艰，百折不回，既济厥事，又全所守，非才品兼优之君子，其孰能之？

——《二曲集》

李颙这些关于治学以及学者的责任担当的真知灼见，无不论述得精要确切，而且注意把个人心性修养和治学结合起来，体现了他治学与德行互为表里的精神，实际上是把"立人"与"立志"统一起来。这样做的目的，不是单纯地追求学问，而是要着眼于天下，着眼于"当大任、应大变"，而要有此担当，不仅要在治学上脚踏实地不懈努力，更要修炼自己的品行，具体而言，就是"严义利，振纲常"，自觉地维护社会的政治秩序和人伦道德，因此，治学一定要"戒空谈，敦实行"，换句话说，就是强调理论和实际相结合的治学方法。这也正体现了清初先进知识分子鄙夷理学末流一味空谈、"游学无根"，大力提倡"实学"的学风。顾炎武、黄宗羲、王夫之等学术大师，无不从自身做起，行为世范，力避理学末流的种种弊端，开辟了注重考据的汉学新学风，为康乾学术的兴盛奠基了良好的基础。

李颙虽然不屑于"字句",却从治学的思想路径上倾向于把社会实践当作检验学术的标准,这是对前人治学的一个很大的超越。

李颙反对张扬,认为真正的读书人莫不专心向学心无旁骛。他借助《易》的精神,来说明学者应该性格沉潜,意守一处,他说:"潜龙以不见成德"(《二曲集》之《四书反身录》)。读书,不仅要理解字句的内涵,还要善于体会字句之外作者的思想观点和人生倾向,例如,读《论语》之《为政》:"十五志于学,三十而立,四十而不惑,五十而知天命,六十而耳顺,七十而从心所欲,不逾矩。"这段话本是孔子的自述,可是,李颙却从这段话里,解出另外的含义:"此章真夫子一生年谱也。自叙进学次第,绝口不及官阀履历、事业,可见圣人一生所重,惟在于学,所学惟在于心,他非所与焉。"(《二曲集》之《四书反身录》)给人豁然一亮的感觉,也从另外的角度树立了孔子的高大形象,给人以榜样。对于学者的著述,李颙认为:"圣贤著述,原为明道;今人著述,不过博名。"(《二曲集》之《四书反身录》)在他看来,圣贤已经把天下的道理说得很透彻了,今天学习只是修养自己的心性和致力实践落实而已,不必再徒费笔墨另外著述,若是著述,不过是在名利之心的驱使下"博名"罢了。

李颙很少著述,大抵出自这种观念,也是自己学必笃行的体现。他治学以圣贤之书为本,努力钻研专心研修,力求在整体上把握他们的思想,然后贯彻于社会实践,哪里还需要自己发挥著述,徒费光阴?这里,至少有三点意思:其一,著述乃是圣贤所为;其二,著述的目的在于明道;其三,现在的一般读书人达不到圣贤的境界,却要著述,是名利之根未断,目的是哗众取宠。明代社会，由于工商业在一些大的城市快速发展，资本主义萌芽，而资本主义的本质是追逐极大的利益，这势必影响到社会生活。一些读书人坐不住冷板凳，便利用自己手中掌握的文化资源，企图将其转化为商品，从中牟利。一些迎合市民阶层低层次阅读需要的读书人，早把著述是圣贤为了明道的使命丢弃不顾，炮制出一大批目的在于获取利益的充满色情肉欲的"著述"，败坏了社会风气，侵蚀了人们的心灵，受到广大良知未泯的知识分子的抵制。尽管李颙所处的社会现实已经改变，清朝的顺治、康熙年间，在文化上尚未大开"文字狱"，民间还流传着不少这样的违背圣贤"明道"之旨的图书，令李颙深恶痛绝，联系李颙一生不去涉猎文艺的态度，故有此种言论，实不足为奇。从此也可以看出，李颙强调读书"严义利、振纲常"确实是身体力行，细枝末叶也绝不敷衍。

书读得多了，人的综合素质在不知不觉间得到显著提升自不待言，就是心灵也越来越积淀了无尽的美，这势必改变读书人的气质甚至容貌，心性也常常呈现出原初的善，这就是读书的益处。这益处也必然通过自己的行为言辞甚至神情表露在外，其实，这是读书提升了德行或者说心性之后的表现，所以，可以把这种现象归结为："容貌辞气，德之符也。"（《二曲集》之《四书反身录》）当然，读书人不能仅靠读书来端正自己，就是在平日里也应该"持身须是严整而浑厚，简易而精明"（《二曲集》之《四书反身录》）。李颙是说到也做到了。

在汉学与宋学尚未形成明显的流派态势的时际，李颙的治学还是偏向于宋学，早岁他曾经涉猎过佛学和老庄，可是，后来却一心一意研修儒家经籍，几乎避而不谈佛学和老庄，一定程度上跳出了王阳明的心学，专心只治儒家经籍。李颙在学术上不立门户，不标榜自己，只是默默耕耘，有多少体味就说多少体味，既然说出，便是真知灼见，足以打动人心，起到修养心性的作用。质而言之，李颙的这种学风，正是关中学者共同的治学特点，他们认为，"天下治乱，由于人心之斜正"（《二曲集》卷十二《匡时要务》），所以，若欲救世，须先匡正人心，这是学者的历史责任。匡正人心的方法就是讲明学术，"人心斜正，由于学术之晦明"，"故学术明则正人盛，正人盛则世道隆，此明学术所以为匡时救世第一要务也"（《二曲集》卷十二《匡时要务》）。这是为学的出发点，也成为李颙等关中学者判别学术好坏高低的核心标准。有益于"匡时救世"的学术就是应该坚持的学术，这种取舍学术的态度确实是"为我所用"不问来处的，因之，李颙他们并不全盘否定什么，也不全盘肯定什么，只要是精华和优长的地方就吸纳进来，以成就自己的学术，达到救正人心继而救正世道的治学目的。

李颙的学术特征，具体分析，包括以下特点：

1. 以程朱为依据，不脱心学的藩篱，力图回归孔孟的学说。
2. 坚持张载的"气本"特色的唯物主义观点。
3. 提倡"悔过自新"与"明体适用"的学术方法，继承和发扬了以"实学"为核心的关学精神。
4. 强调匡正人心，目的在于救正天下。
5. 坚持"性本善"的观点，讲究闭关自守和通过静坐以澄明心性。
6. 身体力行，言行一致。
7. 不涉佛学以及老庄，也绝口不谈玄学与阴阳五行学说，也不涉猎文艺。

8. 坚持以"孝"为核心的伦理道德观念。

9. 兼采各个学术派别的优长来充实自己的学术体系。

10. 志向高远，胸怀天下，以"四为"为治学旨归。

关中乃天下腹地，山高水长，人性刚正；经济发达，文化昌明，且为十三朝故都，得风气之先，聚天下精英，其精神遗产异常丰厚。特别是周代一直到唐代，是天下文化学术中心，学人辈出，明清又有复兴之象，李颙便是其中"虎虎有生气"的学者之一。

第十一章　河山壮丽："中国恐龙之父"的文与诗

故乡与求学

出渭南城东门，沿渭河南岸的国道前行大约二十多千米，来到华州区的龙潭堡村。龙潭堡是一处风景相当优美的去处，村南，秦岭在望，村北，是人烟稠密的县城和关中平原上的村庄，一条清溪，穿过绿树掩映的房舍，悄然流过石板渠道，消失在村头……村东边的竹林里，有一座已经颓败的院落，长满了荒草，原木建造的二层小楼房，俨然保留着过去曾经的庄严，屋外的墙壁上，镶嵌着一块石碑，上书"杨松轩 杨叔吉 杨钟健故居"字样，这是龙潭堡杨氏家族所刻。杨钟健先生是我国古脊椎动物学、古人类学和第四纪地质研究的开创者和奠基者，龙潭堡是他的故乡，他在这座院落里呱呱坠地。

龙潭堡村前，有一处开阔地，建有杨松轩杨钟健纪念园。园里，有杨松轩先生的墓地和不少的纪念石刻，也矗立着中国科学院古脊椎动物研究所和中国自然博物馆纪念杨钟健先生的纪念碑，还有摘录他的一些励志话语的石刻，环绕在纪念碑左右，纪念碑前鲜花朵朵，枝叶翠绿，有不少的游人前来拜谒。

杨钟健先生出生在书香门第。他的祖父杨叔吉曾经在龙潭

第十一章 河山壮丽:"中国恐龙之父"的文与诗

堡村外的观音庙地址上,创办过蒙养学堂,那是华州最早成立的学校。父亲杨松轩,是渭河流域著名的咸林中学的创办者,于右任先生在他逝世后书曰"德厚教深",给予了极高的评价。幼年的杨钟健,跟随教书的父亲在外地求学,后来,咸林学校创办,于是他就近上学。在故乡龙潭堡,他度过了整个少年时代,故乡幽美的自然环境和读书向上的家庭氛围,成为他久久不能忘怀的乡愁。

1917年,杨钟健先生先经过预科学习,第二年考入北京大学地质系。青年时代,他满怀着强烈的爱国热忱,曾发起组织旅京陕西学生联合会,在报刊上发表多篇揭发军阀暴政的文章。"五四"运动时,曾参加火烧赵家楼曹汝霖住宅和痛打章宗祥的斗争。1921年,他当选为少年中国学会执行部主任,给当时在湖南的毛泽东写信,请其补填加入少年中国学会的志愿书,毛泽东很快回信。1924年,他远涉重洋,前往德国慕尼黑大学地质系学习古脊椎动物学,获哲学博士学位。之后,他相继在瑞典、比利时、英国、法国等国游学。1928年,经东欧取道苏联回国。

地质考古与游记散文

回国后,杨钟健先生参与了北京周口店史前遗址开掘,可惜的是没有亲自发现"北京猿人"的头骨,而是被他的助手兼学术战友裴文中先生捷足先登。这对杨钟健先生来说是一个大遗憾。但是,上苍总是眷顾不断在科学的高峰上"向前"的人,他的古脊椎动物学和中、新生代地层研究成就卓著。

杨钟健先生还是优秀的旅行散文作家和诗人。前些年，在西安的古旧书店，得到一部杨钟健先生的散文集《剖面的剖面》，科学出版社出版，前边有翁文灏先生写的序，介绍说："此书所述，北起长城，南抵沧海，东自鲁齐，西抵甘肃"，"著者供给我们一幅简明鲜艳而引人入胜的图画"。杨钟健在"自序"里也申明，"把所观察的、所感触的，就所能记得的记述下来，就是这一本游记"。

翁文灏先生是我国第一位地质学博士，一生治学严谨，著有《中国矿产志略》《中国地史浅说》《中国山脉考》等著作，同时，也是非常优秀的诗人。他的诗有唐宋风格，典雅而优美。他自恃才高，轻易不许人，也许和杨钟健先生是同行之故，且折服其文学才华，所以才欣然为之写序，且评价甚高。杨钟健先生在"自序"里说，翁文灏先生"对于我的游记的见解，尤为赞成"，自然，这序与书中的文章"美美与共"，相得益彰。

按照旅行文学研究者张德明的说法，旅行文学一般注重"风景"的描写，而这些"风景"里，主要有"河流景观""山脉景观""岛海景观""荒野景观"和"日常景观"等。以此来衡量杨钟健先生的"游记"，应该属于旅行文学。

杨钟健先生的"游记"散文，其写作的审美对象和写作题材，也大致在这几项范围内。他在做地质或者其他田野考察时，自然脱不开上述"景观"。在《剖面的剖面》这部"游记"里，他所描写的"景观"有《山西的一角》《井陉猿人梦》《沿江印象记》《山东忆游》《广西探洞记》《甘游杂记》《晋蜀掘骨记》等，真实地记录了他的旅行足迹和旅行目的，比如，《在寿阳》一节里，他直接说明："我们的目的，是考察该省东南部新生代

第十一章 河山壮丽:"中国恐龙之父"的文与诗

地质。"该省是指山西省,寿阳是山西省的一个县,"枕恒岳,络太行,居潇河中上游",地质上属于"第三纪上部地层"。杨钟健先生一行,即为此考察而来。当然,虽说是科学考察,也离不开当地的社会风貌描写,但是,考察的结果并不理想,这里"无论是由地层的层位与性质或化石的特征都是表示其为泥河弯式的堆积","并未找见大规模的化石堆积",所以,他在此处没有逗留。

离去的途中,看见"太原平原尚依稀于天际,东视则羊肠一道沿河隐曲于丛山迭峰中,又兼一片晚霞铺射山岭",此等景色,令人乐而忘返。作者在考察途中,路经故乡,在考察地质的同时,故乡风物奔至笔端:"这一次旅行,所得印象最深的地方,莫过于瓜坡附近","由原上远观华县平原,有如烟海",而"北望渭河如带,南则高山壁峙,不但五龙少华诸峰历历在望,即华山亦隐约可见",秦岭北麓渭河南岸的风光,在他眼里如诗如画,非常优美。

他的旅行散文,不只是山脉景观、河流景观、岛海景观、荒野景观和日常景观这些通常意义上的旅行散文,而是把地质学和当地的社会人文甚至交通情况等收纳笔底,构造出旅行散文的"另类"美学形式,彰显出自己的特色。比如,在《剖面的剖面》里,有《甘游杂记》一章,可见一斑:

> 上古时,西北的交通为六盘山所限,已为极西边地,所以平凉附近的崖洞山竟为一个富于西方神话的山。至于民俗及一切景物,因自然背景相似,所以十分相近。

其中介绍了上古时代西北交通的西极便是六盘山,其附近的崖洞山（崆峒山），据说西王母曾在这里与周穆王相见，至今在山前的山月峡南口还有王母宫，当地流传着西王母的神话故事。杨钟健先生说六盘山是上古交通的西极，应该有历史地理与交通史来印证，然而，《穆天子传》却记载周穆王的西行路线，是从宗周出发，渡过黄河，北越太行山，经由河套，然后折而向西，穿越今甘肃、青海，到达西王母所居之地昆仑山，如果《穆天子传》确实是真实的历史记载，那么，我国古代的交通西极当是如此。杨钟健先生记叙兰州的旅行所见：

> 我们离了兰州沿河向西而行，天气晴和，地方又为未走过的，所以感觉特别有兴趣，尤其在将到古城一带，路沿河岸行，下为黄河巨涛，上为五泉山一类的砾石壁立欲坠，河中时见有皮筏子载西瓜顺流而下。最使人得深印象，而感到身在地道的黄河上滩。过古城一直到新城，有一个地质的奇观，就是河北岸第三纪初期及后期地层所成的一绝好剖面，长可一二十里，以一背斜层为中心，而向东渐渐倾斜，以至于近于平铺……这个剖面虽不如长江三峡黄陵背斜层的伟大和秀丽，但却使人不期然地联想到那里。而且这红的峭壁，苍郁的黄土，覆盖的远山和万里黄河也自有他的个性，在全世界找不出第二个来。
>
> ——《剖面的剖面》之《甘游杂记》

杨钟健先生采取了夹叙夹议的方法，情景交融地介绍了兰州西行黄河岸边的特殊地质情况，又不忘用闲笔勾勒动态的生活场景——皮筏子载西瓜——且又发散扩展，同时与长江三峡地质相比较，逼真如在目前。《井陉猿人梦》，描写故乡华州的

第十一章 河山壮丽："中国恐龙之父"的文与诗

地质情况和上述文字相似，诗意氤氲结成优美的文字：

> 清晨辞别，出村南行，草树郁葱，风物宜人，心神甚为怡然。由赤水往高塘一路，幼时在咸校读书时，曾旅行一次，匆匆已二十年前的事，江水未改，人事如何！前行不久，即舍冲积层而入高原，因华县西南乃至渭南河南沿山一带，有黄土及较古地层的高原，其一般地质情形当与潼关附近及三门峡一带相若，非如华阴、华县沿大路之低洼……在高原上南行，秦岭在望，屹立如屏……

——《剖面的剖面》

在"沿江印象录"里，他详细描写盐井沟："愈前行，河流愈细，山愈陡"，"度时已薄暮飞鸟归林，不远处有小庙一座，附近小桥跨溪，疏林中现出房舍"。这里便是盐井沟了，驻足考察，得出结论："此地之此等地形，与庐山及鸡公山之顶相当。石灰岩中之洞之造成当在此壮年地形之后，与含化石堆积之先，故当为上新统。"杨钟健先生善于把景物描写与地质科学考察结合起来，使人在轻松的阅读里获得新鲜的知识。

《剖面的剖面》是杨钟健先生出版的第一部旅行散文集，写作于1929—1931年间，涉及四次大规模的旅行考察，合计行程两万里，足迹所至，占中国北方的大部，而大半又是边荒偏僻的地方。其中的《骡队》《分水岭上》《黄河峡谷》《府谷琐谈》《神木古禽龙的足迹》《在沙漠中》《在黄土沟中》《骨化石的探寻》《额济纳河畔》等篇章，约略可以感受到其旅行散文的品质，而且细致生动地记录了那个时代中国西北偏远地区的风土人情，彰显出浓浓的人文情怀。

抗日战争全面爆发后，众多科研机构辏集大西南。1938年7月，杨钟健任中央地质调查所昆明办事处主任，组织开展了对云南地质及古生物化石的调查研究工作。当年冬天，他与调查所的同行在昆明西北的禄丰盆地发现了大量脊椎动物化石，这些化石动物群后来被命名为"禄丰蜥龙动物"，其中最为了不起的是发掘出来一具完整的"许氏禄丰龙"。这些发掘和研究过程，在他的《杨钟健回忆录》里都有详尽的叙述。当时的工作条件非常艰苦，后来，杨钟健先生写了一首诗《关帝庙即景》，生动诙谐地描写了当时困窘的研究条件和乐观向上的人生态度："三间矮屋藏神龙，闷对枯骨究异同。且忍半月地上垢，姑敲一日分内钟。起接屋顶漏雨水，坐当脚底空穴风。人生到此何足论，频对残篇泣路穷。"杨钟健先生野外考察五十多年，足迹遍及亚洲、欧洲、北美洲和非洲的许多国家，还写出了不少游学海外的旅行散文。其《去国记》，主要记述了去美国、加拿大、欧洲大陆等地学术考察的历程。其中的《加拿大旅行记》里，描写了雄壮的耐阿格拉瀑布，"水流至石灰岩处，成一绝壁，大约四十米，一泻而下，因成巨观"，只"见浪花四射，银瀑如布"，"据云于晚上或阴雨后由浪花所成之雾中透视，可有各色光彩，尤为美观"，还详细地介绍了当地的博物馆和一些著名学者的情况；而《回到胜利后的中国》通篇则洋溢着无比的热情，开篇即云："三月末的天气，正是春回江南的季节。青草如茵，杨柳初绿。上驳船后，沿黄浦江驶行，看到两岸的景色，真觉得这是可爱的祖国。"浓郁的家国情怀，奔涌毫端。

1956年，杨钟健先生出访苏联，其《访苏两月记》叙述了在苏联参观的深切感受，比如，在列宁格勒附近的海边看了

第十一章 河山壮丽："中国恐龙之父"的文与诗

"寒武纪、志留纪所造成之地形"，还在南部看了"奥陶纪等时代之标准地层"，收获多多。特别是以爱沙尼亚首都塔林为中心，"看了附近所能看得到的许多俄罗斯台地北缘的许多剖面"，"虽然若干剖面大同小异，但均有其特殊性，增加了我们对古老岩层的认识"；在西伯利亚旅行途中，他浮想联翩，"估计不久就可有莫斯科—乌兰巴托—北京直运通车"。在基辅，在摩尔达维亚，在黑海，在格鲁吉亚等地，杨钟健先生都留下真实的旅行散文。这些旅行散文，采用白描的手法，表达了自己的观感，文字真切感人。

杨钟健先生喜欢用"剖面"来做自己旅行散文集的题目，剖面是地质学的一个术语，又称地质断面，显示地表或一定深度内地质构造情况的实际或推断切面。他以"剖面"为题，有两重含义：一是对地质考察准确科学的记载，他在《剖面的剖面》《自序》里说，他的旅行"以考察地质与采骨化石为主"；二是对当地社会环境和人文情况的如实描写，"把所观察的、所感触的，就所能记得的记述下来"，对我们认识和了解当时的现实生活具有很大的价值。描写言之有物，质朴自然，简洁明晰，表现力强，好像素描一样，寥寥几笔便勾画出所描写的客观对象，没有虚饰的成分，却自有内在的诗情流泻出来。

地质学和古脊椎动物研究都需要大量的田野考察，这些都为杨钟健先生的旅行散文提供了丰富多样的写作题材。况且，此前也有不少的国外学者在调查中国地质时，写出了流传世界的旅行散文，例如，首创"丝绸之路"这一名称的李希霍芬先生，在1868—1872年间，对我国进行了七次地质考察，出版了巨著《中国：亲身旅行和据此所作研究的成果》之外，还写出了《李希霍芬中国旅行日记》两大卷；还有斯文·赫定先生，关于中国的旅行散文有六七部之多。这些学者对杨钟健先生产生了深刻的影响。然而杨钟健先生并不满意这些外国学者的旅行散文，认为其中"多是起居注式的琐屑记载"，没有真正意义上可供人"卧游"的书。于是，他写出了具有中国特色的旅行散文，共有七部之多。

成果丰硕的诗人

杨钟健先生的诗歌创作，时间跨度长达半个世纪以上（1920—1978），共创作诗歌大约两千多首，目前出版有《杨钟健诗文选集》。古人认为，要写好诗歌，有两个先决因素："读万卷书"和"行万里路"。杨钟健先生得天独厚地具备了这两个因素。先不说后者，就前者来说，从其"回忆录"可看出，他从小苦读我国历史哲学典籍以及唐诗宋词，有着厚实的国学基础，又在早年积极参加新文化运动，加之多年求学欧洲，接触世界先进文化，读书岂能无"万卷"？况且，他酷爱文学，飘逸浪漫的个人气质和浓郁的家国情怀，这些都是他创作诗歌的有利因素。

杨钟健先生早期的诗歌充满了忧国忧民之情，例如，创作于一九二一年的《矿工》，愤怒地揭露出矿工苦难的生活情景：

他们一斧斧，一锤锤，打下漆黑的煤，
供给世人生活上的享用，增加世人物质上的文明。
但是他们苦极了，得不到人的快乐，
枉尽了牛马的效用，可怜他们一个大字也不识，

第十一章 河山壮丽："中国恐龙之父"的文与诗

哪知道什么是"劳工神圣"，唉！

一言难尽的中国矿工。

面对这个不平等的压迫人的社会，诗人渴望来一场巨大的地震，他说：

我要是可以支配自然，能够发生人工地震，

一定把万恶的军阀，恶浊的棍徒，

陷落在这无情的地窖中。

——《沙滩集》

由此可以感受到诗人的写作立场是站在劳苦大众的一方，虽然还看不到阶级对立的深层原因，但是，进步的知识分子能自觉地关注底层劳苦大众的痛苦生活，勇敢地予以揭露和批判，也就难能可贵了。其实，杨钟健先生最初并不想走上科学研究的道路，而是想从事文艺创作。求学北大，他最想上的是哲学系，况且，他有这样的天分和兴趣，他在少年时代，就沉迷于故乡一带流传至今的"迷糊"皮影戏剧，耳濡目染，曾经创作出皮影戏《林则徐》，可惜未曾保留下来。人生的道路就是这样，往往不由自己来选定。后来，他走上研究地质和古脊椎动物的道路，成为我国该学科的创始人。但是，文学的种子一直在他心里发芽。在《回忆录》里，他说："在新思潮的影响下，我对写诗逐渐产生了兴趣。"上面这首诗歌，就是他去了六河沟煤矿，目睹了矿工的悲惨遭遇和非人生活，写出了自己的见闻和感受。

杨钟健先生浓厚的故土情结时常流露在诗歌之中。家国是人的根，所谓家国情怀离不开对国家主权、大好河山、灿烂文化以及骨肉同胞的感情。杨钟健先生身在异邦时，心里时刻记挂着自己的家国，其《去国集》就充满了这样的思绪。1924年的中秋，明月在天，他独自一人，徘徊在德国慕尼黑大学空旷的操场上，故国之思，泛上心头，于是他情不自禁，挥笔写下《甲子中秋》，其三云：

念念今夜中，空有团圆的秋宴，
游子的情况，曾几度被提在慈母的唇边！
异域孤旅的苦楚，只配供奉在月中的面前。

他又想到水深火热的祖国：

国事呵！竟也漆也似的黑暗，
死也似的愁惨。一颗冷月，
照着多少的流离散连，照着多少的枪雨腥膻？

——《去国集》

风雨如磐，鸡鸣不已。半殖民地半封建的祖国正处在严寒之中，人民啼饥号寒，远在莱茵河畔的游子，"哀民生之多艰"，不由得"长太息以掩涕"。他决心努力向学，学好本领，将来报效国家。

杨钟健先生的诗歌弥漫着深深的乡愁。1928 年，他学成回国，"数年来异域为客，今幸已重回归地"，他在诗中这样喟叹。放下行装，就接到"中央地质调查所"的聘函，于是他前往北京周口店工作，安顿好手头的工作，便急切切回到华州龙潭堡故乡。这里是他儿童和少年时代嬉戏和开蒙的地方，也有他至亲至爱的亲人，其结发妻子也长眠于这块山环水绕一片青翠的热土，千万里归来，喜悦之情溢于言表：

多年漂泊客他乡，未见家中麦梢黄。
而今游倦来小住，且与戚邻话沧桑。

——《骨余集（二）》

第十一章 河山壮丽："中国恐龙之父"的文与诗

诗人回到家乡，与乡邻"开轩面场圃，把酒话桑麻"，自然有说不完的话道不完的情，其乐也陶陶。多少年"未见"的景色终于出现在眼前，能不激动吗？他坐在龙潭堡老家的小溪、竹林和绿荫下，和亲戚乡友共话久别的思念和彼此的生活变化，感慨人生的匆忙，真是满怀的惬意……

然而，时隔不久，他的父亲、教育家杨松轩去世，令他悲伤不已。回忆当年离家的时候，父亲与母亲送他到故乡的罗纹河桥头，桥下是清澈的流水，犹如离别的万千愁绪……而今他永夜难眠，站在窗前，泪眼婆娑，写出了感人至深的《思父作》，结尾曰：

> 河声呜咽，山色渺茫，
> 亲爱的父亲呵！
> 谁能息止儿的悲伤。
>
> ——《风沙集》

借以寄托自己无限的哀思。

故乡是人永远的根系所在，乡愁不仅是对家乡的由衷的爱，也是对家人切割不断的牵念。家国是杨钟健先生安身立命的精神绿洲，是他魂牵梦绕的地方，也是他诗歌的重要主题。

杨钟健长期在内地与边陲进行田野调查，在勤奋工作和领略各地的奇异风光，于心有动，便发而为诗。1937年至1946年，这十年的时间，是他诗歌创作的高峰期，收入《漂泊集》中的作品竟然有八十三首之多，数量较之前各个诗集的总和还有余。而这期间中国正在进行着伟大的抗日战争，他虽然是书生却不忘报国，时刻关注着日渐严酷的时势，1937年12月26日，他在赠送给朱森教授的纪念册上，写下了这样的"五言诗"：

> 山河半沦亡，同道集三湘。
> 杀敌无寸铁，救国空热肠。

这首诗，短短二十个字，反映出杨钟健先生强烈的爱国之情和渴望报国的决心，然而，书生仅有一腔壮志热血，无路拯救乾坤……平日里，他把南宋爱国诗人陆游的《剑南诗稿》放置手边，激励自己，抒发情怀，其《步陆放翁韵感事》最为典型：

> 国事如今正多艰，沦亡多少好河山。
> 削藩割地恨仍在，铁翼寇骑又迫关。
> 抗战全凭一将许，报国何须计鬓斑。
> 岁为只在诸将士，收复河山指顾间。
>
> ——《漂泊集》

强烈的爱国主义，是我国自古以来读书人优秀的精神传统，每当国家有难、民族危亡的时刻，他们都奋不顾身，挺身而出，大声疾呼，号召天下，屈原、辛弃疾、文天祥、顾炎武、林则徐……他们用自己的诗文作檄文，其忠贞不屈之心，感天动地，光影流传。杨钟健先生亦是如此。他的《"七七"周年感赋》写道："不堪回首话卢沟，遍地腥血涕泪流。万里河山一年陷，百年因果一朝收。"是啊，从鸦片战争开始，我国受到列强的肆意侵扰，国无主权，世无宁日，统治者只知道搜刮民财，罔顾人民安危，国家日渐贫弱不堪，"七七事变"，又遭日寇铁蹄蹂躏……乾坤自有扭转人！在中国共产党领导下，全国人民奋起抗日，艰苦卓绝地"收复河山"，赢得了祖国的光明前途，赢得了民族解放。

第十一章　河山壮丽："中国恐龙之父"的文与诗

杨钟健先生也有不少的诗歌描写地质和古脊椎动物研究的情景，比如，他的《地质旅行曲》："中华好河山，我辈幸攀边。多少新事实，为我横眼前。""采石复采石，快采未为迟。今日要不采，再来知何时？"杨钟健先生倾心于地质和古脊椎动物研究，采集了大量的地质和古化石，这几句诗就是描写他和他的同事们努力搜集研究材料的场景。他的《在阿克苏城东寻石器偶作》诗云：

驱马旷原寻石器，迎面酥骨有春风。
一片杨柳记沃地，不尽沙丘接苍穹。
台地石器成往史，河畔桃李正繁荣。
屈指东归应有日，闲看夕阳射林红。

——《漂泊集（1937—1946）》

因为对地质和古脊椎动物研究的热爱，他甚至把自己创作的诗一而再，再而三名之曰《骨余集》。在《马门溪龙颂》里，他以轻松甚至戏谑的口吻来写诗：

头小颈长身躯大，尾巴长得更可怕。
身长约有十三米，体重更是不成话。
亿万年前湖沼内，横行可算一时雄。
北起溯漠南长江，西起新疆到山东。
湖内植物供食料，偶尔岸边逞威风。
全球亦有其近属，为我独尊到处同。
正因发展太离奇，环境一变运惨凄。
可怜灭身与灭种，成为化石机会稀。
一朝掘出供研究，生物演化说来历。
始信祖国真伟大，一条古龙装墙壁。

代表发展一阶段，供君来此仔细看。
更应努力再钻研，还有奇物待发现。

——《骨余集（二）》

这首长诗一唱三叹，中间三转其韵，语言流畅，自然有致，把恐龙化石形成的前因后果和生活习性栩栩如生地呈现在大家眼前，同时，赞美国家对恐龙化石研究非常重视，投入巨大。诗歌的最后，他勉励研究者再接再厉，努力钻研，争取有更多更有研究价值的化石被发现。

杨钟健先生还有大量诗歌表现生活在社会主义时代的自豪和幸福之情。1956年6月，他加入了中国共产党，感到无上的光荣，满怀激情地在《入党书怀三十韵》里勉励自己：

要为人服务，莫做己打算。
学习复学习，随时克困难。
理论有依据，自然广心田。
余年献给党，应少补前愆。

——《骨余集（二）》

这是一个从旧社会走过来的老知识分子吐露出来的发自内心的声音，表明了自己永远跟党走的坚定信念。古人云"诗言志，歌永言"，他真实地践行了诗歌的要义。其诗歌有《沙滩集》《去国集》《风沙集》《漂泊集》《骨余集（一、二、三）》以及《外骨集》等，这些诗歌同其散文一样，真实地反映了杨钟健先生在这两方面保持终生的浓厚兴趣与所取得的卓越成就，有研究者指出：他的诗歌，"描绘美丽的自然界、沧桑的人世间、野外考察中的奇闻异事、科学探索里的跌宕起伏"，"用他敏锐的观察力和朴素的叙述性，在诗歌的音韵美中一一呈现在

第十一章 河山壮丽:"中国恐龙之父"的文与诗

我们眼前"(《杨钟健诗文集》之《序》)。这样的概括是比较准确的。

杨钟健先生散文和诗歌的总体艺术特征,首先是把田野考察工作和当地社会现实结合起来进行叙写,画面恢宏而深厚;其次是描写的场景细节非常生动,鲜活如在目前;再次是夹叙夹议,并且议论风生,无论是地质考察还是发现古脊椎动物化石,常常与别地的发现进行横向比较,扩展了散文和诗歌的内容并且加深了主题力度;又次是真实而客观地反映了所到之处的生活状态以及风土人情;还有,与其他学者诗文相比,没有"起居注式的琐屑"记载,而是既具有科学考察意义又富含思想力量的文学艺术佳构。尽管他在地质和古脊椎动物研究上的巨大贡献,遮掩了其在旅行文学方面的艺术成就,但不可否认,他是二十世纪独特而优秀的文学家之一。

他一生献身祖国古脊椎动物学和地质研究,取得了硕果累累,发表的学术论文及其他著作多达六百七十四篇(种),其科学著作以地质和古脊椎动物学内容为主,涉及地史学、气象学、古人类学和考古学等学科,许多研究具有启蒙和奠基性的意义,尤其是由于他在恐龙研究领域的突出成就,被尊为"中国恐龙之父"。

……沿着龙潭堡乡间洁净的山路,转过茂密的竹林,来到村口的老槐树下,浓荫里,坐在一盘锈迹斑驳长满绿苔的老磨石上,听着溪水欢快流过的声音,我在想,杨钟健先生为什么既是顶尖的地质和古脊椎动物研究专家,又是优秀的散文家和诗人呢?答案是:在他的心里有科学也有诗,他是诗意缠绕的科学家。站在杨钟健先生的纪念碑前,远远望去,此时,缕缕白云缭绕在黛色参天的"中国脊梁"秦岭上,是那么的悠远,又是那么的真切。

第十二章　黄河太华间的秦音

远看黄河白茫茫，曲曲折折到这里——这是当地过去一位甚是诙谐传奇的人物随口念出的一首诗的前两句。诗句平铺直叙直白如话，但若是用乡音去读，却回环舒展音韵铿锵，关键是比较准确地描绘出黄河此时此刻流经这里的形状，你看，远远望去，早不见了崩涛雪浪一往无前的模样，犹如从天际闪着白色的光亮漫漫而来……

漫漫而来的黄河，到了这里便慵懒得不想走了，携带着巨量泥沙的水波，制造了这一湾绿洲。而这湾绿洲确实不能小觑：这里芦苇茂盛，清泉处处，十里荷花，美丽逶迤的风光，从远古一直到现在，不知沉醉了多少如织游人啊！

黄河史就是一部伟大的中文化发展史，黄河的生态状况就是一个社会文明的高程。而这里就是黄河替自己寻找到的一个美丽的后花园，一个可以使自己休养生息自我修复的好地方。黄河滋润了半个中国，也确实该在这里栖息困倦的身躯，上演一段抒情慢板了。

这些天，一直在读美国生态学家马克·乔克的《莱茵河：一部生态传记（1815—2000）》，从这部书里，大致了解了工业化以来莱茵河的生态情况，由此而极端渴望回到黄河身边去，想看看在我国如火如荼的城镇化历史进程中黄河的生态情况，特别是这一湾得天独厚的美丽绿洲。

眼前的景象是:碧天绿海的芦苇,铺天盖地地覆盖了整个黄河岸边,齐刷刷的,有风吹过,不时翻卷起一个接连一个的旋涡,搅起了飘飞的绿云,一直鼓荡到无边无际的尽头,又回折过来,溅起如珠的细雨,愈发可见绿的汪洋。有水鸟如箭一般掠过随风起伏的芦苇,婉转几声,隐入绿墙深处……若是秋季,特别是深秋,"蒹葭苍苍,白露为霜",又是另一番景象:原本郁郁葱葱的芦苇荡,此时,芦花飘雪,异常壮美,远远望去,恰似飘起无穷无尽的白云,笼罩四野,顿觉天地茫茫。

非常欣赏元代诗人奥敦周卿的这几句话:"西湖烟水茫茫,百顷风潭,十里荷香。"不错,西湖若缺少了碧叶田田暗香浮动的夏日清荷,便没有了生命的灵动和韵律,而这湾绿洲亦如是,与西湖"十里荷香"不同的是,小暑尚未到,这里便是"接天莲叶无穷碧,映日荷花别样红"的壮观了。黄河沿岸成千上万亩荷塘,仿佛听到了号令似的,一夜之间,那硕大如盖的荷叶,亭亭玉立的荷箭,鲜艳盛开的荷花就哗啦啦展现在人们面前了,是那样的娇娆、那样的明媚、那样的清新、那样的美,展演出一幅幅回环往复的荷之长卷,淋漓尽致地把荷的风韵、荷的精神表现了出来!

鸟是大自然的精灵,而这里更是鸟儿的世界。且不说草滩浅水里的丹顶鹤、大天鹅、鹳鸟、麻灰的野鸭子,就是来回穿梭于芦苇间的翠色小水鸟,也引人怜爱,清脆悠扬的啼叫声,使得这一片芦苇、荷花与丛丛马蔺花组成的天地愈加清幽。也不知这小水鸟用了怎样的建筑技巧,把用羽毛、小树枝等材料黏合起来的巢,就搭建在芦苇上,这别出心裁的精巧之举,真

第十二章 黄河太华间的秦音

令人赞叹不已。芦苇荡里的光线慢慢暗了,远处传来汩汩的水流声,小水鸟箭一般地穿越随风高低起伏的芦苇,跳跃在巢边的枝梢上,然后,悄无声息地归巢了。这时分,一轮明月在天空冉冉升起……

此处的泉,犹如黄河怀抱里的一颗颗明珠,星罗棋布,泉水清澈晶亮,碧波荡漾。芦苇深处,有一泉,这泉十分特别:泉底,细沙腾浪,奔涌而出;其水温润内蕴,柔滑如丝,而水骨挺立,浮人不沉;整个泉面,水汽氤氲,如梦如幻。其广数亩,四周芦苇如碧,近听水语如珠,遥闻黄河涛声,全然方外妙地,沐浴其中,天人合一,灵魂复归自然,得大解脱。

马克·乔克考察了莱茵河将近二百年的生态历史,利用多种数据和田野调研结论,论述了工业化进程对莱茵河带来的致命的破坏,他忧心忡忡地提出了河流恢复的建议,给了人不少有益的启示。站在黄河岸边高高的黄土断崖上,山风鼓胀起衣角,极目远望,只见黄河浩浩汤汤东流而去,不由想到:河流有着伟大的自我修复能力,但更重要的是做好河流的生态保护,这实际上是在保护人类的生命。

唐代伟大诗人白居易的记忆深处,不能忘怀的是江南,特别是苏杭一带的山光水色总是激滟在他的心灵之间,"江南好,风景旧曾谙。日出江花红胜火,春来江水绿如蓝。能不忆江南?"是啊,东南江山秀美,然而,假如他有幸身临黄河这湾绿洲,看见这般景致,也许会流连忘返,情愫若寄……是啊,长堤垂柳,碧叶红荷,鸟语花香,风光明媚,此景最堪忆。

黄河岸边茂密的芦苇荡边,忽然传来优美的戏声,动听而悠扬,循声而去,只见在一块平阔的地方,有青瓦戏楼,正在上演着当地剧种"线挏（hú）戏"——我对这种"线挏戏"并不陌生，还是在二十世纪八十年代初期读书的时候，我的一位喜爱写诗歌的学友，在入学前曾经"背馍"在县剧团正式投师学戏。所谓"背馍"，就是自己携带干粮，不要报酬，跟随剧团练功学唱。闲暇之际，时常听他有意无意地随口哼唱此调。也许是秦人的血脉里就有先天的戏曲"基因"吧，就是村里上了年纪的老农，在田野里耕作的时候，往往也会说唱几句戏文，抒发隐埋在心底日常并不显露的心曲，或者是舒缓一下劳累，他们扶着犁铧，摇着鞭子，踏着犁沟，唱给老牛听，唱给自己听，唱给旷野里的风听……

黄河边上的"线挏戏"

"线挏戏"（也作"线胡戏"）的原产地是古之河西，今之合阳县。合阳县地处关中东部，东临黄河，北依武帝山。这里历史悠久，文化底蕴深厚，民间艺术极为丰富，有人认为《诗经》的《关雎》篇就诞生在这里，诗曰：

关关雎鸠，在河之洲。
窈窕淑女，君子好逑。
参差荇菜，左右流之。
窈窕淑女，寤寐求之。
求之不得，寤寐思服。
悠哉悠哉，辗转反侧。
参差荇菜，左右采之。
窈窕淑女，琴瑟友之。

第十二章 黄河太华间的秦音

参差荇菜，左右芼之。

窈窕淑女，钟鼓乐之。

《关雎》居三百篇之首。闻一多先生在《风诗类抄》里说："《关雎》，女子采荇菜于河滩，君子见而悦之。"（《闻一多全集》卷四）这位君子爱上了那位采荇菜的女子，却又"求之不得"，只能将恋爱与结婚的愿望寄托在想象之中……

穿行在洽川茂密的芦苇荡里，我在仔细寻找荇菜，也就是今天的莕菜，但甚是遗憾，没有找见。耳边却不断传来"线拉戏"柔美而动听的戏音。忽然想到，《诗经》时代，在"河之洲"，尤其是美丽的春天，那些光着足的"窈窕"女子，不是一边采着"荇菜"，一边唱着悦耳的歌谣吗？是的，一定是的。而这歌谣，莫非是"线拉戏"的"初始"？

想到这儿，转身踏着芦苇荡里泥泞的小径，返身回到演出的场地，却见戏台上两名男女演员一边手提着穿着打扮如同古装演员的木偶，一边在唱，浓浓的乡音和低回缠绵的音乐，飘荡在黄河的水面上，飘荡在碧绿的万顷芦苇荡里……

"线拉戏"是合阳地方剧种，也只有本地人才能唱出那特有的戏曲韵味，而且深得老百姓的热爱，关中早年间流传着这样一段顺口溜："同（同州）朝（朝邑）的灯影合阳的线，东路（府）的梆子西（府）乱弹。"这里所说的"线"，即指提线木偶戏，也就是"线拉戏"。当地民间还有"没吃饸面没看线，就算没到合阳县"之说。

关于"线拉戏"的起源，目前还没有一个准确的定义。大多学者认为，它由中国最古老的"傀儡子"演化而来，有数千年的历史，合阳的"线拉戏"亦应在此之列。有人认为它"兴于汉而盛于唐",并引经据典,以史实佐证。也有人说它起源于明代,是在扬州经商的合阳商人引进而来。著名戏剧研究者李静慈先生说:

> 在傀儡戏木偶人的形式,是与纸扎人物相似,尤以提线戏更全相仿肖。傀儡戏起于提线,发展为各种形式,这可以看出它是由土木偶和纸扎人演化出来的。
> ——《漫谈傀儡戏》

这段话有道理,指出"它是由土木偶和纸扎人演化出来的"。"土木偶",其实也就是"俑",是古代人去世后陪葬的"冥器"的组成部分,一般系木制或者陶制的人或者动物。例如,临潼秦始皇陵兵马俑,阵势壮观,栩栩如生。在济南博物馆,有一组出土的西汉墓杂技歌舞表演群像陶俑,这说明李静慈的意见是有历史事实作基础的。问题是合阳的"线挖戏"从"土木偶"甚至"纸扎人"起源的"演化"过程,还缺少有力的考古佐证。但是,有了怎样的文化背景,说明"线挖戏"的来源,至少有了一个可以"大胆怀疑"和推理的重要条件。

唐代是我国古代戏剧发展的一个重要阶段,唐玄宗曾经专门开设了"梨园",专门训练演员,进行戏剧演出,他也十分喜欢木偶戏,其《傀儡吟》诗曰:

> 刻木牵丝作老翁,鸡皮鹤发与真同。
> 须臾弄罢寂无事,还似人生一梦中。
> ——《全唐诗》卷三

这首诗,表面是写木偶戏,其实质是表现自己成为太上皇之后郁闷不乐的心情。《明皇杂录》说:"李辅国矫制,迁明皇西宫。戚戚不乐,日一蔬食,尝咏此诗。"先不说此诗的真实所指，就其表面文字来看，木偶戏在唐代已经在宫廷与民间普遍流行，却是事实。

"线挏戏"到了明代有了很大的发展，因为当时合阳人在苏杭一带经商的很多，明季扬州的盐商，苏州的织造工业者，多陕西人；内中合阳帮最盛，他们看见当地的提线戏与故乡相似，回来后就把旧形式加以改造，使合阳提线木偶戏得到了进一步发展。

"线挏戏"的声腔音调也很别致，其特点是以"说唱体"为主要形式。不论道白和唱词，都在音乐的间歇中进行，听起来十分清楚洪亮，容易使人接受。它的音乐唱腔分"线偶调"（即线吼调）和"乱弹调"两大类。从合阳线偶的特征看，"线偶调"是具有合阳文化风格和地方语言特色的说唱词；"乱弹调"是吸收了同州梆子元素后与之糅合所形成的唱腔，尤其善于表现悲壮激昂和压抑怨怒的情绪，委婉动听——戏曲的发展总是吸收其他剧种流派的优长之处，才能促使自身繁荣昌盛。

"线挏戏"是在黄河之滨的合阳土生土长出来的历史悠远的传统剧种，既有深厚的文化背景，又有广泛的群体心理认同和观众基础，千百年来根深叶茂，至今仍然是老百姓喜闻乐见的文化形式。

黄河太华之间，不仅合阳有"线挏戏"，几乎各个县域都有自己的戏曲，洛河岸边的大荔县的"碗碗腔"，富平县的"阿宫腔"，华阴、华州的"迷胡"和老腔等，都是具有本土特色的地方戏曲。

（注：线胡戏，应为线挏戏。这是著名文史专家杨乾坤先生考证得出的结论。《广韵》：挏，牵物转动。《集韵》：挏，牵动。）

古洛河渡口的石羊道情

洛河古渡口地处蒲城县孙镇石羊村。石羊村因村头有古石羊而得名。早在秦汉时石羊及其周围的村落就是洛河西岸商贾云集、十分繁华的水陆码头。

一个秋雨潇潇的傍晚,我来到洛河古渡口石羊村,临街一座宽大的院子里,有锣鼓和丝竹之音在村巷的上空回响。于是,上前推门而入,整洁明亮的房间,几个人环围而坐,有执月琴的,有拉胡琴的,有操简板的,还有敲手持碰钟的,大家正在排演节目。为首的是一位年过七旬但精神头甚好的老者,他一边击打着渔鼓,一边大声指导排演节目。

渔鼓,是用筒状的竹节蒙上鱼皮制作而成。拍击之声雄浑而清雅。据老者介绍,渔鼓本是道教法器,只有在道教仪式时才出现。渔鼓的演奏很是讲究,其声响超过所有的乐器,是石羊道情的魁首乐器。有诗云:

　　渔鼓本是一根竹,出在深山长在峪。
　　打柴樵夫曾砍倒,鲁班注定二尺六。

石羊道情的特殊乐器,除过渔鼓之外,还有简板,其演奏方法以及艺术效果真可谓"往上一打,鸳飞唳天;往下一翻,鱼跃谷渊。若拉波两个手哗啦啦哩颤"。渔鼓和简板是道情戏的指挥乐器,又是体现道情风格的主要乐器。传说中八仙闹东海时,各显其能,张果老用它的"渔鼓""简板"发挥过神奇的作用,所以后来人们在戏曲里称:"顶天立地的渔鼓,降龙伏虎的简板。"道情戏最初的乐器配备,无文字记载,经过多年实践,

第十二章 黄河太华间的秦音

道情艺人总结出下面四句话：

> 哗啦啦三才板热闹喧天，
> 口品着一根笛胡琴四弦，
> 道情戏有音乐有唱有念，
> 提起来哪一本不如"乱弹"？

这四句话，把道情的乐器和戏曲特点概括得准确而形象。"乱弹"是指秦腔。据说，道情有"九腔十八调"："九腔"诸如"金线吊葫芦""藕断丝连""节节高"等；"十八调"如"大红袍"，在唱段后起"帮腔"的作用；"苦相思"，其特点是平调无变化，表现痛苦悲伤的情感；还有"剪花"，属欢音等。

道情，源于唐代道教在道观内所唱的经韵，为诗赞体。宋代后吸收词牌、曲牌，衍变为在民间布道时演唱的新经韵，又称道歌。用渔鼓、简板伴奏，与鼓子词类似。之后，道情中的诗赞体一支主要流行于南方，为曲白相间的说唱道情；曲牌体的一支流行于北方，并在陕西、山西、河南、山东等地发展为戏曲道情，以"耍孩儿""皂罗袍""清江引"等为主要唱腔，并吸收了秦腔及梆子的锣鼓、唱腔，逐步形成了各地的道情戏。内容有升仙道化戏、修贤劝善戏、民间生活小戏、历史故事和传奇公案戏等四类，但是石羊道情无论在乐器还是腔调上，都有自己的艺术特点，保存了高雅的道情精粹。

为什么说石羊道情保存了高雅的道情精粹呢？因为，其系谱直接传承自唐代的宫廷道情戏曲。蒲城西北部的丰山至东北部的金粟山，沿山一带建有唐睿宗李旦的桥陵、唐让帝李宪的惠陵、唐宪宗李纯的景陵、唐穆宗李恒的光陵，以及唐玄宗李隆基的泰陵，按照定规，唐王朝的继任者少不了对祖先的盛大祭祀，所以法事道场频繁，道情戏曲演出十分活跃。唐代以后，这些专职的宫廷道情戏曲艺人散落于唐五陵附近的水陆码头石羊一带，道情戏曲逐渐走向民间，在千百年的历史演进过程中，形成了今天独具特色的石羊道情戏曲。

在孙镇的著名景区重泉古镇，我有幸观看了一场道情非遗传人王宏义老先生领演的石羊道情戏《隔门贤》，其戏曲情节大致是：除夕，饥寒逼煞李小喜，告借来找未婚妻，芙姐贤慧暗中周济，而岳母既疼爱又疑虑，岳父却误会打了女婿。后来李小喜说明了情由，未婚妻家急忙赠粮送衣，帮他一家渡过难关。戏剧场面倒也简单，渔鼓声声，丝竹齐鸣，营造出典型的人物环境，优美而感人。开场，李小喜唱道：

三十夜晚黑漆漆，饥寒逼杀我李小喜。

人家过年吃酒肉，我家没有半升米。

母亲草堂忍饥饿，我到处奔波想主意。

此段唱词向观众交代了故事将要发生的背景和原因，无奈之下，李小喜只好来到岳父家想点办法，由此展开了戏曲的矛盾冲突，并有了充满人间温情的完美结局。《隔门贤》剧本在二十世纪五十年代，曾经由长安书店铅印出版，在剧本的末尾，注明"此剧流行于蒲城孙镇一带"。石羊道情过去有一百多部唱本，诸如《韩湘子》《古城会》《五丈原》《燕青打擂》《杨八姐闹馆》，还有表现新生活的《棒槌分家》等等。其唱本大都主题明确，格式讲究，词句对称，文字深奥，典故成语颇多，艺术感染力强。

以此观之，石羊道情早就脱离了道教观庵，脱离了宫廷，走向民间，走向乡野，尤其是能够吸纳现实生活题材，成为当地老百姓喜闻乐见的地方戏曲之一。

岳色涛声里的华阴老腔

在月夜的太华山脚下,美丽的华阴城里的灯火阑珊处,观看高亢激越却悦耳中听的老腔,被这从遥远的古代而来的戏剧之声深深地打动,因为这深沉而苍凉的老腔,传达出了黄河岸边太华山深处壮怀激烈的秦音……

起　源

老腔是早在两千多年前就流行于关中平原东部的原始戏剧之一。戏剧的源头可以溯到原始时代的歌舞。我国古代歌舞早在原始时代就已出现。《书经》之《舜典》上说:"予击石拊石,百兽率舞。"《吕氏春秋》之《古乐》篇中也说:"葛天氏之乐,三人操牛尾,投足而歌八阕。"前者写的是一群原始猎人披着各种兽皮跳舞,用击石和打石作为节奏;后者写的是原始人手持牛尾,边跳边唱的情景——只不过,这种歌舞艺术只是自娱自乐而已,没有明显的功利目的。但是,进入奴隶社会之后,歌舞艺术有了一定的功利目的,而且,在艺术上有了一定的美学要求,主要是供奴隶主娱乐和表现他们的"丰功伟绩"以及对宗庙的祭祀——《诗经》风雅颂三大组成部分,其中"颂"约占了三分之一强,分为《周颂》《鲁颂》和《商颂》,这是商周至春秋时期歌舞艺术的真实记录。

由于农业社会不断采用新的生产工具,例如,铁器的发明,引发了农业生产大发展，特别是"铁铧犁"的使用，能够有效地进行土地耕作，带来了粮食前所未有的持续增产，人们在解决了基本的温饱问题后，就会有很大的精神娱乐要求，而此时社会条件又可以满足精神生产的空前发展，于是，一部分从事歌舞艺术的人开始扩大歌舞艺术表演形式的研究，而这一研究便孕育和催生了戏剧艺术。戏剧艺术较之歌舞来说，主要是出现了故事情节和人物形象，这相对于单一的仅仅具有歌功颂德功能的祭祀歌舞艺术活动来说，显然具有更大的艺术吸引力和生命力。事实上，浩浩渺渺的渭河横穿而过的辽阔的关中平原，历来就号称"天府之国"，极其发达的农业生产，带来了极其丰富的物质，这是社会精神文明和文化文明发展的经济基础。历史发展到了辉煌灿烂的秦代，为歌舞艺术分歧出戏剧艺术创造了非常优厚的条件。秦国著名政治人物李斯在《谏逐客书》里不经意地透露出了一个很重要的戏剧艺术产生的信息："夫击瓮叩缶、弹筝搏髀而歌呼呜呜快耳者，真秦之声也。"这几句话形象地描绘了秦人早期的戏剧娱乐活动：猛力击打着用以储藏粮食和饮用水的粗瓷大瓮和盛酒的大肚小口的瓷制器具，弹着筝拍着大腿放声歌呼如痴如醉的模样，令人联想到老腔的表演，其神情做派显然一脉相承，有着内在的血肉联系。我以为，这就是老腔的"胚胎"和"萌芽"。

此后，刘邦开创了大汉王朝，奠基了封建社会制度，恢复了被战争破坏的社会生产，文化事业生机勃发，文体也焕然一新，除过传统的诗歌而外，还出现了散文的变体——赋，这种尽显汉语文字和谐音韵、鲜丽色彩、美妙节奏和极尽语言铺展之美，包含着郁郁文气特征的文体，给处在"孕育"和"萌芽"

状态的戏剧艺术提供了语言上的可能。戏剧艺术首先在首都长安上层社会开始流行，继而波及社会各阶层，又随着军队、商贾、外交使团流布周边城市，一些比较大的驻军营地、商品交流中心和人口稠密的集市，也得风气之先。老腔的发源地华阴市卫峪乡双泉村，具备了以上这三个条件，再说这里地处黄河、渭河和洛河三河交汇的三河口，相传是西汉京师大粮仓所在地，人来人往，熙熙攘攘，外来文化和当地文化得到交融汇合，流行于都市的戏剧艺术犹如飘摇的蒲公英种子，播种在这块文化热土地上，于是，带有地域文化特色的戏剧艺术便在这里诞生了。

先秦两汉的戏剧艺术资料非常缺乏，只能在一些典籍和诗文里寻找蛛丝马迹，或者说，戏剧艺术在当时语境下并不受到人们的重视，犹如现今视为重要文学体裁的小说，在当时则被人鄙夷地认为："小说家者流，盖出于稗官，街谈巷语、道听途说者之所造也。"戏剧艺术的真正兴盛是隋唐时代。

老腔是集演唱、皮影、美术和音乐于一体的戏剧艺术。皮影，一般的说法是起源于汉代，宋代高承的笔记《事物纪原》里说，汉武帝思念李夫人，方士少翁设帐弄影，呈现出李夫人的形象——虽然还不能由此断定这就是皮影，但是，至少可以说明一个问题：汉代已经有类似皮影艺术，只不过大多局限于宗教范围而已。据此，华阴市卫峪乡双泉村的汉代京师大粮仓驻军引进上述类似于皮影的表演艺术，配上业已形成的老腔，二者合二为一，进而形成有人物和故事情节的比较完整的皮影戏剧，则是十分有可能的。到了唐代，皮影艺术已经由宫廷普及到民间，成为人们视觉和听觉娱乐的重要形式。皮影艺术继续快步发展，宋代的皮影艺术无论在表演还是皮影雕刻制作方面都有了极大的进步，而元代就不用说了，这是我国古典戏剧的黄金时代。

皮影艺术一直兴盛到明清时代，特别是明代，人们的社会生活愈来愈丰富多彩，娱乐活动成为一种风尚，一些达官贵人都有了自家的戏班，例如，张岱在《陶庵梦忆》里就有篇章记叙了私人戏班的情况。这种时代风尚，培育了一大批善于创作戏剧的作者，根据华阴市卫峪乡双泉村张家户族皮影传人的口头说法，他们之所以从事老腔表演，就是得益于湖北一位艺人的传授。

老腔应该是源于秦汉历经隋唐宋元明清各代的戏剧传承，特别是流传于民间深受老百姓喜爱、具有地域文化特色的皮影艺术；也源于当地皮影艺术表演家积极吸取其他戏种的有益的东西，在明末清初，又结合传统说书艺术发展而形成了老腔这种艺术剧种。其声腔刚直高亢、磅礴豪迈，落音又引进渭水船工号子曲调，采用一人唱众人帮合的拖腔（民间俗称"拉波"）；伴奏音乐不用唢呐，独设檀板的拍板节奏，均构成了该剧种的独特之处，使其富有突出的历史和文化价值，故而世代流传，久演不衰。

体现了秦文化的特色

强大的秦国，陆续消灭了其他六个诸侯国家，建立了大秦帝国。秦人之所以能够统一六国而雄视天下，除过秦国通过兴修水利和不断解放生产力，国力强大，军队精锐而外，更重要的是作为国家"软实力"的秦文化也领先于其他诸侯国家。那么,秦文化鲜明的外在表征是什么呢?当代秦汉史研究学者大致将其归结为:1.创新理念;2.进取精神;3.开放胸怀;4.实用意识;5.技术追求;6.动力革命。这六个方面,是符合秦文化实际的,但是,作为秦文化组成部分的秦人性格特征却没有被概括出来。我认为,秦人地处西陲,长期经受战争洗礼,与西北部少数民族交融往来普遍,性格耿直,质朴率真,坚韧强悍,敢于担当,讲求实效,不怕艰难,包容律己,看似粗犷而心思缜密——秦文化这些特征在陕西老腔的音乐风格和戏剧选材上都能艺术地体现出来,所以,老腔是秦文化的艺术呈现并非虚言,再说,老腔的戏词具有很明显的秦地方言色彩,基本属于关中语系,富于浓郁的民间生活情趣。例如,《说嘴儿》中,丫鬟催王来走时的对白:

王来:你先不要急,等我把铺盖拾掇拾掇。

丫鬟:你还有个啥铺盖?

王来:嘿嘿!里面新的麦秸还有半截子碱砖。

这几句人物对白,既有力地通过语言刻画出鲜明的人物个性,又风趣幽默,听过之后令人忍俊不禁。老腔大量采用秦地的本土方言,一是增强了戏剧本身的艺术感染力,二是拉近了与观众的心理距离,容易引起大家的艺术共鸣,从而取得良好的表演效果。

文化内涵

文化这个概念,迄今为止也没有人彻底界定清楚。十九世纪英国学者泰勒在《原始文化》中认为：文化是包括知识、信仰、艺术、道德、法律、习俗和任何人作为一名社会成员而获得的能力和习惯在内的复杂整体——这应该是狭义的文化的概念。就老腔而言，研究其所呈现出来的文化风貌，应该包含其价值观、音乐风格、题材特点和人物形象塑造等方面的内容。老腔研究者杨洪冰在《陕西老腔皮影艺术》一文中介绍，陕西老腔皮影传统剧目共有一百多本，至今流传的有八十多本。这些剧目表现历史题材数目很多，多取材于《三国演义》《东周列国志》《隋唐演义》《水浒传》等历史小说和神话故事。其中，取自《三国演义》的剧目最多，占了全部三分之一左右，这些剧目大多属于军事征战方面的历史题材，有这样几个显著的思想文化取向：

一、歌颂英雄人物，具有气吞山河的豪迈之气。例如，在《火烧赤壁》《三气周瑜》《收姜维》《空城计》等反映战争场面的剧目中，全力塑造足智多谋、文略武韬和鞠躬尽瘁死而后已的丞相诸葛亮，《薛仁贵征东》里智勇双全的薛仁贵，《敬德投唐》中大义凛然的敬德，这些真实的历史人物大都经过艰苦卓绝的军事斗争，建立了令人敬仰的功绩，他们或者"羽扇纶巾"指挥若定，或者沙场挥戈，或者深明大义弃暗投明，等等都是让人称赞的英雄人物。且听这几句唱词：

> 军令一声震山川，人披铠甲马上鞍。
> 大小三军齐呐喊，天斜地动鬼神寒！

这真是神魂完足的秦人精神，充满着一股勇往直前不怕牺牲不畏艰险的乐观主义精神，也表现了秦人积极入世渴望建立功业的拼搏精神。可以说，华阴老腔在某种意义上，就是高度凝练的秦人精神，这种精神令人心神俱旺，充满了坚强的自信。

二、崇尚儒家提倡的忠义思想。老腔剧目所塑造的英雄人物，一个共同的特征，就是崇尚儒家提倡的忠义思想，具有忠君报国、维护正统、排斥异端、万死不辞的精神，这种精神也是千百年来维系我国农村社会长期稳定和良好社会秩序的伦理道德思想，具有封建社会主流价值观的意义。

三、苍凉的悲壮意识。关中平原特别是黄河、渭河和洛河交汇之处，东临要塞潼关，是扼制晋、陕、豫交通咽喉之地，乃天下西来第一雄关，自古就是兵家长争之地，历史上发生在这里的大小战争不下数十次，使本来富庶的关中平原东部，出现了白骨露于野，秋坟鬼唱歌的凄凉景象，反映到戏剧艺术中，陕西老腔便普遍带有苍凉悲壮意识。例如，在《西凉遇马超》中，马岱的一段唱词：

可恨奸曹谋英雄，害我一家赴阴城。

可怜满门死得苦，不由叫人泪满襟。

走一里来爬一程，放声哭泣奔西凉。

一路苦愁受不尽，我似孤雁好伤情。

此段唱词，字字血句句泪，悲愤交加凄惨伤神，既很好地反映了马岱此时的心理情感，也很好地刻画了马岱急于复仇的人物形象，传递出一种英雄末路的苍凉悲壮意识。这种苍凉悲壮意识，其实是人对命运的冷静思索，是人对不可抵抗的外在侵害的控诉，也是萦绕在人的心头驱之不去的伤感情绪。华阴老腔之所以受到人们的喜爱，就是因为这种超脱而旷远的苍凉悲壮清醒了人对存在的重新打量和认识，也是人的苦楚情绪的艺术抒发，让人的灵魂得到休歇和安慰。这也是华阴老腔艺术生命绵延不绝的奥秘吧。

渭河流域这块古老的土地诞生了我国悠久的历史文明，也诞生了匡正人类生存和社会秩序的先进文化和先进国家制度，西周文化、秦汉文化和唐代文化，影响了我国文化发展的进程。其文化的本质部分，或者说文化特质一以贯之的体系仍然是儒家学说提倡的伦理道德价值观，老腔虽然起源于荒野，但依然摆脱不了这种价值的规范。

唱腔特点

唱腔是老腔音乐的主体，决定着老腔音乐的风格和艺术特质。老腔的板式有"慢板""流水""哭板""飞板""拉板""花战""走场子"和"滚板"等，其共同规律是：每一种唱腔音乐板式都由叫板、板头铜器、起板曲、唱腔、坠子、过板曲和落板这七个部分组成。假如不落板，则转入另一板式继续演唱，直到落板为止。叫板有明叫和暗叫之分，这是叫唱某一板式的指令性信号，决定着板式的情绪及速度。情绪、人物身份不同，起唱的板式也不同。同样的板式，也由于情绪变化而有不同的起法、色彩速度等区分。例如，"慢板"，叫板速度慢、声音拖得长。板头铜器，起着渲染气氛、吸引听众，为板式确定节拍、速度的作用。但一般很少使用，只有皇帝一类人物上场而且形势严峻时用。起板曲是唱腔开始前的一段曲调。过板即过门。落板，一段唱词唱完，就要落板。转板，由一种板式转入另外一种板式。其唱腔音乐板式的个性规律大致有：慢板、流水板、哭板、飞板、滚板和拉坡。拉坡不是独立的板式，不能单独成为唱段，也没有唱词，只是接在"流水""飞板"之后的一种合唱形式，多用在剧情高潮处，造成雄伟、悲壮的气势。唱时所有演唱人员和演奏人员共同参加，此起彼伏，声势浩大，这是老腔独有的。

需要说明的是，老腔的演艺人员仅有五人，分为前手（指挥兼主唱并弹奏月琴）、签手（捉签子的，即操作皮影的人）、后槽（打后台，演奏勾锣、铙、马锣）、板胡手（演奏板胡，兼演奏小铙和喇叭）、坐档（根据剧情安排皮影装置，供签手使用，还要帮签手排兵、对打、拍惊木等）。但是，就这样的"超微型剧团"却能排演出千军万马、气壮山河的大戏剧。

老腔唱腔音乐艺术的整体特征是：

一、强烈的尚武精神。老腔的音乐语言充满了军事文化元素，飞扬激越，气氛壮烈，听觉上如临沙场，兵戈相接，剑响刀鸣，战马嘶叫……

二、慷慨激昂，鼓舞人心。高亢有力的板胡，铿锵的锣鼓，石破天惊的拍砸木块（震木是老腔独有的乐器），拉坡合唱的高昂激情和响遏行云的吼叫，都表达了华阴老腔激烈刚健的音乐特色。

三、唱腔曲牌不多，质朴明快。老腔音乐曲牌数量不多，此前已经约略介绍过了，整体的音乐旋律质朴明快，是来自黄土深处的迸发之音，带有大地的温度和生命，康健而挺拔，磅礴而辽阔，威武而昂扬。

四、苍凉悲壮，雄壮强悍。唐代大诗人李白曾经有这样的诗句："秦王扫六合，虎视何雄哉！挥剑决浮云，诸侯尽西来。"这几句诗把秦人雄壮强悍的精神表现得入木三分。老腔亦有如是的内在品质,一声长吼雷鸣电闪天地为之变容。

杨洪冰说,"老腔艺术是秦人坚强雄悍的民族性格的历史遗存",此言不错。秦人的地域个性色彩在老腔里得到了淋漓尽致的表现,或者说,秦人的地域个性色彩至今仍然保存在老腔之中,"老腔艺术承续西音秦调的基本结构,不仅在戏剧内容、剧种结构、戏剧唱腔、伴奏乐器中保留了艺术初期的自然形态,更为重要的是老腔艺术保留了秦人勇猛强悍、顽强坚韧的民族个性,是秦人精神的真实写照"(同前)。陈忠实先生也曾描写过老腔的演出情形:"我在这腔调里沉迷且陷入遐想,这是发自雄浑的关中大地深处的声响,抑或是渭水波浪的涛声,也像是骤雨拍击无边秋禾的啸响,亦不无知时节的好雨润泽秦川初春返青麦苗的细近于无的柔声,甚至让我想到柴烟弥漫的村巷里牛哞马叫的声音。""气势磅礴,粗犷豪放,慷慨激昂,雄浑奔放,苍莽苍凉,悲壮的气韵里却也不无婉约的余韵。"(《白鹿原上奏响一曲老腔》)老腔之美,陈忠实老师尽道出也。

黄河太华之间,是我国古代文化的主要发源地之一,也孕育和滋养了我国古代重要的戏剧剧种。

跋

从去年夏天到现在，一直窝在书房里赶写这部书稿。其间，为了写作过程中的某个环境细节，也时常进行田野考察，回来之后，又立即坐在电脑前，把心底里涌出的不可遏制的激情，化作一篇一篇文字。

黄河太华之间的这块土地真是太深厚了，从先秦到唐宋元明清乃至现当代，出现了不少影响我国历史文化和哲学思想的人物，我想做一点"知识考古学"的工作，努力地把这些挖掘并展示出来。不敢说能达到怎样的高度，但至少能在未曾耕耘的荒野里，留下一点浅显的足迹，于心也就得到满足。

写作者首先应该关注自己足下的土地，因为写作者的根深深地扎在足下的土地里，也与之有着永远不能分割的精神联系；其次，足下的土地也是写作者魂牵梦绕的地方——我极力想用文字表达出对这块土地的热爱，因此，便有了这部散乱却贯注着心血的书稿。

写作这样的纪实文学，就需要充分利用史料来"复活"这块土地上曾经出现的文化历史与哲学思想人物，尽可能将他们置身于当时的语境之中，尽管这样的"复活"会有阅读的困难，但也只能是"嘤其鸣矣，求其友声"。

时光荏苒，时序进入仲春季节。此时正是关中最为美好的季节：碧绿的麦田充满了春天的希望，绯红的桃花和如雪的梨花等次第盛开，繁花似锦，蜿蜒的渭河长堤上，如幛的垂柳给天边镶上如墨的绿云……

作　者
2023 年 4 月 12 日